徳川幕閣盛衰記・上巻

野望の下《げ》馬《ば》将軍

笹沢左保

祥伝社文庫

目次

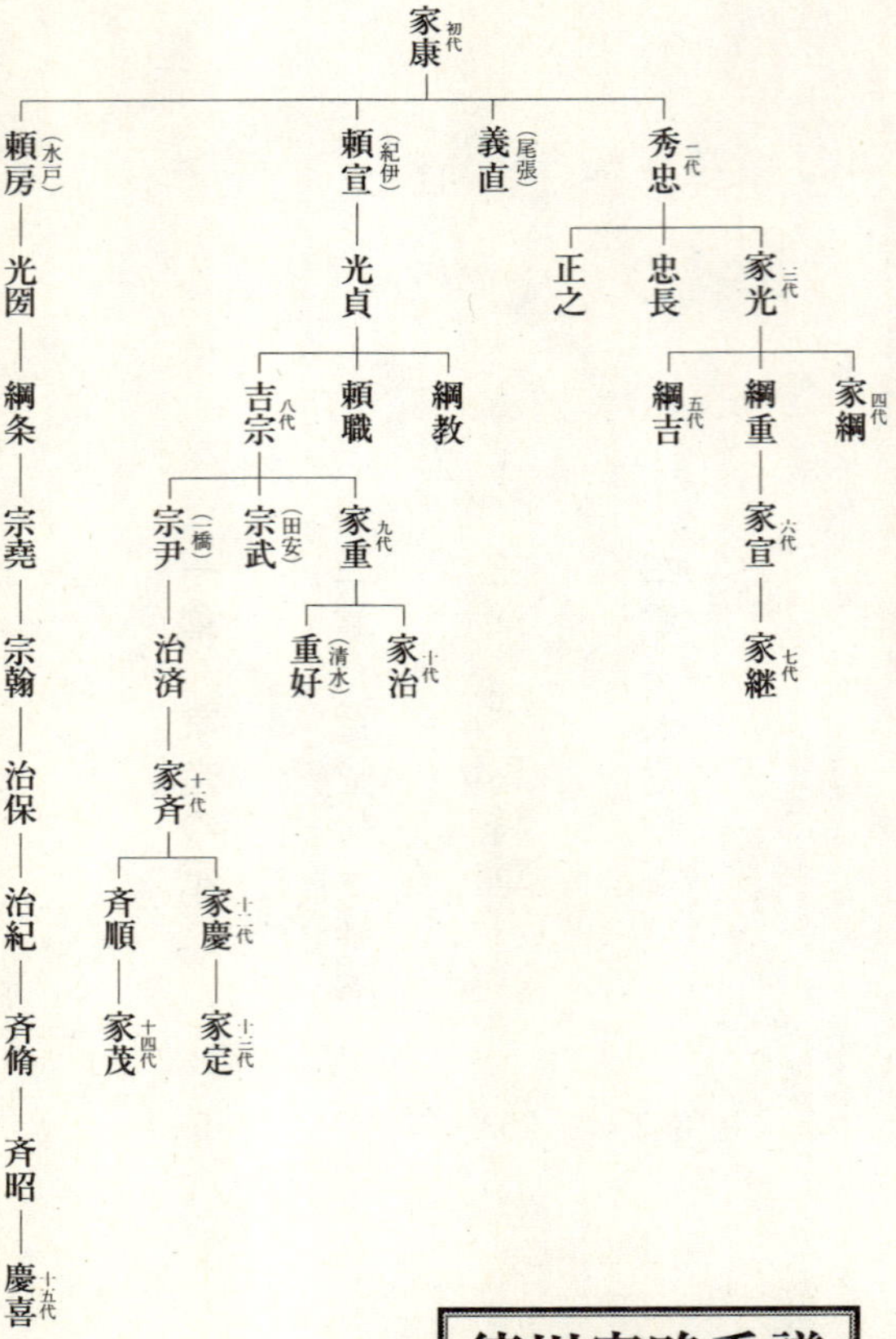
家康 初代
秀忠 二代
義直（尾張）
頼宣（紀伊）
頼房（水戸）
家光 三代
忠長
正之
家綱 四代
綱重
綱吉 五代
家宣 六代
家継 七代
光貞
綱教
頼職
吉宗 八代
家重 九代
宗武（田安）
宗尹（一橋）
家治 十代
重好（清水）
治済
家斉 十一代
家慶 十二代
斉順
家定 十三代
家茂 十四代
光圀
綱条
宗堯
宗翰
治保
治紀
斉脩
斉昭
慶喜 十五代

徳川家略系譜

一章　家光《いえみつ》の死

一

夢を見る。

とっくにこの世を去った祖父、それに父の声を聞く。

夢は特に恐ろしいものではなく、うなされるような悪夢でもない。

祖父や父の声も、決して怒ってはいなかった。むしろ、徳川家の行く末を案じて、ボソボソと話しかけてくるようだった。そうした祖父と父の声が、ときには懐かしく感じられる。

夢の内容は、過去の栄光を物語るものが多かった。将軍としての二十八年間、実によくやったと天の声に、夢の中で称賛されることもあった。

過去の業績を自画自賛する思い出が、走馬燈《そうまとう》のように脳裏《のうり》を駆けめぐる。それを楽しみながら、夢の中で大いに満足する。思わず、笑《え》みを浮かべることもある。

そうした合間に、ちょいちょい正気に戻るときがあった。それでも、半《なか》ば夢心地《ゆめごこち》でいる。目を半眼に開いて、ぼんやりとしか見えない病間の天井を眺める。

ふと頭の中に、九という数が浮かぶ。すると、九という数にこだわらずにはいられなくなる。九という数に縁があると、あれこれ記憶をかき回す。

前年に織田信長が桶狭間《おけはざま》で今川義元を討ったことにより、祖父の徳川家康が今川家から完全に独立できたのは永禄《えいろく》四年。そのときから数えて、今年は九十年目に当たる。

徳川家の独立九十周年で、記念すべき年であった。この九十年の九は、偉大なる数といえる。徳川家独立九十年目に自分が死ぬのであれば、意義ある九という数を大事にしなければならない。

祖父の家康が関ヶ原《せきがはら》の合戦に勝利を収め、天下の実権を握ったのは五十九歳のときであった。ここにも、五十九歳の九の数が認められる。

父の秀忠《ひでただ》が将軍職を退き、大御所《おおごしょ》となったのは元和《げんな》九年である。

そして、秀忠が死亡したのが、寛永《かんえい》九年だった。

当の家光が、この世に誕生したのは、慶長《けいちょう》九年であった。将軍に就任したのは当然、元和九年ということになる。

更に今年は、秀忠の死後十九年目なのである。

どうしてこうも、九という数に縁が深いのであろうか。

そういえば、家光が頼みとする幕閣の松平伊豆守《まつだいらいずのかみ》信綱《のぶつな》も阿部豊後守《あべぶんご》忠秋《ただあき》も、初めて家光に仕《つか》えたのはそれぞれ九歳のときだった。と、そんなことまで、家光は考えずにはいられない。

慶安《けいあん》四年（一六五一年）四月十七日——。

三代将軍家光は、みずからの死期が近づいていることを、はっきりと自覚していた。余命はあと三、四日と、家光は自分の予感を信じている。

明後日は、四月十九日である。九という数に縁が深いから、明後日にこの世を去る可能性が大きいと、家光はひそかに覚悟を決めていた。

家光が身体の衰えを感じ始めたのは、二年前の慶安二年の春からであった。そのころはそれでもまだ、四十六歳になれば身体が衰えて当然と思う程度ですんだ。

だが、慶安三年になると、病気にかかる回数が急に増えた。家光はそのたびに病間に引きこもって、医師団の世話にならなければいけなかった。

家光は慶安三年の正月から、江戸城西の丸の修築に取りかかっている。

みずからの後継者である長男の家綱《いえつな》を、西の丸へ移すためであった。西の丸への移住によって、家綱の将軍継嗣《けいし》を天下に公表することになる。

家綱は五歳で元服し、すでに大納言《だいなごん》に叙任《じょにん》されている。

慶安三年の九月に、西の丸の修築が完了した。西の丸の諸役人が任命され、阿部豊後守忠秋も老中《ろうじゅう》兼務で家綱付きとなった。全国の諸大名から、夥《おびただ》しい数の進物が西の丸へ運び込まれる。

九月十九日に生母お楽《らく》の方が、翌二十日には家綱が西の丸へ移った。またしても盛大な祝賀の式典となり、三千石以上の旗本、それに諸大名が西の丸へ参上した。

そうしたことが無事に終了してホッと気が緩《ゆる》んだのが、家光にとってよくなかったようである。その後の家光は、病床につく時間が長くなった。それで勅使《ちよくし》の引見《いんけん》を、延期することもあった。

気晴らしに狩りに出かけても、馬ではなく船に乗り、水鳥を射《い》るのがせいぜいだった。十二月になると老中を集めての会議も、一部の老中との密談も回数がめっきり減ってくる。

慶安四年を迎えて、家光は一月六日から病人となる。

十二日には大老《たいろう》や老中が黒書院に奈須玄竹、内田玄勝、吉田盛方院といった医師団を招き、家光に与える薬のことで協議している。

十七日の紅葉山東照宮《とうしようぐう》への参詣も、家綱の代参とした。この日、灸《きゆう》をすえたところ、家光にはかなりの効《き》き目があったという。

二月からは、御座所《ござしよ》や病間から出ることが少なくなった家光を慰めるために、撃剣や舞踊をご覧に入れるスケジュールがぎっしりと組まれた。撃剣とは、木刀による剣術の攻守である。

二月から四月にかけて家光は剣、槍、弓矢などの武芸を十四回も、御座所で見物している。同じく御座所で見物した狂言、舞踊、猿楽《さるがく》などは十回に及んでいる。

その一方では幕閣や医師団が、家光の病状に関して議を重ねていた。また家光は次第に、政務を離れるようになった。

三月には家光重病説が、江戸中に広まった。旗本と大名は伊勢《いせ》神宮、寛永寺《かんえいじ》に家光の病気全快を祈願した。

江戸の町人にも、伊勢参りが流行した。家光のための祈禱《きとう》と称して、伊勢神宮へ向かう。その数は三月と四月で、四万人に達したという。

朝廷は家光平癒《へいゆ》を念じて、神楽《かぐら》を奉じ、神前に幣《ぬさ》を奉じた。

四月にはいると諸大名は、家光の病状いかにと連日のように、江戸城へ登城した。目に見えての混乱はないにしろ、江戸とその周辺の諸国は、静かなる緊迫感を強めていった。

四月十日に、火事があった。日本橋 銀 町《しろがねちょう》から出火して神田《かんだ》へ延焼し、多くの武家屋敷、寺院、町家を灰にした。

六日後に家光は病間で、大老の酒井讃岐《さかいさぬき》守忠勝《ただかつ》からその火事を聞かされた。

「大事に至らず、何よりじゃ」

家光は乾いた唇を動かした。

「ご病人は余分な事柄を、ご思案なさらぬもの。お上《かみ》には何とぞ、ご放念くだされますように……」

酒井忠勝は、家光の憔悴《しょうすい》した顔に涙を誘われそうになった。

「余《よ》は江戸の大火を、何よりも恐れた。大火を防ぐに、よき手立てなきものかと心を砕いたものじゃ」

家光の潤《うる》んだ目が、むかしを回想しているようだった。

「御意《ぎょい》」

ご平癒を——と、酒井忠勝は叫びたくなる。

家光は、まだ四十八歳ではないか。

自分はもう六十五歳なのに、病床にもついていない。できることなら家光の代わりに死にたいと、酒井忠勝は無念を覚えるのであった。

「大名火消を設けたのも、そのためであったのう」

家光の表情は、思い出の中で若くなっている。

「以来、大火のたびごとに大名火消は、数えきれませぬほどの功を成し遂《と》げておりまする。大名火消のご制定もまた、お上のご賢策のひとつにござりまする」

大名火消の創設は寛永二十年であり、いまから八年前のことだと酒井忠勝は計算していた。

「大名火消を設けたのは、九年前のことではなかったか」

家光はまたもや、九という数にこだわっていた。

「八年前にございまする」

「さようか。江戸成都以来の大火となったのが、九年前であったかのう」

「恐れながら、あの大火は十年前の出来事にござります」

「さようか」

「寛永十八年一月二十九日、京橋桶町《きょうばしおけちょう》より発しましたる火は二昼夜も燃え続け、九十七町を焼失いたしましてござりまする」

「六日前の火事、さような大火に至らず、よかったのう」

「御意」

「この二月には、上野《こうずけ》と信濃《しなの》の国境の浅間山《あさまやま》が火を噴《ふ》いたと聞く」

「さいわい、火煙ともにさほど激しからず、とのことにござりました」

「それにしても、何かと物騒なことじゃのう」

「お上のご平癒こそ、天下万民に安らぎを賜《たま》わるものにござりまする」

「そのような神通力、余は持ち合わせておらぬぞ」

口もとに笑いを漂《ただよ》わせたあと、家光は疲れたというように目を閉じた。

「ごゆるりと、おやすみくだされませ。それが何よりのご養生と、相成りましょう」

酒井忠勝の目には、家光の寝顔が涙に霞《かす》んで見えた。

病間に詰めているのは、医師団だけであった。あとの者は、酒井忠勝を除いて誰もいない。

今日、家光が酒井忠勝を病間に呼んだのは、明日の予定の変更を伝えるためだったのだ。

明十七日は東叡山《とうえいざん》の遷宮《せんぐう》により、家光も参賀することが決まっていた。だが、今日の病状では到底、無理であった。そこで今回もまた家綱に代参を申し付けたいと、家光は酒井忠勝に変更を命じたのである。

ひとりで病床の家光を見守っていると、酒井忠勝もまた老人の孤独感に沈むことになる。家光と同様に、目を向けるべき未来は残り少ない。

どうしても、過去を振り返らずにはいられない。気力と活力にあふれ、情熱と意欲が十分であった若き日々は、いつになっても素晴らしい時代だった。

家光とともに生きた長い歳月を、いまの酒井忠勝は過去の栄光として、誇らしく思い描くことができる。幕府の体制作りもわが人生も、建設の時期にこそ最高の生き甲斐《がい》を得られるものだと、酒井忠勝は胸のうちでつぶやいていた。

家光も、若かった。

いや、幼かったというべきだろう。

何しろ、竹千代君《たけちよぎみ》の時代なのだ。

元和六年、竹千代は十七歳で元服して、大納言家光になった。秀忠の臣であった酒井忠勝は、竹千代付きを命じられて西の丸に勤仕《きんし》していた。

その後、三十一年間にわたり忠勝は、家光の忠臣でいたということになる。家光が元服したとき、忠勝はまだ三十四歳だった。それから二年たって深谷《ふかや》一万石を与えられ、忠勝は初めて大名の仲間入りをした。

その翌年、秀忠が隠居して、家光は三代将軍となった。二十歳という青年将軍を眺めるのが、忠勝は楽しくて仕方がなかった。家光の将軍宣言の上洛《じょうらく》に、忠勝ももちろん随行した。

その帰途、家光と忠勝は二人きりで、言葉を交《か》わしたことがあった。

「江戸に帰着いたさば直《ただ》ちに諸侯を集め、三代将軍としての心中に抱く決意のほどを述べねばならぬ」

家光は、やや困惑した面《おも》持ちで話しかけた。

「お上にとりましては、何よりも肝心《かんじん》なる試練にござりますぞ」

大名全員が集まっての新将軍の人物考査になるだろうと、酒井忠勝も江戸へ引き揚げることに緊張感を覚えた。

「余がいまだに若きなるがゆえ、侮《あなど》る大名も少なくはなかろう」

その辺のところは、青年将軍もちゃんと読んでいた。

「さように不心得なる大名どもの心胆《しんたん》を、寒からしむるごときご決意のほどを、ご披露なさらねばなりませぬ」

酒井忠勝は、けしかける。

「余は若くして征夷《せいい》大将軍に任ぜられたが、若きことと将軍継承に何らかかわりはない。まず、こう申すのはどうじゃ」

「いまひとつ、力不足のように思われますな」

「さようか」

「諸大名の腹のうちを冷たくさせるには、厳しく意表をつくお言葉が望ましゅうございます」

「厳しく、なおかつ意表をつくような言葉か」

「お上より一方的に押しつけるがごときお言葉を賜わりますのが、よろしいかと愚考いたしますが……」

「なれば、これはどうじゃ。余は、生まれながらの将軍である」

「感服つかまりました。まことにもって、当を得ましたるお言葉にございまする」

「よいか」

「はい」

「次いで、かように申す」

「承《うけたまわ》ります」

「わが祖父、わが父と違うて、余は一同に対し遠慮いたさぬ決意にて臨《のぞ》む。生まれながらの将軍なれば、それが当然のことと相成ろう。もし、それに不満を抱く者あらば早々に帰国いたし、合戦の用意を整えるがよかろうぞ」

　家光は、胸を張った。

「お上、それこそが諸大名の心胆を、寒からしむるお言葉にございますぞ」

　忠勝は嬉しくなって、思わず手を打ち鳴らしていた。

「されば、これにてよいな」

　青年将軍は、破顔一笑した。

「お上のご治世に天下乱れず、更には徳川家安泰も、これで決まりましてございます。まずは、ご慶賀を申し上げまする」

　忠勝は、涙が出るほど嬉しかった。

　余は、生まれながらの将軍である——。これはまた、何と素晴らしい宣言だろうか。家康は生まれたとき、三河《みかわ》の西部だけを支配する弱小の松平一族の一員にすぎなかった。秀忠にしても、家康という一大名の三男として生まれている。それに引き換え、家光は将軍秀忠の子ということで、この世に生誕したのであった。

　確かに家光こそ初めて、生まれながらの将軍といえる人間なのである。したがって家康や秀忠のように、全国の大名に遠慮する必要は少しもない。

　大名を臣下として、容赦《ようしゃ》なく服従させる。それを不平とする大名は即刻帰国して、合戦の準備を整えるがよい。余は将軍の任を果たすため、直ちに謀叛人《むほんにん》を討ち滅ぼすであろう。

このような通告を受けて、縮《ちぢ》み上がらない大名はいない。諸大名は不安と緊張のうちに、改めて家光に忠誠を誓うことになる。青年将軍だからと舐《な》めてかかれないことを、諸大名は思い知るに違いない。

そうなれば、世が乱れることはないだろう。徳川家も幕府も、思いきった政策を打ち出せる。安心して、天下に号令できるのであった。

豪胆な家光の強気の姿勢を、忠勝は喜びながら驚いていた。家光は予想以上の器量人と、受け取れたからだった。これで、暗愚とか不明とかいう竹千代時代の印象も一掃されると、酒井忠勝は思った。

家光の弟に、幼名国松《くにまつ》の忠長《ただなが》がいる。二つ違いの兄と弟である。竹千代と国松のころ、この兄弟は人物を比較されたことで、将軍継承の問題にまで発展した。

竹千代は兄であっても、不明にして凡人なり。

国松は弟ながら、聡明にして天下人《びと》の器《うつわ》なり。

これが、大方の判定となっていた。それに加えて、母の浅井《あさい》夫人が国松を溺愛しているということがあった。父の秀忠も、国松に肩入れしないではいられない。

その結果、形勢は九十五パーセントまで、三代将軍に国松をということになる。江戸城中の空気としてはすでに、国松が次期将軍と決まったようなものだった。

これに顔色を失ったのは、乳母《めのと》の春日 局《かすがのつぼね》をはじめとした竹千代の側近である。特に春日局などは血相を変えて駿府《すんぷ》へ走り、竹千代擁立を家康に直訴に及ぶ。

家康は、権力争いを封じるためにも、今後の徳川家は次期将軍に嫡男《ちゃくなん》を立てることを定めるべきだと考える。そうした家康の裁断により事態は逆転、竹千代が世嗣《せいし》候補と決定して、国松すなわち忠長は将軍への道を失うことになる。

しかし、だからといって竹千代の人物が評価され、天下人の器と認められたわけではない。相変わらず竹千代は国松より人間の中身を一段低いと見られたまま、二十歳にして三代将軍家光となったのであった。

ところが、それはまるで誤った見方だったことを、酒井忠勝もいまになって痛感したのである。余は、生まれながらの将軍である。これが、効いた。

ある意味では家光より、忠長のほうが優秀といえるかもしれない。だが、この家光の自信と勇気に裏付けされた豪胆さ、意欲と情熱に支えられた積極性が、忠長にも具《そな》わっているだろうか。

天下をわれに一任せよという人物の大きさは、家光独特のものに違いないと酒井忠勝は信じた。そのせいか忠勝はこの一瞬に、終生家光の忠臣たれと改めて誓わずにいられなかった。

余は、生まれながらの将軍である。よって諸侯に遠慮することなく、わが意志を貫《つらぬ》き通す。これに不満の者は直ちに帰国いたし、合戦の用意を急がれよ。こうした江戸城での家光の通告は、果たして大名全員に多大な心理的影響を与えた。

青年将軍の滑《すべ》り出しは、上々といえた。ただし、父の秀忠はいまだに存命である。秀忠は隠居して将軍の座を家光に譲ったが、完全に引退してしまったわけではない。

秀忠が大御所として握っている実権は、以前と少しも変わっていなかった。秀忠は家康を真似《まね》て、大御所と将軍との二元政治を進めたのだった。どちらかといえば、将軍のほうが飾りものになる。

秀忠の死によって家光の天下が訪れたのは、三代将軍に就任してから九年後のことであった。

二

四月十七日の夜、家光はまたしても秀忠の夢を見た。

家光が父を招いたのではなく、秀忠のほうから強引に夢の中にはいり込んで来たという感じだった。秀忠の姿は夢の中でも、家光の目に鮮明に映じた。

五十三、四の秀忠であった。大御所の時代の父だろうと、家光には見当がついた。秀忠は五十四歳で死んでいるから、その直前の容姿なのかもしれない。

秀忠は、穏やかな顔つきでいる。わが子に笑いかける父の目が、家光を安心させた。家光は秀忠が二十六歳のときの子どもだが、四十以上も離れているように思えた。

おそらく家光だけが、幼児の竹千代に戻っているのだろう。

「そちは、ようやったのう。三代将軍としての責務を果たし、数多くの業績を立派に成し遂げたではないか」

秀忠は、にこやかにうなずいた。

「お褒《ほ》めのお言葉を、いただけるのでございますか」

家光は、素直に応じた。

毎日のように見る家康や秀忠の夢を、家光はただの夢とは受け取っていなかった。家康と秀忠の声を、幻聴とも思っていない。祖父と父の顔、それに声もはっきりしている。決して、夢まぼろしではない。祖父も父も当然、生きている人間ではないとわかっている。つまり家光はあの世の家康や秀忠と、現実に語り合っているつもりなのである。

「いくらでも、褒めてつかわすぞ」

秀忠は、機嫌がいい。

「ありがたきしあわせ」

家光にも、甘えているという自覚があった。

「そちのおかげで、徳川家並びに幕府の礎《いしずえ》は揺るぎなく固まったのじゃ」

秀忠は、いかにも満足そうだった。

「いまだに仕残したことが、少なからずございますが……」

いちおう、家光は謙遜する。

だが、それまで名目にすぎなかったり曖昧《あいまい》だったりした幕府の体制、職制の大綱《たいこう》を定め、行政機構を確立させたことは、自慢してもよさそうだと家光は思う。

「そちの政事《まつりごと》をもって寛永の治と、世に讃《たた》えられておるのがその証《あか》しであろう」

「恐れ入ります」

「余の死後、そちの働きは目ざましかったぞ」

「父上のご威光を、拝借いたしましたのにすぎませぬ」

「まずは、それまでの老職を老中と改めたであろう」

「名称のみを、改めました」

「若年寄《わかどしより》なる制度も、新たに設けたのではないか」

「若き器量人を、政事に加えるためにございます」

「それまでは名ばかりの町奉行、寺社奉行の制度と支配も、そちによって明確に定められた」

「はい」

「更に勘定奉行《かんじょう》をも、新たに設けたのではないか」

「はい」

「それに加えて、そちは評定所《ひょうじょうしょ》の制を定めておる」

「寛永十二年のことでございます」

「寺社奉行、町奉行、勘定奉行に老中も加えての幕府最高の裁決の場を、評定所として設けたのはみごとであった。重要なる事項の裁断を評定所に任せることにより、施政ははるかに容易となろう」

「武家、町人の別を問わず万民が、天下に定められた幕府の規律あることを、よう承知いたしたるは確かにございます」

「ほかにも多くの大事業を、そちは断行いたしたではないか」

「はい」

「余の死後、そちは直ちに諸大名を集め、その去就を試したのう」

「父上のご威光により、事なきを得ましたが……」

「次いで、奉書船《ほうしょせん》を除いての海外渡航を禁じた」

「はい」

「参勤交代の制を定め、武家諸法度《しょはっと》を改め補い、大名は幕府の支配下にありの形を名実ともに整えたのう」

「そのいずれも、寛永十二年のことにございました」

「寛永十四年から十五年への島原《しまばら》の乱ののち、キリシタンを厳しく禁じた」

「鎖国令を発しましたるは、それより間《ま》もなくのことでございます」

「正保《しょうほう》元年には、人別帳《にんべつちょう》の作成に取りかかったであろう。これは政事にとって、何にも増して重要なること。人別帳なるものに、よくぞ気づいたぞ」

「はい」

「ほかには、慶安の御触書《おふれがき》があるかのう。農民への諸制度とともに、百姓はいかにあるべきかを定めたのが、慶安の御触書であったな」

「はい。それを定めましたるは、一昨年のことにございます」

「かような数々の大事業を、よくぞ成し遂げた。父なる余も、感服いたすほどじゃ。徳川家の祖は東照神君《とうしょうしんくん》なれど、徳川幕府の祖は家光と申してよかろう」

「それはまた、恐れ多いお言葉にございます」

「その功に免じて、そちが弟の忠長を自害に追いやったことも、忘れてつかわすであろう」

「忠長のことにつきましては、何とぞご容赦のほどを……」

「いまさら振り返ったところで詮方《せんかた》なきことだが、そちに比べて余は無力にして無能であったな」

「何を、仰《おお》せられます」

「東照神君が、偉大にすぎたのじゃ。それゆえに余は生涯を、努《つと》めて目立つことなきように過ごさねばならなかった。それに引き換え、そちはしあわせ者よのう」

「わが意向を通すことが、叶《かな》いましたるゆえ……」

「されど、そち一人《いちにん》の功なりと驕《おご》ることなかれ。そちが徳川家の礎を築き、今日の幕府にあらしめたる功績の半ばは、そちの重臣どもによるものと心得ねばならぬ」

「十二分に、承知しております」

「古きは土井《どい》利勝《としかつ》、酒井忠勝、次いで松平信綱、阿部忠秋、堀田《ほった》正盛《まさもり》と、そちはまことにもってよき補佐役に恵まれたものじゃ。この五名の重臣のうち一名でも欠けておれば、そちの寛永の治もままならなかったであろうと申し添えておく」

「そのとおりにございます」

「それにしても、ようやった。余の死後十九年に及ぶそちの働きを思えば、寿命を縮めたるうえ疲れ果てるのも無理はなかろう。少し、休むがよい」

「はい、休ませていただきます」

「ただし、永久《とわ》の眠りにつくことは許さぬぞ」

「仰せではございますが、冥府《めいふ》より迎えが参っておるように存じます」

「ならぬ。そちにはいまだ、果たさねばならぬ政事が残っておろう。徳川家の礎を磐石《ばんじやく》といたすためにも、そちはそれらを成し遂げねばならぬ」

秀忠の顔に、寂しそうな笑いが浮かんでいた。

「このうえなく家光、疲れ果てておりまする」

家光は夢の中で、たまらなく眠くなっていた。

「東照神君が生涯、七十五。余は、五十四年。そちは四十八年と、縮む一方ではないか。そうなっては徳川家の隆盛に相反し、まことに心細いことじゃ」

秀忠の姿が、霞んで見えた。

「休みとう存じます」

家光の頭の中も、空《から》っぽになっていた。

「長寿を……」

秀忠の声が、遠のいて消えた。

家光は雲に乗るような心地で、真っ暗な闇の中へ吸い込まれていった。

四月十八日の朝になったが、家光はまだ眠り続けている。詰めている医師団の目には、明らかに眠っている家光と映じた。しかし、家光は夢の中で、完全に起きていた。

幻影や幻聴ではなく、正気でやりとりを交わしているのである。先月の末から、食事を受け付けなくなっている。この五日間は薬湯《やくとう》が主となり、食物らしきものは何も口にしていない。

そのためもあってか、家光の頭の中はすっきりとしている。思考力が、冴《さ》えていた。意識が混濁したり、錯乱したりはしていない。家光はかなり明瞭な夢の中で、人と会っているのだった。

相手は、家康である。

今朝は、東照神君が訪れたのであった。家光の幼いころの記憶に、家康のことはほとんど刻《きざ》まれていない。家光は、家康が六十三歳のときに生まれている。本来ならば互いに、よき相手となるはずの祖父と孫であっただろう。

だが、家光という孫が生まれる前年に、家康は将軍に任ぜられている。徳川初代の将軍として江戸開府に多忙を極《きわ》め、家康は孫のことどころではなかった。

しかも、家光が生まれた翌年には隠居して大御所となり、さっさと駿府に移住してしまう家康だった。その後も家康はよほどのことがなければ、駿府から江戸へ出向いてはこなかった。

そのうえ、家光がまだ十三歳のときに、家康はこの世を去ることになる。家光が十三歳に成長するまでのあいだ、家康は豊臣家を滅ぼし、徳川家と江戸幕府の土台を築くために時間を惜しんだ。

家光が生まれてからの家康は、この世を駆け抜けるように生き急いだのだ。そういった祖父に孫との交流が持てるとしたら、むしろ不思議である。

したがって成人してからの家光には、生身の家康の印象というものがあまり残っていない。そのせいか家光の夢の中に現われる家康も、祖父らしい老人ではなかった。

今朝はまず枕もとに、鎧櫃《よろいびつ》が置いてあるのに気づいた。その鎧櫃のうえには、甲冑《かっちゅう》が飾られている。見覚えのある甲冑だった。家光はすぐに、家康所用の甲冑だと気づいた。それは、久能山《くのうざん》の東照宮に納められている。

そう思った瞬間に、立派な姿の家康が現われたのであった。冠《かんむり》をつけ束帯《そくたい》を着し、笏《しゃく》まで手にしている。朝廷の公事《くじ》に着用する正服であり、征夷大将軍の風格十分である。その代わり、六十をすぎたばかりの家康と若かった。

「家光、恐ろしゅうないか」

家康が、口を開いた。

「死にございますか」

いつものように聞き慣れない声だと、家光は思った。家康の声を記憶していないので、聞き覚えがないのは当然だった。

「征夷大将軍が、死を恐れて何とする」

秀忠と違って、夢の中の家康はニコリともしない。

「されば何が恐ろしいかと、お尋《たず》ねにございましょう」

家光は相手が家康なので、いささか萎縮《いしゅく》していた。

「そちの死後を恐れぬかと、問うておるのじゃ」

「死後……」

「そちの死後、徳川家はいかが相成ろうかのう」

「申し上げるまでもなく、徳川家は安泰にございます」

「それが、そちの本心か？」

「本心にございます」

「偽《いつわ》りを、申すでない。そちは昨今、重ねて悪夢にうなされておろう」

「それは、病身がために……」

「さにあらず。そちは、おのれの死後を案じておるのじゃ。おのれの死後、果たして徳川家の安泰が保てようかと、そちは迷うておる」

「は、はい」

「それが徳川家危うしとの心痛の種となり、悪夢となってそちを苦しめるのであろう」

「実を申しますと、仰せのとおりにございます」

「いかなる悪夢を、そちは多く見ることになるのじゃ」

「まずは、天守閣が現われます。三の丸、二の丸はおろか本丸さえも見当たらぬ天守閣のみの城が、荒野の嵐の中に現われるのでございます」

「戦乱の世に孤立いたし、落城寸前の城というわけじゃな」

「その天守閣へ攻め寄せるは三十万、五十万にものぼる敵が軍勢。天下の大名ども、挙《あ》げての謀叛にござります」

「謀叛に加担いたした大名どもが大軍を繰り出し、孤立する徳川家を攻め立てるとの悪夢にあろう。すなわち、おのれの死後は徳川家危うしとのそちの不安が、そっくり夢の中に現われるのじゃ」

「さように、思われます」

「そちは何ゆえ、おのれの死後の徳川家危うしとの不安を抱くのか。それは、そちの世嗣の幼きことから、発する苦労に相違あるまいな」

「仰せのとおりにございます」

「家綱は、いまだ十一歳」

「はい」

「しかも、そちの命に先はない」

「はい」

「わしは生きておるうちに将軍の位を秀忠に譲り、大御所として将軍の何たるかを秀忠に教えた。秀忠もまた折を見て大御所に退き、そちに将軍の道を歩ませた」

「はい」

「わしが冥府へ旅立ったとき、秀忠は三十八歳。秀忠がこの世を去ったとき、そちは二十九歳。いずれもすでに、将軍そのものになりきっておった。さすれば、わしも秀忠も後顧《こうこ》の憂《うれ》いなし。よって、心安らかに大往生《だいおうじょう》を遂げることと相成った。また徳川家も今日まで、事なきを得ておる」

「まさしく、そのとおりにございます」

「だが、そちはどうじゃ。大御所に退くこともなく、そのほうは将軍のまま死を迎えんとしておる。将軍死してその地位を世嗣に譲るは、徳川家にとって初めてのことと相成る。更に家綱は、いかにも幼き世嗣じゃ。そちが案ずるごとく、悪夢が正夢《まさゆめ》になるやもしれぬ」

「何とぞ、家綱をお守りくだされませ」

「そちは若きうちに、多くの子らを儲《もう》けなかったであろう。そのことが、取り返しのつかぬ過ちと相成った」

「申し訳ございませぬ」

「二心《ふたごころ》ある大名どもが謀叛、そちの死を待って起こり得ることじゃ。徳川家は、三代にして滅ぶのか！」

家康は無念の形相《ぎょうそう》で、家光に怒声を浴びせた。

「いや、いや、いや……」

家康の恐ろしさに激しくもがいているところで、家光はハッとなって目を覚ました。

三

家光の正室は孝子《たかこ》、関白左大臣鷹司信房《かんぱくさだいじんたかつかさのぶふさ》の娘である。

家光が将軍となった元和九年の暮れに、鷹司孝子は京から江戸へ下った。二年後に婚礼の儀があって、孝子は若御台《わかみだい》と称されるようになった。

将軍の妻は御台所《みだいどころ》、それを略して御台という。どうして、わざわざ若御台などと断わったのか。このときまだ大御所の秀忠とともに、浅井夫人が大御台所として江戸城にいたからなのであった。

しかし、浅井夫人は翌年の秋に、五十七歳で病死している。

家光と孝子の仲は、初めから冷ややかだった。特に家光のほうが、この二つ年上の正室を敬遠したようである。離婚はあり得ないので、名ばかりの夫婦でいるほかはない。

吹上御苑《ふきあげ》に別棟の御殿を建てて、孝子はそこへ移り住んだ。そのときから孝子は、中の丸殿と呼ばれるようになった。家光とは、完全別居であった。

中の丸殿は、七十三歳まで生きた。約五十年間を別居のまま、吹上御苑の御殿で過ごしたことになる。

もちろん、妊娠も出産も経験しなかった。まずは正室とのあいだに子ができなかったことが、家光の不運といえるだろう。

だが、不運ばかりではない。

家光自身にも、大なる欠点があったのだ。

男色である。

家光は男色を好み、なかなか女に興味を示さなかった。そのため三十三歳まで、家光には子どもがいないという重大な結果を招いた。

将軍家に子どもがいないというのは、笑ってすまされるようなことではない。世嗣が誕生しないとなれば、それはゆゆしき一大事であった。

どうにもならないときには、養子を選ぶという方法もある。しかし、それは最後の手段であって、常道としては避けるべきことだった。

将軍は、実子を必要とする。そのために、大奥というものが置かれている。借り腹であってもいいから、将軍の実子を何人となく誕生させなければならない。

数多くの子どもを欲しがるのは、単に子孫繁栄を考えてのことではなかった。当時の人間の平均寿命や幼児の死亡率からすれば、世嗣の予備軍を設けておくのは当然といえるだろう。

事実、将軍の子どもといえども、驚くほど多くの若さま姫さまが早死にしている。それで将軍たるものは何十人だろうと、実子を必要とするのであった。

そういうことにもかかわらず、家光は三十三歳までひとりの実子も授《さず》からなかった。大勢の側室と肉体関係を持っても、子宝に恵まれないというのであれば、これはやむを得ないし仕方がない。

ところが、家光の場合は自業自得だった。せっかく大奥というものがありながら、女人には見向きもしない。女より男のほうが、いいというわけである。

子ができないのではなく、作らないのであった。

こうなると、すべての責任と罪は家光が負わなければならない。男色に溺れて世嗣を儲けなかったでは、最低の将軍ということになる。

何とか異性に目を向けてもらいたいと、春日局など家光の側近たちは必死の思いだった。

「台徳院《たいとくいん》（秀忠）さまは東照神君がご実子、将軍家におかれましても台徳院さまがご実子。されど将軍家にはいまだ、ご実子のご誕生がございませぬ。徳川家はわずか三代にして、お血筋が絶えることになりましょうぞ。そうなっては東照神君並びに台徳院さまに、お詫《わ》びのしようもございませぬ」

春日局はそう言って、たびたび家光に詰め寄った。

もちろん、側室候補の美女たちが大奥で将軍お手付きのときを待ち続けている。そのうちのお振《ふり》の方は、家光が二十三歳のころから側室の候補として待機を命じられていた。

そのお振の方は十年ほど経過して、ようやく家光の寵愛《ちょうあい》を受けることになった。お振の方はすぐに懐妊して、寛永十四年に家光の初めての子を出産する。

家光は、三十四歳になっていた。

だが、生まれたのは女児であった。

長女、千代姫《ちよひめ》である。

それから更に四年がすぎて、寛永十八年に側室のお楽の方が男児を出産した。ついに、嫡男の誕生である。

幼名を家光と同じ、竹千代とした。この竹千代が早世しない限り、いちおう世嗣は確保されたわけだった。さいわい竹千代は、無事に成長した。元服して、家綱となる。

三年後の寛永二十一年の五月に、お夏《なつ》の方が次男の長松を生んだ。この長松は十八歳で元服し、名を綱重《つなしげ》と改め甲斐《かい》二十五万石に封ぜられる。

のちに甲府宰 相《こうふさいしょう》といわれる綱重が、この長松であった。

次いで翌年に三男の亀松が、翌々年に四男の徳松が生まれる。生母はお玉《たま》の方、後年の桂昌院《けいしょういん》である。

三男の亀松は三歳で病死したが、四男の徳松は長命であった。徳松は三十五歳で、五代将軍に就任することになる。

この徳松こそ、『生類憐《しょうるいあわれ》みの令』という悪法で知られ、犬公方《いぬくぼう》と呼ばれた暗愚な五代将軍綱吉《つなよし》だった。

五男の鶴松は慶安元年、お里佐《りさ》の方を母に生まれたが、その年のうちに病死した。

かくして家光は、結果的に一女五男の父親になった。五男あっても、亀松と鶴松は早世している。そのうえ父親としての出発が遅れたために、生存している三人の息子はいずれも幼い。

家光が重病人となったこの慶安四年、四代将軍就任が決まっている長男の家綱は、まだ十一歳であった。

家光は今月の初めに次男の長松（綱重）、四男の徳松（綱吉）にそれぞれ十五万石ずつを与えている。しかし、その次男と四男にしても、長松は八歳、徳松は六歳にすぎないのだ。

そのことがいま、死期が迫った病床にある家光を苦しめている。

間もなく将軍職を継ぐ長男は十一歳、次男及び四男は八歳と六歳。これではどうにもならないという不安が、衰弱した家光の全身を圧迫する。

江戸幕府に大きな不満を抱く大々名、徳川への反感を捨てきれない有力大名が叛旗《はんき》を翻《ひるがえ》すとしたら、いまに勝《まさ》るチャンスはない。そうした大名たちが結託して、何十万という軍勢を江戸へ差し向けたら、徳川はそれを防ぎきれるのか。

かなり難しい、という答えになる。

勝てないと悲観はしないが、敗れる可能性も大いにある。勝敗を決するところまではいかないが、再び戦乱の世になるということも考えられる。

いずれにせよ、徳川三代の苦心は水の泡となるだろう。家康、秀忠、家光が営々と築き上げた礎が、音を立てて崩れ去る。家康、秀忠と多くの家臣に対して、家光の罪は万死に値《あたい》する。

夢の中で家康に怒鳴られるのは、当然のことだった。これでは死んでも死にきれないと、家光の精神的苦痛は抑《おさ》えようがない。思い残すことが、ありすぎるのだ。

その遠因は、若くして子どもを作らなかったことになる。

不可能ではなかったのに男色という脇道にそれて、子どもを生み育てることを怠《おこた》った。将来のことを考えなかった若さというものが、いまの家光には仇敵《きゅうてき》のように憎い。

だが、いくら後悔したところで、二十年前には戻らないのだ。取り返しがつかないとは、こういうことであった。

もし、家光の二十代の前半に子どもたちが生まれていたら、家綱はいま二十五歳ぐらいになっている。綱重は二十二歳、綱吉も二十歳ではないか。

そうであれば家光も家綱の二十前後に、隠居して大御所となっていただろう。そのうえで家綱に王道を教え、経験も積ませていたはずである。

いまの家綱は二十五歳。頼もしい将軍でいるに違いない。しかし、現実の家綱は十一歳、将軍とは何であるかもわからない少年であった。

将軍の座を狙《ねら》う一門、徳川家に牙をむく大名が実際にいるだろうかと、家光は恐る恐る考えをめぐらせた。

家光は秀忠の死後、多くの大名の改易《かいえき》を断行している。これも、家光の大事業のひとつだった。その思いきったやり方には、諸大名が顔色を失った。

寛永九年の正月末に秀忠が死去すると、家光は直ちに大名粛清の大ナタを振るった。

寛永九年四月、美濃《みの》の脇坂安信一万石を除封。

同じく六月、熊本《くまもと》五十一万九千石の加藤忠広を除封。

同じく十月、弟の徳川忠長五十五万石を除封。

それに連坐して鳥居忠房三万五千石、朝倉宣正二万六千石、三枝守昌一万石、屋代忠正一万石を除封。

寛永十年九月、松江《まつえ》二十四万石の堀尾忠晴を世嗣なしにより除封。

寛永十一年二月、府内《ふない》二万石の竹中重義を職務上の不正で除封。

同じく八月、松山《まつやま》二十万石の蒲生忠知を世嗣なしに付き除封。

寛永十二年七月、加納《かのう》十万石の菅沼右京を世嗣なしに付き除封。

山形《やまがた》二十四万石の鳥居忠直を、世嗣なしに付き除封。

寛永十四年七月、高取《たかとり》三万石の本多利長を世嗣なしに付き除封。

島原六万石の松倉勝家を、キリシタン一揆により除封。

寛永十五年四月、唐津《からつ》十二万石の寺沢堅高をキリシタン一揆により除封。のちに、本領のみ復活。

以後、寛永年間に飯山《いいやま》三万石の佐久間安次、栗原《くりはら》一万六千石の成瀬之虎、沼田《ぬまた》三万石の真田熊之助、榎本《えのもと》二万八千石の本田犬千代、備中《びっちゅう》松山六万五千石の池田長常、宍粟《ししくり》二万石の本田利家、村上《むらかみ》十万石の堀直定、福原《ふくはら》一万四千石の那須資重がいずれも世嗣なしのために除封。

正保年間から慶安三年までには九家の大名が、世嗣なし、発狂自殺の理由で除封になっている。

秀忠が死んで名実ともに将軍となった家光は、就任中に三十一家の大名を除封とした。ほかに減封が、十五家あった。十万石以上を七家も含む三十一家の大名が、家光によって断絶となったのである。

家光自身に後継者が出生していないのに、世嗣がおらぬからと大名をせっせと取り潰《つぶ》していたというのが、何とも滑稽《こっけい》だった。

いずれにしても、この大名の粛清政策は家光に多くの敵を作っている。大名が取り潰されれば、家臣は牢人となる。関ヶ原の合戦後からの牢人と合わせれば、その数は四十万人にも達するという。

現に家光が死んで三カ月後に、牢人救済を表看板に由比正雪《ゆいしょうせつ》が慶安の乱を引き起こすことになる。

もし、十一歳の家綱が将軍となる弱体徳川につけ入って、反江戸幕府の大名が挙兵すれば、それら牢人の大半も参戦するだろう。仮に十家の大々名が同盟を結んだとしたら、敵は百万からの大軍になる。

そのように計算すると、不安を通り越して家光は恐怖に駆られる。

「徳川を敵に回すやもしれぬ大々名は、決して少なくはないのじゃ」

姿は目に映じないが、どこからともなく家康の声が聞こえてくる。

「九州には、七十二万九千石の島津がおります」

天を仰《あお》ぐような目つきで、家光はつぶやいた。

「いざとなれば、福岡《ふくおか》五十二万石の黒田も島津と手を結ぶであろうな」

家康が言う。

「長門《ながと》三十六万九千石の毛利は、必ずや敵に回りましょう」

「北は出羽《でわ》の二十万五千石、佐竹も徳川の味方にはつくまい」

「米沢《よねざわ》三十万石の上杉も、敵と見なさねばなりませぬ」

「何にも増して恐ろしきは、身内じゃよ。わしが十男にしてそちの叔父《おじ》、紀伊《きい》徳川五十五万五千石の頼宣《よりのぶ》じゃ。将軍の座に野心を抱くあの頼宣めが、隠れたる敵の総大将になるやもしれぬ」

家康の声が、耳を圧するように大きくなった。

「讃岐守は、おらぬのか。忠秋、信綱をこれへ」

寝汗びっしょりの家光は、酒井忠勝、阿部忠秋、松平信綱を呼ぶように命じた。

四

家光が酒井忠勝、阿部忠秋、松平信綱を呼べと命じたのは、この三名に用事があってのことではなかった。

恐ろしい夢から醒《さ》めた家光は、咄嗟《とっさ》に三名の名前を口走ったのだ。幼児が悪夢にうなされて、思わず母親を呼ぶために泣き叫ぶのと似ている。

幼児は母親に、助けを求める。家光も、それと同じであった。ただし将軍にとって、母親など身内はアテにならない。

将軍が助けを求めるとすれば、その相手は有力な重臣ということになる。家光も頼みとする三人の重臣に、気持ちのうえで取りすがったのである。

そういうときの家光は、正直だし素直だった。常日ごろ、心より頼もしきかなと信じている者しか、その名前が出てこない。つまり、家光が最も信頼している幕閣はこの三名と、証明されたのであった。

大老　酒井讃岐守忠勝。

老中　阿部豊後守忠秋。

老中　松平伊豆守信綱。

徳川幕府の崩壊を防ぐために、この三人が何とかしてくれるはずだと、と、家光は夢の中で期待したのだろう。

「余の右腕は讃岐（酒井忠勝）、左の腕は伊豆（松平信綱）である」

以前にも家光は何度となく、こうしたことを周囲の者たちに洩《も》らしている。

酒井忠勝と松平信綱をみずからの両腕と感ずるほど、家光はそのころから信頼しきっていたのであった。しかし、家光が幕閣として頼りにする忠勝と信綱は、もちろん同格同列の人物ではない。

酒井忠勝のほうが、大先輩ということになる。

両者の年齢には、九歳の開きがある。

譜代門閥《ふだいもんばつ》の酒井忠勝は、いわば名門の出であった。それに対して松平信綱は、徳川家の一地方代官《だいかん》の息子にすぎず、のちに松平家の養子となる。

酒井忠勝は秀忠に仕え、その命により三十四歳のとき家光に属した。

松平信綱は最初から家光に付属し、その小姓《こしょう》として九歳より近侍《きんじ》する。

秀忠の死によって二元政治が終わりを告げた寛永九年、酒井忠勝は川越《かわごえ》十万石の城主となった。

一方の松平信綱はそのとき、一万五千石の小姓組番頭《ばんがしら》であった。

十万石と一万五千石では、大人と子どもである。格に差がありすぎて、身分が違うということにもなりかねない。幕閣へ向けて一万五千石が十万石に追いつくなどとは、本来ならば誰も予測しないことだろう。

ところが、名実ともに将軍家光の支配となったこの寛永九年以降、みるみるうちに両者の差が縮んでいくことになる。

寛永九年における幕閣の実力者は、次の三名に絞られていた。

六十一歳の酒井雅楽頭《うたのかみ》忠世《ただよ》。

六十歳の土井大炊《おおい》頭利勝。

四十六歳の酒井讃岐守忠勝。

この三人のうちで首座につくのは、酒井忠世であった。

酒井忠世は、三河譜代の名門中の名門の出である。酒井忠勝と同じ一門だが、忠世のほうが宗家《そうけ》だった。

従兄弟《いとこ》同士であっても忠世は本家、忠勝は分家の系統になるので、やはり頭が上がらない。それに酒井忠世には、早くから秀忠の家老職でいたというキャリアがあった。

酒井忠世は、権力を恣《ほしいまま》にするような人間ではない。謹厳にして実直な長老と、評してよかった。だが、実権を握るナンバー1だったことに、違いはない。

これより四十二年前の家康の関東入国に際して、忠世は早くも川越に五千石の知行地《ちぎょうち》を与えられていた。そして、このときの忠世は、厩橋《うまやばし》(前橋)十二万二千五百石の城主になっていた。

徳川四天王のひとりに数えられる酒井忠次《ただつぐ》の系統と同様、忠世の酒井氏も松平別流として徳川家の親族に近い扱いを受けている。そうした特別な関係となると、ナンバー2の土井利勝もあまり変わらない。

何しろ土井利勝は家康の息子か、あるいは血縁と見られている人物なのだ。家康に可愛がられて、やがて七歳になる。その年に、秀忠が生まれる。

すると家康はお七夜《しちや》をもって、土井利勝に秀忠付きを命じた。土井利勝は七歳にして、生まれたばかりの秀忠に仕えることとなったのだ。

三十歳で、一万石。

三十八歳で、三万二千四百石。

四十歳で、四万五千石。

四十三歳で、六万五千二百石。この年、酒井忠世などとともに家光付きとなる。

四十八歳で、九万二千石。

五十三歳で、十四万二千石。

六十一歳で、十六万石となる。

この土井利勝というのは、あまり書物を読まなかったらしい。だが、それでも群を抜いて、知的だったという。それは土井利勝が非常に冷静なうえに、慎重でもあったためとされている。

秀忠の死去にともなう大赦《たいしゃ》について、土井利勝は次のように批判した。

「異国においては、皇子の誕生とともに大赦ありと聞く。この国は喪《も》に服すによって、大赦を認む」

「それでは罪人どもが大赦を望む余り、必ずやお上《かみ》の死を願うことになろう。道理に、合わぬ」

「まして、罪死に至る者まで、赦《ゆる》すべきの理《ことわり》なし」

「みだりに罪人を赦さば、善人は何をもって賞せん」

「これを、今後の定法《じょうほう》となすべからず」

異国の外交使節を迎えるとき、その通路脇に磔《はりつけ》にした罪人を並べることが恒例になっていた。古き時代にはよく行なわれたことだが、支配者の威を示すのが目的である。

寛永二十年、朝鮮の使者の来聘《らいへい》の際に、それを中止させたのも土井利勝だった。もはや徳川三代の治世となり、そのように殺伐とした勢威の誇示は無用、ということを理由としている。

それ以後、磔になった罪人の陳列はストップされたという。

こういった人柄の土井利勝が、幕閣のナンバー2となっていた。それに次いで、ナンバー3が酒井忠勝であった。

この三人の実力者が中心となって、家光を支える幕閣はスタートする。しかし、栄枯盛《えいこせい》衰《すい》は世の習《なら》い、諸行無常《しょぎょうむじょう》を避けられないのが人生である。

いかなる実力者だろうと、その神通力を失うときがくる。それも、ちょっとしたことから、足もとの砂が崩れる。これは、不運というべきだろう。

つまり人生無常とは、最高の権力者といえども運に左右される、ということをも物語っている。しかも、不運は明日にも訪れかねないのだ。

三人の実力者による幕閣体制は、わずか二年しか続かなかった。

寛永十一年六月、家光は供奉《ぐぶ》の行列に三十万七千人を動員して上洛した。土井利勝と酒井忠勝は、家光に同行した。

江戸の留守は、酒井忠世が預った。これが、不運の始まりとなった。

七月二十三日の夜になって、江戸城西の丸の台所から火が出た。あっという間に火勢が強まって、消しとめることは難しくなった。延焼を防ぐのが、やっとであった。

西の丸は、全焼した。

台所の火の不始末《ふしまつ》は誰のせいか、といったことは問題にならない。失火だからと、罪も軽くならない。すべての責任は、江戸城の留守を預かる酒井忠世にある。

そこで、このときの酒井忠世は幕閣のナンバー1らしく、落ち着き払って責任を果たすべきだった。あわてふためくことなく善後策を講じ、跡《あと》始末に尽力すれば何とかなったのに違いない。

ところが、さすがの実力者も西の丸全焼という大事に、うろたえたらしい。あるいは謹厳実直な性格が、かえって災《わざわ》いしたのかもしれない。

酒井忠世は責任を重く感じすぎて、ひたすら恐懼《きょうく》する結果となった。幕閣ナンバー1が、とんだ小心者の一面をさらけ出したのであった。

酒井忠世は江戸城を出て、上野《うえの》の寛永寺に引きこもった。謝罪と謹慎の意を、表するためだった。

だが、これが裏目に出て、逆効果をもたらした。

七月二十七日に、家光は大坂《おおさか》で西の丸全焼の第一報を聞いた。家光は、特に驚かなかった。西の丸だけが焼けて、死者も出なかったとなれば、それでよしとするほかはない。

次いで、酒井忠世が寛永寺に引きこもり断罪を待つ、との報告に接した。とたんに、家光の顔色が変わった。

「城を捨て寺へ逃れるとは、何たることぞ！」

家光は、そのことに激怒した。

「いかなるときであろうとも、水火の天災を逃れること叶わず。それゆえ、このたびの火災にしても、留守を預かる忠世が罪にあらずじゃ」

「されど、老中首座にある重臣が周章狼狽《しゅうしょうろうばい》いたし、おのれが咎《とが》め立てされるを恐れて寛永寺へ逃れたとあれば、これは許しがたき所業なり」

「城を守る総大将が、城を枕に討死の心を忘れて何とする。武士《もののふ》の道もわきまえぬ臆病者が、重臣のうちにおってよいものか」

家光は老中首座の酒井忠世に、激しい攻撃と批判を加えた。

この家光の怒りはそのまま上意《じょうい》ということで、奉書をもって江戸の酒井忠世に伝えられた。

それをもって酒井忠世は、幕閣ナンバー1の座から引きずりおろされることになる。八月二十日になって家光は江戸に帰着するが、目通りさえ許されない老中首座の酒井忠世になっていた。

再三、罪のお許しを願い出る。尾張《おわり》や紀伊の徳川家、天海《てんかい》なども口添《と》えする。それで十二月になってようやく、家光は怒りを解いて酒井忠世を許した。

ただし、酒井忠世の権力者への復帰は、もはや不可能であった。権威の失墜は、そのまま幕閣からの脱落に結びつく。

大猷院殿御実記《だいゆういん》には、『権勢肩をならぶる者なかりし』酒井忠世が、やがて将軍家の許しを得たけれども『政府に入る事をとどめられ、金銀府庫の奉行となり身を終りぬ』とある。

そして、そのあとに『是《これ》より土井利勝、酒井忠勝の二人もつぱら宰輔《さいほ》（宰相）の重任にゐて、威権やうやう顕赫《けんかく》たりしとぞ』と付け加えられている。

権勢比類なき酒井忠世は御金蔵《ごきんぞう》の奉行にまで格下げとなり、代わって土井利勝と酒井忠勝が最高権力者の地位についたということである。

酒井忠世は栄光を過去のものとして、二年後の寛永十三年三月、失意のうちに六十五歳でこの世を去る。

この酒井忠世の失脚後の人事には、新旧交代が判然と認められる。

家光は子飼いの側近を、幕閣に起用したのだ。秀忠には縁がなく、家光の息しかかっていない人材となれば、まだ若くて当然だった。

新旧交代を意識したのではなく、結果的に若手が浮上したのであった。いずれにせよ、主君は家光のほかに知らないという逸材が、擡頭《たいとう》してくることになる。

それらは門閥譜代に対して、新参《しんざん》譜代と称される。

ナンバー1の土井利勝、ナンバー2の酒井忠勝が門閥譜代であり、それに新たな三人の新参譜代が幕閣の中枢に加えられたという図式である。

松平信綱。

阿部忠秋。

堀田正盛。

この三人の新参譜代が、寛永十二年に老職（老中）の扱いになっている。松平信綱は四十歳でまあまあの年齢だが、阿部忠秋は三十四歳、堀田正盛に至っては二十八歳という若さだった。

こうして門閥譜代が二名、新参譜代が三名による幕閣運営は、これより三年先まで維持されることになる。

しかし、家光は寛永十五年になって、老中よりも上席のポストを設けた。この特別なポストはのちに、『大老』と正式に定められる。

とはいうものの家光の意向は、老中よりも上級のポストすなわち隠居、ということにあった。老中という現役を引退して、もっと高所から政治を眺めるのが役目である。

家光は土井利勝と酒井忠勝を、同時にこの大老に任じた。
一　連署《れんしょ》の列（老中）からはずす。
一　毎月、朔日《さくじつ》（一日）と十五日だけの出仕《しゅつし》でよい。
一　何か重大なことがあれば、老中とともに会議せよ。
こういう命令だから、実質的には引退である。老中より上席という形だけの栄誉を与えられて、現役から隠居へと押し上げられたのだ。

ナンバー1とナンバー2が、ともに隠居した。二人の門閥譜代が、一度に消えた。幕閣の中心にいる最高実力者は、三人の新参譜代となった。

だが、ここで家光は井伊直孝《いいなおたか》を、幕閣政治に参画させている。

井伊直孝は、門閥譜代である。このとき四十九歳、彦根《ひこね》三十万石という大身《たいしん》の大名であった。いまさら、老中に任ぜられるはずはない。

事実、老中ではなかったし、井伊直孝に明確な役職は与えられていない。ただ井伊直孝には、幕政に口を挟むことが許されるというだけで、無任所の幕閣だったのだ。

家光は、新参譜代ばかりとなった幕閣のお目付け役として、井伊直孝を引っ張り出したのだろう。発議権も決定権もない井伊直孝は、いわば特別相談役という立場であったといえる。

家光はほかに阿部重次《しげつぐ》を、連署加判《かはん》の列に加えている。

阿部重次は阿部忠秋の従兄《いとこ》に当たる。阿部重次は秀忠の近習《きんじゅう》だったので、家光の子飼いとはならない。それに新任の老中ということで、松平信綱と対等に渡り合うのは難しかった。

それでも家光は阿部重次に老中を命じたとき、松平信綱に対して並々ならぬ気遣いを示している。

「従兄弟同士の間柄をよきことに両名が一味して、伊豆（松平信綱）を圧するごとき振舞いあらば、余が容赦いたさぬものと心得よ」

家光は阿部忠秋と重次に、そのように釘を刺したのだった。

「伊豆はこれまでどおり、よきように相勤めよ」

一方の松平信綱には、阿部両名に遠慮することなく信念を貫くようにと、家光は言葉を与えている。

大老となった土井利勝は、さすがに心の張りを失った。事実上の隠居を命じられたまま、徳川三代に仕えたという気力の糸がプツンと切れた。

翌年の正月に、土井利勝は城中で発病した。中風《ちゅうふう》で、倒れたのだ。家光は数々の名医を、土井利勝の屋敷へ遣《つか》わした。家光みずからも、土井邸を見舞に訪れた。

これで土井利勝は、隠居同然の大老からも退くことになった。土井利勝はついに、権力の座から遠ざかったのであった。静かにそして自然に、権力と絶縁したというべきだろう。

これ以後、家光が死亡するまで、幕政を動かす実力者たちの構図は変わらなかった。

《大老》

酒井讃岐守忠勝。小浜《おばま》十一万三千五百石、在府料として下野《しもつけの》国《くに》のうち一万石。

《老中》
松平伊豆守信綱。川越六万石、正保四年七万五千石に加増。
阿部豊後守忠秋。忍《おし》五万石、正保四年六万石に加増。
堀田加賀《かが》守正盛。松本《まつもと》十万石。
阿部対馬《つしま》守重次。岩槻《いわつき》五万九千石、正保四年六万九千石、慶安元年九万五千石に加増。
《特別相談役》
井伊掃部《かもん》頭直孝。彦根三十万石。

病気になったもうひとりの大老、土井大炊頭利勝・古河《こが》十六万石は正保元年に七十二歳でこの世を去った。
家光に先立つこと、六年と九カ月であった。

五

慶安四年四月十九日が訪れた。
九という数に縁が深いので、この十九日がこの世の最後の日となるかもしれない。家光はいまだに、そうした思いを捨てていなかった。

しかし、意識が混濁したり、危篤《きとく》状態に陥《おちい》ったりするわけではなかった。病間には、医師団が詰めている。ほかに堀田正盛が、看病のために付きっきりでいた。家門《かもん》、譜代をはじめとする諸大名が、家光の症状を案じて城中を動かずにいる。そうした諸大名には、家光の容体がいかなるものかはいっさい伝わらなかった。

家光が病間で顔を合わせるのは、特定の人物に限られていた。いまや家光は、一部の人間たちとの世界に閉じこもり、病間の外の空気さえも拒絶するような状況にあった。

朝のうちの家光はかなり元気で、陶器の観賞を楽しんだりした。家光は、酒井忠勝や松平信綱とも言葉を交わしている。それも口数が多く、なかなか話を打ち切ろうとはしなかった。

「伊豆は、ハマグリを好物といたすか」

家光は笑みを浮かべて、松平信綱に声をかけた。

「ハマグリにございますか」

唐突な質問に面喰《めんく》らい、何か裏があるのだろうかと信綱は疑った。

「嫌いか」

「あの貝のハマグリのことを、仰せにございますか」

「貝のほかに、ハマグリなどなかろう」

「そのハマグリなれば、大好物にござりまする」

「ハマグリの椀《わん》か」

「吸物も結構かと存じまするが、ハマグリの酒蒸《さかむ》しとなりますといっそう美味にござります」

「されば伊豆は、ハマグリが好物ということじゃな」

「はい」

「その好物のハマグリを、そちが粗末にいたしたことを覚えておるか」

「ハマグリを、粗末にいたしましたか」

「余が鷹《たか》狩りに、出かけたときのことじゃ。あれは、麻布《あざぶ》であったな」

「お上《かみ》が御鷹狩りに麻布へお出ましになられ、この伊豆がお供つかまつりましたとなれば、だいぶ以前のことと相成りましょう」

「うむ」

「お上には、いまだに……」

「忘れてはおらぬ。三日前のことのように、はっきりと覚えておるぞ」

「恐れ入りましてございます」

「溜池《ためいけ》に無数の鳥が降り立ち、なかなかに飛ぶ気配なしじゃ。そこで余はそちに、鳥を追い立てよと命じたのであろう」

「鳥を追い立てるには、礫《つぶて》を投げつけねばなりませぬ。ところが、あいにくとあたりに小石のひとつも見当たらず、礫といたすものがございませんでした」

「うむ」

「礫となるものが何かなかろうかと、あのときは戸惑いましてござりまする」

「されど、伊豆はほんの一瞬の思案にて、礫に代わるものを考えついたのであろう」

「はい」

「そちは手の者を、近くの貝を売る店へ走らせた」

「それで数多くのハマグリを、取り寄せましてござりまする」

「一同がハマグリを礫として、鳥の群れに投げつけおった。鳥の群れが一斉に飛び立ち、余は存分に狩りを楽しめた」

「それにしても、もったいないことをいたしました」

「あのときのハマグリか」

「はい」

「いまさら、何を申すか」

「何しろ大好物のハマグリゆえ、それが二百余り溜池の中に消えましたるときは、何とも口惜しゅうございました」

「伊豆は二百余りと、あのときのハマグリの数を承知しておったのか」

「はい。礫を投げる手の者二十名にして、ひとりに付き十個ずつのハマグリを持たせましたので、その数は二百余りと相成りまする。貝を売る店の者にも、ハマグリ二百余りの代価を払いましてございます」

「さようか。伊豆は即座に数を確かめる術《すべ》にも、秀《ひい》でておるようじゃ」

「数の勘定に長《た》けておりますなどとは、武士として自慢できることではございますまい。まして、ハマグリの数とは……」

「いや、ハマグリどころではない。伊豆が島原へ出陣いたし原城《はらじょう》落城の折、並べられし無数の敵の首級《しゅきゅう》を、たちまち数え上げたとの話は余も耳にしておる」

「島原の乱とは、これもまた古きことにござりまするな」

「数多き敵の首級、いかにして調べ上げたものか、是非とも聞いておきたい」

「藁《わら》にございまする」

「藁とな」

「短く切りましたる藁を百本ずつ手の者に配り、首級の口に一本一本差し入れさせましてございます。のちに残余の藁の数を確かめますれば、おのずと首級の数も明らかになりまする」

「ほう」

「即座に敵の首級は一万八千と確かめられましたゆえ、その旨《むね》を江戸へご注進申し上げましてございます」

「なるほどのう」

「これほどのこと、知恵のうちにははいりませぬ」

「知恵でなくて、何であろう」

「機転にございます」

「機転か」

「悲しきは年老いまするると、その機転すら利《き》かなくなることにござりましょう」

「島原の乱のころは、伊豆もまだ若かったのう」

「十三年も前のことにござりますれば、いまだ四十をすぎて間もなしと相成りまする」

「余も、三十四、五か」

「御意」

「若きころは天を駆くる馬のごとく、心身ともに生気に満ちておったのう」

むかしを懐かしむように、家光は視線を宙に漂わせていた。

「御鷹狩りに、御遠乗りにと、日ごとお出ましあそばされました」

松平信綱は、胸が詰まった。

今日の家光には、悲壮感がなかった。後継者の幼さを嘆いたり、徳川家の行く末を案じたりという暗さも、すっかり払拭《ふっしょく》されている。

悟りを開いたように、淡々としていた。苦悩という闇の中から、完全に抜け出したらしい。いまの家光は子どものように、ただ無心に若き時代を懐かしんでいる。

　思ってもいけないことだと承知のうえで、家光の死期が近いと松平信綱は直感していた。

「そちにはついに、楽をさせてやれなかったのう」

　家光はそう言って、酒井忠勝にも笑いかけた。

「何を、仰せられます。われ老いたりといえども、まだまだご奉公が不足と心得ておりまする」

　酒井忠勝は早くも、涙ぐむまいと唇を噛みしめている。

「そちに楽をさせようと老中の列をはずしておきながら、その後も余は何かにつけてそちを酷使いたした」

「何の、この忠勝いつもながら暇《ひま》を持て余し、お上のお声がかりをひたすらお待ち申し上げる日々にございます」

「そちは、余が無二の忠臣ぞ」

「恐れ入りましてござりまする」

「無二の忠臣なれば、事あるごとに頼りにいたそうぞ。それゆえに、そちを休ませることがなかった。許せよ」

「もったいなきお言葉……」

「実に三十一年の長きにわたり、そちは余に寄り添う影であった」

「影の影、そのまた影にすぎませぬ」

「さよう承知しておりながら、余はそちに報いることを怠ったようじゃ」

「小浜十一万三千五百石と、身に余るものを頂戴《ちょうだい》つかまつりました」

「いや、それで十分とは申し難《がた》い。無二の忠臣に五十万石も与えずして、何が征夷大将軍にあろうぞ。いまになって思えば、余は暗愚なる将軍じゃ」

「お上にはこの忠勝が、五十万石も頂戴つかまつる器とお思いにござりまするか。その器にあらずとお見通しあそばされたお上こそ、このうえなきご名君にござりまする」

「いずれにせよ、讃岐は隠居の身に向かぬようじゃ」

「そのことなれば、忠勝も大いに同感つかまつりまする」

「讃岐が老中を退いたのちも、いくたびそちを城中へ招き、またそちの屋敷を訪れたことか」

「一時は、さようなこともございましたようで……」

酒井忠勝は、顔を伏せていた。

「そちに楽をさせたいと気遣う一方で、そちを頼みとする余り酷使いたす。これはまったく、いかなることじゃ」

家光のほうが、屈託ない笑いを浮かべている。

家光は寛永十九年から正保三年までのことを、しきりと気にしているようだった。その五年間に家光は何度となく、老臣会議を招集しているのである。

老臣会議とは、家光を議長とする最高幹部会であった。家光のもとに、老中全員が集まる。あるいは、老中のうちの実力者のみが呼ばれる。

それに、特別相談役の井伊直孝が、加わることも少なくない。更に酒井忠勝が参加するのは、毎度のこととなっていた。

土井利勝が半ば病人なので、大老は酒井忠勝ひとりであるのも変わらない。老中から大老へと棚上げされたはずなのに、とても閑職ということにはならなかった。

この老臣会議には密談、密議というのが多かった。会議の場所は家光の御座所、黒書院、茶室など一定していない。そして酒井忠勝の屋敷が、密議の場所に使われることもあったのだ。

こうした密議を家光は、常のこととして催《もよお》した。密議への出席者は他に病軀《びょうく》をおしての土井利勝、尾張、紀伊、水戸黄門《みとこうもん》、事変を担当する幕臣などがいた。

正保三年以後も昨年までは、老臣会議が繰り返し開かれている。そのうち重要な案件についての密議となると、必ず酒井忠勝も引っ張り出されるのであった。

大老になってから昨年までに、酒井忠勝が加わっての密議は、ざっと数えても八十回を越えているだろう。それを家光はいま、頼りすぎて酒井忠勝に苦労をかけたと、反省しているのである。

「数々の密議にしても当時は、苦難の道への意地があり、心の張り合いを覚えたものであった」

家光は、満足げにうなずいた。

「一同、目の色を変えての密議にございました」

あのころの家光は潑剌《はつらつ》としていたと、酒井忠勝はいい思い出を胸の中で温める。

「やはり、若きゆえか」

家光は、機嫌がよかった。

しかし、午後からの家光は、沈黙の時間が長くなった。たまに目を開くが、家光はほとんど寝顔でいた。気力が失《う》せて、うつらうつらしているように見受けられる。

この十六日から、東叡山東照宮の神殿建て替えの遷宮を賀《が》して、もろもろの行事が続けられている。御三家《ごさんけ》、家門、譜代、それに諸大名がこぞって参拝する。

同時に、遷宮の祝賀の挨拶《あいさつ》のため、諸侯は江戸城に登城する。特に今日は家光の病状をうかがうこともあって、在府の大名の大半が登城していた。

もちろん、家光に拝謁《はいえつ》することは許されない。病状に関しても、いつにお変わりなしという返事しか聞けなかった。だが、将軍の容体はギリギリのところまで来ているようだ、といったことは何となく諸大名の耳に届いていた。

江戸城は、緊迫した雰囲気に包まれている。諸大名は下城しても、江戸屋敷にて待機という形をとった。

夜になって、家光の様子が一変した。

呼びかけても、家光は応じない。目をあけても、眼球の焦点が定まらなかった。薬湯も受け付けずに、家光は昏睡《こんすい》状態に陥った。医師団と堀田正盛が、必死の看病に取りかかって家光を囲んだ。

大老の酒井忠勝、老中の松平信綱、阿部忠秋、阿部重次は別間に控えていて一睡もせずに将軍の病状の変化を待つ。ところが、もう一人の老中堀田正盛だけは、家光の病間にいて看病に尽くしている。

今日に、始まったことではない。家光の容体が思わしくなくなった二日前から、堀田正盛は病床に付きっきりでいるのだ。堀田正盛はむしろ医師たちよりも、濃《こま》やかに家光の面倒を見ていた。

それはすでに、老中らしい姿ではなかった。側用人《そばようにん》をも通り越して、個人的な奉仕と変わりなかった。

私生活の世話まで焼く秘書とでも、いえばいいだろうか。それも堀田正盛がでしゃばって、勝手にやっていることではなかった。家光も、望んでいることなのだ。

それで医師団も、ほかの老中たちも、家光の付き添いは堀田正盛に一任すると、暗黙のうちに諒解しているのである。

こうした老中らしからぬ老中の堀田正盛は、このときまだ四十四歳であった。

本来ならば、松平信綱や阿部忠秋の強力なライバルとして、権力を争ってもおかしくはない堀田正盛だった。

もし家光にもう五年の天寿があれば、堀田正盛は幕閣の最高実力者の座についたことだろう。権力争いに敗れるのは、松平信綱と阿部忠秋のほうだったのに違いない。

堀田正盛は寵臣《ちょうしん》として、家光のバックアップを得ることになる。そのうえ堀田正盛は、松平信綱より十二歳、阿部忠秋より六歳ほど若いのである。

だが、それはそれとして堀田正盛は、いかなる出発点を与えられて出世への軌道に乗ったのかであった。

堀田家は、徳川譜代ではない。正盛の父はあちこちの大名に仕えた末に、慶長十年にようやく家康に召《め》し抱えられたという新参者だった。

その父が死んで、堀田正盛は近侍として家光に召し出された。家柄、身分からいえば、家光の側近になることなど不可能である。それにもかかわらず、堀田正盛は上々のスタートを切ったのであった。

元和九年、家光に供奉して上洛した松平信綱は従五位下《じゅごいげ》・伊豆守、阿部忠秋は従五位下・豊後守、堀田正盛も従五位下・出羽守（のちの加賀守）と、それぞれ叙任を受けている。

三人一緒ならば公平のようだが、必ずしもそうとはいえない。

六

年齢、勤続年数というものがある。

この元和九年というスタートラインに立ったとき、松平信綱は二十八歳で八百石、勤続年数はすでに十九年であった。

阿部忠秋は二十二歳で一千石、勤続年数は十三年。

堀田正盛はまだ十六歳、七百石、勤続年数はたったの三年にすぎない。

松平信綱にしてみれば、勤続年数が十六年も短くて十二歳年下の堀田正盛と、同期の桜にされたことになる。これはやはり、不公平のうちにはいる。

不公平はなおも進み、堀田正盛は、松平信綱を追い抜く。

寛永十年以後、堀田正盛は一万五千石、三万五千石、十万石と昇給した。それに対して松平信綱は、一万五千石、三万石、六万石、七万五千石でストップしている。

現在も十万石と七万五千石で、差は開いたままだった。

では、なぜこのように堀田正盛は若くして、異例のスピード出世を遂げることができたのか。家光の寵臣になり得た原因は、何にあったのか。

その最大の理由は、春日局という後ろ楯《だて》である。

家柄や身分を越えて、堀田正盛が家光の近侍になることを可能にしたのも、春日局の力であった。

堀田正盛の母は、稲葉《いなば》正成《まさなり》の娘だった。その稲葉正成の二度目の妻が、春日局ということになる。

堀田正盛にとって、春日局は義理の祖母に当たる。義理の孫をよろしく頼むと、頭が上がらない春日局から声がかかれば、家光も大いにその意を汲《く》まずにはいられないというわけである。

それに加えて、家光が男色に走っていた時代に、堀田正盛はその寵愛を受けたという説も根強い。

いずれにしても家光と堀田正盛のあいだには、公式や公用を抜きにしての結びつきが感じられる。堀田正盛が病床の家光に付きっきりでいるのも、そのひとつの表われであった。

また家光は、重臣や側近に殉死《じゅんし》を求めていない。幼い家綱を守り立ててくれと懇願することは、むしろ殉死を禁ずるのと変わりなかった。

だが、堀田正盛だけは、例外といえた。家光は堀田正盛に、殉死を促《うなが》したという。そうしたところにも、家光と堀田正盛の特別な関係が見え隠れする。

松平信綱の強力なライバルとなったかもしれない堀田正盛は、かくして家光の死とともにこの世から消滅する。権力争いにも至らず、ライバルがみずから身を引いたのだった。

四月二十日――。

昨夜から家光の容体が急変したことを伝え聞いて御三家、家門、諸物頭《ものがしら》、諸役につく幕臣、主だった旗本どもがまだ暗いうちに続々と登城を始めた。

酒井忠勝、松平信綱、阿部忠秋、阿部重次たちも早朝に、病間へ移動して家光を見守った。

堀田正盛と医師団の涙ぐましい看病が、なおも続けられている。しかし、その努力する姿が、いまはむなしく感じられる。

家光が危篤状態にあることは歴然としていたし、少しでも延命をと手を尽くされているのがかえって痛ましい。家光にしても従容《しょうよう》として、死に臨みたいのに違いない。

誰もが、一睡もしていない。病間に詰めかけた者どもは、真っ赤に充血した目を大きく見開いている。悲しみはまだ訪れず、涙を浮かべる人間はいなかった。

やがて、家光は一時的に意識を回復した。迫りくる死期を自覚して、家光はなすべきことを思いついたのだ。家光にはまだ、遺言という仕事が残っている。

家光は、酒井忠勝たちを呼び寄せた。家光は精神力に支えられて、まず酒井忠勝に遺言を伝える。
一　御三家以下にこれまでと変わらぬ奉公と、幼き大納言（家綱）の補佐と指導を申し付けること。
一　諸大名に対し、改めて家綱の威光を示すこと。
一　徳川家及び幕府にとって重要な後事はすべて、酒井忠勝に託すこと。
一　家光の葬儀などの行事は、いずれも酒井忠勝が主催すること。
更に家光は松平信綱と阿部忠秋に、天下騒乱を招かないようにするための幕政を一任したから、よろしく頼むと遺言した。

遺言を承《うけたまわ》って酒井忠勝と老中たちは、御座所で待つ紀伊大納言頼宣、尾張大納言光友《みつとも》、水戸中納言頼房《よりふさ》の前に列座した。そこで酒井忠勝が、御三家に家光の遺言を伝達する。

――御三家にも対面して家光から直接、遺言を託したいところだが、その暇もなく危篤状態を迎えてしまった。家光亡《な》きあとは幼き家綱の補佐と指導を、特に御三家にお願いしたい。

そのように告げられて、御三家はただ落涙するのみであった。

次いで一門の松平越後守光長《えちごのかみみつなが》、松平出羽守直政《なおまさ》、前田利常《まえだとしつね》が隠居しての小松《こまつ》中納言、保科肥後守正之《ほしなひごのかみまさゆき》、松平隠岐守定行《おきのかみさだゆき》に、御座所においてそれぞれおなじような家光の遺言が、酒井忠勝から伝えられた。

更に酒井忠勝たちは黒書院へ出て、そこに参集する譜代の大名に家光の遺言を聞かせた。

午後になって堀田正盛が、保科肥後守正之の控えの間に姿を現わした。家光が、お召しとのことである。保科正之は堀田正盛とともに、家光の病間へ急いだ。

堀田正盛が指示に従い、家光を抱き起こした。保科正之は招かれて、家光のそばに寄る。

正之は、家光、忠長の弟だった。家光からすれば、正之は末弟である。正之は保科家を継《つ》ぎ、このとき会津《あいづ》二十三万石を領していた。

「幼少の大納言（家綱）につき、そのほうを頼みといたす。大納言の補佐役を、そのほうに命じようぞ。今生《こんじよう》の別れに際し、これが余の願いじゃ」

最後の気力を振り絞って、家光は弟の両手を握りしめた。

これは、家光の遺言というより、上意であった。将軍家の上意は、絶対的な命令である。この瞬間に、保科正之の四代将軍家綱の補佐役が、正式に決定した。

申《さる》の刻、夕暮れの中で家光は、臨終のときを迎えた。徳川歴代のうち、家康に次いで多忙なる生涯の幕を、家光はここに閉じたのである。

家康、秀忠、家光による徳川三代は終わった。

その直後に徳川家と江戸幕府は、重大な危機に陥ることになるかもしれない。もし、そうした心配がなかったとしたら、基礎の固まった徳川家と幕府の新たな出発となるのだった。

待機していた御三家には、堀田正盛が家光の臨終を知らせた。宵《よい》の口から、旗本の総登城となった。家光の死は、幕臣たちに衝撃を与えた。予測していたこととはいえ、何といっても四代将軍はまだ十一歳である。天下に号令できない幼君とあっては、今後の徳川家に不安を覚える。さすがの旗本八万騎も、混乱はともかく動揺を禁じ得なかった。

旗本たちには松平信綱と阿部忠秋から、群臣には二心なく家綱に奉仕せよとの家光の遺命を伝えた。また、これまでどおり勤番《きんばん》を怠ることなく、各自の任務を遂行するようにと指示した。

この夜、堀田正盛は家光の遺骸《いがい》に別れを告げると、下城してわが屋敷へ戻った。堀田正盛は、長男の正信《まさのぶ》や三男の正俊《まさとし》たちと盃を交わした。

「父は今宵、お上《かみ》のお供をつかまつる。そのほうどもはこののち、いっそうの忠勤を励めよ」

正盛は、正信と正俊にそう言った。

堀田正盛は家光の晩年、連署加判の列からはずされていた。だが、だからといって正式に、老中を解職されたという記録はない。身分と権威は老中に準じるが、奉書に連署加判するといった公的な仕事からは、離れていたと解釈すべきだろう。

そのむかし、堀田正盛は家光のために、より私的な奉公人でいた。側用人《そばようにん》よりも、私設秘書に近い存在だった。要するに、側近中の側近として過ごしたのである。

そのような堀田正盛が殉死するのは、当然といえるかもしれなかった。正盛はひとりになったあと、やがてみごとに切腹して果てた。

行さきはくらくもあらじ時と得て
　浮世の夢を明ぼのゝそら

ほか一首の辞世を残して、正盛は家光のあとを追った。出世が早かった点では異例とされながら、堀田正盛は最高権力者の座につくことなく終わった。

道は十分に開けていたのだが、途中四十四歳にしてみずからあの世へ旅立ったのだ。しかし、これで堀田家と最高権力者のポストとの縁が切れた、ということには決してならなかった。

正盛には、息子がいた。その中でも三男の正俊は、父よりもしっかりとした昇進のレールに、乗ることになる。

後年、幕閣の最高実力者となる老中の堀田正俊が誕生することは、この時点でまだ誰も予測していないのにすぎなかった。もちろん父の堀田正盛も、三男にはそんな期待なくして死んだのである。

松平信綱と阿部忠秋が今後の対策に血相を変えて取り組んでいる同夜、もうひとりの老中である阿部重次も屋敷へ帰って腹を切った。

重臣としては、二人目の殉死者であった。

荒井頼母という家臣が、介錯《かいしやく》を命じられた。ところが、主君の首を刎《は》ねるとなると、堅くなって両腕が意のままにならない。刀を振りおろしても、斬るのではなく叩くことになる。

やむなく荒井頼母は刀で突いて、阿部重次を刺し殺した。

当然、荒井頼母も死ななければならない。荒井頼母は、重次の近習に介錯を頼んで切腹した。

その近習も、重次に殉ずる意味で自害した。

天てらす月のひかりともろもろに
行すへすゞし曙《あけぼの》のそら

阿部対馬守重次の辞世である。

家光の小姓組番頭、内田信濃守正信もその夜のうちに殉死した。

翌二十一日になって、小十人組頭の奥山茂左衛門安重が殉死。二十三日には、書院番頭の三枝土佐《とさ》守守恵が病床にあって腹を切った。

さて、家光の死は翌日、二十一日に公表された。諸大名には奏者番《そうじゃばん》を通じて、将軍死去が正式に伝えられた。在府の大名は、総登城する。

大広間に居並ぶ諸大名と対峙《たいじ》するように、酒井忠勝、保科正之、松平信綱、阿部忠秋、それに有力家門が着座した。厳粛な雰囲気に加えて異様な緊迫感が、大広間に水を打ったような静けさを呼んでいた。

酒井忠勝が、大きな咳《せき》払いを聞かせた。

「諸侯に、申し聞かせたき儀がござる」

酒井忠勝のよく通る声が、大広間の静寂を破った。

大老、老中は相手がいかなる大々名であろうと、薩摩守とか土佐守とか呼びつけにすることを許される。それが大老や老中の権威というものであり、諸大名を威圧するにも十分であった。

まして酒井忠勝はただひとりの大老にして、家光の無二の忠臣との評判を諸大名も知り尽くしている。酒井忠勝はこのとき六十五歳、風格も貫禄も申し分ない古武士の面構《つらがま》えである。

申し上げたき儀あり、という言い方はしない。

申し聞かせたき儀あり、と諸大名に対して高飛車に出る。しかもそのことに、違和感を覚えさせない忠勝だった。

「新将軍はいまだ十一歳にあらせられるが、前将軍の御子なればご器量は、優るとも劣ることなし。諸侯にはお心を、安《やす》んじられるがよかろう」

酒井忠勝は、白い眉毛の下から鋭い眼光を放っていた。

大広間には、寂として声なしであった。

「ただし、前君の跡を幼君がお継ぎあそばされるとなると、不忠者が謀叛の心を抱きやすきことは、いつの世も変わらぬものにござる」

酒井忠勝は、家綱の権威を改めて示してくれという家光の遺命を、堂々と実行しているのだった。

「されば、諸侯の中にもし天下を望む者あらば、いまこそまたとなき機会なり。この折を、逃したもうな！」

忠勝は、大声を張り上げた。

「不肖《ふしょう》、保科肥後守、上意により新将軍の補佐役を承ってござる。もし新将軍に二心を抱く者あらば、まずはこの肥後守が退治いたさねばならぬ」

保科正之が、必死の面持ちで発言した。

保科正之も家光の弟ということで、その威信は誰にも引けを取らない。

「天下を望む者あらば、遠慮なく申し出られたうえで早々に国許《くにもと》へ引き揚げられるがよい。われら会津勢を先陣に、あとを追う所存にござる」

保科正之は不気味に、諸大名ひとりひとりの顔へ視線を向けた。

諸侯は、姿勢も崩せなかった。妙な反応を示して、それを誤解されては大変である。諸大名は、身じろぎもしない。完全に呑《の》まれた格好で、大名たちは息を殺している。

「いやいや、これは万にひとつの場合を、おもんばかってのことにござる。本日ここに登城された諸侯の中に、さような不忠者がおいでのはずはござるまい。そのように断じて、よろしゅうござろうな」

酒井忠勝の声は荒々しいが、すでに目が何となく笑いかけている。

硬軟両面の使い分けで、諸侯の二心の有無《うむ》を試したのであった。忠勝と正之の二人がかりで、諸大名を巧《たく》みに威嚇《いかく》したということにもなる。

「ははあ……」

と、声なき声が大広間に充満して、諸侯は一斉に頭を低くした。これで当面の心配は、消えたようである。四代将軍家綱の新政権が発足して、幕閣は今後の課題に取り組まなければならなくなる。では、新政権をリードする実力者に、誰がなれるのだろうか。

その存在を大いにアピールした大老の酒井忠勝か、老中の松平信綱か阿部忠秋か、それとも新将軍を補佐する保科正之か——。

二章　野望なき幕閣

一

役立たず。

脳なし。

怠《なま》け者。

暗愚。

無為徒食。

こういった支配者は古今東西を通じ、皇帝、国王、領主などの中にいくらも認められる。それらは特に、支配体制を確立した初代の孫や曾孫《ひまご》、すなわち三代目・四代目に多いようである。

これは、成金といわれる一般の金持ちにしても、大して変わらない。一代にして財を築いた成金は、三代目か四代目になってすべてを失う。それで、むかしからのことわざに『親苦子楽孫乞食』というのがある。

親は苦労して財産を成し、子は楽をしてその大半を食いつぶし、孫の代には完全に落ちぶれ果てるという意味なのだ。要するに苦労知らずの三代目や四代目は、無能力者に陥《おちい》りやすいということになる。

徳川家とて、同じであった。

初代の家康は戦争に明け暮れ、人生の大半を死と直面しながら過ごした。天下取りへの道も、並大抵の険しさではなかった。まさに、苦難の連続だった。

その苦労の甲斐《かい》あって家康は、血と汗にまみれた生涯を通じついに征夷《せいい》大将軍の地位を獲得する。家康は一代にして、徳川幕府を興《おこ》した英雄であった。

しかし、家康の時代は徳川家も幕府も、地盤がまだ軟弱のままで置かれた。設計図こそ完成していたが、基礎工事もなお未完のうちに家康は他界する。

このことが、二代目の秀忠にとっては幸いした。親の財産を食いつぶす余裕など、秀忠にはなかった。楽をするどころか初代の遺業を継《つ》いで、二代目は基礎工事の完成に汗を流さなければならない。

秀忠は偉大なる父のかげに隠れて、その存在は地味であった。それに資質温柔にして、生真面目な性格とされている。そうした秀忠が、家康の意志に忠実な二代目だったことは、当然といえるだろう。

そのうえ秀忠は、決して愚鈍な二代目ではなかった。そして、生死を賭けた合戦も経験している。将軍としての苦労を厭《いと》わず、みずからの立場の重要性も秀忠は十分に自覚していた。

家康の死後、秀忠は幕制確立のために多くの決断を下している。

弟の松平忠輝《ただてる》の改易《かいえき》、甥《おい》の松平忠直《ただなお》の追放をはじめ、福島正則などの大々名を抹殺したのも、この秀忠という二代目であった。秀忠によって整理された大名は、二十数家に及んでいる。

代わりに、適切な大名の配置替えも怠《おこた》ってはいない。徳川一門、親藩、譜代《ふだい》、外様《とざま》と各大名の全国配置図を、基本的に決定したのは秀忠だったといっていいだろう。

他方ではキリスト教禁止令の強化を推し進め、宣教師と多数の信徒の処刑を断行する。同時に貿易の制限と統制にも乗り出し、秀忠は鎖国への道を開いたのであった。

隠居して大御所になってからも、秀忠は重要な政策をいくつか打ち出している。それらを実行するのは三代将軍となった家光だが、立案者は大御所の秀忠だった。

かくして秀忠はこの世を去ることになるが、家康の遺志どおりすべてが遂行されたわけではなかった。江戸城がいまだに完成を見ないのと同様に、徳川幕府という建築物もまた不備な点を少なからず残していた。

したがって三代目となった家光も、甘ったれのぐうたら息子ではいられなかった。家光は更に、秀忠の遺業を受け継ぐことになる。秀忠から与えられた指針に基づき、家光は政治という怪物と取り組まなければならない。

三代目の家光は、戦後の人間であった。戦争を知らなかったし、武力統率の必要性も薄らいでいる。すでに、文治《ぶんち》の時代を迎えていた。

ただし、完璧な平和はまだ訪れていない。天下太平にほど遠く、徳川家の軍事力による威嚇《いかく》も捨てきれないという不安定な時勢であった。

常に危機感を抱き続けるという支配者の孤独に、三代目の家光は耐えることになる。優秀な補佐役や側近に助けられながらも、地雷原の中を進むという家光の心境に変わりはない。

将軍としての苦労と、縁は切れなかった。祖父と父から任された一大事業を、何としてでも終わらせなければならない。それが、三代目の宿命だった。家光はひたすら、幕藩体制の確立へと邁進《まいしん》する。

秀忠は、親の遺産を食いつぶすような二代目ではなかった。秀忠は堅実な商法によって、徳川屋という豪商の基盤を揺るぎなきものにした。

三代目の家光もまた、商売熱心なしっかり者だった。役立たずの若旦那でも、道楽息子でもなかった。この三代目は、徳川屋という天下一の大店《おおだな》の経営を、みごとに磐石《ばんじゃく》ともいえる軌道に乗せたのである。

三十万七千人という供奉《ぐぶ》とともに上洛し、将軍権力の強大さを誇示する一方で朝廷との関係修復を図《はか》る。

多くの大名を改易に追い込みながら、徳川直轄の天領を増やす。

キリシタン禁圧と、鎖国令の実施。

参勤交代の制度の確立。

武家諸法度《しょはっと》の改定。

幕府の官制機構の制定と、重職の設置。

島原の乱により、キリシタン一揆を平定。

江戸城の完成。

人別帳《にんべつちょう》の作成。

農民と農村に関する基本法『慶安御触書《けいあんのおふれがき》』、検地条令、大名・旗本への倹約令を発す。

その他、無数の諸制令と禁止令を設け、初歩的ながら全般にわたっての法律を定める。

家光はこのようにして幕府の機構、天下を律する法制、幕藩体制を九分どおり完成させたのである。祖父と父の苦労を無にすることなく、立派に三代目の務めを果たしたのであった。

初代や二代目の期待以上に、しっかりした屋台骨《やたいぼね》を築き上げたという意味で、家光はすぎたる三代目と称賛されていいだろう。家光が、名君といわれる所以《ゆえん》である。

その名君家光は、慶安四年四月二十日の夕刻、四十八歳をもって永眠する。

徳川三代に限り、『親苦子楽孫乞食』のことわざは通用しなかった。それぞれが精いっぱいの偉業を達成したうえで、大往生を遂げたことになる。

だが、家光だけには死に臨《のぞ》んで、後顧《こうこ》の憂《うれ》いというものがあった。四代将軍となるわが子の今後、延《ひ》いては徳川家の未来に対する不安である。

残念なことに、その不安は的中する。

家光の後継者となった家綱は、駄目人間という点で典型的な四代目だったのだ。本来ならば財産を食いつぶす四代目、徳川幕府に危機を招く四代将軍であっても、不思議ではなかったくらいである。

役立たず、能なし、怠け者の部類にはいる。政治家としての資質に、まるで欠けている。思想や哲学を持たず、意欲も情熱もない。将軍という絵に描いた象徴であり、人形と少しも変わらなかった。

徳川三代の苦労など、家綱の念頭には置かれていない。曾祖父、祖父、父が取り組んだ大事業といわれても、家綱には実感できなかった。

それは戦国時代を知らない、ということ以前の問題であった。家綱にとって徳川幕府と将軍の存在は、過去の歴史という既成事実にすぎなかった。

世の中が平和であるのも、自分が支配者として君臨するのも、家綱には当然のことと感じられる。それでいて、天下をいかに動かすか、どのようにして徳川家の安泰を図るか、といったことには関心もない家綱なのであった。

家綱の生き方は、すべてお膳立てされている。それに従って、行動すればいい。目の前に、将軍の席が用意されている。家綱がそこにすわりさえすれば、それで万事が通るのだった。

家綱ほど、無為に人生を過ごした将軍となると、数多い怠惰《たいだ》な支配者の中にあっても、かなり珍しいのではないだろうか。何しろ、将軍としての業績をまったく残していないのだから、徹底している。

とにかく、何もやらなかった。公務はすべて人任せにして、私生活だけに生きた将軍だった。それでいて、実子のひとりも得られなかった。血筋を保つための種馬の役目も果たせなかったとなれば、将軍としての存在価値はまさしくゼロである。

家綱について歴史上、特記すべきことは何ひとつない。四代将軍と聞いて、家綱という名前さえ思い浮かばないとしても、それは当然といえる。

何もやらなければ、現代の首相だろうと名前は記憶されない。毒にも薬にもならない、いてもいなくても同じということで、家綱は無名の将軍となったのだ。

家綱は、寛永十八年八月三日に生まれている。

父の家光は、三十八歳。

母は側室のお楽の方で、このとき二十歳であった。

家綱は、竹千代という幼名を与えられる。家康も家光も、幼名は竹千代だった。秀忠も世嗣《せいし》と決まってから、竹千代と幼名を改めている。つまり竹千代とは、将軍となる者の幼名であった。

家綱もこの世に誕生したときから次代の将軍になることを約束されて、竹千代という幼名で呼ばれたのである。

母のお楽の方は、本名をおらんと称した。

おらんの実父は悪人だったらしく、法を犯して死罪になったという。

おらんの実母は再婚して、神田の古着商の作左衛門という男が養父となる。おらんは美しい娘に成長して、十二歳のときに大奥へ召し出される。

呉服の間《ま》に奉公するおらんは、やがて家光の目にとまり寵愛《ちょうあい》を受けることになる。御手付中臈《ちゅうろう》となって、おらんはお楽の方と名を改める。

春日局《かすがのつぼね》の口ききにより、お楽の方は老中・永井信濃守《しなののかみ》尚政の娘分とされた。数年後にお楽の方は懐妊、寛永十八年八月三日に本丸で男児を出産する。

家光は三十八歳になって初めて、長男の出生を見た。世嗣の誕生ということで、家光の喜びようは大変なものだった。家光は、狂喜して躍《おど》り上がった。

俗説に、興奮の余り家光が産室へ駆け込んで騒ぎ立てたため、驚いたお楽の方は頭に血がのぼって急死したとある。もちろんこれは、家光の喜びを誇張しての作り話ということになる。

お楽の方は出産後、十一年ほど生きていた。お楽の方が病死したのは、承応《じょうおう》元年十二月で三十二歳になろうとするところであった。

竹千代は生後四カ月で、病気にかかる。病名は、『頭瘡《とうそう》』となっている。頭瘡となれば普通は、皮膚病で頭にできるオデキと解釈される。

ところが、このときは諸大名がたびたび、見舞に登城したと記《しる》されている。オデキぐらいで諸大名が、見舞に登城するものかと思いたくなる。

大袈裟なのか過保護なのか、それが次期将軍となる赤ン坊への礼儀だったのだろうか。あるいは単なる皮膚病ではなく、もっと重症の頭の病気であったのかもしれない。

後者を選んでの説は、その頭の病気のために家綱は暗愚だったとしている。しかし、特に家綱の知能程度を疑わせるような事例、エピソードは見当たらない。

頭の病気などに関係なく、その器《うつわ》にあらずという意味で家綱は暗愚であったのだろう。常人と変わらずで、凡庸《ぼんよう》にすぎたのだ。人のうえに立つ者としての力量に乏《とぼ》しく、優秀な将軍にはほど遠かった。

才覚、器量、性格といった点で、とても大物にはなれなかった。そういう凡人がたまたま、将軍の長男に生まれてしまったと考えるべきだろう。

確かだったのは、家綱が健康にして頑健ではなかったということである。

家綱は生来、病弱であった。それでどうしても、心身ともに柔弱になる。家綱は、武芸を嫌った。将軍家兵法《へいほう》師範に、剣術を習うということもなかった。

遠乗りとか鷹狩りとか、荒っぽいことも敬遠した。代わりに家綱は、絵画に関心を寄せた。囲碁や将棋も、好きだった。茶の湯に興ずることも、多かった。

家綱は、御殿女中の世界に生きていた。まわりにいるのは、女奉公人ばかりであった。そこで家綱は政務など忘れて、好き勝手な楽しみ方をしていればよかった。

重臣が指示を仰《あお》いでも、家綱の意思は働かない。家綱は何ひとつ、自分で決定を下さなかった。重臣に任せっきりで、すべての政策は事後承諾でいいのだ。

「上さま、かように取り決めたく存じまするが……」

「さようせい」

これで、終わってしまう。重臣の報告を、ロクに聞いてもいない。署名をしたり花押《かおう》を記したりするにも、家綱は決裁の書類を熟読することがなかった。

『さようせい』か『よきに計《はか》らえ』かであった。そのために一部の者たちは家綱のことを、ひそかに『さようせい様』と呼《きた》んだという。

そのような将軍で、何ら支障を来さなかったのだろうか。それが、まるで困らなかったのである。天下への影響はなく、幕府はビクともしなかった。

なまじ政務に首を突っ込まれたほうが、悪影響を招いたのに違いない。政治に無関心でいてくれれば、家綱は無害な人間であった。それなら、何もやらない傀儡《かいらい》でいてもらいたい。

そのほうが、天下万民のためになる。幕府も安泰だし、政治の代行者にとっても好都合だった。徳川幕府は家綱の代になって、初めて側近の重臣による代行政治の態勢を整えたのであった。

家綱が百人かかっても敵《かな》わないほど優秀な重臣が、四人もそろっているのだから実に強力である。徳川十五代のうちでも最高といえるスタッフが、家綱の代行を務めて幕府を支えるのだ。

これならば、家綱がいようといまいと差し支えはない。家綱が任せっぱなしにして、頼りたくなるのも無理はない。家綱の依存心の強さの三分の一は、この最高の代行スタッフにより培《つちか》われたのかもしれない。

将軍補佐の保科正之。

大老の酒井忠勝。

老中の松平信綱。

同じく阿部忠秋。

これらの実力者たちは、ただ単に優れた政治家というだけではなかった。何よりも大事なことだが、四人とも『忠義』の二文字に染まりきっている。

何事も天下のため、徳川家のため、亡《な》き家光のため、現将軍のためにと忠誠心で固まっていた。野望といったものには無縁であり、私心を持たない実力者たちであった。

この四人は、『寛永の遺老《いろう》』といわれた。

徳川幕府の完成に大いに寄与した遺老たちは、いまそれを維持することに全力を尽くしている。そうした意味で遺老たちは家綱の代行者ではなく、家光の遺志の執行者といえるかもしれない。

家綱は、五歳で元服した。正三位大納言《しょうさんみだいなごん》に叙任《じよにん》、次いで正二位となる。その家綱はまだ十一歳。名ばかりの役立たずであることはわかりきっている。

そんな家綱に代わって徳川家と幕府を守り抜くことが、四人の寛永の遺老にとって最大の責務だった。死ぬことよりも、重大事である。だからこそ寛永の遺老は、殉死《じゅんし》もままならなかった。

しかし、世間は殉死しないことを、不忠と受け取りたがる。

二

保科正之は、家綱の補佐を正式に命じられている。補佐役が家綱のことをほっぽり出して、家光のあとを追うわけにはいかなかった。

老中の阿部忠秋は、去年から家綱の老中をも兼務している。家綱付きの老中でもある阿部忠秋が、家光のお供をしてあの世へ旅立つことも許されない。

そういったことは、世間に知れ渡っている。だから誰もが、保科正之や阿部忠秋の立場は理解する。したがって、二人が殉死しないのは当然と思う。

酒井忠勝は門閥であるうえに、幕閣の最高責任者だった。家光の死後のこともあり、酒井忠勝には私情も勝手な行動も禁物とされている。

酒井忠勝が殉死を急いだりすれば、軽率のそしりは免《まぬが》れない。死ぬに死ねないというのが酒井忠勝の真情だろうと、何となくわかったような気持ちにさせられる。

だが、松平信綱となると、そうはいかない。松平信綱は新参者であり、家光に取り立てられて出世した。松平信綱は家光のおかげで、一代にして幕閣の最高位までのぼりつめたのだ。

家光なくして、松平信綱の今日はあり得ない。家光への恩は、山よりも高く海よりも深い。命の二つや三つ投げ出しても、家光に対する恩は返しきれなかった。

どこまでも家光のお供をするのが、当たり前なのではないか。家光が他界したとなれば、真っ先に殉死するのは松平信綱でなければならない。

ところが、どうだろう。松平伊豆守信綱は、ちゃんと生きている。堀田正盛も死んだし、同じ老中の阿部重次も自害した。それにもかかわらず、松平信綱には殉死する気配さえない。

「やはり、命が惜しいのか」

「大恩を、忘れてよいものか」

「伊豆守さまこそ、殉死いたされるのが筋道じゃ」

「気に入らない」

「知恵伊豆との評判どおりならば、生き存《ながら》えるべきではない」

「折を見て、ということなのだろう」

武士、町人の別なくこういう声が聞こえて来て、それがたちまち巷《ちまた》に広まった。多くの人々が、松平信綱の動向に注目する。いや、松平信綱の殉死を、待っているというべきだろう。

やがて、その期待は裏切られる。すると、非難の声が湧き起こる。伊豆守は、殉死しない。なぜ、生きているのだ。恩知らず、恥さらし、死ね……。

このようなことは公言できないので、狂歌や戯言《ざれごと》にする。

仕置きだてせずとも御代はまつ平
爰《ここ》にいづとも死出の旅せよ

こうも詠《よ》まれたし、また次のような戒名《かいみょう》が松平信綱に贈られた。

弱臣院殿前拾遺豆州大守殉死斟酌大居士――。

世の中の風潮というものは、何とも恐ろしい。戦国時代の遺風として、まだ人々の頭の中で殉死が美化されている時代だったのだ。それで他人に殉死を追ったり、追腹《おいばら》を切れと催促したりするのだから、無茶な輿論《よろん》というべきだろう。

慶長十二年、松平忠吉《ただよし》のあとを追って四人の家臣が殉死した。これが天下の称賛を招いて、殉死の流行のキッカケとなった。以来、諸大名においては殉死者の数の多いことを、誇りとするようになる。

非業の死を遂げた主君に殉ずるのではなく、病死した主君のために追腹を切るというふうに、殉死も変わったのであった。それが忠義の証明となり、美徳とされた。

伊達政宗の死に際しては十五人の家臣が追腹を切り、それらに殉じて更に五人が殉じている。

こうした集団自殺となると、害あって利なしである。何のために死ぬのかと、疑問が生じる。優秀な家臣を失うだけで、まったく意味がない。

豊臣秀吉の時代に、早くも追腹禁止令が発せられている。

徳川家康も、追腹を許さなかった。

ほかにも多くの大名が、家臣の殉死を禁止した。

幕府は寛文《かんぶん》三年、家光の死より十二年後に武家諸法度を改め、殉死禁止令を口頭で通達している。

それから五年がすぎて宇都宮《うつのみや》十一万石の奥平忠昌が病死したとき、家臣の杉浦という者が禁を破って殉死した。

幕府はこれを許さず、忠昌の子の昌能に二万石を減じて山形への移封を命じた。また杉浦の二人の息子を、斬罪とした。

厳罰である。

これを機に、殉死という風習は完全にやんだ。

このように幕府が殉死を厳禁する十二年前に、松平信綱は殉死しないことを非難されたわけである。

殉死の厳禁が通達される前の年に、松平信綱はこの世を去っている。殉死禁止の決定がなされたとき、信綱はおそらく草葉のかげで苦笑したのに違いない。

松平信綱も家光のあとを追いたいと、考えないことはなかった。信綱としては殉死するのが当然だと、みずから考えていた。家光あっての信綱だし、家光のいないこの世にいても空虚なだけである。

信綱は、家光の影のように生きて来た。その恩寵《おんちょう》を思えば、家光一代の臣でありたかった。信綱が、殉死しないほうがおかしい。だから、なぜ生きているのかという非難が、信綱ひとりに集中する。

それに追腹を切れば、どんなに気が楽かわからない。責任から、逃れられる。それであの世まで家光のお供ができるとなれば、どれほど気分がすっきりすることだろう。

生きていれば、問題山積であった。世情不安から、何か異変が起きそうな予感もする。幼い将軍を擁《よう》しての政治は、容易なことではないだろう。

死ねるものなら死にたいと、信綱は思う。だが、そういうことは、口に出してもならない信綱であった。いまは批判の声に耳も貸さず、黙して語らず、ひたすら任務遂行のときを過ごさなければならない。

信綱には、『杖』についてのエピソードがある。

家光は死ぬ二年ほど前に、自分が使っていた杖を信綱に与えている。信綱は家人や側近を集めて、さっそく家光から贈られた杖を披露した。

「杖とは、いかなるものか」

信綱は、側近のひとりに声をかけた。

「はっ」

家臣は、答えに窮した。

「杖とは、何のための道具じゃ」

信綱は、真剣な面持《おも》ちでいた。

「杖とは、杖にございます」

家臣は、ますます困惑する。

「何のために杖を用いるかを、尋《たず》ねておるのだ」

信綱は、目を閉じた。

「身の危うきを助くものとしか、申し上げようがございませぬ」

家臣は、額の汗を拭《ぬぐ》った。

「よう申した。杖とは、おのれが転ぶのを防ぐための道具である」

信綱は、深くうなずいた。

「転ばぬ先の杖、と申します」

家臣は、ホッとした。

「されど、わしはいまだ足腰が達者じゃ。たびたび、転ぶようなことはない。なれば、お上《かみ》には何ゆえこのわしに、御杖を賜《たま》わったのであろうな」

信綱は、追討ちをかける。

「はっ」

家臣は、再び緊張した。

「転ばぬ先の杖、であることには相違ない。つまり、用心のためのものじゃ」

「はっ」

「ただし、足を滑《すべ》らせて転ぶことではない。心が転ばぬように、用心いたすことであろうな」

「心が転ばぬとは……」

「わしは、新参である。お上にお取り立ていただき、三人扶持《ぶち》より始まり七万五千石の大名となった。そのうえ、老中という要職と権勢を与えられた」

「はっ」

「いかにも、出世が早い。わしに追い越され取り残された者は、無数におろうな」

「はっ」

「かように出世が早き松平伊豆守に対し、出世が遅い方々はいかなる思いを抱くであろうか」

「それは……」

「憎しみじゃ」

「はっ」

「ねたみ、そねみじゃ」

「仰《おお》せのとおりにございます」

「伊豆守めと歯ぎしりいたし、わしが失態をいまかいまかと待ち受けておる。かように、わしには敵が多い」

「はっ」

「言い換えるならば、大勢の方々がわしが力を失うときを、心待ちにいたしておるということじゃ」

「はっ」

「力を失うとは、いかなることか。わしが転んで、ひどい傷を負うことであろう」

「それを防ぐための杖と、仰せにございますか」

「さよう。敵を作るまい、敵を増やすまいと常におのれを戒《いまし》めよ。気遣いに、心掛けよ。それが何よりの用心になろうと、お上にはもったいなくもお諭《さと》しになられ、この御杖をわしに下されたのじゃ」

「はっ」

恐れ入って、家臣は頭を下げた。

「されど、わしがお役目は合戦と変わらぬ。いくらでも、敵は増えよう。それがお上のお恵みにお応《こた》えいたすこととなれば、やむを得まい」

目を開かない信綱の顔が、いかにも寂しそうであった。

あたりは静まり返っていて、咳払いをする者もいなかった。知恵伊豆といわれた信綱は頭の回転が速く、人間の心理というものをすぐに読み取る。相手の胸中を見抜くときの信綱は、恐ろしくなるくらいに冷静だったという。

その信綱がいまは、感情を殺しきれずにいる。家光への恩義とみずからの職務の板挟みになり、そこには悲壮な覚悟さえ汲《く》み取れる。いざというときの信綱は常識や理屈どおりには、動かないだろうと誰もが感じさせられた。

信綱はこれから先も、大勢の敵を作りながら老中の使命を果たすに違いない――。そうした思いがあったので、二年後に信綱が殉死を話題にもしなかったとき、首をかしげる家人や家臣はひとりもいなかった。

たまたま親しい知人が、信綱の屋敷を訪れた。

その知人も、杖を突いていた。

「杖なるものは、頼りになろうか。頼りに、できようか」

信綱が、質問を放った。

「頼りになるから、杖を用いるのでござろうな」

皮肉っぽく、知人は答えた。

「ぬかるみに突き立てれば、杖を取られることになろう」

「たまには、さようなことにもなろうかと存ずる」

「凍りついた地面で、杖が滑ることはあるまいか」

「それも、ありましょうな」

「杖だろうと不意に、折れることにはなるまいか」

「折れぬとは、言いきれまい」

「通りがかりの者とぶつかり、杖が飛ばされることはあるまいか」

「それは、身に覚えがござる」

「どうやら杖とは、さして頼りにならぬもののようじゃ」

「いかなることを、申されたいのでござろうか」

「杖も人と同様、いざとなれば頼りにならぬ」

「なるほど……」

「杖に頼りきるは、大怪我のもと。みだりに人を頼みといたすことも、わが身を滅ぼすもととなろう」

「うむ」

「頼みといたす相手であろうと、遠ざかるときもあれば背《そむ》く場合もある。それは杖が折れたのと変わらずで、傷を負うのはおのれというわけじゃ」

何かを思い出したように、信綱は自嘲的に笑った。

「道理にござるな」

いい話を聞いたと、知人は喜んで帰っていった。

しかし、信綱はいつまでも庭にたたずみ、暮れなずむ空を見上げていた。

この杖にまつわる逸話にも、信綱の孤独感が滲《にじ》み出ている。誰も頼りにはできず、敵ばかり増えていく。それでも信念に基づいた政道を、貫き通すということなのだ。

為政者の孤独であった。もちろん、孤独など感じもしない権力者がいる。それらと信綱が違う点は、責任感の強さである。しかも、信綱の責任感は、家光への報恩のうえに成り立っていた。

それは、絶対的な責任といえる。絶対的な責任を、信綱は果たさなければならない。そのうえ信綱の行く手は、敵と障害で埋まっている。確かに殉死したほうが、はるかに楽ということになる。

家光の死後、松平信綱は滅多に表情を変えなくなっていた。信綱はしきりと、家光より杖を与えられたことを思い出す。同時に、死の直前に酒井忠勝とともに聞いた『生きて家綱を補佐せよ』という家光の遺命を、信綱は繰り返し頭の中に蘇《よみがえ》らせた。

家光の遺命を守るために、あと何年か生きねばならぬ――。

家綱が四代将軍に就任するのは、四カ月後の八月という予定になっている。それに備えるためもあって、早急に幕閣の人事を決定しなければならない。

酒井忠勝、松平信綱、阿部忠秋と、この三人は動かなかった。ほかに、家綱補佐役の保科正之がいた。

更に譜代大名の代表ともいえる井伊直孝を、元老という形で幕閣に加えた。あとは阿部重次の殉死によって、老中がひとり欠員となっている。

この穴を埋めるのに、松平乗寿《のりなが》を登用した。

松平乗寿は、家綱付きの奏者番《そうじゃばん》であった。いわば、新将軍の側近である。そういう意味では松平乗寿が、老中に昇進してもおかしくなかった。館林《たてばやし》六万一千石、松平和泉《いずみ》守乗寿だった。

このような人事で、新しい幕閣の顔触れは六月に内定した。

大老　酒井忠勝　六十五歳。
老中　松平信綱　五十六歳。
老中　阿部忠秋　五十歳。
老中　松平乗寿　五十二歳。

将軍補佐　保科正之　四十一歳。
元老　井伊直孝　六十二歳。

こうしたときに、信綱の予感が的中したのである。異変が、起きたのだ。徳川家や幕府を、危機に追い込むような騒乱ではなかった。しかし、天下をあっと言わせるような異変、珍事であることには違いない。

家光の死、家綱の幼さにも結びつくような出来事であった。世にいう不白入道事件である。

三

三河の刈屋《かりや》二万石の城主は、松平能登《のと》守定政だった。

松平定政の本姓は久松《ひさまつ》氏で、父は久松定勝という名門の出であった。久松定勝は、家康の異父弟である。定勝の六男として生まれた松平定政は、家康の甥に当たる。

寛永十年に、家光の小姓《こしょう》となる。

二十五歳で五千石、二十六歳で七千石、二十七歳で家光の近習《きんじゅう》、二年前に四十歳で刈屋二万石の城主となって、大名の仲間入りをする。

二万石ながら、徳川家の親藩。

兄の松平定行は、伊予《いよ》松山十五万石。

妻は、永井尚政の娘。

一見して、何か異変を引き起こすような大名とは思えない。ところが松平定政は、突如として奇妙な行動に出たのだ。家光の葬儀で定政は諷《ふ》経《ぎん》奉行を務めたのに、それから間もない七月初旬のことであった。

定政は江戸の屋敷へ増山正利などを招いて、変わった願いを強引に押しつけた。増山正利は一万石の大名になったばかりで、家綱に付属していた。

定政はまず、酒井忠勝と松平信綱に対する痛烈な批判を持ち出した。

「わしは大猷院《だいゆういん》（家光）さまにお供つかまつりたかったが、その機を逸したためにいまでは叶《かな》わぬことと相成った」

「されば大納言（家綱）さまにご奉公を尽くしたきところだが、讃岐守（忠勝）と伊豆守（信綱）がご政道に関与いたしておっては、それも叶わぬことと申すほかはない」

「讃岐守と伊豆守がおる限り、ご政道の妨げとなり天下は乱れる」

このようなことをまくし立てたあと、松平定政は井伊直孝と阿部忠秋にあてた書状を増山正利に託す。

定政は、家綱に付属する増山正利ならば、協力してくれるものと見込んでいる。こうなったからにはやむを得まいと、増山正利は引き受けて書状を井伊直孝のもとへ届けることにした。

直孝は、書状に目を通す。それは意見書であって、次のような事柄が記されていた。

○　刈屋の領地をはじめ武具・江戸屋敷などのすべてを幕府に返上するから、生活に困窮する旗本たちに分配してもらいたい。

○　刈屋二万石だろうと五石ずつ分配すれば、四千人が救われるではないか。

○　幕府の蓄財も同様に、困っている旗本の救済に使うべきである。
○　お代替わりになって何もご慈悲がないことは、御公儀のためにならない。
○　困窮する者たちに金銀が使われなければ、必ずや逆臣が出現して謀叛が起きるものである。

こうした意見書提出の決意を松平定政から打ち明けられ、懇願されたのは増山正利だけではない。ほかに家康・秀忠・家光に仕えて幕政に関与した学者の林道春、北町奉行の石谷十蔵貞清、作事《さくじ》奉行の牧野織部正成常たちがいる。

しかも提出者は、家康と縁続きの大名であった。更に兄の松平定行は、上級の譜代大名と来ている。事は重大なりと、井伊直孝は緊張した。

他見をはばかり密封して主君や幕閣に提出する意見書を、封事《ふうじ》または意見封事という。封事を単独で見るのはまずいと判断して、井伊直孝は意見書を老中全員に披露する。

『心よりふる天か下、一心有、一心なし、人をあらため、我を改むべし』で始まる意見書を読み、松平信綱も阿部忠秋も松平乗寿も顔色を失った。

家康と血縁関係にある大名が真っ向から、幕政を批判し無策を非難して来たのだ。そればかりか城も領地も返上する、という強硬手段に訴えようとしている。

徳川家の親藩の藩主が実力行使で、幕政に叛旗を翻《ひるがえ》したのと変わらない。江戸幕府はじまって以来の不祥事と、老中たちは頭を抱えた。

だが、松平定政はこのあとなおも、驚くべき行動に出る。

まだ幼い次男と三男を兄のもとに預け、妻も実家に帰す。残ったのは、長男の定知だった。

翌日、定政は定知を連れて東叡山本覚院の院主を頼り、剃髪《ていはつ》して能登入道不白と号す。大名父子が、僧に一変したのであった。それから毎日、定政父子は江戸中を托鉢《たくはつ》して回った。

これには、江戸の住民も度胆を抜かれた。大名の父子がいきなり坊主になるとは、これまで聞いたこともない。前代未聞の珍事だと、江戸中が大騒ぎになる。

定政にしてみれば、実に効果的なＰＲであった。二万石返上が口先だけのことではないと、幕閣の目の前で立証できたのである。しかし、こういう騒ぎは人心を惑わして、悪い評判に変わる。

「天下が乱れる前兆ではないか」

「徳川一門の謀叛かもしれない」

「あちこちに、飛び火する恐れもあるだろう」

「西国の大名が呼応すれば、もはや手がつけられない」

「いくさが起きる」

「謀叛の大名の軍勢が、江戸にも押し寄せてくる」

「徳川三代にして、滅ぶということか」

「いずれにしても騒ぎは大きくなり、次々に何かが起きる」

「明日は、どうなるかわからない」

武士も町民も、不安をかき立てられる。天下の一大事と、興奮する旗本もいる。荷物をまとめる女、老人がいた。チャンス到来と、目を光らせる牢人の集団がいる。取引を中止すべきかと、思案する商人もいた。

幕府としては、放置できないことであった。幕閣は対応を急ぎ、七月十八日に定政の処置を決定した。定政が意見封事を提出してから、九日後のことである。

刈屋二万石の所領は没収。

定政の所業は狂気のいたすところなれば、兄の松平隠岐《おき》守定行に召し預けられる。

定政は乱心したのだから死を賜うことなく、兄に預けるということであった。ずいぶん、甘い判決といえる。これには徳川一門という家格と、兄の定行の地位が影響している。それに、あくまで定政の狂気として片付けたい、という幕府の政治的配慮も働いていたのだ。

能登入道定政は松山に移り、兄の庇護のもとに余生を送る。これより二十年後に定政が死去すると、三人の息子は幕府に仕えて、のちにそれぞれ旗本となる。

この一件は果たして、狂気の沙汰《さた》であったのか。それとも、松平定政は正気だったのか。その絶対的な答えは、いまだに出ていない。

七月二十二日——。

不白入道事件が解決して、まだ四日しかたっていない。それなのに、またしても次の事件が起こることになった。

松平信綱の家臣に、奥村権之丞というのがいる。

この日、奥村権之丞のところへ、弟の八郎右衛門が別れの挨拶《あいさつ》に現われた。

「このたび、西国のさる大名に召し抱えられることが決まり、早々に出立いたさねばならなくなりました。それゆえ兄上ともしばしのお別れになるものと、ご挨拶に上がりましてございます」

八郎右衛門は、頭を下げる。

弟が大名に仕官するとなれば、めでたいことである。だが、あまりにも唐突であり、そんな話はこれまで聞いたことがない。それに、『西国のさる大名』という言い方がおかしい。

大名に仕官が決まったのであれば、たとえば『長門の萩《はぎ》三十六万九千石の毛利さま』というように、誇らしげに口にするはずであった。それを『さる大名』と誤魔化すのは、嘘ということとなのだろう。

そう思って観察すると、弟の態度も普通ではない。顔が引き攣《つ》っていて、笑えずにいる。兄と目が合うのを避けているし、落ち着きがなかった。

「その大名とは……」

奥村権之丞は、弟に質問した。

「それは……」

八郎右衛門は、即答ができない。

「申してみよ」

ますます怪しいと、権之丞は声を荒らげる。

「その儀につきましては……」

八郎右衛門は、苦しそうに顔を伏せた。

「兄は御老中にお仕えいたす身にて、大名にかかわることは調べればたちまち明らかになる。偽りは、通用せぬ！」

権之丞は、怒声を発した。

それで弱気になったらしく、八郎右衛門は悄然《しょうぜん》となって黙り込む。権之丞は、血相を変えて詰問する。ついにたまらず、八郎右衛門は真相をぶちまける。

それを聞いて、権之丞は血の気を失った。謀叛の計画が近く決行されることを、八郎右衛門は白状したのである。

それによると陰謀の内容は、由比正雪なる者とその一味による反乱であった。

江戸では小石川《こいしかわ》の鉛硝《えんしょう》蔵に火を入れて、三万駄の火薬を爆発させる。ほかにも各所に火を放ち、江戸中を火の海と化す。その混乱にまぎれて丸橋忠弥《まるばしちゅうや》の一隊が、江戸城へ侵入して将軍を拉致《らち》する。

別動隊は、急ぎ登城する幕閣をはじめ要人たちを、待ち伏せして殺す。

京都の一味は、同じように市中に大火を引き起こし、二条城を乗っ取る。

大坂の一味も火を放ちながら、混乱に乗じて大坂城を奪取する。

首領の由比正雪は駿河《するが》の久能山へ赴《おもむ》き、黄金財宝を確保したうえで立て籠《こ》もる。拉致した将軍を久能山へ連れてくれば、それで謀叛の成功は疑いなしとなる。

決行のときは、七日後の七月二十九日。由比正雪の一行は、昨日すでに江戸を立ち駿府へ向かっている。

八郎右衛門も一味に加わっていて、由比正雪のあとを追う予定だった。そのために八郎右衛門は、兄との別れの挨拶に訪れたのであった——。

弟の説得に手間取って、もう夜半になっていた。しかし、兄にすべてを打ち明けたからには、弟は一味を裏切ったことになる。陰謀加担を思い留まることは当然だし、公儀にとってはむしろ功労者であった。

そこで兄は、弟に自訴をすすめた。それは大手柄とされることだから、処罰どころか恩賞を与えられる。そのほうがはるかに得ではないかと、兄は言葉巧《たく》みに弟を説き伏せる。

弟は、承知した。

奥村権之丞は、直ちに松平信綱と会うことにした。謀叛を知らせるのだから、夜中だろうと明け方だろうと構わない。権之丞は八郎右衛門をともなって、松平伊豆守信綱の屋敷へ急行する。

松平信綱は、八郎右衛門の告白を聞いて仰天した。

同じ二十三日に林理右衛門、田代又右衛門と二郎右衛門兄弟と名乗る三人の者が、松平信綱のもとに謀叛の企《くわだ》てありと訴えて出た。この三人も由比正雪の一味だったが、まずは丸橋忠弥を裏切って密告したのである。

また一方では弓師藤四郎という者が、北町奉行の石谷十蔵貞清のところへ同様のことを訴え出ている。

これらの密告は、相談のうえでやったことではない、それぞれが勝手に一味を裏切り、その時期がたまたま一致したのである。どうして密告のときが、偶然にも二十三日に集合したのか。

それは一味が、それほど大がかりな計画ではなかろうと、思い込んでいたことを物語っている。由比正雪をはじめ首謀者たちは、謀叛ということを極秘事項にしていた。一味の大半は牢人救済、幕閣批判、現体制改革のために花火を打ち上げる意味で、世間を震撼《しんかん》させるような何かをやらかすぐらいに考えていた。ところが、ここへ来て首謀者から秘密が洩《も》れた。

反乱を起こすと知って、かえって喜んだ一味もいただろう。だが、それとは反対に怖《お》じ気づき、尻込みをする者もいる。そんな天下の大騒乱など無茶な話だ、幕府と諸大名を敵に回すような謀叛にどうして成功するだろうか。

江戸城を乗っ取り、将軍を拉致するといったことは不可能に決まっている。そうした大それた世直しには付き合っていられないと、恐ろしくなった者たちが変心したのに違いない。

いよいよ由比正雪が、駿府へ出立した。由比正雪が江戸にいるうちは動きがとれないから、いまこそチャンスということになるだろう。

心変わりした者たちは、待っていたとばかり密告に走った。それで結果的に密告の時期が、由比正雪の出発直後の七月二十三日に集中したものと思われる。

松平信綱は、幕閣の密談を要請する。一味は、牢人だけではないらしい。幕臣も、加わっている。迅速に、対策を講じなければならない。

幕閣の秘密会議で決定したことが、間髪《かんはつ》を入れずに実行に移される。

駿府へ、御使番の駒井右京親直を派遣する。

駒井は松平信綱、阿部忠秋、松平乗寿の三老中の連署による厳命を、駿府城代《じょうだい》、駿府在番、駿府目付《めつけ》、駿府町奉行に伝える。

厳命とは、駿府と久能山の警戒である。

更に武力が必要であれば、田中《たなか》二万五千石の西尾丹後《たんご》守忠昭に出兵させよと命じてあった。田中は駿府から、二十二キロしか離れていない。

今夜のうちに、丸橋忠弥を捕縛する。

鉛硝蔵奉行の河原勘左衛門以下、一味に加わる幕臣・牢人をひとり残らず召し捕る。

品川《しながわ》、板橋《いたばし》、千住《せんじゅ》など江戸の入口を閉鎖する。

こういった指示に従い、江戸では町奉行所の配下が総動員されて行動に出た。大捕物のものものしさに驚く江戸の住民には、キリシタンの取締まりであると説明した。

丸橋忠弥は、幕府中間頭《ちゅうげんがしら》の大岡源左衛門の屋敷を借りて槍の道場を開き、妻子とともそこに住んでいた。町奉行所配下の者はその屋敷を包囲し、火事だと騒ぎ立てて丸橋忠弥をおびき出す。

そのために、十文字槍の名人もあっさりと召し捕られた。本郷《ほんごう》お茶《ちゃ》の水《みず》での逮捕劇であった。一方、小石川では鉛硝蔵奉行の河原勘左衛門が縄をかけられ、そのほか謀叛人として名の挙《あ》がった者はすべて捕えられた。

江戸にいた一味は、これで壊滅した。

軍学者由比正雪の一行は、十人そろって七月二十四日に駿府についた。紀州徳川家の家臣と称して、茶屋町の梅屋太郎右衛門方を宿とする。

翌二十五日、御使番の駒井親直が駿府城に到着した。

四

早駕籠《かご》は、駿府城へはいる。

駒井親直が江戸の幕閣からの命令を、駿府城代の大久保玄蕃頭と駿府町奉行の落合小平次に伝えた。

命令は、『殺せ』となっていない。召し捕るように、となっている。死なせずに、捕えよということであった。ほかにも一味がいて、何やら画策しているかもしれない。それを、由比正雪の口から白状させる。そのためには、生かしておかなければならない。

由比正雪は、どこにいるのか。

正雪と一味十人が、茶屋町の梅屋太郎右衛門方に投宿していることはあっけなく知れた。梅屋の主人の太郎右衛門が町奉行所へ、紀伊大納言さまの御家中と称する者十一人が、宿泊していることを届け出たのだ。

七月二十五日の夜になって、町奉行の落合小平次は梅屋に泊まっている十一人に呼び出しをかける。

「江戸よりの命令で、逃亡中の者どもを探索している。迷惑ではあろうが念のため、町奉行の役宅まで足を運ばれたい」

これが、誘い出す口実であった。

当然、正雪たちは警戒する。

「われらは、紀州家の家臣である。決して、怪しい者ではない」

と、正雪は拒否する。

そうなっては、もはや打つ手がない。強制的に、連行するほかはなかった。

「されば、問答は無用なり。奉行所まで、同道を願いたい！」

町奉行所与力《よりき》の野木市右衛門が大声を発した。

すでに、犯罪者扱いである。計画が発覚したうえに、一味の正体も明らかにされたのに違いない。そのように察して、正雪一味は死を覚悟する。

十一人は支度をすると告げて、奥の部屋に引きこもった。いまかいまかと待ち受ける町奉行所の与力たちの耳に、間もなく聞こえて来たのは太刀《たち》音だった。

しまったと奥座敷へ踏み込んだが、もちろん手遅れである。正雪以下十人が切腹して介《かい》錯《しゃく》を受け、室内のあちこちで絶命していた。介錯人を務めたひとりだけが、切腹する間がなくて召し捕られた。

正雪の遺書が、残されていた。遺書の内容は、次のような意味のことであった。

幕政が無道であるがゆえ、上下の者が困窮している。

心ある者ならばみな、そのことを悲しまずにはいられない。

天下困窮の責任をとるべき酒井讃岐守忠勝ら老中たちを追放し、天下長久の政治に復さんとして、わたしはこのたびの騒乱を企んだのである。

目的は、こうしたわたしの志《こころざし》を天下に広めることにあったが、すべては失敗に終わった。

紀伊家と大納言の名を拝借したのは人集めのための手段であって、無関係であることは言うまでもない。扶持など、頂戴してはいない。

また誰からも、援助や支援を受けてはいない。

こうした遺書によって、正雪は生涯を締めくくった。あまりにも幼稚で雑な謀叛は、実に簡単に炎に水をかけられて終わった。『慶安の変』とか『由比正雪の乱』とか呼ばれるが、これは実害がまるでない騒動だったのである。

八月になって、丸橋忠弥をはじめ江戸で召し捕られた三十六人が品川の鈴《すず》ヶ《が》森《もり》で処刑された。九月には由比正雪の肉親一族十八人が、安倍《あべ》川の西の河原で磔《はりつけ》か斬罪となっている。

だが、この異変の結果として、ひとつ重大な問題が残されている。徳川頼宣、という超大物への疑惑であった。

頼宣は、家康の十男である。

二歳で水戸二十万石、九歳で駿府五十万石を与えられて、十八歳からは和歌山《わかやま》五十五万石を領していた。御三家では、尾張の徳川に次ぐ。

従二位権大納言《じゅにいごん》に叙任、紀伊大納言頼宣として天下に知られている。この超大物が実は、由比正雪の背後にいたらしいという噂が広まっていたのだ。

たとえ噂にすぎなくても、これは放置しておけることではない。謀叛人の由比正雪の黒幕が御三家のひとりだとなれば、徳川家の威信も幕府の威光もあったものではなかった。

徳川家に起きた御家騒動、一族のクーデターということになる。

徳川家は、天下の信頼を失う。将軍の価値も下がり、幕府の存在そのものが軽視される。全国の統制がとれなくなり、当然のことながら天下は乱れる。

諸大名は、徳川将軍と幕府を認めなくなるかもしれない。あちこちに、混乱が生じる。対立が、激化する。親徳川と反徳川が戦う、という可能性さえあった。

このように考えれば、幕閣たちが狼狽《ろうばい》するのも無理はない、何よりも徳川頼宣の無実を、証明するのが先決であった。無実ならば、頼宣はいっさいお構いなしとなる。罪に問われなければ、頼宣には何もなかったのだと世間も納得する。あれは無責任な風聞にすぎなかったようだと、やがて噂も消えるだろう。

では、どうしてそんな噂が、まことしやかに流れたのか。

第一には由比正雪が何かにつけて、紀伊大納言さま、紀州徳川家の名前を持ち出したからであった。由比正雪は遺書の中でこのことを、『人集めの手段に名前を借りただけ』と否定している。

しかし、否定されたことは何でも、なるほどと信じられるものではない。誰かを庇《かば》うためには嘘をつくし、嘘をついての否定ということがある。

それが、むしろ多い。由比正雪は、自害した。死を覚悟した人間は嘘をつかない、という理屈も成り立つ。だが、その逆もあるのだ。

死を覚悟した人間ならば、自分の味方に迷惑がかからないような遺書を残すのが当然、という見方であった。由比正雪は計画に失敗した謀叛人として、黒幕の頼宣を庇ったのかもしれない。

こういう判断も、決して間違ってはいないだろう。それに、人集めの手段として名前を借りるのであれば、尾張徳川でも水戸徳川でもよかったのではないか。

なぜ、紀伊徳川でなければ駄目だったのか。あるいは紀伊徳川の名前を使ってもいいぞと、頼宣から許しをもらっていたのではないか。

そうなると頼宣はやはり、由比正雪の協力者だったということだろう——。このように思いたがる人が、意外に多かったといえる。それは頼宣の性格、人柄にもかかわることであった。

頼宣は、名君といわれた。

名君すなわち頭の回転が早くて、読みが深くて知識人で、意欲的な情熱家で、度胸がすわっていて気質が豪快で、積極性に富んだ人物でなければならない。

しかし、それに野心が加わると、一筋縄ではいかない人間になる。頼宣の場合が、そうだったのだ。家康もわが子ながら、頼宣がかなりの野心家であることを気にかけていたという。

秀忠は弟の頼宣を、口うるさいからと苦手にした。家光も、叔父の頼宣を煙たがっていた。恐れを知らぬ大納言さまと、頼宣を敬遠する大名が少なくなかった。

頼宣が野心家だという評判は、一般庶民のあいだにまで浸透《しんとう》している。頼宣のことを、『南海の臥竜《がりよう》』と称した人がいた。いつ目を覚まして天に昇ってもおかしくない能力と野心を、頼宣は持ち合わせていると見られていたのだった。

これが、噂の根拠となった第二点であった。

第三は頼宣と正雪のあいだに、接点があったことだろう。

正雪が軍学者として売り出すと、牢人のほかに旗本も門人になった。それに、大名の家臣が加わる。いつしか大名の江戸屋敷へ正雪のほうから、軍学を講義するために出向くことが増えていった。

その大名屋敷には、江戸の紀伊藩邸も含まれていた。紀伊徳川家の江戸屋敷への出入りを、正雪は許されていたわけである。正雪にも頼宣にお目通りする機会があったはずだと、当然のように推察されるのはやむを得ないことだろう。

第四は、頼宣も正雪と同様に、牢人救済に熱心であることだった。頼宣は幕府が無策ならばせめて自領でと、大勢の牢人たちを紀伊徳川家に召し抱えている。

こんなことも、思想と政治指向がひとつならば行動のうえでも協力する、という印象を与えたのに違いない。

第五は、いわば物的証拠であった。

由比正雪の遺品の中から、頼宣の判物《はんもつ》が見つかったのだ。

判物とは、将軍や大名の花押《かおう》など印章が押してある文書をいう。頼宣の判物が正雪の遺品の中にあったとなれば、両者の関係を何もなかったと否定することができない。これぞ動かぬ証拠だと、判物を調べた老中たちは顔色を失った。

以上のような理由から、噂が事実のごとく流布《るふ》される。それを本気にした連中は、大名や幕臣の中にもずいぶんと大勢いた。紀伊大納言さまならやるかもしれない、という先入観も働いていたのだろう。

由比正雪の陰謀がスタートで成功して、将軍家が久能山へ移されたら大納言頼宣の出番となる。頼宣は事態を収拾するという名目で出兵し、江戸と駿府の一帯を制圧する。そのうえで頼宣は、幕府の実権を握る。

将軍家は江戸に戻されるが、幕閣は引退させられる。幼少にして病弱な将軍家は、これまで以上に飾りものとされる。

幕府の政策と人事には、大改革が加えられる。

紀伊徳川家の家臣が何人も幕臣に迎えられ、大納言頼宣が天下に号令する。

由比正雪はもちろん無罪であり、幕府御用の軍学者として、それ相応に高い地位を与えられる。

頼宣が画策したのは、こういうことだったのだろう。

このように、多くの人々は想定した。だが、計画は事前に挫折することになった。実行のときを目前にして謀叛が発覚、陰謀に加担した人間は残らず自害するか処刑されるかした。

特に首謀者の由比正雪は黒幕を救うために、頼宣も紀伊徳川家も無関係だとわざわざ遺書に明記して死んだ。そうしながら由比正雪は不注意にも、頼宣の判物を遺品の中に残していった。

さて、頼宣は今後どうなるのか。実際に頼宣が黒幕だったとすれば、直ちに切腹を命じられる。御三家のうちの紀伊徳川家は、お取り潰しになる。

頼宣はいかに、申し開きをするのか。果たして、無事にすむのだろうかと噂を信じた人々は、固唾《かたず》をのんで事態の推移を見守った。頼宣がクロかシロかの判定を下すのは、老中たちであった。

大老の酒井忠勝、老中の松平信綱、同じく阿部忠秋、同じく松平乗寿、それに元老の井伊直孝の五人が黒書院に集まった。もちろん密議であって、誰だろうと黒書院に近づくことも禁じられた。

五人とも、口数が少ない。笑う気にはならないし、目つきが険しい。血相を変えるところまではいかないが、引き攣ったような表情には悲壮感が漂っている。

「大納言さまを天下の大罪人として、誅《ちゅう》し奉《たてまつ》ることは許されぬ」

酒井忠勝が、腹に響くような声で言った。

「同意見にございます」

阿部忠秋が、ひとり同調した。

「大納言さまが天下の大罪人であろうと、目を閉じて見逃せと申されるのか」

井伊直孝が、鋭く目を光らせる。

「いや、大納言さまが天下の大罪人などと、思うてはおらぬからにござる」

酒井忠勝は、激しく首を振った。

「大納言さまは由比正雪なる者と、かかわりなどお持ちではないということにござろうか」

井伊直孝は、酒井忠勝の横顔をにらむように見据《みす》えた。

「申すまでもないことにござる。大納言さまが謀叛にお力を貸されたと、さような風聞をどうして信じられようか。一笑に付して、当然にござる」

酒井忠勝は、首を振り続けている。

「さよう。御三家のうちなる紀伊大納言さまが、徳川家の衰亡、幕府の崩壊、天下騒乱を招くようなことを、お望みになられるはずはございますまい」

阿部忠秋が、口を挟んだ。

「そのとおりにござる。あるいは由比正雪なる者、一度ならず大納言さまにお目通りを許されたやもしれぬが、正雪が謀叛の後ろ楯《だて》に大納言さまがおなりあそばされたとは、幼児の戯言《たわごと》にも等しきことにござる」

勢いづいたように、酒井忠勝は語調を強めた。

酒井忠勝は、頼宣を信じきってはいない。しかし、忠勝には徳川家の結束を乱してはならない、幕府の基盤を揺るがしてはならない、という絶対的な心情論がある。そのためにはこれ以上、騒ぎを大きくしないことだった。あるいは頼宣に多少の助平根性があって、正雪と何らかの形で結びついていたかもしれない。もしそうだとしても、不問に付して何もなかったことにしてしまえばいい。それで頼宣も、助平根性や野心を捨てきるだろう。そういうことで、万事解決に持ち込みたい。

これが、酒井忠勝の本心であった。

阿部忠秋の場合は、ちょっと違っている。阿部忠秋は冷静な男で、無責任な噂といったものをまるで問題にしなかった。忠秋は現実を見極《みきわ》めて、理論的な判断を下す。今回の一件も、頼宣の立場について熟慮したうえで、忠秋は答えを出していたのだ。忠秋が考えたことは、頼宣が正雪に協力して得をするか損するかであった。

一　正雪の計画どおりにいったとしても、頼宣が徳川家の実権を握り、幕府の全機構を制することは不可能に近い。

一　旗本と譜代大名の大半を、敵に回すことになる。全国の大々名の蜂起《ほうき》、反乱、対決もあり得る。

一　陰謀が中途半端に終われば、頼宣は身の破滅を招く。

したがって損はしても、得することにはならない。そうした先が読めないほど、頼宣は暗愚ではない。つまり、頼宣を信じるべきだという答えになり、忠秋はそれを結論としたのである。

松平信綱は、半信半疑でいた。まずは大老や元老の意見に、耳を傾けるべきだった。信綱はそう思って、積極的には議論には加わらなかった。

松平乗寿は、あまりにも重大な議題だったので、新参の老中として発言を控えていた。

井伊直孝は、頼宣への疑いを解いていなかった。頼宣は正雪の黒幕に違いないと、決めつけていたわけではない。頼宣と正雪のあいだには何かつながりがあったのだろうと、直孝は怪しんでいたのである。

「されば、お尋ねいたしたい」

井伊直孝は、酒井忠勝と阿部忠秋に目を走らせた。

「何なりと……」

酒井忠勝は、胸を張った。

「由比正雪なる者が大納言さま御判物を所持いたしておったことについては、いかなるご判断を下されましょうや」

井伊直孝は、片膝を進めた。

五

由比正雪の遺品の中にあった頼宣の判物は、動かぬ証拠ということになる。一歩も退《ひ》かぬという面構《つら》えでいる酒井忠勝だが、まさかこの証拠の品までは否定できまいと、井伊直孝とすればこれが最後の切り札だったのである。

ところが、酒井忠勝は動じなかった。判物に関する答えを、忠勝は用意していたのだ。忠勝は漆《うるし》塗りの文箱《ふみばこ》に収められている書状を取り出し、不浄のものを扱うように一同の前に投げ捨てた。

大納言の判物を粗末に扱ったので、一同はあっけにとられたり眉をひそめたりした。だが、それも伏線になっていた。忠勝はこれを、不浄の品にしたかったのだ。

「これにある文字を、しかと見定められよ。いずれの文字も、大納言さまが御筆によるものにはあらず」

忠勝は、そう言いきった。

「何を、申される」

それは暴言だと、井伊直孝も気色ばんだ。

「それがし大納言さまが御筆を、よく存じ上げておる。よって大納言さまがご真筆《しんぴつ》にほど遠きこと、それがしにはひと目にてわかり申した」

忠勝は扇子《せんす》の先端で、書状にある文字を乱暴に叩いた。

「されば、大納言さまが御判物は……」

「よく似せてはおるが、真っ赤な偽物にござる」

「御判物がそっくり、偽物なりと申されるのか」

「由比正雪なる者が、勝手に作り上げた偽物に相違ござるまい」

「由比正雪は何ゆえ、かような偽物を必要といたしたのでござろう」

「由比正雪は何かにつけ大納言さま御家中を装い、大納言さまのお力をお借りいたす者と偽りを申し立てておる。万が一そのことを疑われ、あるいは怪しまれたるとき、これなる御判物を披露いたせば相手は信ずることに相成ろう。そのために正雪は偽の御判物を、用意いたしておったのでござろう」

「讃岐守どのにはあくまで、偽物で押し通されるおつもりか」

「偽物はあくまで、偽物にござる」

「偽物か本物かの判断は、われらに下し難《がた》きこと」

「さよう申されるならば、それがしこれより大納言さまお屋敷に参上いたしましょうぞ。大納言さまにお目通りつかまつり、これなる御判物が本物か偽物かのご判断をいただいて参る所存にござる」

忠勝はいまにも、立ち上がりそうな気配であった。

「お待ちくだされ」

直孝のほうが、驚いてあわてた。

「何ゆえに、制止なされるか」

忠勝はさっさと、判物を文箱に戻してしまった。

「その御判物を持参のうえ、大納言さまお屋敷へ乗り込まれるのは、あまりにも無謀にござる」

直孝にはこの時期の頼宣の屋敷が、敵陣のように思えるのであった。

「乗り込むとは、おおぎょうな申されようじゃ」

「大納言さまが御家中の者は、讃岐守どのが糾明《きゅうめい》のため御判物を持参のうえ、乗り込んで参られたと受け取るに相違ござらぬ。さすれば大納言さまに不利益と断じたとき、御家中の者は讃岐守どのに危害を加えんとの挙に出るやもしれませぬ」

「ご案じくださるな」

「讃岐守どのがご一命に、かかわることにござる」

「天下平穏のためなれば、それがしの一命など枯れ葉のごとく軽きもの」

「口出し無用にござろうか」

忠勝を思い留まらせることはできそうにないと、直孝も諦めて溜息をついた。

「忠義を守りてのことならば、天下に恐るるところなしにござる」

酒井忠勝は、一瞬の微笑を浮かべた。

「讃岐守どの……」

井伊直孝は、負けたと思った。

忠勝は何が何でも、頼宣を謀叛人にしたくないと願っている。それが天下平穏のためになるのだから命を捨てても構わない、という忠勝の胸のうちが直孝にも読めたのであった。

判物の件は忠勝に一任するしかない、という気持ちにさせられていた。ほかの者にも、異存はなかった。異存がないというより、承知させられたのであった。

忠勝は直ちに、紀伊徳川家の江戸屋敷へ向かった。

頼宣をはじめ家臣一同は、不安を覚えて緊張した。前触れもなく大老がみずから、火急の御用と称して訪れたのである。只事《ただごと》ではないと、誰もが思う。やはり、大老が乗り込んで来たということになる。

忠勝は、しばらく待たされる。やがて改めて、広間へ案内される。すでに家臣たちが、左右に居並んでいる。片側が江戸家老など上級武士、反対側には近習が着座している。間もなく頼宣が、小姓を従えて現われる。

挨拶を交わしたあと、頼宣と忠勝は視線を合わせる。いずれも相手の目を、避けようとはしなかった。

和歌山五十五万五千石、紀伊大納言頼宣、五十歳。

小浜十一万三千石、大老の酒井讃岐守忠勝、六十五歳。

一方は徳川御三家のひとり、他方は幕府最高の地位にある大老。互いに天下の重鎮であり、威風劣らず、あたりを圧するような貫禄を示している。

「さてこのたび、かような大納言さま御判物が、それがしの手もとに届きましてござりまする」

忠勝は例の書状を、取り出して広げる。

「うむ」

頼宣は、表情を変えない。

「御免《ごめん》」

忠勝は素早く膝を進めて、一気に頼宣との距離を縮めた。

それは忠勝が頼宣に詰め寄り、罪を認めることを迫るような動きに見えた。居並ぶ家臣は、一斉に忠勝へ視線を突き刺す。特に近習たちは、いつでも立ち上がれる体勢を整えた。

「何とぞ大納言さま御印形《いんぎょう》を、お確かめくだされませ」

忠勝は緊迫した空気の中で、頼宣の目の前に書状を掲《かか》げた。

「うむ」

頼宣には、それ以上の言葉がなかった。

「これなる御墨付は大納言さまが御真筆にあらず、御印形もまた真物《ほんもの》とは異なるものと、それがし推察つかまつりましてござりまする」

忠勝は、書付けを引っ込めた。

「うむ」

頼宣は、釣られてうなずく。

頼宣が何事か付け加えようとしても、その口を封じるように忠勝は言葉を続けるのであった。

「さればこれなる御墨付は、謀書（偽造文書）に相違ござりませぬな。いやはや、かような贋物《がんぶつ》を作り上げるとは、とんだ悪戯者《いたずらもの》がおるものにござりまする。贋物は早々に、処分いたさねばなりませぬ」

忠勝は平然と、判物を細かく破り捨てた。

頼宣の近くに、煙草の火種を積んだ小さな火桶が置いてある。忠勝は破った判物を、火桶の火にくべた。青い煙が立ちのぼり、何度か炎が揺れただけで、判物は灰になってしまった。

これほど完璧な証拠湮滅《いんめつ》は、ほかになかった。唯一の物的証拠が、永久に消滅したのである。これで頼宣と由比正雪の関係を、決定的に証明することは不可能になった。

危機は回避されたとホッとしながら、忠勝は元の位置まで退いた。しかし、もうひとつ頼宣に伝えるべきことが、残っていたのだった。今後のことも考えて、頼宣に釘を刺しておかなければならない。

「御印形なるもの、その用いられようによっては、天下の大事を引き起こすことにもなりかねませぬ。何とぞ御印形をご使用あそばされる折には、たとえ御身辺に召し使われます御家来衆でありましょうとも、御心を許されませぬことこそ肝要かと存じまする」

忠勝は言った。

忠勝の指摘は決して、頼宣の側近に向けられたものではなかった。印形を預かる近習、印形を持ち出せる立場にいる家臣を、信用するなと進言したわけでもない。

問題になった頼宣の判物にしても、家臣が印形を無断使用したものと、忠勝は思っていなかった。忠勝は頼宣に対して、あるいは本物かもしれないがとにかく判物を灰にした、今後もやたらに御墨付を与えるようなことをするな、印形の扱いは慎重にしなければならないと、遠回しに諫言《かんげん》したのである。

ところが、この日のうちに加納某という近習が腹を切っている。加納某は頼宣の印形を管理し、公文書にも関与している近習だった。

主君の印章に関してはすべての責任が自分にあり、頼宣の印形の扱いに手落ちはまったくなかった。それなのに頼宣が責められるようなことになってはならないと、加納某なる近習は自害を急いだのであった。

　こうした経緯により、大納言頼宣が謀叛人になるという最悪の事態は避けられた。しかし、だからといって頼宣が、これで無罪放免ということにはならなかった。

　このあとにまだ、老中による審問というのが残っている。これを終えないと、正式に一件落着とはならないのだ。それに老中では松平信綱が元老の井伊直孝とともに、特に直接の審問というものを求めたのである。

　これには、理由があった。

　家光の死後、御三家がたびたび幕政に口を挟むようになっている。幕府に干渉しないというのが御三家の本来の姿であり、よほどのことがない限りすべては将軍家と幕閣に任される。

　ところが、ここへ来て御三家が何かとやかましい。まるで小姑《こじゅうと》のように、いろいろと注文をつける。将軍家綱がまだ幼いということから、われわれの助言が必要だみたいな気になったのかもしれない。

　その中でも紀伊の頼宣の口出しが、最も頻繁《ひんぱん》である。将軍家綱の私生活にまで、指示を与えようとする。このままにしておくと、自分が家綱の後見人になったように錯覚する恐れもある。

そうなれば幕政干渉まで本物になると、松平信綱や井伊直孝は苦々しく思っていたのだ。

家光の死後、家綱は精進《しょうじん》を続けている。すると頼宣と水戸の頼房あたりが、家綱は幼いのだから魚を食べさせるようにと、老中に申し入れてくる。

そんな細かいことまで、世話を焼きたがる。どうも頼宣と頼房には、自分は家康の子どもであるからこの時期、幕閣だけには任せておけないという思いがあるらしい。

いまのところはまだ要望どまりだが今後、要求、指示、命令と高圧的になってくるかもしれない。幕閣の権力を強化するためにも、いつか頼宣の頭を押さえつけてやろうと、老中たちはその機会を待っていたのだ。

頼宣の口入《くにゆう》（口をはさむこと）を封じるべし――。

分家が本家に干渉することを、禁ずべし――。

こうした政策のために、今度の一件に関する頼宣への審問を利用する。たとえ御三家だろうと大納言だろうと、次第によって老中は厳しく詮議《せんぎ》する。老中はそれほどの実力と権威を与えられているということを、頼宣に思い知らせるのであった。

頼宣に熱いお灸《きゆう》をすえるには、まさに絶好のチャンスといえた。

大納言頼宣は、江戸城中に呼びつけられた。

遠くまで人払いを命じられた一室には、酒井忠勝、松平信綱、阿部忠秋、松平乗寿の四人だけが待ち受けていた。井伊直孝は、大老職や老中職についていないので遠慮した。

席には、上座も下座もなかった。ここでは、言葉遣いもほぼ対等であった。酒井忠勝は終始、沈黙を守っていた。忠勝としては、形式的な審問を眺めていればよかったのだ。

「由比正雪なる者を、ご存じにござりましょうや」

「そのような者がおったことは、余も存じておる」

「その者にお目通りを、許されたことございましょうや」

「覚えがない」

「その者に、お言葉を賜わったとのことは……」

「覚えがない」

「その者が大納言さま江戸屋敷に、お出入りを許されておりましたことを、ご存じにござりましょうや」

「余の知らぬことじゃ」

「されば御家中の方々が、正雪のお出入りを許されたことに相成りますが……」

「あるいは……。余が家中には、軍学好みがそろっておる。正雪なる者の軍学に心酔いたしたとの家中の声なれば、余もたびたび耳にしたことがある」

「由比正雪は、紀伊大納言さまに仕官を取り次ぐとの甘言《かんげん》を多くの牢人どもに対し、用いておったとのことにござります」

「甘言とは、他人を誘う巧みな言葉をいうのであろう。すなわち甘言には、偽りが多いのではないか」

「すべては、由比正雪の偽りにございますか」

「余は優れた人材を選び、努めて牢人を召し抱えることにいたしておる。されど正雪なる者の推挙により、召し抱えたる牢人は一人《いちにん》たりともおらぬ」

「大納言さまには何通かの御墨付を、由比正雪に賜わったとのことにございますが……」

「身に覚えがないことじゃ」

「しかしながら、大納言さまより正雪が賜わったとされます御判物を、われらもこの目で拝見つかまつっております」

「さようなものは、贋物に決まっておろうぞ」

このようなやりとりが、延々と続けられたのであった。尋問するのは、松平信綱と阿部忠秋の二人である。頼宣のほうは、知らぬ存ぜぬで押し通す。

物証はすでに、灰になっている。そのことをまた、両方が承知しているのだった。したがって、最後まで結論に至らない問答であることも、明らかなのであった。

だが、幕閣側にとっては、十分な効果が認められた。頼宣がかなり、参ったようなのである。老中の勢威とは、いざとなると大したものだと実感したらしい。幕閣の権力には逆《さか》らえないと、再認識したことにもなる。

隣室にいた井伊直孝も、これでよしと満足した。

これで頼宣の釈明は、いちおう通ったわけだった。頼宣への疑いは、晴れたことにされる。由比正雪の黒幕は頼宣という風聞も、いつしか消えてしまう。

八月と九月に、謀叛人とその肉親の処刑が終了する。それとは逆に今度の一件を密告した者たちには、その功労に対する報酬が贈られた。

松平信綱に仕える兄の奥村権之丞に、謀叛の計画を打ち明けた奥村八右衛門は、三百石をもって御家人《ごけにん》に取り立てられた。

兄の奥村権之丞のほうも幕府から金十枚を賜わり、主君の松平信綱からは加増を伝えられた。

その他の密告者の牢人たちも、御家人の身分を与えられた。弓師藤四郎には銀百枚と、蔵米二百俵という恩賞があった。

由比正雪の陰謀に関しては、事後処理も含めてすべてが過去の出来事となった。それ以後、紀伊大納言頼宣が野心家だという声は、まったく聞かれなくなった。頼宣は、目を覚まさない臥竜となったのである。

なお頼宣は翌年になって、みずからの印章を改めている。

六

由比正雪の陰謀という事件そのものは片付いたが、牢人対策なる大問題はまだまだ尾を引いていた。これは短期間に、解決できることではなかった。

武士の失業者が世にあふれていて、その家族ともども貧苦のどん底にある。それを救うには再就職しかないが、そうする経済的余裕は幕府にも諸大名にもない。何とかしたいが、手の打ちようがない。

それがまた治安問題に結びつくので、なおさら厄介であった。現にこうして、由比正雪の陰謀のような恐ろしい企みもあったではないか。

行き場のない牢人は、なお続々と江戸へ集まってくる。牢人はすべて、危険分子となる可能性を持っている。このままではいまに、危険分子で埋まった江戸になる。江戸の治安はどうなるのかと、頭を抱えるしかないのだ。

十二月十日にも大老、老中、元老、将軍補佐の幕閣六人が白書院で牢人対策を協議した。由比正雪の陰謀のような事件を二度と招かないためには、というのが最重要の議題とされた。

大老の酒井忠勝が、真っ先に発言した。それは、『牢人追い払い』の提案であった。

由比正雪などの陰謀は、幸運にも事前に発覚した。よって未然にこれを防ぎ、大事には至らなかった。

しかし、これはあくまで幸運に救われたのであって、今後はどうなるかわからない。では、どうすればよいのか。根本的な原因は、多くの牢人の存在である。

まずは、その原因を取り除くことだろう。江戸に群居する牢人をひとり残らず、江戸より追放してはどうだろうか。牢人追い払いこそ、天下静謐《せいひつ》のための良策である。

と、酒井忠勝は荒療治ともいえる強硬論を、持ち出した。

この忠勝の主張に将軍補佐の保科正之、老中の松平信綱が賛成した。

だが、それに対して老中の阿部忠秋が、真っ向から反対した。冷静な理論家である阿部忠秋は、それにふさわしい見識と思想を持っていたのだった。

牢人の江戸追放はもっとものようだが、幕府は江戸の治安だけを守ればいいというものではない。天下すなわち全国のことを、考えなければならない。

そもそも、牢人はなぜ江戸に群居するのか。諸大名が出府するために、牢人も再就職を求めて江戸へ集まってくるのだ。

牢人がそれぞれ生国《しょうごく》などに引っ込んでいれば、任官の機会がないので死ぬまで牢人でいなければならない。

そうなれば牢人は山賊や野盗の悪業《あくぎょう》に走り、その土地の人々を悩ませれば、幕府の責任ということになるだろう。牢人の妻子、父母にしても、餓死を待つ運命に追いやられるだろう。

将軍家と幕府だけのことを心配して、万人の苦しみを二の次にするのが、天下のご政道といえようか。

また、謀叛や一揆を恐れて牢人を江戸から追放したとあっては、幕府の権威にかかわるし後世にまで笑いものとされるだろう。

更に、牢人を外国に追放することは不可能なのだから、同じ将軍家の治世下にある国内に散るという意味で、江戸にいるのと何ら変わりはない。

したがって牢人を江戸から追放することには反対であり、現状のままであったほうがよい。

この阿部忠秋の正論は、実に立派であった。筋が通っているし、反論すべきところがまったくなかった。まず井伊直孝が、忠秋の説を支持した。

次いで保科正之が納得し、松平信綱が感心して同調した。酒井忠勝も自説を引っ込めて、牢人の江戸追放という強硬論を白紙に戻した。

そのために、牢人を増やすことになるような制度の改正が、論議されたのであった。そうした論議の結果、末期《まつご》養子制の緩和が第一弾として決定された。

末期養子とは大名が重病により危篤《きとく》になったとき、急いで願い出る養子のことで急養子ともいう。幕府はこの末期養子を認めなかったので、断絶する大名家が少なくなかった。

そうなれば、牢人が増加する。

それで老中は、末期養子を認めることを決めたのであった。

末期養子を許されれば、無嗣《むし》断絶という大名が激減する。結果的に、牢人となる家臣も減る。この末期養子制の緩和は、基本的な牢人対策として大いに評価された。

阿部忠秋は、男を上げた。いや、本領を発揮し始めたというのが正しい。傑物、逸材として多くのエピソードを残していながら、これまでの阿部忠秋は何となく影が薄かった。

地味というか、いつも松平信綱のかげに隠れているような忠秋だった。

それには、忠秋の年齢というものが響いていた。忠秋は信綱より、六つ年下であった。若いということが常に、遠慮を招いたのかもしれない。

しかし、いまの忠秋はすでに幕閣の中にあって、脂《あぶら》の乗りきった年齢に達している。ほかの者たちが、年をとりすぎたという時代になった。

そろそろ忠秋が幕閣の中心となって、実力を振るってもいいころである。忠秋はそのことを裏付けるように、みずからの主張を幕政に反映させるべく努めることになる。献策に積極的になり、立案も怠らなかった。

末期養子の緩和が決定されたころから、阿部忠秋の存在は急に重きをなすようになる。代わって大老の酒井忠勝が、病床につく回数を増やしていた。

年が明けて、慶安五年を迎える。

この年の二月には、江戸と館林で大火事があった。

三月になると浅間山が噴火して、江戸ではまた二十余町を焼く大火となった。今年もどうも縁起の悪い年になりそうだと、暗い予感を抱いた人々は決して少なくなかったのに違いない。

果たして、大事件が起きた。

場所は、佐渡《さど》である。

佐渡ヶ島は遠いので、江戸の一般市民はほとんど知らなかった。だが、報告を受けた幕閣は、愕然となった。去年の由比正雪に続いて、またしても乱が起きたのである。

佐渡奉行・伊丹勝長の手代で辻藤右衛門という者が、父子で反逆して六十人からの土民を引き連れ、小比叡《ひえい》と呼ばれる蓮華峰寺《れんげぶじ》に立て籠もったのだった。

奉行に反逆したので、幕府に対する一揆という名の謀叛となる。老中たちは、たとえ些《さ》細《さい》な謀叛だろうとこれを許さずとこの騒乱を重視、越後長岡《ながおか》七万四千石の牧野忠成に鎮圧を命じた。

だが、牧野忠成の軍勢が佐渡へ渡る前日の三月十四日、佐渡奉行の手の者が辻父子以下を制圧した。遠い佐渡で発生して、簡単に鎮圧された小さな騒乱だったが、幕閣にとってはこのうえない衝撃といえた。

これは世に、『佐渡一揆』と呼ばれている。

首謀者は、厳罰に処さなければならなかった。

五月になると今度は、大老の酒井忠勝の領国で騒動が起きている。若狭《わかさ》の小浜領遠敷《おにゅう》郡の村々から大豆の増徴に反対して、多くの農民が強訴《ごうそ》に押しかけたのだ。

強訴は為政者を相手に、徒党を組んで強硬に訴えて出ることだから、一揆とはやや違っている。だが、暴力をともなわないだけで、目的や実情は一揆と変わらない。この強訴でも、首謀者は処刑された。

六月には、出羽庄内《しょうない》が暴風雨に襲われる。八月は、江戸が暴風雨、広島《ひろしま》が洪水に見舞われる。また、伊豆の青ヶ島《あおがしま》が噴火。

そして、九月――。

九月十三日の夜、松平信綱の屋敷に来客があった。

訪れたのは、普請《ふしん》奉行の城半左衛門だという。内々にて申し上げたいことがあるそうなので、奥座敷へ通すように信綱は命じた。信綱が奥座敷へ足を運ぶと、城半左衛門は家来を従えている。

「夜分のお目通り、申し訳なきことにござります」

城半左衛門は、家来とともに平伏した。

「何やら内々にて、わしに伝えたきことありとな」

信綱は言った。

「恐れながら、お人払いが願わしゅう存じます」

半左衛門の顔色が、やや青白くなっていた。

「遠慮いたせ」

廊下に控えている家臣に、信綱は声をかける。

襖《ふすま》を閉じて、家臣は去っていった。半左衛門は、密談を望んだ。しかも、尋常な顔つきではない。だいたい普請奉行が個人的に、老中の屋敷を訪問することからしておかしかった。

「それなる者は、そのほうが家人《けにん》か」

まだ平伏したままの家来へ、信綱は目をやった。

「ははっ。長島刑部左衛門と、申す者にござります」

半左衛門が答えた。

「して、内々に伝えたき儀ありとは、いかなることじゃ」

信綱は、気が重くなるのを感じた。

「天下の一大事にござります」

「うむ」

「昨年の由比正雪が謀叛を、真似たような企みがございます」

「なに、由比正雪が謀叛と同様のことが、再び繰り返されると申すのか」

「御意《ぎょい》」

「まことか」

「この長島刑部左衛門が知り人《びと》の牢人の素振りを怪しみ、問い質《ただ》しましたところそれらしき企みを洩らしたそうにござります。それを刑部左衛門より聞き、まずは御老中さまのお耳へと急ぎ参上つかまつりました」

普請奉行はいまになってぐったりとなり、苦しそうに息を弾ませていた。

「まことなれば、まさしく天下の一大事じゃ」

信綱は、胸を圧迫されるような思いだった。

またか！　またか！　またしてもか！　そんな叫び声が、信綱の頭の中に響き渡った。

由比正雪と同じような謀叛を企む輩《やから》がいて、またしても江戸を混乱に陥《おとしい》れる。

なぜそのように天下の平穏をぶち壊したがるのかと、信綱は情けなく悲しくもあった。

信綱にできるのは、騒乱を未然に食いとめることしかない。それが自分の仕事だと、割り切るほかにはなかった。

由比正雪のときも、密告者が信綱のところへ飛び込んで来た。今度も情報をつかんだ者が、信綱のところへ駆けつけて来た。わしはそのように幸運なのだから、このたびも何とかなるだろうと信綱は気を取り直した。

「長島刑部左衛門と申したな」

信綱は、普請奉行の家来を差し招いた。

「ははっ」

刑部左衛門は、進み出て主人と並んだ。

「子細《しさい》を申せ」

信綱は刑部左衛門に、詳しい報告と説明を求めた。

「申し上げます。謀叛人は別木庄左衛門、林戸右衛門、土岐与左衛門などと名乗りおります四名の牢人にござります」

「たったの四人か」

「ほかにも、かかわりを持つ者がおるとのことにござりますが……」

「謀叛の日取りは、探り出せたのか」

「十五日とのことにござります」

「明後日か」

「はい」

「場所は、どうじゃ」

「増上寺《ぞうじょうじ》と、聞きましてございます」

「なに、増上寺とな。芝《しば》の増上寺に、相違ないか」

「増上寺にて追善供養が執《と》り行なわれるゆえ、と申しておりましたことに間違いはございませぬ」

刑部左衛門も、必死の面相でいた。

「追善供養、なるほど読めたぞ。明後日の芝増上寺にて行なわれるは、崇源院《すうげんいん》さま二十七回忌《き》の御法会《ごほうえ》じゃ」

信綱は目を、カッと見開いた。

芝の増上寺——。

三縁山《さんえんざん》増上寺は、浄土宗《じょうどしゅう》の関東大本山である。徳川家の菩提寺《ぼだいじ》であり、この時点では二代将軍秀忠の墓所が設けられている。寺領一万五千石で、二十五万坪に及ぶ境内《けいだい》には坊中寺院など五十一寺が置かれて、上野寛永寺に次ぐ大寺院であった。

明後日には増上寺で、崇源院（秀忠夫人）の二十七回忌の法会が行なわれる。

刑部左衛門の説明によると、謀叛人の一味はその盛大な法会に乗じて事を起こすのだという。その手順は、次のようになっているらしい。

法会が終わるのを待って、増上寺の各所に火を放つ。

増上寺炎上の大混乱を利用して、そこに集まっているはずの莫大なお布施《ふせ》を手中にする。

増上寺が焼けて大混乱となれば、幕閣が先頭に立って指揮をとるに違いない。

そうした老中たちを狙《ねら》って、鉄砲で射殺する。

計画の内容は、こういうことであった。由比正雪の陰謀に比べると、今度の計画ははるかに小規模である。増上寺を焼き払うというのは、反徳川の狼煙《のろし》か、それとも老中を誘い出す手段か。

何千両というお布施を奪うのは、それを貧しい牢人たちに恵んでやる義賊のつもりか。あるいはその何千両かを軍用金にして、不穏な牢人どもを集める考えだったのか。

いずれにしても、謀叛人の最大の目的は老中を殺すことだった。牢人はどうして老中を悪人と決めつけて、真っ先に殺したがるのか。私利私欲を持つ幕閣も、野心を持つ老中もひとりとしていないのだ。

「町奉行の神尾と石谷を呼べ」

信綱は、家臣を呼んで命じた。

神尾備前《びぜん》守元勝は南町奉行、石谷十蔵貞清は北町奉行であった。信綱は二人の町奉行と協議をしたうえで、謀叛人一味の逮捕を指示した。

翌日、町奉行みずからが出動して、謀叛人が身を寄せている止宿《ししゆく》先へ向かった。腕の立つ与力と同心ばかりをそろえて、増上寺の門前町と札《ふだ》ノ辻《つじ》の家を急襲した。

謀叛人一味を召し捕ったが、やはり四人の牢人だけであった。ところが、一味は協力者がいたことを白状した。備後《びんご》福山《ふくやま》の水野勝俊の家臣で、禄《ろく》が三百石の石橋源右衛門。

そして意外だったのは、何と老中に仕える者がいたことである。それも阿部忠秋の家臣で、二百石取りの山本兵部であった。

七

謀叛人一味の必死の抵抗によって、町奉行所の同心にも何人かの負傷者が出た。しかし、所詮《しよせん》は抵抗にすぎず、四人で南北両奉行所を相手にしても勝ち目はない。謀叛人たちは、次々に捕縛された。

別木庄左衛門。

林戸右衛門。

三宅平六。

藤江又十郎。

このほかに逃亡して三日後に召し捕られた土岐与左衛門がいて、結果的にお縄になった牢人は五人ということであった。

福山十万石水野家の臣で軍学者の石橋源右衛門、阿部忠秋の家臣の山本兵部も捕えられた。

直ちに、処刑が決まる。全員が浅草《あさくさ》で磔《はりつけ》、血縁者は斬罪となった。石橋源右衛門は一味に協力しなかったにしろ、計画を知っていながら幕府に届けずにいたという罪で磔にされた。

阿部忠秋の家臣、山本兵部は疑いが晴れた。だが、だからといって老中が、責任を逃れられるものではない。阿部忠秋は一味と思われたことを許さず、山本兵部に容赦なく切腹を命じている。

この牢人どもの陰謀を松平信綱に密告した長島刑部左衛門は、一味の土岐与左衛門の弟を養子としていた。そうした関係から刑部左衛門は計画を知り、驚いて松平信綱に知らせることになったのである。

九月二十八日、長島刑部左衛門には五百石が与えられた。密告したことへの報奨であった。

同じ日、慶安が承応と改元される。そのためにこの騒動は、世に『承応事件』と呼ばれるようになる。

またこれを機に、府内《ふない》の牢人改めが実施された。江戸在住の牢人すべてのリストを、作成したのだった。この承応事件を最後に、牢人たちによる反乱や謀叛は二度と起きなかった。

こうして増上寺放火と老中暗殺の計画は大事に至らず、未然に阻止されたのであった。

そして間もなく、寒い冬が訪れる。この冬の厳寒は、とりわけ老中たちの身に応えた。いくら最高権力者であろうと、寄る年波には勝てないということである。

承応二年の正月を迎えて、それぞれ年がひとつずつ増える。

酒井忠勝は、六十七歳になった。

井伊直孝は、六十四歳。

この時代にすれば、ともに高齢者であった。

松平信綱、五十八歳。

阿部忠秋、五十二歳。

松平乗寿、五十四歳。

と、三人の老中もそろって、平均寿命を超《こ》えている。

ひとり若いといえるのは、四十三歳になった将軍補佐の保科正之ぐらいのものだろう。

こうなると春の訪れまで、健康が勝《す》ぐれないという権力者が増えるのは無理もない。

酒井忠勝は、常に風邪《かぜ》気味でいた。井伊直孝も、体調を崩している。松平信綱は、足腰の痛みに苦しめられた。松平乗寿も、何度か寝込んだようだった。

元気な姿を見せているのは、阿部忠秋と保科正之だけということになる。そんなことでは当然、幕閣陣から活力が失われる。権力者たちは相変わらず多忙であり、身体の具合が悪かろうと政務を怠るわけにはいかない。

寝込まない限り権力者たちは連日、江戸城中に厳然と存在する。だが、何となく活気に欠けている。会議においても、発言者が決まってくる。熱っぽい議論は、あまり交《か》わされない。

世代交替のときが刻々と迫っていることを、誰もが意識しないではいられなかった。当の権力者たちが、新たな権力者の登場の足音を、耳にしているのであった。

ようやく、寒い冬が去った。菜の花に蝶が舞い、梅の花が咲いて、世の中全体がホッとする。そんなときになって、老中の松平乗寿は思わぬ災難にぶつかった。

承応二年二月十四日。館林城が焼失したのである。

上野国（群馬県）館林六万一千石は、松平乗寿の居城であった。その館林城が焼けたのだから、乗寿にとっては大きな衝撃となった。

直ちに、館林城の復旧に取りかかる。幕府からも乗寿に、五千両が貸与された。しかし、江戸城中での乗寿は終日、浮かない顔つきでいた。

「火災によって、城を焼失したまでのことにござろう」

無口で知られる阿部忠秋が珍しく、みずから進んで乗寿に慰めの言葉をかけた。

「城を召し上げられたわけではないと、申されるか」

松平乗寿は、ニコリともしない。

「さよう。敵の手により落城いたした、ということでもござるまい」

「お言葉ではござるが、豊後守どの。お上《かみ》より城の召し上げを命ぜられるか、あるいは敵に攻め落とされるとか、そのほうがむしろ安らかな思いでござろうな」

「何を申される」

「城より火を出して焼失とは、あまりにも情けのうござる。この無念の思い、いたずらにわが城を焼失せしめた城主のみが、味わうものにあろうと存ずる」

「和泉守どのが胸中、われらも重々お察し申し上げてはおるが……」

「これは、凶兆にござる」

「凶兆とは……」

「戦国の世なればいざ知らず、平時において城を焼失いたすとは、城主もまた不要なりとの天のお告げに相違ござらぬ」

本気でそう思っているのか、乗寿はひどく顔色が悪かった。

「吉兆とはならずとも、さような凶兆と受け取られるのはいかがなものか」

何を言っても無駄のようだと、阿部忠秋は沈黙した。

ただ、意気消沈した松平乗寿はいかにも影が薄い、というのがこのときの忠秋の印象であった。

晩夏の六月になった。江戸城の天守の修理を命じられ、松平信綱はその指揮監督に汗を流していた。

そのころから、新しい権力者の登場する足音が、にわかに大きくなった。

閏《うるう》六月、ついに新しい権力者が、はっきりと姿を現わした。

酒井忠清《ただきよ》である。

これは幕閣の会議でも決定されたことであって、老中たちは十分に承知している人事だった。したがって突如、将軍家から命令があったわけではない。

ただし、才智とか実力とかはいっさい無関係であり、人物を買われての抜擢《ばってき》ということにもならなかった。徳川譜代の名家の出身であれば、いつかは幕閣入りすることになっているのだった。

生まれながらにして、超エリートコースに乗っている。その時期がくれば、いやでも権力者のポストを与えられる。将軍も老中もよほどの障害がなければ、そういう仕組みに逆らうことはできない。

だから相手が気に入る気に入らないは、問題外であった。徳川譜代の名家から、老中は候補者を選び出さなければならない。そのうえで老中の推薦、将軍の命令という形で決定する。

酒井忠清はそうした約束事に基づいて、誕生した権力者のひとりなのである。

幕閣の若返り。

酒井忠勝が引退すれば、徳川譜代の門閥の出が老中にいなくなること。

家光から、家綱へと新しい体制を整えるため。

この三つの理由から、新しく選ばれたのが酒井忠清だったのだ。

酒井家はいまや、譜代随一の名門となっている。忠勝も、この酒井家の一族であった。かつて老中格、大老格を経て最高権力者となった一族に、酒井忠世がいた。

酒井忠世は上洛する家光から、江戸城の留守を任された。だが、家光の上洛中に、江戸城の西の丸が全焼するという大事が起きた。忠世は責任者として恐懼《きょうく》する余り、江戸城を出て寛永寺に引きこもった。

これがかえって、家光の怒りを買うことになる。城を守る総大将が寺院へ逃げ込むとは何事ぞと、憤慨した家光は江戸に戻ってからも忠世に目通りを許さない。

以来、忠世は急速に権力を失う。のちに家光は怒りを解いたが、忠世の権威回復はもはや不可能だった。忠世は、完全に失脚する。権勢肩を並ぶる者なかりし忠世が、金銀府庫の奉行となって身を終えたのである。

あの酒井忠世であった。

酒井忠世と酒井忠勝は、従兄弟《いとこ》同士の間柄となる。だが、忠世の父の重忠は酒井正親の世嗣、忠勝の父の忠利は三男だった。したがって忠世は酒井家の嫡流、忠勝は庶流という差が生じる。

従兄弟同士だろうと忠勝より忠世のほうが、同じ酒井一族にせよ家格がうえということになる。いわば分家の忠勝は、何かにつけて本家を立てなければならない。

さて酒井忠世の家系は、どのように受け継がれたか。

忠世は失意のうちにこの世を去ったとしても、酒井家が門閥譜代の名門中の名門であることに変わりはない。忠世の長男は酒井阿波《あわ》守忠行、家光に将軍職を譲り西の丸へ移った秀忠の奏者番を仰《おお》せ付かっている。

奏者番は殿中の礼式や大名への上使《じょうし》を一任される役目だが、酒井忠行は格式となると老中よりも上席だった。忠行はやがて忠世の遺領を継いで、上野国厩橋《うまやばし》(前橋)十万石の城主となる。

ところが忠行は、三十八歳にして病没する。忠行の長男が、家督相続を許される。長男の忠清は、このとき十四歳であった。つまり忠清は、忠世の孫なのである。

忠世の孫という酒井家の嫡流であり、そのうえ忠清の母は松平定勝の娘と来ている。松平定勝は、家康の異父弟に当たる。血筋に文句なしの忠清は、名門の出としてますます磨きがかかるのであった。

忠清は、寛永元年に生まれている。

七歳のときに初めて、秀忠と家光に拝謁した。

寛永十三年の三月に祖父の忠世が、十一月に父の忠行が相次いで死去した。同じ一年のうちに祖父と父を亡くした忠清は翌年、十四歳で厩橋十万石の酒井家を継ぐ。

十五歳で従五位下、河内守《かわち》に叙任される。同時に『晴儀の役』を命じられ、江戸城中での晴れがましい儀式を一手に掌《つかさど》る。この晴儀の役は、それなりの家格がなければ任されなかった。

その後、官名や役名は明確にされていないが、政務にも接していた忠清とされている。幕閣に迎えられることが決まっている将来のために、政務の見習いを務める修行時代があって当然だろう。

そして、いよいよ時節到来となった。

そうされるのが約束事ではあるが、幕閣の推薦を受けた将軍家綱が承応二年閏六月五日、酒井忠清を老中に任命した。

後年、下馬《げば》将軍といわれた専横《せんおう》の最高権力者、酒井雅楽頭《うたのかみ》忠清がそのスタートラインに立ったのであった。

酒井忠清は最初から、特別待遇を受けることになった。忠清はまず将軍家綱から、酒井忠勝と同列にて奉公せよと指示されたのである。しかし、忠勝は大老であり忠清は老中なので、同列ということは成り立たない。

これは松平信綱、阿部忠秋、松平乗寿の三老中よりも、忠清が上席につくということを意味していた。年齢も経験もはるかに先輩の信綱や忠秋を飛び越して、忠清はいきなり老中の筆頭に据えられたのだ。

この件について、三老中はまったく気にかけることがなかった。それが当然であり、わかりきっていることでもあった。家格の違いである。

信綱や忠秋のような新参譜代と、門閥譜代の中でも第一等の名門とでは比べようがない。家格の差が、開きすぎている。忠清というよりも酒井家を、上席につけないわけにはいかないのだった。

大老として、酒井忠勝がいる。

その下に、忠勝の従兄の孫となる酒井忠清が、老中の筆頭として存在する。

次いで松平信綱、阿部忠秋、松平乗寿が、老中の地位を占める。

いちおう、こんなふうな幕閣の中枢となる。だが、これはあくまで、形式にすぎなかった。老中というものは、相応の実力がなければとても務まらない。実質的には老中の順位など、何の役にも立たなかった。

忠清に命じられた老中としての任務は、『朝廷および異国に関することなど』であった。

このような仕事で、老中が忙しい思いをすることは少ない。

しかも、月番に従っての日常の政務を、免ぜられていた。それでは、政務全般に関与する老中にほど遠い。やはり新参の老中ということで、閑職から出発しなければならなかった。

それでも若いという点では、実に溌剌《はつらつ》としていた。酒井忠清は、三十歳の老中だったのだ。

八

酒井忠清が老中に任ぜられてわずか七カ月後、承応三年一月に松平乗寿が死去した。前年に焼失した居城の復興ぶりを視察するために、松平乗寿は館林へ出向いていた。その館林でにわかに身体に変調を来たして、松平乗寿はあっけなく病死したのである。

館林六万一千石、従四位下侍従、松平和泉守乗寿、五十五歳であった。

乗寿はもともと家綱付きということで、江戸城西の丸の老中を務めていた。それが家綱の将軍就任によって、幕閣における老中へと昇進した。

自動的に老中の地位へ押し上げられたようなもので、乗寿は家綱のオマケだったともいえる。決して実力者ではなく、当然のことながら幕閣の中心人物にもなり得なかった。政務に専念する老中ではないので、大した発言力もなく地味な乗寿で居続けた。

しかも、乗寿が存在感に欠けた老中でいたのは、たったの三年間であった。権力や野望の匂いすら放つことなく、乗寿は短期間のうちにあっさりと老中の座から去ったのだった。

だが、そうした乗寿をしばらく、阿部忠秋は忘れられなかった。館林城の焼失を嘆いた乗寿の言葉が、阿部忠秋の胸に引っかかっている。

失火で城を焼失するとは、あまりにも情けない。

これは、城主も不要という天の声に違いない。

自分にとっては、このうえない凶兆である。

このように悔しがった乗寿の雰囲気がいかにも暗澹《あんたん》としていて、影が薄かったことを忠秋は忘れていない。それから一年後に、乗寿は死んだ。

館林城の焼失はやはり、城主不要を告げる凶兆だったのだろうか。いずれにしても、老中に在職三年というのは短すぎる。忠秋は、無常感を覚えた。

新任の酒井忠清もいることだし、乗寿の死後を埋める老中の補充はなかった。

しかし、大老酒井忠勝の胸中にはすでに、次の老中としたい候補者が秘められていた。

候補者は、二人いる。

小田原《おだわら》八万五千石　稲葉正則《まさのり》。

佐倉《さくら》十一万石　堀田正信。

稲葉正則は、春日局の孫である。毛利秀元の娘を、妻としている。幼くして母を亡くし、春日局のもとで養育された。七歳で初めて、秀忠に拝謁する。

十二歳のときに父の正勝が病死して、正則は遺領の小田原八万五千石を継ぐ。このことを春日局と正則に伝える家光の使者として、酒井忠勝も井伊直孝らとともに赴いたという思い出があった。あのころはわしも若かったと、忠勝は懐かしさを感じた。

同じ年に従五位下、美濃守に叙任する。正則は若いにもかかわらず、とにかく家光の信任が厚かった。正則に関して有名なのは、日光山《にっこうさん》参詣の回数が多かったことである。

家光は何回となく日光山に詣でたが、必ず正則に供奉《ぐぶ》を命じている。また正則が日光山参詣に、名代《みょうだい》を務めることもあった。春日局の孫であって養育もされたということから、家光は正則に特別な親愛の情を抱いたのかもしれない。

家綱が移るに際して西の丸の大改築が始まったとき、正則はその普請を仰せ付かって大いに貢献している。そんなことがあって正則は、将軍家綱の覚えもめでたい。

なかなかの才人であって、正則は博学だという評判を得ている。春日局の孫という血統が、何よりであった。春日局の孫ならば徳川家に対して、このうえない忠義を尽くすはずである、と、周囲に思い込ませるところも、正則の重みになるだろう。

「徳川家の重鎮として、正則なればふさわしいのではないか」

「徳川家の重鎮、すなわち老中でなければなるまい」

眠れない夜など酒井忠勝は、そのような自問自答を続ける。

「正則は、大した器量人じゃ」

「春日局さまの孫であり、また春日局さまの薫陶《くんとう》よろしきを得ておる。これに勝《まさ》る強みはなかろう」

「老中職の困難なるお役目も、そつなくこなすに相違ない」

「ただ正則は、身体があまり頑健なほうではない」

「その点は、確かに気がかりじゃ」

「十年ほどむかしのことになるが、近年の正則は多病につきよろしく療養のうえ奉仕せよと、大猷院（家光）さまよりお言葉をたまわった」

「正則はありがたき思《おぼ》し召しを頂戴つかまつり、翌年に摂津《せっつ》（兵庫県）の有馬《ありま》の名湯へ赴いたのであろう」

「さよう」

「老中職の激務に耐えきれず、正則に若死にされようものなら取り返しのつかぬことになる」

「近ごろの正則が、壮健なれば案ずることもないのだが……」

「いまひとつ、思案いたさねばならぬことがある。正則の若さじゃ」

「正則は、齢《よわい》三十二」

「忠清より、一歳のみ長じておる」

「若いのう、若すぎる」

「忠清が三十一歳、正則が三十二歳。四名の老中のうち二名までが、三十一、二歳ではまずかろう」

「伊豆守（信綱）や豊後守（忠秋）との釣り合いもとれまい」

「二名が青二才となれば、諸大名こぞって頼みにならぬ老中よと受け取るやもしれぬ。年若き老中はいまのところ、忠清一人《いちにん》のみで十分じゃ」

「若年のうちは、器量人であろうと手ぬかりは付きもの」

「まして、失態は許されぬ老中とあらば……」

「忠清のごとく徳川譜代の名家の出なればともかく、若年の正則が老中に任じたとなれば、いたずらに多くの者の反感を招くことにもなろう」

「時期尚早じゃ」

「いま少し、待たねばなるまい」

「三、四年、先がよかろう。三十五歳になれば、もはや若いとは申せぬからな」

忠勝はこのようにして、稲葉正則の老中推薦を延期することに決めた。

もうひとりの堀田正信となると、稲葉正則よりもはるかに若い。八歳も年下で、現在の堀田正信は二十四歳である。しかし、近い将来には老中に任ずるということぐらい、いまのうちから考えておいてもいいだろう。

家光の側近中の側近といわれた寵臣に、例の堀田正盛がいる。堀田正盛は三年前に、家光のあとを追って殉死を遂げた。堀田正信は、その正盛の嫡男《ちゃくなん》であった。

正盛にもまた、春日局の権勢が影響していた。春日局は、正盛の義理の祖母ということになる。そういった関係から正盛は家光に仕えて、異例のスピード出世の糸口をつかんだのだ。

忠勝が老中候補に選んだ二人は、いずれも春日局と縁続きなのであった。

稲葉正則は、春日局の実の孫。

堀田正信は、春日局の義理の曾孫。

いや、そればかりではない。堀田正信とは忠勝もまた、血のつながりを持っているのである。

正盛の妻は、忠勝の娘だった。つまり忠勝の娘が、堀田正信の実母ということになる。堀田正信は、大老酒井忠勝の外孫なのであった。

存命中の家光はたびたび、寵臣の正盛の屋敷と浅草の別邸を訪問している。そういう機会に、正信も目通りを許される。正信は八歳のときにわが屋敷において、初めて家光にお目通りして脇差《わきざし》と時服《じふく》を頂戴した。

その後もしばしば屋敷と別邸で、正信は家光と顔を合わせていた。十一歳になって正信は登城し、正式に家光に拝謁する。十四歳で従五位下、上野介《こうずけのすけ》に叙任。

慶安四年四月二十日、父の正盛は家光が没したその日のうちに殉死した。四カ月後に父の遺領を継ぎ、正信は二十一歳で佐倉十一万石の大名となった。

もっとも正信はこの折、弟の正俊に一万石を、正英に五千石を、勝直に三千石をそれぞれ分与している。以後、正信は家綱に詰衆《つめしゅう》として仕えた。譜代大名が任ぜられ、将軍に近侍《きんじ》する番衆を詰衆といい、雁《かり》の間《ま》に詰めることになっていた。

同じ年、正信は亡父の遺品として左文字の太刀、芝肩衛の茶入れを家綱に献じた。父の家光に殉じた正盛の遺品だけに、十一歳の家綱も感動させられたという。

そんなふうに正盛の殉死が、正信の威光にさえなっている。正盛の長男を老中に取り立てると聞いて、首をかしげる者はまずいないだろう。

殉死という大看板を背負っている正信であれば、人情からいってもなるほどと思うはずである。堀田家そのものには家格などないが、正信は春日局の義理の曾孫、大老酒井忠勝の実の孫ということがその穴を埋める。

「正信は大器にあらずという見方もできなくはないが、若年のうちはやむを得まい。年とともに心が磨かれ、眼も開かれることじゃろう」

「血気に逸《はや》るところが、正信の最大の短所よのう」

忠勝は寝所の闇の中で、自問自答による正信評価を始めた。

「血が熱くなりやすいのは、若さの証《あか》しであろう」

「正信はその熱き血が、頭にのぼるようじゃ」

「清廉にして実直であるのはよいが、一途《いちず》にすぎてものの見方に幅がない。こうと思い込むと、前後の見境もなく突き進む。それでは、軽挙妄動《けいきょもうどう》と相成ろう」

「短慮でもある」

「清廉とは、私欲のなきことをいう。だが、正信に私欲なしとは申せまい。無欲ではあるが、野心を抱く一面もあろう」

「それに正信は、父の殉死を誇りとしすぎる嫌いがある。殉死の気配を示さざるは人にあらずと、加賀守（正盛）どのと同列にありし者に憎しみさえ抱いておるようじゃ」

「たとえば、伊豆守どのか」

「伊豆守どのと加賀守どのは、まさしく同列に置かれておった。その伊豆守どのがいまや、幕政の実権を握る者として生き残っておる。それが正信には何とも、気に入らぬようじゃ」

「伊豆守どのに逆らう者には、老中職などとても務まるまい」

「正信は、老中の器ではないのう」

「本音を申せば、正信より正俊のほうがよい」

「正俊こそは、やがて大器となろう」

堀田正信は、五人兄弟の長男だった。

次男の安政。

三男の正俊。

四男の正英。

五男の勝直。

五人とも母は、忠勝の娘である。したがって、どれも同じ忠勝の外孫ということになる。このうち次男の安政は脇坂淡路《あわじ》守の養子になったので、忠勝の視界からも消えている。四男と五男は、まだ人間の中身というものが見えてこない。

だが、三男の正俊は二十一歳、これが極めて優秀な人物であった。頭のいい切れ者であって、まだ若いというのに大した気骨を感じさせる。凡人では、終わらない。そう思わせるような何かを、正俊は持っている。

忠勝には大勢の孫がいるが、その中で目立つのは正俊だった。人前で孫自慢をしたことのない忠勝だが、内心では正俊の将来が楽しみだとひそかに期待を寄せている。兄の正信よりも弟の正俊のほうを、幕閣に迎えたいというのが、祖父としての忠勝の評価である。しかし、まだ二十一歳では、どうすることもできない。

いや、何年か待ったとしても、正俊を老中に抜擢することは難しい。正俊は三男であり、大名でもなかった。長男の正信を飛び越えて、正俊が幕府の権力者になることはあり得ない。

「とにかく、正信を老中に推《お》すのはもっともっと、先のこととせねばなるまい」

「いや、正信は見捨てたほうが無難じゃ。正信は、老中の器にあらずよ」

そのように結論づけて、忠勝は正信を老中候補からおろすことにした。

ところが二年ほどして酒井忠勝はふと、老中に推薦するかのようなことを正信に匂わせてしまう。そのとき正信はえらい見幕で松平信綱を批判し、祖父である大老に善処を訴えた。そこで忠勝は思わず、老中の件を持ち出したのだ。

「そこまで伊豆どのを嫌悪いたすようでは、そのほうに老中職はとても務まるまいのう」

忠勝は頭を冷やせという意味で、正信にそう言ったつもりだった。

しかし、正信は近いうちに老中になれるものと受け取り、すっかりその気になってしまった。それが正信の身の破滅を招き、同時に弟の正俊の老中昇進を促《うなが》す遠因となるのである。

九

老中になれると堀田正信を有頂天にさせたその翌年は、明暦《めいれき》三年（一六五七）であった。

新年を迎えての一月十八日、江戸は開府以来、未曾有《みぞう》の大災害に見舞われる。

未《ひつじ》の中刻（午後二時ごろ）、本郷丸山《まるやま》の本妙寺《ほんみようじ》から出火した火の手はあっという間に燃え広がった。これが世界三大火事のひとつに数えられ、江戸に瀕死《ひんし》の重傷を負わせるという明暦の大火となる。

上野の紙問屋の大増屋十右衛門に、きのという娘がいた。きのは花見に出かけて、寺小姓と思われる美少年を見初《みそ》める。そのときから寝ても覚めても、きのは美少年のことが忘れられなかった。

きのは母親に頼んで、美少年が着ていたのと同じ紫縮緬《ちりめん》の振袖《ふりそで》を作ってもらう。その振袖を宝物のように大事にして、きのは常に身近に置いておく。

だが、美少年はたまたま見かけた通行人で、どこの誰ともわからないのだから二度と会えるはずはない。きのは、寝込んでしまう。恋の病いに衰弱しきったきのは、二年前の一月十六日に十七歳でこの世を去る。

紫縮緬の振袖で覆《おお》われたきのの棺《ひつぎ》は、本郷丸山の本妙寺へと運ばれる。

当時の慣例として本妙寺では、きのの三十五日の法事がすむと振袖を古着屋に引き取らせる。その振袖を本郷の古着屋で見つけたのは、麹屋吉兵衛の娘のいくであった。

いくはたいそう気に入った振袖を、母親にせがんで買ってもらう。ところが、その振袖を着てみるようになって間もなく、いくは病いの床についた。

それっきり本復せずで、いくは去年の一月十六日に十七歳の生涯を終える。いくが大事にしていた振袖なので、それを棺に添えて両親は本妙寺に納める。

いくの三十五日の法要がすむと、本妙寺では同じように振袖を古着屋に引き取らせる。今度はそれを買った者が、振袖を質に入れたらしい。

質流れの品物の中にある紫縮緬の振袖を見つけて、たちまちそれに魅せられたのは、麻布で質屋を営む伊勢屋五兵衛の娘の梅野《うめの》であった。梅野は父親に頼んで、質流れの振袖を自分のものにした。

しかし、やがて梅野も、寝たっきりの病人となる。梅野は今年の一月十六日に、十七歳であの世へと旅立った。梅野の枕辺には、一度しか着ていない振袖が置かれていた。

梅野の両親は、その振袖を棺にかけて本妙寺へ向かう。そこには、それぞれの娘の祥《しょう》月《つき》命日ということで大増屋十右衛門夫婦も、麹屋吉兵衛夫婦も寺参りに来合わせていた。当然、二組の夫婦は見覚えのある振袖だということに気づく。

そこで初めて、三組の夫婦が話し合うことになる。

その結果、振袖にまつわる不思議な因縁《いんねん》が、明らかになった。きの、いく、梅野はいずれも紫縮緬の振袖に魅了され、尋常とは思えないほどの愛着を持っていた。三人そろって、十七歳で他界した。しかも一昨年、昨年、今年の同じ一月十六日に死んでいる。

三組の夫婦は、紫縮緬の因縁に恐怖を感じた。それで三家が一緒に供養したうえで、振袖を焼却しようという相談がまとまった。

本妙寺の住職に事情を打ち明けて、三組の夫婦は振袖の供養を頼み込む。住職は引き受けて二日後の一月十八日に、本妙寺の本堂で供養を執《と》り行なう。しばらくして読経の続く中、住職は振袖を護摩《ごま》の炎のうえに置いた。

とたんに振袖は燃えながら、熱気に煽《あお》られるように舞い上がった。その炎と火の粉《こ》が、本堂のあちこちに点火する格好になった。これが本郷丸山の日蓮宗《にちれんしゅう》本妙寺から出火、という事態を招いた。

出火原因は不明とする記録もあるが、以上のような因縁話が伝えられたことから、のちに明暦の大火は『振袖火事』とも称されるようになった。

いずれにしても八十日ほど雨が降らず、江戸の空気は乾燥しきっていた。

そのうえ、この日の江戸は朝から、北西よりの烈風が吹き荒れている。人々が火の用心に神経を尖《とが》らせていたほど、大火になる条件がそろっていたのだ。

凄まじい火勢は、あっという間に江戸の人家を巨大な炎と化した。火煙が、地上をなめ尽くす。

本郷筋から神田、日本橋北の一帯がまず全滅する。夕方には日本橋方面で新しい火の手が上がり、木挽町《こびきちょう》や八丁堀《はっちょうぼり》を灰にしながら江戸湾の海岸線へと延焼する。

翌十九日になると、小石川の伝通院《でんづういん》付近に飛び火して第三の火の手を広げる。夜を迎えて今度は麹町《こうじまち》から、第四の火の手が押し寄せる。

鎮火したのは、二日後の一月二十日の朝である。

江戸城を中心にして、その東側は隅田《すみだ》川までが全焼した。

江戸城の南東は、江戸湾の海沿いまで灰燼《かいじん》に帰した。

江戸城の北は湯島《ゆしま》、小石川まで。

西は市ヶ谷《いちがや》、麹町、赤坂《あかさか》溜池まで。

南は、芝の増上寺付近までが、焼け野原となった。

江戸市中という地域の広さからいえば、六割が灰になったのであった。だが、被災した人口から計算すると、江戸の八割を焼失したと考えてよかった。

江戸城そのものも炎上して天守閣、本丸、二の丸が焼け落ちた。西の丸しかない江戸城に、なってしまったのである。

このとき以来、江戸城の天守閣は二度と、再建されることがなかった。

焼失した大名屋敷、五百余邸。

旗本屋敷などの武家屋敷、七百七十三邸。

町屋、一千二百町。

戸数にして、二万余軒。

寺社、三百余。

蔵、九千余。

六十余カ所に架《か》かっていた橋、浅草橋と千石《せんごく》橋を残して全部。

死者、十万七千六人。

鎮火した翌日からは珍しいといわれるような大雪となり、このために凍死したり餓死したりで死者は更に増えた。

江戸を壊滅状態に追いやった明暦の大火は、幕府にとってこのうえない痛手となった。松平信綱や阿部忠秋にしてみれば、まさに最後の危機であり試練でもあった。

酒井忠勝は明暦の大火の前年に、大老職を辞任している。

明暦二年三月十九日のことである。理由は、忠勝の大病にあった。七十歳という老齢でもあり、忠勝の依願退職は直ちに認められた。酒井忠勝は牛込《うしごめ》の別邸に移り、静養に重きを置いて日々を過ごした。

二カ月後には老衰を訴えて、致仕《ちし》（官職を辞しての隠居）を願い出た。これもすぐに認められたので、小浜十二万三千石は三男の酒井忠直が相続した。

しかし、引退のうえに隠居したからといって、忠勝が幕閣から消えるということにはならなかった。忠勝は依然として、影響力を持っている。重鎮としての発言権もあるし、場合によっては幕政にも口を挟む。

まったくの役立たずとなるまでは家綱に忠義を尽くし、幕府を後見するというのが忠勝の意気込みだった。したがって明暦の大火という空前の大災害が江戸を襲ったときも、酒井忠勝は危険を覚悟で江戸城へと老体を運ばせた。

井伊直孝、保科正之、松平信綱、阿部忠秋など幕閣もすでに登城している。いまや非常事態であり、江戸そのもの、徳川家、幕府の今後の命運は老中たちに委《ゆだ》ねられているのであった。

譜代の大名や旗本どもが、武装した家臣を引き連れて江戸城の諸門を固めていた。しかし、猛火が相手では、戦いようもなかった。この一月十九日には、江戸城の天守閣も本丸も炎上している。

二の丸も、紅蓮《ぐれん》の炎に包まれていた。避難すべき者たちは、家綱をはじめ全員が西の丸へ移動した。人間が落ち着ける場所は、江戸城内に西の丸が残っているだけであった。

さっそく西の本丸で、評定が開かれた。家綱と、水戸の徳川頼房が同席した。西の丸にも、火の海が迫っている。火の粉が、飛んでくる。煙が、流れ込む。

ゴーゴーと、風の咆哮《ほうこう》がものすごい。建物が崩れ落ちる音も、地鳴りのように響き渡る。この世の地獄ともいえる光景が、落城を目前にした武将のような心境にさせる。

十七歳に成長している家綱だが、さすがに血の気が失せていた。

まずはその家綱をどうするかを、評定で決めなければならない。

「これは、息苦しきことにござる」

咳込みながら、最初に口を開いたのは酒井忠勝であった。

「もはや西の御本丸も、無事にはすみますまい。間もなく火の手が上がり、西の御本丸が炎上の恐れもござろう。難を逃れんがためには、上さまにご出城を願い奉《たてまつ》るほかはござらぬと愚考いたすが、ご一同、いかがであろうな」

　忠勝は、老弱の身とも思えない目つきで、居並ぶ面々をにらみつけた。

「西の御本丸が炎上とのお言葉にござるが、それはいささかお気の早いご判定と存ずるが……」

　井伊直孝が、空を覆う黒煙をチラッと見やった。

「何よりも危うきは、この大火に乗じての謀叛にござろう。かようなときに、御城中へ討ち入るはいとも容易《たやす》きこと。西の御本丸炎上もさることながら、天下の大事となる謀叛こそ何としてでも防がねばならぬ」

「それゆえに上さまのご出城を、願い奉ると申されるのでござるか」

「さよう」

「酒井どのには謀叛の気配ありと、察知いたされておるのでござろうか」

「いや、聞いてはおらぬ。ただし、いまのところは、ということに相成ろう。これよりのちに、この大火に乗じてと謀叛を思いつく者がおったところで不思議なことではござるまい」

「さような酒井どのの思い込みにより、上さまにご出城を願い奉るは、まことに恐れ多いことにござる」

「慶安並びに承応と謀叛を企みし牢人どもは、いずれも火を放って江戸に混乱を招こうと策しおった。されど、いまは火を放たずとも大火により、江戸と江戸城は混乱のさなかにござる。謀叛を含む者なれば必ずや、この機に乗じて何やら不心得なる策を講ずるに相違ない」

「酒井どのがお気遣いはもっともなれど、万が一のことばかりに先走るのも、いかがなものにござろうか」

「いや……」

「更に、ご出城を願い奉りしのち上さまを、いずこへお移し申し上げるのでござろうか」

「この忠勝が下屋敷へ、御座所《ござしょ》をお移しいただきたく存ずる」

忠勝は手を振って、漂う煙を払いのけた。

「なるほど」

井伊直孝は、小さくうなずいただけで沈黙した。

一瞬、座がシラけた。笑う者は、ひとりもいない。忠勝を非難する顔も、見当たらなかった。誰もがどことなく同情的で、そのくせ冷ややかな視線を忠勝に集めていた。

老いたり、酒井忠勝……。

全員の目がそう言っているように感じられた。そうと察して忠勝は顔を伏せた。どうも的《まと》はずれの意見を述べたらしいと、忠勝も気弱になって反省した。

忠勝の主張は、別に間違ってはいない。決して、ピントがはずれてもいなかった。ただ家綱を自分の下屋敷へ移すというのは、かの酒井忠勝が口にすべきことではなかった。

大老だったころの忠勝ならば、そんな幼稚なことは言うはずがない。忠勝は隠居して、大老でも大名でもなくなっている。忠勝には武力がなく、動かせる兵もいない。

そんな忠勝の隠居所にも等しい屋敷に、将軍が身を寄せたらどういうことになるか。将軍が無防備の屋敷にいるのは、危険なことこのうえなかった。

それに、一介《いっかい》の隠居の住居のほかに避難するところがないのかと、世間の批判の前に将軍の名誉は傷つき権威も失墜する。そうした分別が、いまの忠勝には欠けている。

忠勝は、私情を優先させていた。最高権力者の実力を、失ったという自覚がない。いまだに、将軍のことはわれに任せよ、という気分でいるのだ。

忠義心が、感情から生まれている。頑固一徹が、幼児性に変わりつつあった。忠勝も七十一歳、すっかり年をとった。こうした非常時には、登城してくる必要もなかろう。心まで隠居になりきるべきだと、忠勝を老中たちは気の毒に思ったのである。

十

「何も酒井どのが屋敷へと、限られることではございますまい。もしも、上さまがご出城のうえ譜代の者の屋敷へ御座所を移されるとなれば、二千なり三千なりの兵を集め上さまをご警固つかまつるゆえ、何とぞわが屋敷にお成りあそばされたしと、御三家をはじめ譜代の大名こぞって名乗りをあげることと相成りましょうぞ」

やや間を置いてから、井伊直孝がそう言った。

直孝の口調は穏やかだし、忠勝を諭《さと》すようには聞こえない。しかし、忠勝には直孝の言わんとするところがよくわかり、そのとおりだと納得もいった。

二千、三千という兵を集めて将軍家を警固するなど、とても忠勝にできることではない。それに将軍家の避難先となれば、御三家のうちから選ばれるのが常識である。

御三家の下屋敷も焼失したとなれば、次は譜代の大名ということになる。それも譜代を代表するような家格の大々名であって、当然のことながら現役でなければならない。さしずめ、井伊直孝あたりが最適とされるだろう。

隠居の身の忠勝など、論外であった。現在の身の上も省《かえり》みず、差し出がましい言動を示したことに忠勝は恐縮した。忠勝は恥じ入って、いっさいの発言を控えることにした。

寂しさを噛みしめながら、忠勝は自信を失っていた。このときから、忠勝は一段と人間が枯れる。たとえ大老であろうと引退そして隠居すれば、あとは死を待つただの人と忠勝も枯淡《こたん》の境地に達するのである。

「上さまには東叡山へお移りあそばされ、この大火と江戸市中の混乱が鎮《しず》まるまで、しばしご休息をいただくのはいかがにござろうか」

松平信綱が、上野の寛永寺への避難を提案した。

寛永寺を短期間、御座所にするというのは妥当な意見だった。

だが、それ以上の正論によって、反対に回った老中がいた。それまで表情ひとつ変えず、泰然自若《たいぜんじじゃく》としていた阿部忠秋であった。

「異論を唱《とな》えることになり申すが、上さまがご出城あそばされるのは、いかがなものかと存ずる」

阿部忠秋は同席者を見渡すこともなく、宙の一点を凝視している。

「東叡山へお移りあそばされることにも、同意は叶わぬと申されるか」

松平信綱が、念を押した。

「さよう。寛永寺あるいは諸侯の下屋敷へお移りあそばされるのが、火難より逃れるためということになれば、上さまにご出城を願い奉るには及ぶまいと存ずる」

忠秋は言った。

「何ゆえに……」

信綱は、身体を重そうに動かした。

家綱を除いた全員が鎧《よろい》をつけ、そのうえに陣羽織をまとっている。そういう姿で一同が、床几《しょうぎ》に腰をおろしての評定であった。腰痛に悩む信綱には、かなりの負担である。

「たとえ西の御本丸が焼け落ちようとも、ご存じのごとく山里《やまざと》の空地は広大にて、上さまが御身はご安泰にござる」

忠秋は初めて、信綱に目を移した。

理屈である。それに、間違いはなかった。西の丸は、吹上庭園を背負っている。忠秋のいう山里とは、それを指していた。庭園といっても大部分は、狐や狸が出没する自然の山里だった。

この吹上庭園は、確かに広大な空地となっている。江戸城の広さは二十二万二千一百八十二坪だが、そのうち半分に近い十万八千三百九十八坪は吹上お庭なのである。

いかなる大火であろうと、十万坪の空地を焼き尽くすことはない。火の手が迫ってこないのだから、身の安全は保証される。江戸城外へ逃げ出すよりも、吹上お庭にいたほうが危険はない。

そのとおりなので、忠秋への反論はなかった。

「されど、謀叛によるご危難を防ぎ奉るには、山里の空地とあっては心許《こころもと》なかろうと存ずる」

信綱が、食い下がる。

「悪逆の者ども天下を謀《はか》るとなれば、なおさらのことご出城は差し控えねばならぬものにござろう。東照権現の宮（家康）より四代六十年、天下万民は平穏に親しみ、徳川家のご家運も栄えるばかり。万が一、この大火に乗じて逆心を抱く者あろうとも、諸大名が直ちに決起いたし誅罰《ちゅうばつ》を加えることと相成る。また大名に謀叛の企みあらば徳川家御一門、われら譜代、並びに旗本の面々の力を集め、たちまちにして平定いたさばよろしかろう。いまだ謀叛の兆《きざ》しさえ見えざるときに、何も恐れおののくことはござるまい」

忠秋は、胸を張った。

「うむ」

気圧《けお》されたように、信綱がうなずいた。

「何ら騒乱なきうちに、上さまがご出城と相成れば、かえって変事を招く恐れがござろう。軽々しく御座所をお移し奉り、何の異変も起こらざるときは、天下の嘲弄《ちょうろう》を避けることが叶うまいと存ずる。ただし、御座所をあくまでお移し奉ることで、ご一同のご意向がまとまるのであれば、それもまたやむなきことにござる。されど、この忠秋は先君の御遺命に従いここを動かず、お留守をお務めいたす所存にござる」

忠秋は、意見をそのように結んだ。

堂々たるもので、これ以上に正しい主張はない。ほかの者に、言葉はなかった。酒井忠勝などは忠秋の頼もしさに、感激したような顔つきでいた。

「豊後の申しよう、嬉しく思うぞ。この地を去りて、余はいずこへ参ればよいものか」

家綱も忠秋に、そのような言葉を賜わった。

これで家綱が、江戸城を出ることはなくなった。何度か火を避けて庭園へ逃げたが、家綱は最後まで西の丸に踏みとどまった。結局、西の丸は焼けずにすんだ。

それだけに忠秋の正論には、大した価値があったということになる。忠秋に比べると信綱のほうは、だいぶミソをつけたといえなくもない。

しかし、信綱が知恵伊豆の真価を発揮するのは、これからであった。鎮火後の災害対策、それに復興計画となると、いよいよ老中信綱の出番である。

長年、政務に専念して来た老練な政治家、優秀な官僚という信綱の両面は、こうしたときにこそ十二分に活《い》かされる。それに敵う幕閣は、ほかにいなかった。

一月二十日。

信綱は関東一円や東海道筋の幕臣と公儀の者のもとへ、書院番《しょいんばん》あるいは小十人組《こじゅうにんぐみ》の士を使者として走らせている。

『江戸は大火に見舞われて、江戸城を中心に一面の焼け野原となった。だが、将軍家も幕府も安泰であり、何ら異常はない。単なる火事によるもので、心配するようなことはないので、これまでどおり日常の業務に励むように』と、伝達するためであった。

一月二十三日。

水戸の徳川頼房と、信綱は対立している。

頼房は何よりも、江戸の治安が悪化するのを恐れた。それで頼房は多くの家臣を、外から江戸へ呼び寄せようとした。

これに信綱が、真っ向から反対したのである。

「ただいまの江戸に肝要なることは人減らし、口減らしにござりまする。さようなときに多くの御家中を江戸へお招きになるなど、もってのほかにござりまする」

信綱の反対の理由は、こういうことであった。

つまり飢餓の救済と物価の安定が絶対的な急務だと、信綱は一歩も譲らなかったのだ。

大火直後の二十一日、二十二日だけでも、餓死者が続出している。

その二日間で、物価が十倍以上にはね上がった。物不足で、小判があっても米が買えない。江戸の住人は、武家と町方の別なく危機に瀕《ひん》していた。

それを救うのに、即効の妙薬などありはしない。いろいろな対策を、積み重ねるほかはなかった。江戸の人口を減少させることも、そのうちの重要な対策のひとつになっている。

人口が減ればそれだけ、消費する物資も少なくなる。どうしても江戸にいなければならない人間を除いては、できるだけほかの土地で暮らしてもらうのだ。

やがては、物資が豊富な大都会に戻る。それまでは、人が江戸から去ることを歓迎する。そういうときに治安維持のための武士が大勢、江戸へ派遣されて来ては困るのである。

江戸の治安は幕臣だけで十分だし、頼房の家臣は単なる消費者になってしまう。それでは幕府の緊急対策の妨げになると、信綱は強硬に反対した。

それで、御三家のひとりの頼房も、計画を中止したのであった。

一月二十四日以降――。

信綱は、江戸屋敷を焼失した諸大名が早々に帰国することを奨励し、そのための手配を助けた。

信綱は、旗本の妻子が在所《ざいしょ》に疎開することを許し、それを奨励した。

下賜《かし》・拝借金に施米《せまい》、といった応急措置を決定。

下賜・拝借金は九万五千石以下の大名、旗本で被災した武家は禄高《ろくだか》に応じ、町人は焼失した家屋の間口割りで、それぞれ配分することになった。このとき、町人の被災者に下された金銀は黄金十六万両、銀が一万貫《がん》に達した。

被災大名に対して向こう三年間、参勤交代の緩和、進物費用などの手加減を決めた。

武家にも町方にも、江戸における建造物の本建築を禁止した。

これは都市整備のために、新たな町割りが必要になったからである。都市整備の三本柱は、一に江戸城の周辺に広い公用地を作り、二に市街地にある寺院を郊外へ移し、三に町人地には各所に火除地《ひよけち》と防火堤《づつみ》を設ける、ということになっていた。この計画はすべて、年内に実現された。

保科正之の提言により、放置されていた焼死者と溺死者十万人の埋葬地として、本所《ほんじょ》の牛島新田《うしじましんでん》の土地を下付《かふ》した。ここに、回向院《えこういん》が建立される。

かくして徳川家と幕府は、大火災による最悪の危機を脱した。江戸も大都会として、再出発することになった。これまでのように、人と建物が無計画に密集していた江戸とは違う。

道の幅も広がり、火除地や緑地帯といった空地が多くなった。武家地、寺社地、町屋も郊外へ移った。当然、江戸市内は膨張する。埋立地が増えるとともに、いままで他国とされていた土地までが江戸市中に編入される。

前者の代表が築地《つきじ》の一帯、後者で有名なのが本所や深川《ふかがわ》である。本所・深川が江戸の一部になったことから、二年後には隅田川に両国橋《りょうごく》が架かるのであった。

こうした明暦の大火後の新しい江戸は、大がかりな土木・建築工事に支えられて誕生する。その代わり短い期間に、幕府の財政は極端に苦しくなった。

それでも、とにかく難局は乗り切った。幕閣たちは、ようやく愁眉《しゅうび》を開いた。戦場にいたような日々を、懐かしむように振り返る。そんな心の余裕も、松平信綱には生じていた。

明暦の大火が、少しずつ過去のことになっている。

そうした明暦三年の九月二十八日、稲葉美濃守正則が新任の老中を命ぜられた。

稲葉正則はさっそく、酒井忠勝の隠居所へ出向いた。忠勝の後押しがなければ、こうも早い時期に老中を命ぜられることはなかっただろう。そう思う正則は真っ先に、忠勝に礼を申し述べたかったのだ。

「おうおう、さようか」

一段と老け込んだ忠勝は、嬉しそうに目を細めて笑った。

忠勝が正則を老中候補にと考えてから、もう三年がすぎている。三十二歳では若すぎると思った正則も、三十五歳という丁度いい年齢になっていた。

「もそっと早う、老中であってもよかったのじゃがのう。正則どのが若年にすぎはしまいかと、その点のみを案じてわしは待つことにしたのじゃ」

「ごもっともなるご配慮にござります」

「その甲斐あって、立派におなりじゃ。めでたい、めでたいのう」

「かたじけのう存じまする」

「伊豆どの、豊後どのは私欲なきお方じゃ。雅楽《うた》（忠清）どのにも、悪い癖はあるまい。

正則どのも表裏の別なく、よろしく忠勤に励まれよ」

　忠勝は満足そうに、正則を見やった。

「ご教訓、肝《きも》に銘じましてございます」

　稲葉正則は、頭《こうべ》を垂れた。

　だが、この稲葉正則の老中昇進を知って、烈火のごとく怒り狂った男がいた。酒井忠清に先を越されることは、家格の違いからいってやむを得ない。

　しかし、稲葉正則となれば、わしと同格ではないか。その正則がわしを差し置いて老中に昇進するとは何事かと、逆上したのは堀田正信だったのである。

十一

　稲葉正則の老中就任は、予定どおりであった。

　酒井忠勝は三年前からそうと決めていたし、老中たちもそのつもりでいた。将軍家綱に異存がなければ、稲葉正則が老中になることには何の障害もない。

　そして、そのときが来た。明暦の大火の跡《あと》始末が一段落して、欠員が生じている老中の補充を急ぐことになる。病死した松平乗寿の後任となれば、稲葉正則をおいてほかにはいない。

何もかも、当然のことといえた。

ところが、堀田正信はそのように受け取っていない。前年に祖父の忠勝から、老中昇進が間近いことを匂わされている。それがわが身に相応なこととして、堀田正信は信じきっていたのである。

それなのに、稲葉正則の老中就任があっさりと決まってしまった。トンビに油揚げをさらわれるとは、まさにこのことだろう。高慢にして激しやすい正信は、頭に血がのぼった。

「奇っ怪なり！　何ゆえ、このわしが美濃守（正則）に、先を越されねばならぬのであろうか！」

正信は八つ当たりして、側近のひとりに怒声を浴びせた。

「仰せのとおりにございます」

側近も恐ろしいから、調子を合わせるほかはない。

「堀田家と稲葉家に、家格の相違などあろうか！」

「ございませぬ」

「禄高なればむしろ、小田原八万五千石よりも、佐倉十一万石は勝《まさ》っておろうぞ」

「明白にございます」

「美濃守が春日局さまの孫だと申すならば、わしは曾孫じゃ。孫も曾孫も、変わりなかろう！」

「ははっ」

「美濃守の父は、箱根《はこね》の守りに任じたのにすぎぬ。わが父は類《たぐ》いもなきお取り立てに与《あず》かり、側近中の側近として大猷院（家光）さまにお仕え申し上げた」

「ははっ」

「大猷院さまに殉じ奉り、わが父は腹を召された。大猷院さま御他界の折、お供つかまつった者が稲葉一門に、一人《いちにん》でもおったであろうか！」

「仰せのとおりにございます」

「わが母方の祖父は長きにわたり老中、大老職にあり、忠義一途に御奉公申し上げた酒井忠勝である」

「ははっ」

「美濃守がわしに先んずる謂《いわ》れなど、捜し求めようと見つからぬわ！」

「策謀によるものと、推察いたすほかはございませぬ」

側近は余計なことを口走って、正信をいっそう刺激した。

「いかにも、策謀によるものじゃ！　おのれ。伊豆守！」

正信は真っ青になり、まなじりを決して床を踏み鳴らした。

正信は、松平信綱を憎んだ。正信の老中就任を拒否して、代わりに稲葉正則を推したのは松平信綱。すなわち信綱の策謀と、正信はにらんだのである。

正信は、酒井忠勝の裏切りとは考えていなかった。祖父だからという情が、働いてのことではない。忠勝は、隠居している。特に明暦の大火以後の忠勝は、政務にタッチしていなかった。

そんな忠勝に、老中推薦の決定権があろうはずはない。誰を老中にするかを最後に決めるのは、忠勝に代わって最高権力者の地位にいる松平信綱である。

おそらく、正信でなかろうとそういう見方をするだろう。したがって、正信が権力者の構図からそのように邪推したのも、無理はなかったといえる。

だが、老中の人事を覆《くつがえ》すことはできない。正信は、耐えるしかなかった。耐えながら、様子を窺《うかが》うのであった。正信には、まだ一縷《いちる》の望みが残されている。

今後、老中に任ぜられるかもしれない、という期待だった。松平信綱にしても、いつ死ぬかわからない。そうなれば、情勢は一変する。しばらく待ってみようと、正信は自重することにした。いずれにせよ、新しい老中の顔触れが決まった。


松平信綱、六十二歳。

阿部忠秋、五十六歳。

酒井忠清、三十四歳。

稲葉正則、三十五歳。

堀田正信はというとまだ二十七歳、それほど焦る必要もない若さである。しかし、その若さと思い込みの激しい性格が、災いするのだった。

日がたつにつれて、松平信綱への憎しみが増してくる。正信は何かにつけて、松平信綱に対する敵意を膨張させた。不倶戴天《ふぐたいてん》の敵と変わりなく、正信は松平信綱の暗殺まで考えるようになる。

二年がすぎた。

万治《まんじ》二年の六月、井伊直孝が七十歳で病死した。

家光・家綱二代にわたり厚い信任を得て、無役ながら幕政の一翼を担《にな》った。元老ということで、老中たちをみごとに補佐した。また譜代の大名の代表格としても、重きをなした井伊直孝であった。

そうした直孝の死を、家綱も心から悼《いた》んだ。家綱は阿部忠秋を井伊直孝の屋敷へ遣《つか》わし、将軍の弔意を述べさせるとともに、江戸市中の鳴り物の七日間停止を命じている。

家綱はこの年の正月、十九歳を迎えていまでいう成人式をすませた。あと数カ月もすれば新しい江戸城が完成して、家綱は本丸へはいることになる。年末には下総国《しもうさのくに》だった本所・深川が江戸の一部になり、それとを結ぶ両国橋が竣工する。

そんな時期でもあったので、家綱はなおさら直孝の死が無念に思えたのだった。

だが、そのような直孝の死さえも堀田正信にとっては、松平信綱を憎悪する材料になったのである。それは幕政が信綱の独裁によるものと、正信の目には映じたからであった。

酒井忠勝が隠居、井伊直孝が死亡。

そうなれば、幕政の中心に置かれるのは、松平信綱に決まっている。

酒井忠清が上席にいるが、あくまで名目にすぎない。実権は、松平信綱が握る。

知恵伊豆こと松平信綱は、元来が有能な政治家、優秀な行政官である。以前から、実力者として幕政に参与している。そのためにどうしても、信綱は表に出てしまって目立つことになる。

気に入らない政策があれば、大名までが信綱を快《こころよ》く思わない。悪政と受け取れば、一般市民も信綱の責任だと非難する。何かが失敗に終わると、世間は信綱が悪いのだと騒ぎ立てる。

よくないことはすべて、信綱のせいにされる。常に矢面《やおもて》に立たされて、批判の声を一身に浴びる。徹底した憎まれっ子で、毎度悪役を押しつけられる。

徳川家への忠誠心がなければ、馬鹿らしくてやっていられないほどだった。だから、忠勝に直孝という目のうえのタンコブがなくなれば、松平信綱は独裁者になると見る人間も大勢いるだろう。

その最たるものが、堀田正信だったのだ。松平信綱は有害な人物だと、正信は信じて疑わない。確信犯のように、おのれは正義の人だという自己暗示にかかっている。父の正盛が殉死したのに、信綱は権力者として生き残っている。そのことがまず、正信の怒りになっていた。

それにもかかわらず、信綱は正信の老中推挙を妨害した。そう思い込んでいる正信には、信綱が絶対に許せない。それに、信綱は次から次へと悪政を施し天下万民を苦しめる奸賊《かんぞく》、という確信が加わっている。

しかも、それがいまや独裁者となった。

正信は、明暦の大火を思い出す。あの大火のときに、正信の屋敷は焼け残った。しかし、それが嬉しいどころか、むしろ恥ずかしかった。

被災者の苦しい心情を察すれば、屋敷が無事だったことが申し訳なく思えてくる。焼け残ったわが屋敷が、難民救済に使われることを願うしかなかった。

信綱の屋敷は、全焼した。ところが、どうだろう。将軍家から信綱へ、屋敷を再建するための大量の木材が下賜された。

本来ならば、ほかに回してくださいと辞退するのが、幕閣の義務ではないか。それを、あの松平信綱は当たり前みたいに、平然と受け取った。

あれも薄汚れた権力者の姿であり、何とも我慢がならない。

て上げている。

と、このように正信はみずからを善良な正義漢に、信綱を奸佞《かんねい》な悪玉にと無理やり仕立

万治三年となった。

堀田正信は、すでに三十歳である。だが、正信が老中に任ぜられるといったことは、噂にも聞こえてこない。どうやら老中への道は閉ざされたらしいと、正信は最後の望みを捨て去った。

そこで正信の信綱への怒りは本物となり、憎悪の念の詰まった風船玉が破裂することになる。

この年の三月、酒井忠勝は日光山に参拝して、宮前で剃髪したうえで空印と号した。以後、酒井忠勝入道空印と公称されるようになった。

六月十八日には大坂城の火薬庫に落雷して、二万二千貫の火薬、三万六千本の火縄、四十三万発の鉛玉の大爆発を引き起こした。このため大坂城の天守閣が破損し、城下は大火事になった。この日は豊臣秀吉の命日であったことから、これぞ秀吉の呪《のろ》いの落雷と大坂の人々は騒然となった。大坂城の加番の家人《けにん》と家士だけでも二十四人が死亡、百二十二人が傷を負った。

その大坂からの知らせは、六月二十三日に江戸へ届いた。西国の守りを固める大坂城なので、修復を急がなければならない。修復命令と事態掌握に、老中を派遣することになっ

た。

七月五日に、松平信綱の大坂出張が決まった。

七月十八日、吉原《よしわら》通いに精を出していた伊達綱宗《つなむね》に、幕府は逼塞《ひっそく》を命じた。逼塞は三十日か五十日で、五十日か百日の閉門よりも軽い。

伊達綱宗は二十一歳ながら、仙台《せんだい》六十二万石の城主である。政宗の孫であり、二年前に伊達家の後継者になった。

しかし、綱宗の放蕩《ほうとう》ぶりから伊達家の将来を案じた叔父の宗勝と重臣たちが、綱宗の隠居をひそかに幕府に願い出ていたのだ。幕府は、それを認めたのであった。

八月になって、幕府は綱宗に隠居を命じる。六十二万石を継ぐのは、まだ二歳の亀千代である。二歳の城主では当然、権力争いを招くことになる。これが、『伊達騒動』の始まりだった。

七月十六日に大坂に向かった松平信綱が、八月末日に江戸へ戻る。

八月、九月と繰り返し、家綱は病気で寝込んでいる。そのたびに酒井忠勝入道空印や保科正之をはじめ、大勢の大名たちが見舞のために登城した。

酒井忠清も九月に健康がすぐれず、伊香保《いかほ》で湯治《とうじ》せよと暇を頂戴している。阿部忠秋もまた、九月十七日から腫物が原因で病臥《びょうが》した。松平信綱と稲葉正則はもっぱら、将軍家綱の代参や代理を務めて駆け回っていた。

そんなときに堀田正信は、最初の行動に出たのであった。

信綱、許すまじ。

信綱と刺し違えて、ともに死するもよし。されど、その機を得ること困難なり。もはや、これまで——。

と、堀田正信が選んだ道は、あまり適切とはいえなかった。とんでもないことを思いつきはしたが、実効性がなくて損をするのは自分だけという反抗だったのだ。

天下を騒がすことが狙いだったのであればとにかく、松平信綱との無理心中を図るにしては深慮遠謀と計画性に欠けていた。いかにも軽率で、単純で、逆上型の堀田正信らしい。

九月二十八日——。

寛永寺の家光の廟《びょう》に参った正信は、その足で下総の佐倉へ向かった。わずかな供の者を従えて、正信はひたすら馬を走らせる。夕刻には、佐倉城に到着するはずである。

大名が無断で帰国すること、勝手に封地へ赴くことは許されない。その禁を犯せば、大罪となる。だからこそ正信の行為は、一大騒動とされる値打ちがあった。

しかし、それにしても松平信綱に、打撃を与えるにはほど遠い。決死の覚悟というより、無謀な幼児のわがままに等しい。そうでなければ、自暴自棄というべきだろう。

堀田正信は晩秋の冷たい風の中を、佐倉に通じる破滅への道を急ぐ。

十二

佐倉に、到着する。

佐倉城は、鹿島《かしま》川を見おろす鹿島台に築かれている。鹿島台の西端の崖のうえに、三層の天守閣が建っていた。石垣を使わずに、天然の地形である崖を活用した城は珍しかった。本格的に七年がかりで佐倉城を完成させたのは、土井利勝であった。土井利勝を初代とすれば、堀田正信は父の正盛に次ぐ五代目の城主ということになる。

堀田正信は大手門からはいり、あたりをしみじみと眺めやりながら城中を回って歩いた。一ノ御門、二ノ御門、三ノ御門、田町門、西の丸、三の丸、二の丸、隅櫓《すみやぐら》、銅櫓、天守閣と、正信は懐かしむような目で見守った。

そのあと日没を惜しむようにして、堀田正信は本丸の殿舎に落ち着いた。ここには、見慣れた顔が少ない。城代家老をはじめとして、在国の一般の家臣しかいなかった。それも大半が、すでに下城している。

妻子や江戸詰の家臣は、江戸屋敷に残して来た。江戸までの距離は、それほど大したものではない。現に正信が江戸をあとにしたのは今朝のことであり、いまはこうして佐倉城の本丸にいる。

だが、そうした江戸の空が、ひどく遠くに感じられる。まるで、西国まで来ているような気がする。孤独感のせいだろうか。天下を敵に回したように、孤立した人間の寂しさを覚えなくもない。

参勤交代の制を無視して、勝手に江戸を離れたうえ帰国した。たとえ江戸から近い佐倉だろうと、それが弁解として通用することはない。

堀田正信は、大罪を犯した。将軍家と幕府に反逆したのだから、どうあっても切腹は免れない。もちろん、それも覚悟のうえだが、それほど意義のある切腹だろうかとふと懐疑的になる。

まあよかろうと、正信は目を閉じる。天下をあっと言わせ、松平信綱をあわてさせるだけで、いちおう満足しなければならない。多くの旗本が、正信に拍手を送るだろう。逆に多くの幕臣が、松平信綱に批判的な目を向けるだろう。

それで十分だと、正信は自分を納得させる。正信はもはや、頭に血がのぼっている状態ではなかった。むなしさを感じるほど、冷静でいる。

しかし、それでいて分別《ふんべつ》というものが、まだ正信には働いていない。正信に拍手を送る旗本がどれほどいるか、幕臣が正信と松平信綱のいずれに味方するかが、まったく読めていないのだ。

それ以上の悲劇は、正信が果たして正常な人間として扱われるだろうか、という点まで見通せていないことだった。いずれにしても正信には、おのれこそ正しいという妙な自信が強すぎたといえるだろう。

正信より家臣のほうが、よほど危機感を自覚していた。主君が天下の大禁を破って、佐倉へ帰って来てしまった。これで主君は切腹、堀田家はお取り潰しになると、家臣たちが絶望感に打ちのめされる。

堀田家の江戸屋敷は、大混乱に陥った。佐倉においても、同様であった。佐倉では翌日から日々、家臣の総登城となった。城代家老は一日に何回となく、事情の説明を正信に迫った。

しかし、それに応じないばかりか、正信は城代家老を遠ざけた。家臣の前に、姿を現わすこともない。正信は本丸の殿舎に、引きこもっている。

そうでないときは、天守閣にいた。正信は天守閣から、鹿島川の流れをじっと見おろしている。そうでなければ、北方の印旛沼《いんばぬま》のあたりを眺めやっていた。

江戸を出奔《しゅっぽん》する前に、正信は上書《じょうしょ》をしたためている。意見を記述して幕府に提出する書状が、上書であった。

正信が記した上書は、将軍補佐の保科正之と老中の阿部忠秋に宛《あ》てたものである。この上書が間もなく、保科正之と阿部忠秋のもとへ届くように、正信は手配をすませてあった。

いまは、それを待つ。

上書がいかなる効果と反応を招くかに、期待を寄せる。

江戸に大爆発が起きるのを、見守るような心境で正信は数日を過ごした。

十月に、はいった。

十月九日――。

保科正之と阿部忠秋は、正信からの上書を受け取った。上書の内容に、保科正之も阿部忠秋も驚愕はしなかった。

堀田上野介正信の不穏な動きについては、すでに耳にはいっている。いまさら、顔色を変えて驚くことはない。ただ保科正之と阿部忠秋は、なぜこうも早まったことをするのかと眉をひそめただけだった。

お代替わりにより家綱公が将軍になってから十年が経過するが、治世は少しもうまく運んでいない。老中に悪いのがいて、執政《しっせい》として役に立たないから、世上はますます困窮の度を深めていく。

特に旗本の諸士はことごとく、貧困に苦しんでいる。

お代替わりのときに松平定政が諫言とともに自領の二万石を差し出したが、狂気の沙汰として片付けられ改易の憂《う》き目を見た。

その後も、除封となった大名の知行《ちぎょう》は合計で十三万石余にのぼるが、老中が不明のために旗本救済に活用されていない。

老中が自分の利益を優先させるのならば、私は私なりの手を打つほかはない。私はここに佐倉十一万石の返上を決意したので、貧困の旗本たちに分配してもらいたい。

江戸にいてこういうことを決意すれば、反対して引きとめる者も多く、騒ぎが大きくなる恐れがある。

それで私は勝手に佐倉へ戻ることにしたが、反逆の意思など少しもない。その証拠に、妻子は江戸に残してある。

すべて、将軍家のためを考えての所業と、察してもらいたい。

このような意味のことが、正信の上書には記されている。保科正之と阿部忠秋は冷静に受けとめたが、一大騒動に発展しそうな椿事《ちんじ》であることに違いはない。

早急に、対策を立てなければならなかった。

老中を集めての密議となる。松平信綱、稲葉正則、阿部忠秋、保科正之、それに伊香保温泉から戻ったばかりの酒井忠清が一堂に会した。

松平信綱、稲葉正則、酒井忠清が正信の上書に目を通す。

このような上書は本来、松平信綱に宛てて提出されるべきものであった。酒井忠清と稲葉正則は新参の老中として、無視されることもあり得るだろう。

だが、松平信綱となると、そうはいかなかった。最古参で実力者の老中に訴えて出なければ、諫言の意味はまったくない。

ところが、正信の上書は保科正之と阿部忠秋のもとへ、届けられている。松平信綱の『ま』の字もない。

それだけではなかった。正信は名指しこそしていないが、松平信綱を誹謗《ひぼう》しているということは明らかに、書状の行間から読み取れる。

老中に悪いのがいて、執政として役に立っていない。

老中が不明のために、旗本救済に活用されていない。

老中が自分の利益を、優先させるのならば……。

そんなふうに書かれている『老中』とは、すべて松平信綱のことだと一目瞭然である。

信綱憎しの感情が、上書の全体に表われている。松平信綱に対する私怨《しえん》の上書と、受け取られても仕方がない。

そのことを気にしたのは、保科正之であった。松平信綱を怒らせれば、堀田正信の立場が一段と不利になる。いまは松平信綱を冷静にさせることだと、保科正之は気遣ったのだった。

「上野介（正信）が申し立ての件、取り上ぐるにたらぬことであろう」

保科正之はまず、問題にすべき上書ではないことを強調した。

それにはもちろん異議がないので、老中全員がうなずく。

「しかし、事の是非はともかく上野介に、野心などなきは明白である。上野介に私利私欲が、あってのこととは思えぬ。上野介は天下のためを思い、私心並びに佐倉十一万石を捨てきったものと推察いたす」

保科正之は、堀田正信に私怨や個人的感情がないことを力説する。

そういう保科正之の判断に、阿部忠秋、酒井忠清、稲葉正則が同調した。松平信綱だけが、首を横に振った。

「上野介は、乱心者にござる」

松平信綱は、無表情でいた。

「上野介は、乱心いたしたと断ぜられるのか」

保科正之は、顔を曇らせた。

松平信綱が冷静そのものであることを、保科正之は知らなかった。実は保科正之の気遣いなど、まるで無用だったのである。

堀田正信の誹謗中傷がいかにひどかろうと、それを相手にもしない松平信綱であった。

信綱はこのとき六十五歳、三十歳の堀田正信とは親子ほど年輪の違いがある。

正信がどう騒ぎ立てようと、信綱に四つに組むつもりはない。正信からどのような悪口雑言《ぞうごん》を浴びせられようと、信綱には犬の遠吠えぐらいにしか聞こえない。

正信が何をどう決意しようと、所詮はひとり相撲にすぎなかったのだ。信綱はむしろ、正信の今後を案じていた。そのことには、保科正之もまだ気がついていない。

「いかにも、上野介は狂気にござる」

松平信綱は、宙の一点を凝視している。

「上野介が狂気とは、ちとお言葉がすぎましょうぞ」

保科正之は、困惑の面持ちになっていた。

「いや、狂気に相違ござらぬ」

松平信綱は、少しも譲らない。

「重ねて、申し上げる。上野介は、故加賀守どのが嫡男にござる。その上野介が天下のため、わが身と佐倉十一万石を捨て去り諫書を差し出したるをもって狂気と決めつけるは、いかがなものかと存ずる」

保科正之は、表情を固くした。

「されば故加賀守どのが嫡男なればこそ、何としてでも上野介をこのたびの重罪より救い申すことを、考慮いたさねばなりますまい。御暇も賜わらず帰国いたし、居城にこもるがごとき上野介が挙動は、反逆に類することにござる。上野介もし狂気にあらずとなれば、その身は申すに及ばず、三族に至るまで大罪に問われることにござろう。それゆえ、罪を軽減いたすには上野介を、狂気と見なすほかに策がござらぬ」

松平信綱の口調は、書物でも読むように淡々としていた。

圧倒されたように、座は静まり返っている。当然のことながら、反論も異論もない。堀田家の存続を図るには、正信を乱心者にするほかはないのである。

正信を狂気とすれば、将軍家の怒りも解くことができる。諸大名も、納得する。かつての松平定政と同じように、狂人として罪を軽くするのであった。

「伊豆どの、恐れ入ってござる」

ホッとしたように、保科正之が信綱に会釈《えしやく》を送った。

直ちに作事奉行の牧野織部正成常と目付の安藤市郎兵衛忠次を、次いで正信の弟の堀田正俊を佐倉へ派遣することが決定された。何よりも正信を、佐倉城から出すことが肝心だったのだ。

一方の正信は、緊張の日々を過ごしていた。松平信綱たちがいかに周章《しゆうしよう》狼狽するか、天下にどのような反響が生じるか、という期待感は大いにふくらんだ。

万が一、佐倉城を攻略するために軍勢が遣わされるようであれば、籠城《ろうじよう》して一戦を交えるのもよかろうと、正信にはある程度の覚悟ができていた。

佐倉で、合戦が始まる。これには、日本国中の人間がびっくり仰天する。佐倉十一万石の堀田正信が正義のために合戦に応じたとなれば、惰眠《だみん》をむさぼる天下の諸侯も目を覚ますだろう。

正信は、そうも考えていた。これはどうも、ヤケッパチになっての妄想という感じがしないでもない。もし正信が実際に籠城を命じても、それに従う家臣がいるとは思えないからである。

そのとおり、現実はかなり違っていた。

老中の狼狽も幕府の混乱も、一向に佐倉へは伝わってこなかった。世の中が、騒がしくなる気配もない。天下は平穏であり、静かな風景を見るだけであった。

軍勢が佐倉へ向かう、という情報もなかった。佐倉城を訪れて城代家老と面談したのは、幕府の作事奉行と目付のみだった。

続いて弟の正俊をはじめ身内や縁者がやって来て、城を出て謹慎するようにと正信を説得にかかった。やむなく佐倉城を出ると、正信は御城下の寺院へ移った。何のことはない、いつの間にか正信は謹慎中の身になっていたのである。

寺院での暮らしが、すべては失敗だったことを正信に教えた。単なる暴走であって、おのれの行動がどこへも影響を及ぼさなかったことに、正信はようやく気づいた。

伊豆守！

いっそう松平信綱への憎悪の念が燃え盛ったが、すでに手遅れであった。松平信綱の存在の重みを、改めて思い知らされた。いまさら、正信にはどうすることもできない。

もはや、これまでである。

一カ月近く、正信は謹慎の生活を送った。

四人の老中と保科正之は協議を重ねた末に、十一月三日になって堀田上野介正信に対する断を下した。

一　反逆の罪にも等しいが、亡父の堀田加賀守正盛の大功に免じ、また堀田上野介正信が乱心のうえの挙動と見なし、罪一等を減ず。
一　堀田上野介正信の所領、佐倉十一万石は没収。
一　堀田上野介正信の身柄は、弟の飯田《いいだ》城主脇坂安政にお預け。
一　堀田上野介正信の嫡男正休《まさやす》に、一万俵の扶持米《まい》を下さる。

このように、寛大な処分となった。評定所においてこうした決定がなされた瞬間、松平信綱は目を閉じていた。眩暈《めまい》を、感じたのである。心身ともに疲れていると、松平信綱は思った。

このころの評定所はまだ、竜《たつ》の口《くち》の伝奏《でんそう》屋敷を臨時に使っていた。評定所が独立した建物として、伝奏屋敷の北隣りに完成するのは、これより十二年後のことである。

評定所での決定は将軍家に報告され、その寛大すぎる処置を家綱も認めた。父の殉死を無にするような騒動を、子がなぜ引き起こすのかと、松平信綱はそのことに疲れた。

それでも何とか、堀田正信を切腹させずにすんだ。松平信綱は大仕事を終えたように、気の緩《ゆる》みを感じた。信綱は具合が悪くなり、五日ほど病床に臥《ふ》せることになる。

信綱は、病床で考える。

正信は愚か者だったが、嫡男の正休に一万俵が与えられることになった。堀田家は、断絶になっていない。いずれ機会を得て、正休は大名の扱いとなるだろう。

それに、正信には弟の正俊がいる。正俊に、罪は及ばなかった。この弟の正俊は、なかなかの傑物である。

堀田正俊は家綱の小姓時代に、春日局の遺跡三千石を相続している。更に父の遺領のうち、一万石を分与された。一万三千石の小大名にせよ、堀田正俊は諸侯の座に列していた。

この万治三年から、正俊は奏者番に任ぜられている。近い将来、正俊は若年寄、老中へと昇進するに違いない。

兄の正信は老中になれないことを不満として、みずから十一万石の大名の座を捨てた。弟の正俊は望まなくても、いつか老中に就任する。人間の優劣とはそういうものだと、松平信綱はつくづく思う。

とにかく、堀田の家名は残る。そのことが、松平信綱には唯一の慰めとなった。

年が明けて万治四年は、四月二十五日に改元され寛文元年となる。

この年の正月は家綱病後ということで、三献《さんこん》の御式が省《はぶ》かれた。三献という酒式は、ひとつの膳部で三杯の盃《さかずき》を与えることを、三度繰り返す。三三九度《さんさんくど》の盃事は、その名残りである。

三献の御式の中止は、大広間にて酒井忠清が諸侯に伝えた。そのように酒井雅楽頭忠清の存在は、いよいよ老中の首座にふさわしく目立ち始めていた。

正月の十五日に京都の二条光平邸から出火、内裏《だいり》、仙洞《せんとう》御所をはじめ公家《くげ》屋敷百二十邸が全焼した。幕府はお見舞として金二千両、銀三千二百枚、時服三百を朝廷に献じている。

十八日になると、夜中の江戸の空を飛来物が南から北へ横切った。この飛行物体は、光を放って四方を照らしていた。あれは何かの凶兆に違いないと、江戸は武家も町家も大騒ぎをした。

それを裏付けるように二十日、書院番の日下部定久の屋敷から出火、牛込より京橋までの四十二町、商家七百八十七軒、武家屋敷七十邸を焼き尽くした。

この火事で、酒井忠清と松平信綱の屋敷も全焼した。そうした災難にもめげず、松平信綱は公務に奔走した。だが、寛文元年の後半から、信綱は体力の衰えを実感するようになる。

老中の激務、実力者としての忙しさに、耐えられなくなったことを感じた。信綱は、おのれの年齢を考える。隠居したほうがいい、という自分の声を聞く。連日、疲労がひどかった。

閏《うるう》八月になって幕府は、徳川綱重を甲府二十五万石に、徳川綱吉を館林二十五万石に、それぞれ封ずることを決定した。

これより綱重は甲府宰相《さいしょう》、綱吉は館林宰相と称されるようになる。綱重は家光の次男でこのとき十八歳、綱吉は四男で十六歳、ともに将軍家綱の弟である。

次男の綱重、四男の綱吉は、徳川家の嫡流とならない。したがって、将軍家の地位には無縁のはずであった。綱重も綱吉も、分家筋なのだ。

だからこそ甲府と館林に同じ二十五万石を賜わり、甲府宰相、館林宰相と称されることになった。宰相とは、参議の唐名である。この年の十二月に、左馬頭《さまのかみ》綱重と右馬頭《うまのかみ》綱吉はそろって参議に任ぜられたのであった。

しかし、綱重も綱吉も将軍のポストに、結びつくことになる。綱吉が五代将軍に、綱重の長子の家宣《いえのぶ》が六代将軍に迎えられる。そうした将軍後継者の変動は、家綱に子ができないことが原因だった。

十三

四代将軍の家綱は、病弱にして暗愚とされている。

そのうえ、子ができなかった。だからといって、女嫌いだったわけではない。

家綱が誕生するとすぐに、家光は松平信綱に乳母《めのと》の選定を任せた。松平信綱はあちこち心当たりに声をかけて、乳母の候補者に面接した。

そのうちに、武蔵石戸《むさしいしど》一万一千石の牧野内匠頭信成の家臣の妻というのに、松平信綱は出会うことになる。身分は高くない家臣の妻と聞かされていたが、大した美女であり礼儀作法も弁《わきま》えていて、いかにもしっかり者という印象である。

信綱は、気に入った。

「そのほうが連れ合い、牧野家にてどれほどの禄を頂戴いたしておろうか」

念のために、信綱はその点を確かめてみた。

「三百石にござりまする」

即座に、女は答えた。

「ほう、三百石か」

偽りを申しておると、信綱は胸のうちで疑っていた。

牧野内匠頭信成は小姓組番頭《ばんがしら》、書院番頭、大番頭、留守居役などを歴任しているが、わずか一万一千石しか賜わっていない。大名としては、どんじりであった。

そんな牧野家にあって、この女の夫は三百石を与えられているという。一万一千石の大名の家臣で三百石取りとなると、これは上級武士の部類にはいる。

ところが牧野家からは、身分低き家臣の妻として紹介されている。それにもかかわらず、三百石取りだという。この女は、嘘をついているのに違いない。

将軍家の嫡男の乳母に、嘘つきを推薦することはできない。せっかく見込みありと思ったのにと、信綱は失望した。

「お疑いにござりましょうか」

女はズバリ、信綱の胸のうちを読み取った。

「いや……」

信綱は、苦笑した。

「三百石と申しましたるは、まことにござりまする。お疑いとあらば、何とぞお確かめくださりませ」

臆せず、女は言った。

「うむ」

信綱は、うなずいた。

女は江戸屋敷の長屋へ戻ると、すぐさま牧野信成に呼び出された。

「首尾は、どうであったか」

家臣の妻が将軍の後継者の乳母になるかならないかということで、牧野信成にとっても重大な関心事だった。

「首尾は、上々にございました。ただ伊豆守さまより、連れ合いの禄高はというお尋ねがございまして、まさか軽輩者と申し上げるわけには参りませぬので、三百石を頂戴いたしておりますとお答え申し上げましたところ、伊豆守さまはお疑いのご様子でございました」

そのように、女は報告した。

「三百石か」

牧野信成は、目を見はった。

「おそらく伊豆守さまには、お確かめあそばされることにございましょう。その節には何とぞ、お口裏をお合わせくださいますようにお願い申し上げます」

女は牧野信成に、そう訴えた。

大名ともあろう者が、松平信綱に嘘をつくことは許されない。その気になって調べれば、たちまち明らかになってしまうことであった。

牧野信成はそのとおりにするほかはなかろうと、急ぎ女の夫を三百石取りの馬廻役《うままわりやく》に任じた。松平信綱が牧野家に問い合わせてみると、かの女は確かに三百石取りの家臣の妻であることがわかった。

それならば不都合なことはひとつもないと、松平信綱は牧野家の家臣の妻を家綱の乳母と決めた。その女は大奥に上がって、矢島局《やじまのつぼね》と呼ばれることになった。

将軍家の嫡男の乳母というだけで、大変な権勢を許される。そのうえ矢島局は頭が切れて、度胸もいいしっかり者と来ている。矢島局はたちまち大奥の人心を掌握して、最高の権力者となった。

春日局の再来といわれるほど、矢島局は大奥での実力を発揮する。それはやがて傲慢《ごうまん》な態度となり、わがままとなり、勝手な振る舞いとなる。

矢島局は御年寄《おとしより》の地位にあって、権勢欲に駆られた悪い意味での支配者になりつつある。そのことを心配したのは、酒井忠勝だった。

矢島局の頭を押さえつけなければ、大奥は乱れることになる。春日局と違って、矢島局には野心が認められる。そういう矢島局を牽制《けんせい》できるのは、家綱の正室しかいないだろう。

そこで酒井忠勝は、家綱に正室を迎えることを提案する。すでに大老を辞し、隠居している酒井忠勝の意向であったが、もっともなことなので老中を含めて幕閣の全員が賛成した。

京都所司代《しょしだい》に命じて、親王《しんのう》家の姫君の中から候補者を捜させる。その結果、伏見宮《ふしみのみや》貞清親王の娘の顕子が選ばれる。婚約が整ったあとに明暦の大火に遭遇するが、顕子のお輿《こし》入《い》れは延期されなかった。

江戸再建と復興の槌音《つちおと》が盛んな明暦三年の四月、顕子のお輿入れの行列は江戸へ下った。夫の本多忠刻《ただとき》が死去して以来、千姫《せんひめ》が住んでいた天樹院《てんじゅいん》御殿に顕子は入居する。

七月には焼け残った江戸城の西の丸へ移り、顕子は家綱との婚礼の儀に臨んだ。

家綱、十七歳。

顕子、十八歳。

家光が死んで、六年がすぎていた。

二年後の万治二年九月、造営が竣工した江戸城の本丸にはいり、顕子は御台所《みだいどころ》と呼ばれることになる。

しかし、所詮は形式的な結婚にすぎず、仲睦まじい家綱と顕子であるはずがなかった。それに家綱は病弱でありながら、側室が少なからずいた。

三十七歳で病死するまで、顕子は御台所としての寂しい十九年間を江戸城の本丸で過ごすことになる。家綱と顕子のあいだに、ついに子はできなかった。

家綱の多くの側室については、記録が残っていない。知られているのは、お島《しま》の方、お振の方、お満流《まる》の方の三人である。

お島の方は、矢島局の娘だった。矢島局は、娘に将軍の子を生ませようと狙ったのだろう。だが、子ができなかったことから、お島の方はのちに旗本に嫁いでいる。

お振の方は、神祇小副吉田兼起の娘であった。

顕子付きの上臈《じょうろう》の飛鳥井《あすかい》が、京都から呼び寄せた。家綱が二十四歳のときに、お振の方は十七歳で大奥に上がった。

絵に描いたような京美人を家綱が見逃すはずはなく、すぐさまお手が付いて寵愛を受けたお振の方だった。お振の方は、二年後に懐妊した。

家綱をはじめ幕閣、大奥では大変な喜びようであったが、お振の方は間もなく熱病にかかり、十九歳でこの世を去った。もしお振の方が健在で男児を生んでいたら、五代将軍の綱吉は存在しなかった。

お満流の方は、佐脇安清という旗本の娘である。三十七歳という晩年に、家綱が寵愛した側室だった。このお満流の方も、翌年には妊娠する。

今度こそはと、幕閣と大奥の期待は大きかった。腫《は》れものに触るように、家綱もお満流の方を大事にした。妊娠五カ月になって、著帯《ちゃくたい》の儀もすませた。

もう大丈夫だろうと、赤ン坊の誕生の儀式の準備にも取りかかった。しかし、またしても不幸に見舞われて、息をつめるような期待は裏切られる。

著帯の儀から二カ月後に、お満流の方は流産することになる。七カ月の流産であった。

家綱の生涯で懐妊を告げられたのは、わずかに二回だけである。

そのわずか二回の妊娠も、出産には至らなかった。不運には違いないが、ほかには懐妊の兆候すらなかったことを考えると、やはり家綱の虚弱体質に原因があったのだろう。

家綱は四十歳にして、あまり中身が濃いとはいえない生涯の幕を閉じる。世嗣どころか、家綱はこの世に直系の血筋を残すこともできなかったのだ。

話が先に進んだが、家綱が四十歳で故人になるのは十八年後のことである。

寛文二年を迎えて、家綱は二十二歳になった。

松平信綱は前年から引き続き、病気がちであった。正月二十一日、家綱は小姓組番頭の大久保出羽守忠朝を松平邸に遣わし、信綱の病状を尋ねさせている。

二十四日の台徳院《たいとくいん》（秀忠）霊廟の参詣に、信綱は供奉《ぐぶ》することができなかった。家綱は二十七日にも、御側役《おそばやく》の久世大和守広之《くぜやまとひろゆき》を信綱の屋敷へ派遣した。

二月十日にもやはり久世大和守広之が使者として松平邸を訪れ、見舞がてら信綱の病状を聞き、それを家綱に報告している。信綱の病気の特徴は、小便の出が悪くなっていることだった。

城中へ輿を乗り入れることも、杖をついて城中を歩行することも、特に許されている酒井忠勝入道空印は、連日のように老体を江戸城に運んでいた。だが、松平信綱のほうは、まったく登城できない病状にあった。

二月の半ばに、阿部忠秋が松平信綱を見舞った。衰弱して顔色が悪く、いかにも重病人らしい信綱を見て、阿部忠秋は胸が詰まった。

思えば信綱と忠秋は同じように御奉公の道を歩み、常に行動をともにして変わらぬ人生を送って来た。

家光付きの小姓となる。

小姓組番頭となる。

家光の上洛に、供奉する。

若年寄格となる。

老中となる。

こういう段階を信綱と忠秋は、すべて一緒にのぼったのである。幕府が多くの苦難を乗り越えるとき、必ず信綱と忠秋は顔をそろえていた。今日までの幕府の歴史は、信綱と忠秋の歴史でもあった。

「若年寄なる職務を、しっかりと定めねばなるまいな」

目を閉じたままで、信綱が言った。

若年寄格とされる地位は、すでに存在していた。その初めは、『六人衆』と称された。『小老』と呼ばれることもあった。しかし、任務そのものが曖昧《あいまい》であり、昇進コースとしても判然とはしていなかった。

それを若年寄という本格的な職制にすることを、かねてより信綱は望んでいたのだった。若年寄を、老中に次ぐ重職としたい。若年寄を経て、老中に昇進する。信綱の構想は、そういうものであった。

「雅楽頭どのに進言いたし、そのように計らいましょう」

忠秋は、信綱の寝姿を見守った。

雅楽頭に進言して実現させようと、忠秋は真っ先に酒井忠清の名を持ち出した。それは最近の酒井忠清が勢力を得て、幕閣の実権を握ったことを証明していた。

もともと名目にしろ、老中の首座に置かれている酒井忠清であった。徐々に力をつけてくるのは、当然のことといえた。それに加えて、信綱の病気が重くなり、事実上の引退が迫っている。

これまでは信綱への遠慮があったが、それも無用となった。酒井忠清は信綱に代わって、実力者への道を進み始めた。いや、酒井忠清は幕閣のナンバー1に、早くもなりきっていたのである。

「若年寄に任ぜられるは、やはり上さまの御側がよろしかろう」

信綱は言った。

「大和守あたりにござろうか」

忠秋は、久世大和守広之の名を挙げた。

「大和守に加えて、土屋《つちや》但馬《たじま》守あるいは板倉内膳《いたくらないぜん》正《のしょう》が、適任ではござるまいか」

信綱は、深くうなずいた。

「伊豆どのには病床にあってなお、ご政務が頭を離れぬらしい」

忠秋は、無理に笑った。

「それがし長年にわたり、徳川家より御恩を賜わった。それを思えば、いまだもって御奉公がたりぬ」

「されど、いまの伊豆どのはご病人。難しきことは、ご放念くだされ」

「いや、それがしには命絶ゆるまで御奉公、御奉公の三文字しかござらぬ。御奉公の三文字が先に立つゆえ、念仏を唱える暇もないほどじゃ」

「無理は、禁物でござる。何よりも、ご本復が望ましいものでな」

「本復は、もはや望めぬこと。近々、黄泉国《よみのくに》にて大猷院（家光）さまに、ご挨拶を申し上げることと相成ろう」

「気弱なことを……」

「大猷院さまにお仕え申し上げてより、五十八年の歳月が流れておる」

「老中職にあって、二十六年ほどにござろうか」

「豊後（忠秋）どのとともにあって、数々の難局をよくぞ乗りきったものよのう」

「その間、私心なく御奉公いたしたことこそ、われらが誇りと申せよう」

「豊後どの、五十八年の歳月、長くもあり短くもあった」

「それゆえ、伊豆どのはお疲れになられたのじゃ」

「確かに、疲れ申した」

「ゆるりとご養生のうえ、ご壮健になられることが肝心にござる」

「雅楽頭どのは、驕《おご》り高ぶるお人柄にござろう。それを戒《いまし》むこと、是非とも豊後どのへの頼みといたしたい」

「いや、それが叶うは伊豆どののみ」

「いまひとりの老中も、土性骨《どしょうぼね》がすわってはおらぬ」

「美濃守（稲葉正則）にござるか」

「美濃守は必ずや、雅楽頭の驕りに追随いたすに相違ない。それを思うと、まことに心《こころ》許《もと》ない」

「何を、申される。伊豆どのが、おられよう」

「頼みとなるは、豊後どののみじゃ。よって、豊後どのに後事を託したい」

「そこまで気弱になられるとは、伊豆どののらしからぬこと。これまで、いかなる難事をも切り抜けて参られたこと、伊豆どのには思い起こしていただきたい」

「いや、それがし遅ればせながら、大猷院さまがお供をつかまつる」

「伊豆どのがお命尽きること、いまだ許されてはおりませぬぞ。御老中には、知恵伊豆どのが必要にござる」

「それがしと違い、天下になくてはならぬ伊豆どのじゃ。叶うことなれば、それがしが代わって死にとうござる。それがしが残る寿命を、伊豆どのに差し上げたい」

阿部忠秋は、落涙を堪《こら》えきれなかった。

「病床にある者を泣かすとは、豊後どのも情け知らずよ」

松平信綱も、閉じた目から涙を流していた。

この日を境に、松平信綱の病状は悪化の一途をたどる。将軍家、御三家、多くの大名からの見舞が続々と信綱の屋敷へ向かった。

二月二十二日に、信綱の政務への遺言というべき若年寄の設置が、老中会議で決定されて家綱の承認を得た。

久世大和守広之。

土屋但馬守数直《かずなお》。

この二人が、若年寄に任命された。

久世広之も土屋数直も、大名の出ではなかった。いずれも、旗本の三男と次男であった。久世広之は家光の小姓組、御膳番、書院番、小納戸《こなんど》、小姓組番頭などを経て家綱の御側となる。

土屋数直も家光の小姓でスタートを切り、御膳番、書院番、進物番、書院番頭、小姓組番頭を歴任して家綱の御側に昇進した。このときの久世広之は五十四歳、土屋数直は五十五歳であった。

二人とも、もちろん城は持っていない。知行所を、与えられているのにすぎなかった。両名とも若年寄に任命されると同時に五千石の加増となり、久世広之は二万石、土屋数直は一万石となった。

このときから、二人は大名の列に加わる。旗本から大名に、取り立てられたのだ。久世広之と土屋数直は、みずからが大名としての初代になるのであった。

二月三十日の会議で、老中と若年寄の所管が明確に決められた。

老中は将軍家に直属して、政務を代行する。所管は朝廷、公家、門跡《もんぜき》、大名、代官、留守居、大番頭、大目付、町奉行、普請奉行、作事奉行、勘定奉行、寺社、外国などに及ぶ。

奉書連判、歳入歳出の決定、金銀の改鋳、参勤交代、領国移動の命令も老中の職務とする。原則として二万五千石以上の譜代大名にして、若年寄の経験者を老中に任ず。老中は、月番制。

若年寄は旗本支配となり、老中、留守居、大目付、三奉行などの所轄以外のことを任される。老中に次ぐ重職として、幕政に参与する。勤務は、月番制。

このように決定されて、ここに初めて老中と若年寄の職制が確立を見た。松平信綱を欠いたまま、老中は酒井忠清、阿部忠秋、稲葉正則の三人だけになっている。

当然、老中を補充しなければならない。それで次の老中の候補者には、新たに若年寄となった久世広之と土屋数直が最短距離に置かれるのであった。

三月五日には西の丸の桜が満開となったので、家綱は花見の宴を催した。家綱は手ずから酒井忠清、阿部忠秋、稲葉正則の三老中に酒肴《しゅこう》を賜わった。

しかし、家綱は松平信綱の姿がないために、心から楽しむことができなかった。家綱は三日後に高田馬場《たかだのばば》へ鷹狩りに出かけ、鴨や鶉《うずら》の少々の獲物のうちから松平信綱に雁《がん》を贈った。

それから七日後の三月十五日に、松平信綱が危篤との知らせがあった。家綱は一瞬、青ざめたようだった。家綱は甲高い声で松平邸へ急行するように、若年寄に任ぜられたばかりの土屋数直に命じた。

翌十六日の夕刻、松平信綱は永遠の眠りについた。

寛永の遺老のひとりとして家綱をよく助け、徳川幕府の基礎を固めつつ巧みに武断から文治の時代へと移行させた第一の功労者、知恵伊豆こと松平伊豆守信綱の御奉公を念じながらの最期であった。六十七歳――。

十四

入道空印としての日々を過ごしている酒井忠勝にとっても、松平信綱の死はかなりの精神的ショックであった。幕閣の大黒柱だった松平信綱が消えて、徳川家と幕府の今後に忠勝は不安を感じたのである。

「掛け替えのない人物を、失ったものじゃのう」

酒井忠勝は、ひどくがっかりした様子であった。

前月に多摩《たま》川の河口に架かる六郷《ろくごう》橋の修理が完了した。六郷橋は家康の命令で、慶長五年に作られている。しかし、多摩川が氾濫《はんらん》して大水となるたびに、六郷橋は被害を受けることになった。

それに東海道の江戸の玄関に当たり、川崎大師《かわさきだいし》も近いことから橋の利用者が多い。通行人の往来が絶えないとなれば当然、六郷橋の傷みも早かった。

そういうことで六郷橋の架け替え工事が、半年がかりで進められていたのだった。その新しい六郷橋が、二月三十日に完成したのである。工事の責任者の大番衆には、幕府から褒美《ほうび》が与えられた。

「これで、江戸三大橋がそろいましてござる」

酒井邸に出入りする若い旗本が、忠勝の前で言った。

「千住大橋、両国大橋、加えて六郷大橋じゃな」

忠勝も、満足そうであった。

「ただし、旗本の中には不満の声もございまする」

若い旗本は、膝を進めた。

「何が、不満なのじゃ」

忠勝は、眉根を寄せた。

「橋は多くの旅人を、喜ばせましょう。されど、いくさとなれば敵が攻め入るのを容易に許し、江戸を守る者には不利になるとの声にございまする」

「何ともはや、小さいのう」

「小さいと、仰せにございまするか」

「さよう。それが天下の旗本とは、まことにもって情けない」

「大器には、ほど遠いとの意にござりまするか」

「武田信玄《しんげん》公が、人は石垣、人は堀、なさけは味方、仇《あだ》は敵なり、と詠じられたのを存じておろう」

「存じておりまする」

「それと同様に、人こそ江戸なり、江戸城なりじゃ。上さまには、人をもって城となされておる。その人々に難儀をさせておって、城や石垣になってくれようかの」

「はっ」

「川がなくては守れぬ城は、そもそも人々が城にも石垣にもなれぬがごとくに、御政道が乱れておるためよ」

忠勝は、大声で笑った。

「恐れ入りましてございます」

若い旗本は、顔を上げられなかった。

このように矍鑠《かくしやく》たる豪傑ぶりを発揮していた忠勝が、松平信綱が死亡したとたん急に老け込んでしまったのである。

松平信綱の死の数日後に、京都で大地震があった。この地震で、方広寺《ほうこうじ》の金銅の大仏が倒壊する。幕閣の会議で方広寺の大仏の再建は木造として、金銅の大仏は溶解のうえ寛永通宝《つうほう》を鋳造することを決定した。

「この地震は伊豆どの亡きあとの天下の乱れを、われらに教える天のお告げではあるまいか」

忠勝はそこまで気弱なつぶやきを、洩らすようになっていた。

五月一日になって、近畿一帯が再び大地震に見舞われる。被害は、甚大であった。この地震で膳所《ぜぜ》城、尼ヶ崎《あまがさき》城、亀山《かめやま》城、それに篠山《ささやま》城の諸城が崩れた。

この知らせを聞いたときも、忠勝は妙なことを口走っている。

「伊豆どのが、お怒りじゃ」

忠勝は、こう言ったのだった。

そして、このころから忠勝は病床に臥せることとなった。何も忠勝が痴呆症にかかったり、乱心したりしたわけではない。松平信綱の死が大打撃となり、あとに残った老中どもの忠誠心に疑問を感じるというのが、忠勝の本音なのである。

頼りになる老中は、阿部忠秋しかいない。阿部忠秋はたったひとりの寛永の遺老として、まだ何とか幕閣の中に残っている。だが、ほかの老中たちには、欠点が多すぎるように思える。

阿部忠秋ひとりで、大丈夫だろうかと心配になる。

酒井忠清には、驕慢《きょうまん》なところがある。謙虚さと、自省することが不足している。酒井忠清が最高権力者となれば、その地位を公私の別なく利用するに違いない。

稲葉正則が酒井忠清を批判して、一命を賭《と》しての軌道修正を図ることなど、赤い雪が降る以上にあり得ないだろう。稲葉正則は、強い者に媚《こ》びへつらう。

稲葉正則は、忠清に追随するに決まっている。将軍家への忠誠心、老中の職務への忠実さなどよりも、稲葉正則は忠清にシッポを振ることを優先させる。

酒井忠勝はこのように、松平信綱とまるで同じ見方をしていた。だからこそ、信綱の死が痛かったのだ。そのうえ気を揉《も》んだところで、どうにかなるようなことではないのであった。

忠勝自身には、もう何もできない。

松平信綱は、あの世へ旅立った。

将軍補佐の保科正之も、幕政から遠ざかりつつある。

保科正之は、去年から眼病に苦しんでいた。まだ隠居も引退もしていないが、激務にはとても耐えられない。何しろ目に負担をかけられないのだから、将軍の補佐役を完璧に果たせるはずはない。

それでも重要事項の決定には、保科正之も加わっている。寛文三年の武家諸法度の改定には、保科正之が具申《ぐしん》した多くの意見が採用されていた。

とにかく、保科正之は読書家だった。独特な哲学を持っていて、優れた学者ともいえた。それが保科正之の発議や建議を、みごとな内容にさせたのだろう。

昨年、酒井忠勝が病気を見舞ったときも、保科正之は書物の山に埋まっていた。それでも目を使わないようにするために、近習に書物を読み上げさせるのだという。

「ところが近ごろの若き者は誤読のみならず、読めぬ文字が少なからずあり困惑いたしております」

保科正之は、苦笑を浮かべた。

「わしも学問は苦手ゆえ、大口は叩けませぬが……」

酒井忠勝は、坊主頭を撫《な》で回した。

「江戸の家臣と会津の領内には、学問の奨励に努めております る」

「それは、よきことにござりまするな」

「おのれはこのところ、神書と儒教を学ぶことに励みおりまする」

「神儒両道にござりまするか」

「こののちの御政道には朱子学《しゅしがく》の教えを取り入れることこそ肝要なりと心得おりまする」

「保科家におかれましては、殉死を禁じられたと承《うけたまわ》りましたが、まことのことにござりまするか」

「何年か前に朱子の〝殉葬論《じゅんそう》〟を読み、殉死が芳《かんば》しからぬ弊風《へいふう》であることを知りました。このたびはそれを実行に移し、保科家の家中と会津の領内における殉死を禁じましてございまする」

「保科家と会津領のみとあっては、もったいのうございまするな。是非とも武家諸法度にて定め、天下の諸侯とその家臣に殉死を禁じられてはいかがにございますか」

「叶うこととなれば、そのようにいたしたく存じまする」

「伊豆どのも、この殉死にはご苦労をなされましたからな」

酒井忠勝は、十年むかしのことを思い出した。

「さよう」

保科正之も感慨深く、家光が死んだときの混乱を振り返っていた。

あのときは堀田正盛と阿部重次が、家光のあとを追って殉死した。松平信綱は、死ななかった。生きて幼い将軍を助ける、という重大な使命があったからである。それにもかかわらず松平信綱には、卑怯者、恩知らず、臆病者という批判が集中した。松平信綱にとっては、受難のときであった。

その後も殉死は、一種の流行になっていた。武士としてあっぱれであると称賛され、殉死者は主君の墓所の近くに埋葬されたりする。殉死者の子どもが、加増されるようなこともあった。

世間の評判も上々で、殉死者の子孫は出世が早い。どうしても、特別扱いにされがちだった。勝手に佐倉へ帰城して処罰された堀田正信にも、そういう傾向が認められた。

家光に殉死した堀田正盛の長男という意識が、正信には強すぎたようである。そのために、老中に任ぜられるのが当然という思い込みが激しく、意のままにならないことへの不満が爆発したのだった。

そういうことで、殉死には弊害が付きものとなる。また殉死によって、優秀な人材を失うこともある。しかも、殉死が真似をする必要のない異国の風習から出ていることを、保科正之は『殉葬論』を読んで知った。

そのときから保科正之は、殉死禁止論者になっていた。しかし、多くの殉死者を出したうえに、みずからも殉死を促した家光の死が記憶に新しいうちは、保科正之にも遠慮というものがあった。

寛文元年となって、家光の死から十年がすぎた。もう、そろそろいいころだろうと、保科正之は決断を下す。保科家の家中一同から足軽小者《あしがるこもの》に至るまで、全員が殉死禁止令を頭に叩き込まれる。それは会津領内にも、行き渡った。

「武家諸法度に先立ち、殉死の禁止を命ぜられる勇気こそ頼もしき限りなりと、感服いたしましてござりまする」

酒井忠勝は、保科正之に拍手を送りたかった。

更に忠勝が驚かされたのはこの日、正之が吉川惟足《よしかわこれたり》という学者を京都から呼び寄せていたことだった。吉川惟足は、神道の学界では第一人者とされている。

保科正之はこれから、吉川惟足の神書の講義を聞くのだという。ともに聴講することをすすめられたが、酒井忠勝はあわてて保科邸を辞した。

そんな出来事があった一年前を、酒井忠勝はいま病床にあり、涙ぐみながら思い出している。

保科正之は一個人として、ああも勉学に熱心なわけではない。正之の学問は、御政道のためなのだ。そして正之は、これが御政道に必要だという信念を抱けば、それを押し通そうとする勇気を持っている。

松平信綱はすでに故人となり、忠勝自身の死期も近い。そのうえ知識と勇気を兼ね備えた保科正之も、眼病が原因で第一線から退いている。

残るは、阿部忠秋のみ。豊後どの、頼みますぞ——と、忠勝が病床で涙を浮かべるのも無理はなかった。感傷による涙ではない。幕府の未来への不安が、忠勝を泣かせるのであった。

寛文二年七月十二日、酒井忠勝入道空印は死亡する。

松平信綱の死後わずか四カ月、病床にあること二カ月だった。死因は、老衰となっている。七十六歳であった。その死は、『大樹が朽《く》ちて倒れていくかのように』と表現されている。

寛文三年の四月、保科正之は吐血した。眼病に加えての吐血であり、保科正之の城中定詰《じょうづめ》は困難になった。以後、将軍家からの呼び出しがない限り、保科正之は登城しなかった。

保科正之は屋敷にあって、儒教と神道の研究に没頭した。

この年の八月十五日に、若年寄の久世大和守広之が老中に昇進する。

それより三カ月前に、武家諸法度が三十四年ぶりに改定された。その定めによって、殉死も禁止された。

寛文四年の四月二十八日、幕府は御三家を除く全国の大名がそれぞれ、領有して支配することを認める朱印状《しゆいんじよう》を発行した。これで幕府の大名支配と、将軍家の権力が確立したことになる。

同年六月には、保科正之が病身であることも顧《かえり》みずに、奔走しなければならないような事件が起きる。

保科正之の長女は、米沢三十万石の上杉綱勝《つなかつ》の正室であった。ところが前月に、上杉綱勝が急死を遂げたのである。綱勝は二十七歳で、不運にも子女がいなかった。

つまり、世嗣もいないままに、綱勝はこの世を去ったのだ。

幕府は十三年ほど前から、大名の末期《まつご》養子を認めている。当主が危篤状態に陥ってからでも急遽、養子を迎える手続きをすませることを許可したのであった。

だが、上杉綱勝の死は末期養子の手続きも間に合わないほど、急だったのである。世嗣がいないので、上杉家は改易ということになる。たとえ名門の上杉家だろうと、お家断絶の運命から逃れることはできない。

上杉家とその家臣は、顔色を失った。何とか、特別に取り計らってもらうほかはなかった。権力者の口ききが、必要であった。保科正之に、頼むしかない。

保科正之は、上杉綱勝の義父である。その正之は、将軍補佐の地位にあった。将軍家綱の叔父でもあるのだ。上杉家の重臣たちが、保科正之の屋敷へ押しかける。

未亡人となった娘からの嘆願、哀願にも正之は心を動かされた。自分の地位を利用することを好まない保科正之だが、このときばかりは上杉家と娘を見捨てる気にはなれなかった。

保科正之は将軍家綱に訴える一方で、老中たちにも助力を懇願した。その結果、特例として上杉家は改易を免れた。米沢三十万石を十五万石に半減する代わりに、上杉綱勝の甥を養子とすることが許可されたのだった。

この養子は綱勝の妹を母とし、吉良上野介義央を父としている。後年、四十七士の吉良邸討入りに備えて、援軍を送ろうとした上杉綱憲《つなのり》である。

それはとにかく保科正之の尽力により、上杉の家名は存続することになった。保科正之のこれまでの地位と功績が幕閣をその気にさせたにしろ、最終的な決定権を老中たちが握っている点には変わりない。

すなわち、老中は絶大な権力を与えられている、ということであった。三十万石の大名を取り潰すことも、特例をもってそれを救うことも、老中たちの意のままといって過言ではない。

そうなると当然、老中に願い事をしたときの謝礼というものを考えなければならない。

これまでにも老中は、諸大名から金品や珍重される食べもの、時服、価値のある名刀・名器などを受け取っている。

しかし、贈収賄といった罪の意識は、互いにまるでなかった。これはあくまで贈り物であって、持参するのが礼儀という世の中の慣習だと思っている。

公然と認められていることだし、法律にも違反しない。したがって不正な金品の授受、袖《そで》の下といった自覚はなかった。相手の歓心を買い、あるいは媚びるための贈り物なので賄賂《わいろ》性は低い。

たとえ有利に取り計らってもらうための贈り物だろうと、お世話になるからには謝礼が当然という考え方をする。だから大名の使者は、堂々と贈り物を運んで老中の屋敷を訪れる。

明暦の大火以降、老中が大名から贈り物を受け取ることは、遠慮という形で禁じられていた。明暦の大火では諸大名も被害甚大で、倹約に努めなければならない。そういう事情で大名たちに、無駄な出費を控えさえたのだ。

だが、明暦の大火も六年前のこととなった寛文三年の十月に、贈り物遠慮の解禁が決まった。これは大名は老中に贈り物を届けなさい、老中は贈り物を受け取りなさい、という命令と変わらなかった。

老中の屋敷へ大名からの贈り物が、続々と運ばれていくという光景が復活した。豪華な贈り物の数がいかに多かったか、それらを準備する大名の出費がどれほど莫大であったかは、現代人の想像の及ぶところではない。

贈り物だけではなく、ご接待もあった。大名は四季折々の趣向を凝《こ》らして、老中を招待したうえで供応するのである。この供応は、旗本も真似たという。

以前と違って、儀礼的な催しではなくなった。老中の歓心を買い、媚びるという気持ちは同じだった。しかし、それは便宜《べんぎ》を計ってもらう、何かのときに袖にすがれる、事を有利に運んでいただけると、利益目的が明らかに加わっていた。

酒井忠清は、贈り物や供応を歓迎した。欲が深いためではない。名門の酒井家が、貧しいということもなかった。贈り物と供応が多いことは実力者として当然だ、というのが酒井忠清の考え方だったのだ。

日々の贈り物が山積みとなり、常に供応を受けるのは、自分の権力が絶大なることの証明だと、酒井忠清は喜ぶのであった。それを慢心とか増長とかに、酒井忠清は結びつけようともしない。

当たり前なことであると、受け入れてしまっている。

稲葉正則にも、その影響が及んでいた。信綱や忠勝が危惧《きぐ》したとおり、稲葉正則は凡人にすぎた。酒井忠清にはいっさい逆らえない、というイエスマンであった。

酒井忠清を見習って、稲葉正則も贈り物と供応が大好きな老中になっていた。久世広之にしても新参の老中であれば、右に同じということになる。

ただ贈り物の量と質、供応の回数と内容は、酒井忠清と比べものにならなかった。門前市《いち》をなすという忠清の屋敷と、稲葉邸や久世邸はかなりの差をつけられていた。その点で実力者の象徴、権力の証明という忠清の主張も、間違っていないのかもしれない。もっと極端に対照的なのは、あとひとりの老中の屋敷であった。酒井忠清の屋敷は常に、訪問客の行列ができて門前が混雑している。

しかし、阿部忠秋の屋敷は、いつも静まり返っていた。通常の客のほかには、訪れる者もいなかった。忠秋が贈り物と供応を嫌うということは、諸大名のあいだにむかしから知れ渡っている。

そういうことで、ご機嫌伺《うかが》いの客は姿を見せないのだ。阿部忠秋の屋敷の周辺にいるとしたら、捨て子がいちばん多いといえそうだった。阿部忠秋は毎年、数十人ずつの捨て子の面倒を見ていた。

十五

阿部忠秋が捨て子を育てるということは、噂となって江戸市中に広まっている。そのために阿部邸の近辺に、捨て子する者が増えた。忠秋が通行することが明らかな道に、捨て子を置き去る親もいた。

捨て子を見つけると、忠秋はすぐに抱き上げる。

「殿、際限がございませぬ。捨て子にかかわりを持たれることは、何とぞお控えくだされませ」

供の家臣が、忠秋を制する。

「そのほうに、情けはないのか。赤子《あかご》に、罪はあるまい」

忠秋は毎度のことだが、家臣の制止に耳を貸さない。

「むやみに子を捨てる不埒《ふらち》な親どもが、増えるといった恐れもございましょう」

「さようなことが、あろうはずはない。よほどのことがない限り、親はわが子を見捨てぬものじゃ」

「お言葉ではございますが、殿のお慈悲に甘える親がおりますゆえ、かくもこのあたりに置き去りにされる捨て子が増えたものと思われます」

「捨てる親の身となって、育てて遣わそうではないか」

「乳母代わりの女に乳代を与え、育てさせております捨て子が数を、お考えいただきたく存じます」

「構わぬ。この赤子どもはやがて、阿部家の頼もしき譜代と相成ろう」

「それにいたしましても、数が多すぎることで……」

「わしが遊興を控えて浮かせた金子《きんす》を、赤子どもを育てる費用に充《あ》てておる。そのほうに、迷惑が及んでおろうか」

「さようなことは、いささかもございませぬが……」

「それに加えて、捨て子の多きことは上さまの恥になるとも、考えねばなるまい。上さまの恥を少々なりとも防ぐことも、われらが役目であろうぞ」

忠秋は言った。

「恐れ入りましてございます」

捨て子は将軍家の恥にもなるという忠秋の気遣いに感激して、家臣は顔を上げられずに引き下がる。

阿部忠秋はこうした人柄なので、酒井忠清と性が合うはずはない。四人の老中は、意見の対立を繰り返す。それも三対一と決まっているので、阿部忠秋はますます孤立を深めていく。

いまや、酒井忠清が幕閣の中心人物だった。忠清が反対に回れば、どんなことでも否決される。忠清の発議は必ず、そのまま通ることになる。忠清の権力は実質的に、独裁者のそれに近づきつつあった。

松平信綱の存命中は、遠慮がちな忠清でいた。実力者の信綱に一目《いちもく》置いて、忠清は自分を前面に押し出さなかった。若輩者《じゃくはいもの》の余計な口出しは損だとばかり、忠清は月日がたつのを待っていたのに違いない。

いまは、松平信綱も酒井忠勝も故人になっている。将軍補佐の保科正之にしても病気のために、政治の舞台から遠ざかっていた。鬱陶《うっとう》しい存在は、阿部忠秋だけとなった。忠清にとっては、時節到来である。

やがて、阿部忠秋にも第一線から退くときが来た。

寛文五年八月五日、忠秋は将軍家綱の御座《ござ》の間《ま》に招かれた。家綱は忠秋に、月番と評定所への出仕を免除することを告げた。

老齢にもかかわらず、日夜を分かたず奉公していることには、余もこのうえなく満足である。されど疲れてもおろうから、休息のために月番と評定所出仕は免除する――。

言葉としては温情に満ちているが、要するに実務から退けという命令なのだ。このとき、忠秋は涙を流している。忠秋の涙は、何を意味していたのか。

恩命に対する感涙とは思えないし、長年の奉公を振り返って感慨を覚えたのにしては泣くのが早すぎる。忠秋はおそらく、無念の涙を流したのだろう。

時代が変わり、老人にもなった。政治の担い手も権力も、新しい老中たちへと移行する。忠秋は、もはや御用ずみなのである。それで体《てい》よく、幕閣から追い払われた。

一種の失脚であった。まだ老中の地位は失っていないが、実務から解かれたとなれば老中も名目にすぎない。忠秋をただひとりの邪魔者としていた忠清の策謀が、チラチラと見え隠れする。

そんな権力争いが、許されてはならない。幕閣に参与する者は寛永の遺老たちのように、野望も私心も捨てきらなければいけないのだ。忠秋はそう叫びたくても叫べず、無念の涙を流したのに違いない。

「しかし、こののちも他の老中の相談に乗り、政道が誤ったほうへ向かわぬように努力せよ」

家綱は、そう付け加えた。

それが忠秋には、何とむなしい言葉に聞こえたことか。

それから四カ月がすぎて、筋書どおりというように忠秋の抜けた穴が埋められた。十二月になって板倉内膳正重矩《しげのり》、土屋但馬守数直の両名が老中に任命されたのである。

老中の数が、六名になった。これまでは普通、老中の定数四名が維持されて来た。二人が、余計であった。忠秋が近々、老中を罷免《ひめん》されることはわかっている。

だが、それでもなお、ひとり余ることになる。いったい誰が、老中の職を免ぜられるのか。実はそのことも、筋書のうちに含まれていたのである。二名が同時に老中に昇進したのも、そのことのための布石だったのだ。

翌寛文六年の三月、忠秋は奉書への加判を免除された。

奉書は将軍の命令を伝えるものとして、老中が判を加えることになっている。加判こそ、老中の任務として欠かせないことであった。老中の資格を有する者だけに、加判の権利と義務がある。

つまり、奉書への加判を免ぜられるのは、老中という地位を失うことなのであった。阿部忠秋は老中の座から退けられた。ただし、まだ隠居は命じられていないので、引き続き幕政には参画する。

しかし、老中でなくなった忠秋は、元老といった扱いを受ける。いわば、飾りものにすぎなかった。いずれにしても、老中罷免は覚悟していたことなので、忠秋も驚くことがない。

忠秋が目を見はったのは、酒井忠清も同時に加判を免除されたことであった。昨年の暮れに老中を六名に増員したのは、定員オーバーの二名の整理を前提としてのことである。その二名とは忠秋と、忠清自身だったのだ。

ところが、同じ老中の座を退くにしても、その意味がまるで違う。

阿部忠秋は老中を罷免されて、元老という飾りものの席へ追いやられる。

だが、酒井忠清は罷免されたのではなく、更に昇進するために老中を辞職したのであった。酒井忠清はこのとき、大老に就任したのである。

ついに忠清は名実ともに、最高権力者の地位を得た。幕府の実権を、一手に握ったともいえる。

この時点での幕閣の中心人物は、次のような顔触れと年齢になる。

大老　酒井雅楽頭忠清　四十三歳。
老中　稲葉美濃守正則　四十四歳。
同　久世大和守広之　五十八歳。
同　板倉内膳正重矩　五十歳。
同　土屋但馬守数直　五十九歳。

老中を罷免された阿部忠秋はこのとき六十五歳、形だけの将軍補佐になっている保科正之は五十六歳であった。

ちなみに、将軍家綱は二十六歳である。

四人の老中のうち、骨のある人物は板倉重矩だけだった。板倉重矩は相手が酒井忠清だろうと、非は非とする正論をぶつけた。しかし、あとの三人の老中が腰抜けぞろいで、忠清の意には背けない。

そうなると板倉重矩の孤軍奮闘も、所詮はゴマメの歯ぎしりに終わる。それでも忠清は、板倉重矩を苦手としたらしい。

そのせいか板倉重矩は、老中就任後たった二年半で京都所司代を命ぜられている。京都所司代を二年ほど務めて再び老中に復帰するが、板倉重矩は三年後に病死する。

将軍家綱は成人してからも、相変わらず政治に無関心でいる。政務も政道も、酒井忠清に任せていた。将軍としての公務も、忠清の指示に従いそれらしく振る舞う。

家綱は、人形になっていた。それを思うように操る忠清なのだから、権勢を恣《ほしいまま》にする大老と見られても仕方がない。イエスマンばかりの老中は取るにたらないし、酒井忠清という大老は怖いもの知らずの独裁者になっていく。

紀伊の徳川頼宣も、酒井忠清への批判と忠告を遺している。名ざしはしていないが、『老中のうち若輩なる方へ』とある。これは、酒井忠清のことに決まっていた。

——老中というものは、将軍の名代を務める職分である。

——そのために誰もが老中の前に頭を下げるのだが、それは将軍家を崇《あが》め奉《たてまつ》るのであって、将軍の名代を心から敬《うやま》っているわけではない。

——それを自分のことのように錯覚した老中は、慣れるにしたがい驕り高ぶる心を持つようになる。

——特に名門たる家柄を誇る者、若くして老中の地位についた者にその傾向が強いから、よくよく注意しなければならない。

このように、皮肉たっぷりの忠告だった。これを酒井忠清が、知っていたかどうかはわからない。もし耳にはいったとしても、忠清は無視したことだろう。

忠清は徹底した現実主義者で、理想や机上の空論は問題にしなかった。そのためか忠清は学問を好まず、学者を重用《ちょうよう》することもない。風評、批判などを気にかけずに、政策の実行に取り組んだ。

唯我独尊《ゆいがどくそん》だが、実際的であったことには間違いない。

寛文八年になった。

この年は二月から、江戸に大火が相次いだ。二月一日の大火では、市ヶ谷から日本橋までが焼失している。二月四日の大火は四ツ谷《よつや》から三田《みた》、そして高輪《たかなわ》まで焼失した。二月六日には小日向《こびなた》一帯と、築地より田安門《たやすもん》まで焼失するという火事があった。この一日に二度の火事だけでも、百三十二の町と二千四百の武家屋敷が灰になった。

老中の会議でも、そのことが話題にされる。

「かくのごとく大火が相次ぐは、何ゆえにござろうか」

「町方においてはこれが凶兆にて、江戸市中を焼き尽くすほどの大火がこののちも続くのではあるまいかと、恐れおののく者もおるとか聞いております」

「江戸は汚れておるゆえ、天が人に代わりて焼き払うとか、触れ歩く修験者もあったとか聞きましたぞ」

「江戸中の諸山諸寺に命じ、火災封じの祈禱《きとう》をいたさせては、いかがにござろうか」

「それだけのことにあろうと、人心を休めるためには効がござる」

こういうことで老中の会議は、寺院に祈禱をさせるという対策を打ち出した。

そこへ大老の酒井忠清が現われたので、稲葉正則は祈禱の件について意見を求めた。

「もっともである」

着座して、忠清はうなずいた。

「されば、さっそくにも寺社奉行をこれへ招き……」

稲葉正則は、忠清に会釈を送った。

「待たれよ」

忠清は、ニコリともしない。

「はっ」

稲葉正則は、たちまち不安そうな顔になる。

「寺院の祈禱なるものは日々、欠かさず行なわれよう。江戸の地を占める寺院なれば江戸の火災封じを日々、祈禱いたすことこそ役目なりと存ずる。いまさら改めて諸寺に火災封じの祈禱を命ずるは、いかがなものにござろうか」

「はっ」

「人心を休めるには、祈禱よりも優れたものがある」

「何とぞ、ご教示のほどを……」

「米と銭にござる」

「なるほど」

「焼け出されたる町方の者、並びに微禄の旗本御家人衆に、お上《かみ》より米と銭を貸し与えることこそ上策と存ずる」

それだけ言って、忠清は座を立った。

「仰せごもっともにござります」

忠清の後ろ姿に、稲葉正則は頭を下げた。

この忠清の提案は、すぐさま実行に移されたという。これがすべて忠清の庶民への慈愛、困窮者に対する情け深さによるものとは受け取れない。

こうしたエピソードはむしろ酒井忠清の現実的な一面を物語るものである。

寛文十一年に、阿部忠秋は病床についた。病人になるのは珍しくないことなので、忠秋自身は大事に考えなかった。だが、忠秋重病の噂が流れたので、諸大名をはじめ多くの人々が見舞に訪れた。

五月の下旬になって忠秋の屋敷へ、酒井忠清、稲葉正則、久世広之、土屋数直と大老と老中がそろって足を運んだ。まさに、異例のことであった。

酒井忠清が忠秋に、将軍家の上意を伝えた。

最近の忠秋は老衰のうえ病気がちなので、隠居して心静かに養生せよ。

忠秋の所領八万石に嫡男正能《まさよし》の一万石を合わせ、九万石を正能に賜わる。

こうしたことであり、すなわち忠秋隠居の命令である。忠秋は水仕場《みずし》（台所）へ引っ込んで髪を切り落とし、十徳を着た姿で客間に戻った。

たとえ老中でなかろうと生涯、将軍家のお役に立つつもりでいたので、自分からは死ぬまで隠居を願い出る考えはなかった。しかし、隠居せよとのお言葉があれば、それに従うほかはない――と、忠秋は大老と三人の老中に挨拶を述べた。

「ついては、この屋敷をお返し申し上げるとともに、麻布の下屋敷へ移る所存にござる」

忠秋は、そのように注文をつけた。

これには、酒井忠清たちもあわてた。隠居後も登城の機会はいくらでもあるし、何も下屋敷に引きこもることはないと、忠清以下が説得に努める。

だが、忠秋は頑《がん》として承知しない。嫌みとも受け取れることだが、それが忠秋をいっそう遠ざけようとする動きに対しての抗議だったのだ。

忠秋は、麻布の下屋敷へ移り住んだ。忠秋は将軍家から駕籠で登城せよと誘いがあっても、一度として応じることがなかった。これは意地を張ってのことではなく、そんな恐れ多い真似はできないと遠慮したのである。

忠秋が隠居して酒井忠清の威光は、ますますその輝きを強めるようになった。このころすでに忠清のことを、下馬将軍と呼ぶ者が増えつつあった。

下馬将軍――。

貴人の門前や寺社の境内などでは、敬意を表して馬からおりなければならない。それを下馬、あるいは下乗という。そうしたところには、『下馬』と書かれた下馬札が立っている。

江戸城も当然、下馬する地域であった。江戸城の大手門に、下馬札が立っている。その下馬札を目前にして、酒井忠清の上屋敷がある。

下馬将軍の『下馬』は、そこから来ていた。『将軍』のほうは、将軍家と変わらぬ権勢という意味だった。そういったことから、下馬将軍が酒井忠清の異名となった。

その話をしばしば耳にして、忠秋は不快感とともに怒りを覚えた。これを遺言としてもいいから、酒井忠清と腑甲斐ない老中どもを戒めなければならないと忠秋は決意する。寛文十二年の十一月に忠秋は重大な話があるとして、酒井忠清、稲葉正則、久世広之、土屋数直の四人を屋敷に呼びつけた。

「雅楽頭どの、覚悟して聞かれよ」

忠秋は、そう切り出した。

「下馬将軍なる異名にて呼ばれるがごときは、その者の驕りがなせるところにして、雅楽頭どのが第一の不忠なり。次なるは諸大名がそなたのための贈り物と供応を競い合うことにして、それに莫大なる費用をかけさせるは雅楽頭どのが第二の不忠なり。更に小身なる旗本の招きにまで応ずるとはもってのほか、これぞ雅楽頭どのが第三の不忠なり」

健康を害している七十一歳の忠秋の顔は、骨と皮だけで青白く幽鬼のような凄みがあった。

「老中三名は、雅楽頭どのが家柄と身分に天地の差があることを忘れ、雅楽頭どの同様に驕り高ぶり、諸大名が招きに応ずるとは何事ぞ。それらを改めるつもりなしと申すなれば、わしはこの場にて雅楽頭どのと刺し違えて死ぬる覚悟じゃ」

忠秋の気魄《きはく》は、老中たちを圧倒した。

「恐れ入りましてございます」

稲葉正則、久世広之、土屋数直の三人は平伏した。

「下馬将軍などとは、ただいま初めて耳にいたしたことなれど、大いに慎しまねばなるまいと存ずる。大名の招きは一方に応じ、他方に断わるというのが難しゅうござる。また大身と小身を区別いたせば無礼となろうと、迷いがござった。いずれにせよ今後は、驕りと受け取られぬように心を使い、気を配ろうと存ずる」

苦しい弁解をしながら、酒井忠清も顔色を失っていた。

だが、こうした忠秋の捨て身の戦法も功を奏さず、誠意を尽くしての訓戒も酒井忠清たちには通用しなかった。それは、頭を押さえつける人間が先に死ぬということも、大きく影響するのである。

忠秋が酒井忠清を叱《しか》っての翌月に、保科正之が六十二歳でこの世を去った。

それから三年後の延宝《えんぽう》三年五月三日、阿部忠秋が七十四年の生涯を閉じることになる。

最後のひとりだった寛永の遺老も、ついに消え去ったのである。三日間の鳴り物が停止され、端午《たんご》の節句《せっく》の総登城も中止となる。

これで、忠義一途《いちず》にして私心も野望も抱かずに、ひたすら幕府の基礎作りに励んだ幕閣たちの時代は終わった。今後は権力争い、野心、陰謀、失脚、そして刃傷《にんじょう》が入り乱れるような歴史の軌道に乗ることとなる。

酒井忠清もいよいよ、下馬将軍の全盛期を迎える。しかし、現在の最高権力者は自分を失脚させる次の権力者が、いまどこに存在しているかを知らない。酒井忠清にとっての未来の強敵は、このとき就任して五年目という若年寄の中にいたのである。

三章　下馬《げば》将軍

一

酒井雅楽頭《さかいうたのかみ》忠清《ただきよ》は特に暗愚ではないにしろ、大人物にはほど遠かった。

名門の出だけあって、どちらかといえば『おっとりタイプ』である。だが、お坊っちゃんということでその反面、わがままであり贅沢《ぜいたく》を好んだ。

むやみに家臣を手討ちにしたりする残虐な暴君ではなく、酒池肉林《しゅちにくりん》にうつつを抜かすという放蕩癖《ほうとうへき》もない。しかし、決して勤勉ではないし、宴席で接待を受けることが嫌いではなかった。

連日、高価な贈り物が、山のように届けられる。それに慣れっこになっているので、もっともっとという欲はない。だが、付け届けをしない相手に対しては、ひどく冷淡であった。

自分の権勢のほどが、証明されるようなことを喜ぶのだ。天下一の権力者だと自覚することに、酒井忠清は満足して悦に入っている。

——酒井忠清は性質が愚昧《ぐまい》なので、みずからの発案による新しい政策を打ち出したことがない。

——酒井忠清は寛永《かんえい》の遺老《いろう》たちが決めたことを、毎年ただ繰り返すだけにすぎないので、下々《しもじも》については一向に考えない。

——酒井忠清は、自分の機嫌をとり結ぶ者のほかに、人なきがごとき思いでいる。

——酒井忠清が御加増《かぞう》を許したり、役目上の昇進を認めたりする相手は、自分に媚《こ》び諂《へつら》う者どもに限っていた。

——酒井忠清はいったん気に入らないとなると、その者に容赦なく改易《かいえき》・閉門《へいもん》を申し付けた。

——酒井忠清のそうした仕打ちを恐れて、人々は競い合って気に入られるように努《つと》めたので、忠清はますます増長して意のままに振る舞った。

『便益集《べんえきしゅう》』で酒井忠清は、このように批判されている。加増と昇進、改易と閉門は、大名や幕臣の将来を決める生命線であった。その両方を好きなように操作できたことが、酒井忠清の最大の強みであり、忠清を驕《おご》り高ぶらせる原因にもなったといえる。

酒井忠清は、確かに政治家として無能だった。忠清の大老時代の政策には、何ひとつ見るべきものがない。実際的な幕政に関して、小手先の処理を行なっていたのにすぎなかった。

所詮は、小物の器《うつわ》だったのである。要するに、平凡な男であった。それが譜代《ふだい》の名門の嫡流《ちゃくりゅう》というだけで、最高権力者の地位を得た。

名家のぐうたら息子が、大企業の社長になったというのと変わらない。だから、ひたすら威張りくさって人事権を乱用し、基本的な企業の経営にはほとんど貢献しなかった。まことに、始末に悪い。

おまけに会長というべき将軍家綱《いえつな》が、暗愚な無能力者ときている。企業の経営には、まったく無関心であった。ただ暢気《のんき》に、私生活を楽しんでいる。

忠清がいかなることを言上《ごんじょう》しようと、家綱は『そうせい』としか答えなかった。それで家綱のことを、『そうせい公』と嘲《あざけ》る者もいた。

そうせい、そうせいと家綱は何事も、忠清に任せてしまう。忠清はますます、つけ上がることになる。しかも、その両方が無能なのだから、とんでもない会長と社長のコンビだったわけである。

もしもこのコンビが家光《いえみつ》の時代の将軍と大老《たいろう》であったならば、徳川家と江戸幕府は三代にして崩壊していただろう。家光が将軍家の基礎を築き、寛永の遺老たちが幕府のあり方をレールに乗せたことで、家綱と忠清は救われたのであった。

酒井忠清は遠乗りに出かけた帰途、巣鴨《すがも》のあたりで桜の大木を見つけた。もう半月もすれば、桜が開花する季節である。この大木ならば、さぞかしみごとな花が咲くことだろう。

「これへ……」

忠清は、背後の馬廻役《うままわりやく》を振り返った。

「はっ」

家来は馬を進めて、忠清と並んだ。

「この桜の大木を見よ」

忠清は、馬をとめた。

「はっ」

家来は、桜の木を見上げた。

「これほどの桜の大木を、そのほう見たことがあるか」

「ございませぬ」

「余《よ》も、初めてじゃ」

「はっ」

「桜の花がこの大木に満開となれば、さぞや美しくあろうな」

「御意《ぎょい》」

「根を切ることなく、この大木を掘り起こすのじゃ」

「はっ」

「そのうえで、わが上《かみ》屋敷へ運べ」

「はっ」

「よいな」

「お言葉ではございますが、これなる桜の木は他家の庭内に生《は》えておりますものなれば……」

「間抜けたことを、申すではない。この家の者に断わりを申して、もらい受ければよかろう」

「これほどの桜の木を、快《こころよ》く手放しましょうか」

「愚か者め。雅楽頭が所望と聞いて、渋い顔をいたす者がこの世におると思うてか」

「はっ」

「更に礼金を望むだけ取らせれば、文句はあるまい」

「はっ」

「明日にでも、この桜の木をわが邸内に植えるのじゃ」

「恐れながら若木とは異《こと》なりこれほどの大木、植え替えれば枯れるやもしれませぬ」

「枯らすことは、断じて許さぬ」

忠清はそれが無理な注文だと、思ってもいなかった。

自分が望むことは、何であろうとすべて叶《かな》えられる。おのれに、できないことはない。

忠清はいつの間にか、そのように錯覚してしまったらしい。

「はっ」

家来のほうも、不可能だとは言えなかった。

いかなる命令にも従い、忠清の希望どおり実現しなければならない。わがままが通らないと、忠清は機嫌が悪くなる。八つ当たりして、そのほうに閉門を申し付けるなどと言い出しかねない。

難題を押しつけられた馬廻役は、やむなく桜の大木の持ち主に交渉する。主君の身辺警護を務《つと》めるのが馬廻役なのに、桜の木の植え替えが仕事になった。

桜の持ち主は豪農で、忠清が求めていると聞いただけで進呈することを承知した。もちろん、礼金などは受け取らない。そればかりか、大勢の植木職人まで集めてくれた。

翌日は早朝から人海戦術で、植木職人たちが桜の大木を掘り起こす作業に取りかかる。根からそっくり抜き取った桜の木は、三台を連ねた荷車に乗せて運ばれる。

牛を使えるのは先頭の荷車だけで、あとの二台は人力で押して行く。何しろ大木なので、市中の通行も容易ではない。それも巣鴨から、江戸城の大手門《おおてもん》外までの運搬なので、大変な苦労であった。

酒井家の上屋敷につくと、大木を土塀越しに庭の中へ運び入れるのがまた難事業だった。五十人からの手伝いの者を、呼び集めるという騒ぎになった。

庭園の指定された場所に、桜の大木を植える。それから毎日、桜の木に水をやるといった手入れのために、植木職人が酒井家の上屋敷へ通って来た。

やがて、花見のときが訪れた。酒井家の庭園に移された桜の大木も、みごとに花をつけた。しかし、相変わらず大名の供応に招かれることが多く、忠清はついに一度も庭園の桜の大木の花を観賞しなかった。

木は枯れようとしていても、これまでの余力で花を咲かせる。だが、それは植え替えたその年のことであり、翌年になれば木は枯れてしまう。

次の年になると、桜の大木は花も葉もつけなかった。桜の大木は、枯れたのである。庭園に枯れ木があっては目障《ざわ》りだと、忠清は桜の大木を伐り倒して運び出すように命じたという。

井上河内守《かわちのかみ》正利は、笠間《かさま》五万石の大名である。井上正利は奏者番《そうじゃばん》を経て、万治《まんじ》元年（一六五八年）に寺社《じしゃ》奉行に就任した。ところが八年もたったころ、大老になった酒井忠清とどうにも性が合わないことに気がついた。

気骨の人として知られる井上正利のことだから、死んでも酒井忠清にお世辞は使いたくなかった。忠清のほうはしきりと、井上正利を酒井邸に招く。

しかし、井上正利は頑として、それに応じない。結局、井上正利は一度も、酒井邸に出入りすることなく終わった。井上正利は敢然として、忠清に楯突いたのだ。

それでも忠清は、権力を増す一方であった。誰もが足の裏だろうが舐《な》めんばかりに忠清に媚びるのが、井上正利には不愉快で仕方がない。

それに忠清とのあいだに一線を画したことで、井上正利は孤立する。そんなことから嫌気がさして寛文《かんぶん》七年（一六六七年）、井上正利はみずから九年間も勤めた寺社奉行を辞任した。忠清が大老になって、一年後のことである。

「おのれの生涯をおもしろおかしく、過ごしたいとは思わぬ変わり者よ」

忠清は井上正利の辞表を受理したとき、その一言で片付けたという。

もうひとり忠清に尾を振らないために、孤立している老中《ろうじゆう》がいた。板倉内膳正重矩《いたくらないぜんのしようしげのり》であった。

板倉重矩は二年ほど京都所司代《しよしだい》格を兼務していたが、寛文十年になって老中に完全復帰した。この板倉重矩も、忠清の驕りを苦々しく思っている。

延宝《えんぽう》元年（一六七三年）の初めに下勘定所《かんじようしよ》から、幕閣に対して伺いが立てられた。利根《とね》川の舟運の運上《うんじよう》を、引き上げてもいいのではないか、という伺いである。

運上とは、雑税の一種だった。商、工、漁猟、運送などの営業に、運上は一定の率で課された。定率ではない税だと、『冥加《みようが》』と呼び方が違った。

つまり、利根川を利用しての舟運への課税率を、もっと高くしたいという運上方の意見なのである。この件を評定所《ひようじようしよ》において、大老と老中とで検討した。

このとき、大老は二人いた。

酒井忠清と、それより二年遅く大老に任ぜられた井伊掃部頭直澄《いいかもんのかみなおすみ》であった。井伊直澄は、かつての元老直孝《なおたか》の子である。その井伊直澄といえども、忠清の前ではさすがに影が薄かった。

「運上が増えるのであれば、御公儀《こうぎ》にとって喜ばしいことじゃ」

忠清が、そう言った。

まさに、鶴の一声だった。井伊直澄は、黙っている。稲葉正則《いなばまさのり》、久世広之《くぜひろゆき》、土屋数直《つちやかずなお》と
いった老中たちは、例によって仰せごもっともと頭を下げる。

「利根川の舟運の運上を引き上げるには、いささか異論がございます」

板倉重矩だけが、反対に回った。

またしても大老に逆らうのかと、ほかの老中三人は顔をしかめた。

「よろしい。その異論とやらを、承《うけたまわ》ろうではないか」

忠清は、皮肉っぽい笑いを浮かべた。

「いまは亡き伊豆守《いずのかみ》さまがご教訓として、鯉《こい》の運上がございましょう」

板倉重矩は、松平信綱《まつだいらのぶつな》の話を持ち出した。

「鯉の運上とな」

とたんに忠清は、笑いを消していた。

「ご存じではございますまいか」

重矩は、厳しい表情でいる。

「聞いてはおらぬ」

松平信綱を引き合いに出されたことで、忠清は不快の色を隠しきれなくなっていた。

「武蔵《むさし》国は入間《いるま》の蓑和田《みのわだ》なるところ、これは鯉の産地として世に知れておりまする。この蓑和田の者は四百両の運上にて、鯉を江戸へ運び売ることを許されておったのでございます」

「うむ」

「然《しか》るに、運上を六百両に増やしますゆえ蓑和田の鯉の売買を一手にお任せくだされませと、願い出る者が出現いたしました」

「うむ」

「その折、いまは亡き伊豆守さまはかように、仰せなされたそうにございます。四百両の運上を六百両に増やせと、わざわざ願い出る者がおろうか。これは、その分あるいはそれ以上に、鯉の値を吊り上げて売る魂胆に相違ない。お上《かみ》は二百両ほど余分に運上を得ることになろうが、江戸にて鯉を求める者どもはそれだけ高値で買わねばならぬ。それではご政道の不義となろうと、伊豆守さまには新たな申し出をお許しにならなかったとのことにございます」

「さようか」

「これが、鯉の運上にまつわる話にございます」

「それゆえに、いかがせいと申されるのでござる」

「利根川舟運の運上の引き上げにつきましても、この伊豆守さまがご教訓を活《い》かすべきではなかろうかと、愚考いたしましてございます」

「運上を引き上げるべからずと、申されるのじゃな」

「運上を増したる場合、舟運の値も上がることは明らかにございます。さすれば利根川の舟運に頼り、商《あきな》いをいたしおる多くの者に苦労を押しつけることと相成りましょう。すなわちご政道の不義と、申し上げる次第にございます」

重矩は胸を張って、一歩も引かぬの心構えを示した。

「道理にござるな。したがって、利根川舟運の運上を引き上げる件については当分のあいだ見送ることと、決するのがよかろうかと存ずる」

忠清はあっさりと、重矩の反対意見を受け入れた。

「ご賢察をいただき、かたじけのうございます」

重矩は素直に、満足の意を表わした。

「ただし、これは内膳正どのが発議によるものといたしたい。いまさら亡き伊豆どのが教訓など、われらには無用にござる」

忠清は怒るまいと自制して、青白い顔色になっていた。

松平信綱の指導になお従わねばならないというのが、忠清には我慢ならないことだったのだ。板倉重矩が忠清には反対しても、松平信綱ならば尊敬できるというのも、立腹の原因になっていた。

「板倉め、間もなく心より悔ゆるときが参ろうぞ。この雅楽頭に逆ろうて、無事にすむと思うてか」

稲葉正則と二人きりになったとき、忠清はそのように重矩への報復を宣言した。

忠清がどんな形で、重矩を苦しめるつもりでいたかはわからない。やはり、陰険な人事権の発動ではなかったのか。将軍家綱の口から板倉重矩に老中引退なり隠居なりを、命じさせればそれでよかったのである。

しかし、忠清の報復は、重矩に及ぶことなく終わった。時間がなかったのだ。板倉重矩はその年の五月に、五十七歳で病死したのであった。

延宝四年の冬を迎えたころ、大名からの使者が、忠清の屋敷を訪れた。

その大名とは肥前《ひぜん》国（佐賀《さが》・長崎《ながさき》県）の平戸《ひらど》六万三千石、松浦《まつら》肥前守鎮信《しげのぶ》であった。使者は一千石取りの松浦家の重臣で、滝川《たきがわ》弥一右衛門という者だった。

滝川弥一右衛門は国表《くにおもて》の平戸から寒ブリが届きましたと、贈り物として忠清の屋敷に持参したのである。寒ブリとなると、大した贈り物ではない。

贈り物自体に、忠清はもう飽きている。よほど変わった品物か、興味深い名産品でないと、忠清は見るのも面倒臭かった。結局、近ごろは黄金がいちばんだと、感じるようになっていた。

忠清は、下馬《げば》将軍と呼ばれるだけの人間ではなくなっている。忠清はもはや、下馬札《ふだ》がある大手門外に住む〝もうひとりの将軍〟では、すまなくなっていたのだった。

下馬将軍のほかに忠清には、『高砂《たかさご》将軍』という異名が贈られている。謡《うたい》の『高砂』には、『みな、もるることなし』という部分がある。この世のことはすべて、忠清の指示や命令に『みな、もるることなし』という意味から、高砂将軍なる異名が生まれたのであった。

それくらいに権勢をふるう忠清だから、ケチな贈り物を持ち込んで来た客に会うのは億劫《おっくう》だった。しかし、客が大名の重臣となれば、面談を断わって追い返すわけにはいかなかった。

それに滝川弥一右衛門には、二十三年前に何度か会ったことがある。そのころの滝川弥一右衛門はまだ二十六歳で、太郎右衛門と名乗っていた。

太郎右衛門は江戸へのお供の近習《きんじゅう》として、松浦鎮信とともに出府していたのだ。忠清も老中に任ぜられたばかりで、三十歳と若かった。

松浦家の重臣で滝川弥一右衛門と聞いたとき、忠清にはすぐに二十三年前の太郎右衛門が改名したのだろうと察しがついた。互いに、若いときの思い出は懐かしい。

その懐かしさからも、忠清は滝川弥一右衛門に会ってみようかという気になった。滝川弥一右衛門を奥座敷へ通すように、忠清は家来に命じた。

奥座敷で、両者は対面する。二十三年ぶりの再会で、ともに年をとっている。忠清は五十三歳に、滝川弥一右衛門は四十九歳になっていた。

しかし、どちらにも若き日の面影が残っているので、それが滑稽《こっけい》になり思わず笑ってしまう。忠清は大老に、弥一右衛門は松浦家の重臣にそれぞれ出世しているのだから、少しぐらい年老いるのは当たり前だと楽しくなる。

「御大老にはご壮健にて、何よりにござりまする。お笑いになられるお顔は二十三年前と少しもお変わりなく、お年をお召しになられませぬことに、いやはや驚き入りましてござりまする」

「滝川どのも、年をとらぬのう」

「気ばかり若うても、足腰がすっかり老いましてござりまする」

「同様じゃ。余も気が若いことにかけては、二十三年前と少しも変わらぬぞ」

「あのころは、拝見いたしましたお姿も、お若うございました」

「いまの姿は、やはり老人かのう」

「お初にお目通りをお許しいただきましたる折、あまりにお若き御老中ゆえ、驚きの目を見はりましたことをいまだに忘れてはおりませぬ」

「若いとは、よいものじゃ」

思い出を掘り起こしながら、次第に話が弾《はず》むようになる。忠清と弥一右衛門のあいだでは、しばし笑いがやまなかった。そのうちに家来が二人がかりで贈り物を運び込み、忠清の前に広げた敷物のうえに置く。

「ご進物を、ご披露させていただきます」

家来のひとりが、口上《こうじょう》を述べるようにそう言った。

二

紺地に白く、松浦家の家紋が染《そ》め抜かれている。三光をかたちどった三星の家紋入りの布を取り除くと、真新しい杉板の木箱が現われる。

木箱の蓋《ふた》をはずせば、中にはぎっしりと塩が詰め込んである。九州から江戸まで運んでくるのだから、もちろん魚は塩漬けにされている。

生きている寒ブリなら珍しいが、塩漬けの魚などに忠清は興味がない。二人の家来が塩を端に寄せて、みごとな寒ブリが五尾の中身であることを忠清に披露する。だが忠清は、魚を見ようともしない。

「波荒き玄界《げんかい》の海にて、獲《と》れましたる出世魚にござりまする」

弥一右衛門が、そのように言葉を添える。

食べたくもないと忠清はつまらなそうな顔でいたが、弥一右衛門の言っていることまで無視するわけにはいかない。忠清は仕方なく、寒ブリに視線を移した。

「さようか」

忠清は、うなずいた。

その忠清の目に、奇妙なものが映じた。木箱の中に、もうひとつ細長い木箱がはいっている。寒ブリだけではなく、ほかにも贈り物が加えてあるのだ。

「それにあるのは……」

当然のことながら、忠清は好奇の目を光らせる。

「何とぞ、ご高覧のほどを願い奉《たてまつ》りまする」

弥一右衛門は、中身が何かを明かそうとしない。

家来が、細長い箱をあける。その中には、また箱が納めてあった。今度は、桐《きり》の箱である。一緒に詰めても魚や塩に触れず、匂いも移らないようにするために、品物を別の箱に入れたのに違いない。

家来が忠清に、桐の箱を差し出した。忠清は、桐箱の中身を改める。錦手《にしきで》の繻子《しゅす》の袋を見れば、誰にでも脇差《わきざし》とわかる。刀袋からして、きらびやかで豪華だった。

「ほう」

忠清の顔に、笑いが広がった。

家紋入りの刀袋なのである。丸に花沢瀉《はなおもだか》は、忠清の家紋であった。

忠清は、脇差を取り出した。高蒔絵《たかまきえ》の鞘《さや》であり、そこにも丸に花沢瀉の家紋が浮き出ている。金の家紋が光り輝き、実にみごとな造りである。

「銘《めい》は、来国俊《らいくにとし》にござりまする」

弥一右衛門が、頭を下げる。

「滝川どの」

忠清はたちまち、上機嫌になっていた。

「はっ」

「心遣《づか》いが、憎いのう」

「はっ」

「これなる脇差を、寒ブリに添えたるところが心憎い」

「恐れ入りましてござりまする」

「来国俊の脇差を包丁代わりに、寒ブリを料理せよとはいかにも豪儀。気に入ったぞ、滝川どの」

「ありがたき、しあわせにござりまする」

「凡人なれば来国俊の脇差を、これみよがしに表に押し出してよこすであろうな」

「はっ」

「それを寒ブリの進物といたし、実はその中に秘めて来国俊の脇差をくだされるとは、まことにもって心憎い」

「浅知恵にござりまする」

「浅知恵と申すからには、肥前守どの（松浦鎮信）が差し金ではあるまい」

「はっ」

「滝川どのが心遣い、滝川どのが細工にあろうな」

「恐れ入りましてござりまする」

「かような風流こそ、余の好みなのじゃ。滝川どの、心より楽しませてもろうたぞ」

「はっ」

忠清のことのほかの喜びように、弥一右衛門は恐縮して平伏する。

「よき進物じゃ」

忠清は、嬉しくて仕方がないようであった。

来国俊の脇差を贈られたからと、忠清は機嫌をよくしたわけではない。いかに高価で貴重な品物だろうと、忠清は進物として手に入れることができる。

忠清の手もとには、天下の名品がそろっている。来国俊の作による名刀なども、忠清にとっては少しも珍しくない。忠清はあくまで来国俊の脇差が、寒ブリと一緒にして贈られたことを喜んだのである。

それこそ、おびただしい数の贈り物が忠清のもとへ届けられたことを、証明するものであった。進物を受け取ることに、忠清は不感症になっている。

だから、何をもらっても嬉しくない。進物の品そのものよりもむしろ、何をどういう形で贈られるかに、忠清は期待を抱くようになっていたのである。

そのために忠清は、弥一右衛門のちょっとした細工、洒落《しゃれ》っ気《け》、刺激的な贈り物がひどく気に入ったのだった。贅沢な楽しみ方と、言っていいだろう。

忠清の喜びのほどは、弥一右衛門に対する謝礼となって表われている。

「これは、滝川どのに遣《つか》わすものなるゆえ……」

と、忠清はわざわざ松浦鎮信への返礼でないことを断わったうえで、弥一右衛門に掛軸を与えた。その掛け物には、狩野探幽《かのうたんゆう》の絵が描かれていた。

群青《ぐんじょう》で彩《いろど》った山峰、滝、岩塊に金泥《きんでい》の線を入れるという山水《さんすい》画で、狩野探幽が描く金《きん》碧《ぺき》山水の逸品である。こうした名画を惜しげもなく、他人にくれてしまうのだから忠清は気前がいい。

これもまた、忠清が贈られる宝の山に埋まっていた証拠というべきか。

さて、その後の老中たちの任免は、どのような推移をたどったのだろうか。まず延宝元年に病死した板倉内膳正重矩の後釜には、阿部播磨守正能《あべはりまのかみまさよし》が登用されている。

阿部正能は、寛永の遺老の最後のひとりとなって生き残った阿部忠秋《ただあき》の養子である。当然、忠秋の強力な働きかけによって、阿部正能の老中への道は開けたのだ。

忠秋は反忠清の老中としてブレーキになることを期待しつつ、阿部正能を幕閣に送り込んだのだろう。だが、阿部正能は期待どおりの働きをしていない。

老中の就任期間も、たった三年と短かった。

延宝元年十二月に、阿部正能は四十七歳で老中に任ぜられた。二年後に、養父の忠秋が病没する。そうなって阿部正能は翌年の十月に、さっさと老中の職を辞任するのであった。

同じ延宝四年の一月にもうひとりの大老、井伊掃部頭直澄が病気のために他界した。大老の補充は、されなかった。大老は忠清だけで、十分というわけである。

辞職した阿部正能の跡《あと》を埋めて、翌延宝五年の七月に大久保《おおくぼ》加賀守《かがのかみ》忠朝《ただとも》が老中に就任した。

誰が老中になろうと、忠清の言いなりという点では変わりない。大老忠清の前に出ると、老中たちは首を横に振ることができなかった。

忠清を真似る、見習う、絶対服従のうえ媚び諂う。その腑甲斐《ふがい》なさは、何のための老中かわからなくなるほどだった。忠清の独裁に任せっきりで、あとは操り人形でいることに満足していた。

稲葉正則などは、二十年以上もそういう老中のままでいる。何ひとつみずからの事績を残さず、二十年も忠清の腰巾着《こしぎんちゃく》でいるのだから、稲葉正則とは阿呆《あほう》にも等しい老中だったのだろう。

見るに見かねて忠清に、建白書を突きつけたのは池田光政《いけだみつまさ》であった。池田家は、徳川譜代の大名ではない。岡山《おかやま》三十一万五千石の大々名だが、池田家は外様《とざま》である。従四位下《じゅしいげ》、侍従《じじゅう》、左少将《さしょうしょう》に叙《じょ》された池田光政も、いまは七十歳に達して隠居の身であった。しかし、隠居の気楽さから文句をつけたのではなく、有能にして質実剛健な池田光政は真っ向から忠清を批判したのだ。


老中が実権を握ってしまうので、将軍家は権威を失い飾りものとなる。

将軍家に本物の勢威なしとなれば、天下が乱れるということを、大老はよく考えなければならない。

忠清の一存で政道のすべてが決まるのだから、何事も忠清の責任であることを自覚しなければならない。

大老は驕り高ぶらないようにしないと、まことの威光と信頼を失うだろう。

大老は傲慢《ごうまん》、高慢に走らず、他の意見に耳を傾けなければならない。

大名を財政的に疲弊させておけば、安全だという考え方は間違っている。

大名が経済的に窮乏すれば、その国は必ず乱れる。

すべての諸国が貧しくなり領民が餓えれば一揆《いっき》が起こって、天下全体に反乱が広がるだろうが、それは幕府の力で鎮圧することも不可能である。

大名も追いつめられれば、逆心を抱くことだろう。

倹約令を出すのは結構だが、倹約は真っ先に幕府が実行すべきである。

池田光政はこのように、忠清を戒《いまし》めたのであった。しかし、それに感じ入るような忠清ならば、初めから専横《せんおう》ぶりを責められる人間にはならない。

忠清はどこ吹く風と、知らん顔でいる。忠清の周辺には、何の変化も生じない。ますます権勢を極《きわ》める大老ということで、忠清の独裁政治は続けられていく。

波静かな海を忠清の乗った船は、順風満帆《じゅんぷうまんぱん》の航海を日々重ねている。忠清は明日以降というものに、まったく不安を感じていなかった。死ぬまで下馬将軍、高砂将軍でいられると、忠清は決め込んでいたのかもしれない。それが、栄華に驕る人間というものなのだろう。

雲行きが、嵐を呼ぶかのように怪しくなっている。

波が高くなって、荒れそうな海の気配を感じさせる。

それは、延宝七年のことであった。

だが、酒井忠清はまだ、それにも気づいていない。

雲行きが怪しくなったとは、将軍家綱の健康を指している。

波が高くなって海が荒れ始めたとは、新たな老中の入れ替えであった。

延宝七年の四月には土屋数直が、同じく六月には久世広之がと、相次いで二人の老中が病死したのである。

ほとんど同時期に二人の老中がこの世を去ったので、後継者の人選を急がなければならない。久世広之が死去した翌月の七月に、早くも新任の老中が決まった。

土井《どい》能登守《のとのかみ》利房《としふさ》。

堀田《ほった》備中守《びっちゅうのかみ》正俊《まさとし》。

両者ともに、若年寄《わかどしより》からの昇進であった。土井利房はかつての大老、土井利勝《としかつ》の四男である。寛文元年から奏者番、同じく三年から若年寄を務めた。老中を命ぜられるとともに、越前大野《えちぜんおおの》四万石となった。四十九歳である。

この土井利房については、特記すべきことがない。老中になっても、さしたる仕事はしていない。目立って非凡、才人という人物ではなかったらしい。

それに、短命でもあった。土井利房は二年間しか、老中の座にいなかった。天和《てんな》元年（一六八一年）の初めに老中を辞任、その翌々年に病死することになる。

注目すべきは、もうひとりの堀田正俊の老中就任だった。

酒井忠清はまだそんなふうに思ってもいないが、下馬将軍にとって最大の敵が登場したことになるのである。それも遠くチラチラしているのではなく、大敵が忠清の目の前にすわったようなものなのだ。

堀田正俊は、家光に殉じた堀田正盛の三男。長兄は老中に抜擢《ばってき》されることへの期待が大きすぎたうえ、松平信綱《まさのぶ》を憎悪するが余り、勝手に佐倉《さくら》に帰城するという大事件を引き起こしたかの堀田正信であった。

堀田正俊は、生まれて間もなく春日局《かすがのつぼね》の養子となる。八歳で家綱の小姓《こしょう》を務める。

万治三年から奏者番、寛文十年から九年間は若年寄でいた。

春日局の遺跡、父の遺領の分与を受けて、分家としての堀田氏を起こし大名の仲間入りをする。

老中となって安中《あんなか》四万石、四十六歳。妻は、稲葉正則の娘であった。

背は高いほうではなく肥満気味だが、伊達者《だてしゃ》であって衣服にうるさかったという。早起きを常とし、馬術と弓術を愛した。

兄の正信と違って冷静沈着、勤勉を旨《むね》とした。非常に優秀な人物と、評判が高かった。謡曲《ようきょく》、鼓《つづみ》の稽古《けいこ》を欠かさず、香をたいて沈思黙考することが多い。

学問を好む勉強家で、あらゆる知識を得ることに努めた。三日に一度は学者を屋敷に招き、熱心に聴講したり雑談に興じたりした。医師や絵師にも、知人が多い。

堀田正俊が老中に就任して半月がすぎたその日、儒者の人見《ひとみ》友元が屋敷を訪れた。

「御老中の座のすわり心地は、いかがにございますか」

人見友元が、冷やかし半分に尋ねた。

「よろしくない」

堀田正俊は、言下にそう答えた。

「何ゆえに、よろしくないのでございましょうな」

「さて……」

「それなりに、子細《しさい》がなければなりませぬぞ」

「御老中であるはずの方々が、御老中のお役目を果たしておられぬためと、申しておこうかのう」

「ほう。噂にはあってなきがごとき御老中と、耳にいたしておりましたが、やはり噂どおりでございましたか」

「ひどい」

「ひどいとは、手厳しゅうございますな」

「舅《しゅうと》どの（稲葉正則）がことを、悪《あ》しざまに申したくはない。されど残念ながら、ひどすぎる」

「御老中がひどすぎては、ご政道のこれより先が真っ暗となりましょう」

「これまで、よく無事にすぎて参ったものと、背筋が冷とうなるほどじゃ」

「手を打たねばなりますまい」

「さよう。御老中すべての方々を、罷免《ひめん》いたすのが何よりの早道と相成ろうが、それもまた難しいことにござろう」

「すべての方々と申されても、稲葉さまと大久保さまのみにございましょう。土井さまの力量のほどは、まだまだ読み取ることができますまい」

「だが、稲葉さまも土井さまも所詮は、川下《かわしも》を泳ぐ魚にござろうな」

「川下の魚……」

「川上より、毒を流される御方がおられるのじゃ」

「なるほど、川上より毒を流さば、川下の魚はそれに染まります」

「御老中とは、御大老次第と申してよかろう」

「さように思います」

「川上より毒が流れて参らずば、川下は澄みきった水と相成ろう」

「川上の毒をば、取り除かなければなりませぬ」

「そうしたいものじゃ」

「川上の毒を取り除くは、どなたさまのお役目にございましょう」

「さて……」

「そのお役目を為《な》し遂げるお方は、天下ご一人《いちにん》のみにございますぞ」

人見友元は、厳しい顔つきで言った。

「はて、さようなお方が、いずこにおられるかのう」

堀田正俊は、とぼけて笑った。

しかし、ただでさえ鋭い正俊の眼光が、いまは炎を放つように見えた。明言することは控えなければならないが、反酒井忠清の態度で貫《つらぬ》く決意は、すでに正俊の胸中で固まっていたのである。

酒井忠清の専横を、絶対に許すまい。そうしているうちに、いつまでも下馬将軍でいたがっている忠清だから必ずボロが出る。権力の座を維持するためには、何かのときに無理をしなければならなくなる。

その無理が、忠清の命取りとなるに違いない。無理を押し通そうとすることに正論をもって反対すれば、忠清を失脚に追い込むのも不可能ではなかった。

このように正俊は早くも、忠清との対決を覚悟していたのであった。こうした堀田正俊が、忠清の大敵でなくて何であろう。だが、忠清のほうは堀田正俊を、自己過信から甘く見すぎていた。

一方ではこの延宝七年の秋から、将軍家綱の病床に臥《ふ》す回数が増えていた。堀田正俊は必死に回復を念じたが、家綱は明らかに衰弱していく。

年が明けると、家綱は本物の病人になった。幼いときから病弱だったために、家綱の寝たり起きたりは珍しくない。家綱が病気にかかることには、誰もが慣れっこになっている。しかも、これまでの家綱の病気は、間違いなく本復《ほんぷく》した。だから、家綱は四十歳になってもまだ生きていると、側近たちまでが楽観しきっていた。

酒井忠清や稲葉正則も、そうであった。家綱の病気はいまに治ると、のんびり構えている。本来ならばこの二人が誰よりも、家綱の死を恐れて深刻になるはずなのである。家綱が将軍でいてくれなければ、酒井忠清は下馬将軍や高砂将軍でいることができない。酒井忠清が権勢を失えば、その腰巾着の稲葉正則も同様となるのだ。

更に徳川家と幕府にとって重大なのは、家綱にひとりの子女もいないことであった。このまま家綱が死去したら、五代将軍となる世嗣《せいし》はどうするのか。

延宝八年の四月になって、家綱の病気はかなり重くなった。ところが、そういった非常時を迎えながら酒井忠清と稲葉正則は、またしてもとんでもない愚行に走るのである。

三

自分の利益になるように自分で取り計《はか》らうことを、お手盛りという。

現代では議員の報酬の引き上げに、お手盛りという言葉がよく使われている。そのための予算が決定すれば、それはお手盛り予算ということになる。

延宝八年の一月に、忠清はそのお手盛りをやってのけた。将軍家が病床についている時期に、そういうことを平然と実行できるのだから、さすがは下馬将軍とあきれる者が多かった。

神経が図太いというより、酒井忠清は本気でおのれをもうひとりの将軍と、思い込んでいるのかもしれなかった。自分が決めればいかなることも通ると、信じて疑わないのは確かである。

酒井忠清みずからは、二万石の加増で十五万石となる。

忠清の腰巾着の老中・稲葉正則は、一万五千石の加増で十一万石となる。

同じく忠清に逆らわない老中・大久保忠朝は、一万石の加増で九万三千石となる。

このように、忠清は決定したのであった。二万石、一万五千石、一万石、と加増額にも、ちゃんと五千石ずつ差をつけているのがおもしろい。

こうしたお手盛りの加増には当然、批判の声が上がった。ただ単に、お手盛り加増と非難するのではない。将軍家が病気がちのときに、おのれの利益を考えていてよいものか、という怒りの声である。

世の中の加賀《かが》みとならん老中の

美濃《みの》うちばかり加増雅楽《うた》てき

こんな落首《らくしゅ》が、幅を利《き》かせた。加賀守は大久保忠朝、美濃守は稲葉正則、雅楽頭は酒井忠清と、三人が落首に織り込まれている。しかし、そのような批判の声に、耳を貸す忠清ではもちろんない。

このころの高砂将軍・下馬将軍は、何やら浮かれきっているようだった。将軍家綱の病状を、心から憂慮するようなところがなかった。何の根拠もないのに、それほどの重症ではないと楽観視している。

そういう酒井忠清だから、とんでもない愚行に走ることにもなる。四月になって忠清は江戸城中で、一大イベントを挙行したのであった。

将軍家のご気鬱《きうつ》を、散じ参らせることこそ何より――。

イベントを催《もよお》す名目は、そうなっている。だが、それにしてはあまりにも非常識で、的《まと》はずれともいえる大宴会だったのだ。江戸城の二の丸は終日、そのために沸き返った。四月十日のことである。

家綱の上覧に供するためと称して、御座所《ござしょ》をはじめあらゆる場所に忠清の愛蔵品である書画、茶器、陶器、骨董《こっとう》、楽器などを飾った。

家康から拝領したという『蘭奢待《らんじゃたい》』の名香を、惜しげもなく焚《た》いた。

幕閣以下、八百名を招いた。

庭園に舞台を築き、大がかりな人形浄瑠璃《じょうるり》を演じさせ、それを見物しながら八百名が酒盃を重ねた。

主人公は、将軍家ではなかった。主催者で主賓は、下馬将軍の忠清であった。忠清はみずからが最高実力者であることを強調し、その限りなき権勢を示して、自己満足に浸《ひた》ったのである。

そのために家綱という病人は、利用されたのにすぎなかった。家綱の気鬱を散じ参らせるということだったが、気鬱とは気分がふさぐ症状を意味する。

気鬱を散じるとは、気散じのことであった。何か変わったことによって、憂鬱な気分を紛《まぎ》らわせるのを気散じという。したがって気鬱を散じる——すなわち気散じとは、精神的に落ち込んでいる人間にこそ必要な療法であった。

しかし、家綱は精神的に衰弱して、気鬱症にかかっているわけではない。肉体を病《や》んで、寝たり起きたりの日々を過ごしているのだ。そういう病人に、祝宴のような催し物が良薬になるはずはない。

更に、この非常識極《きわ》まりないイベントは、忠清主催の大宴会だけに終わらなかったのである。

忠清に毒された腰巾着どもは、同じように家綱の身を真剣に案じてはいない。忠清を見習うことしか、頭にないらしい。愚かにも、すぐさま忠清の真似をする。

忠清の馬鹿げた催し物が終わって八日後の四月十八日、今度は老中・稲葉正則が江戸城の二の丸において宴を張った。忠清の饗宴よりはやや小規模だったが、稲葉正則は主催者として大いに気をよくしていた。

それから九日後の四月二十七日、稲葉正則の愚かさに負けじとばかり老中・大久保忠朝が、江戸城中で同様のお祭り騒ぎをやってのける。このときも、役者を招いての大宴会となった。

気散じになるどころか、家綱は疲れるだけであった。家綱の病気を、疲労が一段と悪化させる。あるいは忠清、正則、忠朝の三人が、家綱の寿命を縮《ちぢ》めたのだといえるかもしれない。

五月となったその日から、家綱は臥せったままの重病人に変わった。病床を一歩も離れることができず、気力が失《う》せつつあるのが家綱の顔に表われていた。

医師団が、病間に詰めっきりとなった。これまでにも増して、家綱の病魔退散の祈禱《きとう》が諸社寺に命ぜられた。その一方で、将軍重体は極秘とされた。

家綱の病気本復の可能性は薄いという医師団の報告も、極《ご》く一部の人間にしか知られていない。そのことを明確に承知しているのは、幕閣と御三家のみに限られていた。

ここで、酒井忠清も目を覚ました。

家綱の病気は四十年間に何度となく繰り返されてきたことと、タカをくっていたのは大変な間違いだった。今回もまた家綱はほどなく元気になる、という見方はあまりに甘かった。

実は家綱の命の燃え尽きるときが、現実に訪れたのであった。楽観しすぎたのは、取り返しのつかない不覚である。これはまずいと、忠清は愕然となったのだ。

家綱の死――。

忠清には、その実感が湧いた。これまでどおりの権勢を維持できなくなると、忠清の心《しん》の臓《ぞう》は縮むように痛んだ。にわかに秋風が強まったように、忠清は背中に寒さを感じた。

忠清は、気持ちを引き締めた。

いったん目を覚ますと、そこは根っからの愚者と違って土性骨《どしょうぼね》がすわる。忠清の頭の回転も早まり、先を読もうとする目が眼光を増す。軍師でも策士でもないが、忠清の老獪《ろうかい》さは一流であった。

忠清は直《ただ》ちに、大老として二つの命令を下す。

ひとつは、家綱の病状が快方に向かい食欲もある、という情報を各方面へ流すことであった。

もうひとつの命令は、幕閣の召集である。五月五日の辰《たつ》の上刻（午前七時）より、殿《でん》中《ちゅう》は白書院において評定を開くということだった。

家綱の重体は、まだ噂にもなっていない。そのうえ、家綱は食べるべきものを食べているので平癒《へいゆ》も間近い、という情報が伝わってくる。幕臣も大名も、それを頭から信じ込んでいる。

そうさせておいて急遽、幕閣の会議で決定してしまわなければならない大変な議題があった。実子のいない家綱の後継者を、どうするかである。

これ以上、重大な問題はほかにない。徳川四代にして初めて、将軍の実子の血筋が絶えることになる。これは幕府にとっても、一大危機といえるのだ。

五月五日の前夜、忠清は稲葉正則を上屋敷に招いた。人払いを命じて、二人だけの密議にはいる。

「思わぬ事態と相成ったな」

忠清は眉間に、深い皺《しわ》を寄せていた。

「仰せのとおりにございます」

稲葉正則も、沈痛な面持《おも》ちでいる。

「上《うえ》さまのご病気を、甘く見すぎたようじゃ」

「上さまご病気と伺っても驚きませぬほど、ご病床に臥せられることが多ございましたので、まさかご大病とは思いもよらずにおりました」

「上さまのご気鬱散じに、加賀守（大久保忠朝）が華やかなる宴《うたげ》を催してより、まだ十日とすぎてはおらぬ」

「さようにございますな」

「上さまあっての忠清、まさしく一寸先は闇じゃ」

「同じくにございます。それがしもまた、尋常なる心地ではおられませぬ」

「そうかと申して、悲嘆に暮れるばかりが大老の役目ではあるまい」

「さように、思われます」

「おのれの甘さを責めたところで、道が開けるものではない」

「いかにも」

「悔いてもいまさら追いつかずとなれば、これより先のことへと目を向けるほかはなかろう」

「さようにございます」

「何よりも肝心にして、われらが命運にもかかわることは、御継嗣《けいし》としてどなたさまをお選び申し上げるかじゃ」

「はい」

「美濃守どのが胸中には、いかなる御方が浮かび申そうかのう」

「さて……」

「この忠清を、嫌っておられる御方では困る。何もかも余に任せよと、大老並びに老中を蔑《ないがし》ろになされる御方では困る。われらが政事《まつりごと》に、いちいちお口を挟まれる御方では困る。腹蔵なきところを申さば、何事もよきに計らえと仰せになられるがごとき、権勢の水にも染まらぬ高貴な御方が望ましいがのう」

「そうせい公にございますな」

「先日の操り浄瑠璃を、しかと思い出すがよい」

どこかピンときていないような稲葉正則に、忠清は苛立《いらだ》ちを覚えていたのだった。すべて口に出して言わなければ通じないのかと、不快の色も隠しきれない忠清になっている。

忠清は扇子《せんす》で、忙しく膝を叩いていた。

「操り浄瑠璃にございますか。いや、御大老がご胸中は、すでに推察つかまつっておりまする」

稲葉正則は、浅く頭を下げた。

忠清が焦らずとも、稲葉正則に話は通じているのであった。この時代はまだ、人形浄瑠璃のことを操り浄瑠璃と称していた。先月の十日に二の丸で見物した操り浄瑠璃を思い出せと、忠清は言っている。

つまり、操り浄瑠璃の人形のような将軍こそ望ましいと、忠清は言外に匂わせているのである。政治にはいっさい無関心で、将軍としての能力もない。公務は幕閣に任せっきりで、私生活だけを楽しんでいる。そのように家綱と変わらない『そうせい公』を、次の将軍家にも選びたいというのが、忠清の本音なのであった。

家綱のような将軍だったから、忠清はもうひとりの下馬将軍でいられた。この比類なき権勢を忠清が今後も維持するためには、次期将軍も家綱と同じように操り人形でいてくれなければならない。

そこまでは、稲葉正則にもちゃんと読めていた。ただ、それから先のことが、正則にはわかっていなかった。権力の水にも染まらない高貴な人という言い方をしたが、忠清が将軍候補と考えているのはいったい何者なのか。

「一夜明くれば、新たなる上さまが決まることと相成る。それを念頭に置くと、何やら空恐ろしゅうなるのう」

忠清の額には、稲妻形に青筋が走っていた。

「しかしながら御大老のご推挙により、決定を見ることにございます」

稲葉正則は、忠清の顔色を窺《うかが》った。

「いかにも余が意向に、逆らう者はおるまい。いや、一人《いちにん》たりとも首を横に振ることを、許してはならんのじゃ」

忠清は、表情を険しくしていた。

「御大老がご推挙なされます御方を、お聞かせ願いとう存じます」

稲葉正則は、忠清の目を見つめた。

「宮《みや》将軍を、推挙いたす」

忠清の答えは、小さなつぶやきとなっていた。

「宮将軍……！」

稲葉正則は、予想外の将軍候補に驚かされた。

宮将軍とは、宮家から迎える将軍という意味である。将軍の正室《せいしつ》に宮家の姫を、というのであればびっくりもしない。家光の正室の中《なか》の丸《まる》殿も、関白左大臣鷹司信房《かんぱくさだいじんたかつかさのぶふさ》の娘の孝子姫であった。

家綱もまた正室の顕子を、宮家から迎えている。顕子は、伏見宮《ふしみのみや》二品式部卿貞清親王《しんのう》の姫である。孝子姫は五摂家《せっけ》だが、顕子姫は純然たる宮家の出だった。

だが、徳川将軍そのものに宮家の親王が就任するというのは、誰も考えつかないことといえた。養子になるとはいえ、徳川家とは血のつながりがまったくない。

いわば、赤の他人であった。家康以来の血筋を完全に無視して、赤の他人が徳川五代将軍となる。そういう発想からして、無茶に近いほど大胆すぎる。夢物語だとしても、奇想天外な話とされるだろう。

「有栖川宮《ありすがわのみや》幸仁《ゆきひと》親王を、ご推挙申し上げるつもりじゃ」

忠清はようやく、口もとに笑いを漂《ただよ》わせた。

「はっ……」

妙な声を発しただけで、稲葉正則は言葉を失っていた。

大した人物だと、忠清の思いきった考えに圧倒された。稲葉正則は改めて、忠清を畏怖《いふ》した。おのれの意のままに、天下を動かす。徳川家だろうと将軍だろうと、例外とはしない。

神君《しんくん》（家康）の血筋を絶やすとは、実に恐ろしいことである。だが、そんなことも忠清は、眼中にないらしい。稲葉正則はいまさらのように、酒井忠清という人間に近寄り難いものを感じた。

有栖川宮幸仁親王は、後西《ごさい》天皇の第二皇子であった。このときより八年前に、高松宮《たかまつのみや》を継承していた幸仁親王が、宮号を有栖川と改称した。

幸仁親王は、有栖川宮家の初代ということになる。

幸仁親王ならば、確かに高貴な御方だった。権力の水に、染まってもいない。野心とか危険思想とかを、持ち合わせてはいない。その代わり、政道が何たるかも理解していないだろう。

幕府を統率することさえ、不可能に違いない。江戸城で、西も東もわからない将軍になるしかない。家綱以上の『そうせい公』でいるほかはなかった。

有栖川宮幸仁親王は飾りもの、あるいは人形の将軍となる。それを操るのは、酒井忠清である。第二の家綱が五代将軍を継げば、下馬将軍も安泰であった。

「美濃守どのにも明日は、有栖川宮幸仁親王ご推挙に口添えを頼みますぞ」

忠清は正則に、鋭い視線を突き刺した。

「承知つかまつりました」

稲葉正則は、忠清の目を避けるように顔を伏せていた。

そのころ――。

堀田備中守正俊も自邸で、儒学者の人見友元と同じ話題の語り合いを続けていた。両者とも、酒井忠清を意識している。忠清が何を言い出すかわからないという点で、二人の意見は一致していた。

「酒井さまの腹のうちが、さっぱり読めませぬ」

人見友元は、首をひねってばかりいる。

「うむ」

堀田正俊の耳にも、酒井忠清の意中に関する情報は聞こえてこなかった。

「お世継ぎにつきましては、東照《とうしょう》神君（家康）さまがお定めになられた御掟《ごじょう》がございましょう」

「わが子孫に世嗣なくば義直《よしなお》、頼宣《よりのぶ》、頼房《よりふさ》の子孫を立てるべし。これが、お世継ぎの掟《おきて》にござる」

「ただいまの御三家より、お選びいたすわけにございますな」

「されど御三家より、ご嫡流の御血筋が濃き御方がおわすのでな」

「大猷院《だいゆういん》（家光）さまが御子にして、上さまの弟君にございますか」

「さよう」

「御三家の方々はいずれも、上さまの弥従兄弟《いやいとこ》と相成ります。弥従兄弟よりも弟君のほうが、はるかにご嫡流の御血筋に近《ちこ》うございます」

「さすれば、御掟に従わずともよかろうかと存ずる」

「弟君をお世継ぎとなされるのが、道理にございましょう」

「さように、思うのだが……」

「酒井さまにございますか」

「うむ」

「酒井さまとて、弟君をご推挙いたされるほかはございますまい」

「さて、いかがなものか」

「酒井さまが館林《たてばやし》宰相さまをご推挙いたされることに、二の足を踏まれるような何かがございますか」

「ある」

「いかようなことで……」

「反《そ》りが合わぬ、と申すべきであろうな」

「白刃と鞘《さや》の反りが合わねば、いずれも使いものになりませぬな」

「館林宰相は、ご気性が激しい。上さまを意のままに扱う酒井めと、館林宰相は御大老がお気に召《め》さぬとのこと。この噂は申すまでもなく、御大老もお聞き及びのことと存ずる。館林宰相をお世継ぎにお迎え申し上げるは、おのれに不利と御大老はよくご承知のはずじゃ」

「されば酒井さまは、御三家よりご推挙いたされますか」

「それが、読めぬ」

「困りましたな」

　正俊に同情するように、人見友元は苦笑した。

「かの御大老のことゆえ、何やら企《たくら》んでおられるのに相違ない」

　堀田正俊は疲れるというように、自分の両肩を交互に叩いた。

　家光には、五人の息子がいた。そのうち二人は、幼児のころに早世する。長男の家綱が四代将軍となり、次男の綱重《つなしげ》は二十五万石の甲府《こうふ》宰相、四男の綱吉《つなよし》も二十五万石の館林宰相とそれぞれ地位を得ていた。

　しかし、次男の綱重は病弱のくせに酒色に溺れ、二年前の延宝六年に三十五歳でこの世を去った。家綱の弟は、綱吉だけが生き残った。

　綱吉は今年、三十五歳となっていた。次男と四男が二つ違いというのは、もちろん異母兄弟だからである。綱重の母はお夏《なつ》の方、綱吉の母はお玉《たま》の方すなわち桂昌院《けいしょういん》であった。

家綱の弟が五代将軍になるとすれば、この綱吉のほかにはいなかったのだ。

四

明けて、延宝八年五月五日。

将軍病気のため、節句の大名・旗本総登城は中止された。代わりにというわけではないが、幕閣が登城して朝の七時から白書院に集合した。

正面に、大老・酒井雅楽頭忠清。

右側に、老中・稲葉美濃守正則。

同じく、老中・大久保加賀守忠朝。

同じく、老中・土井能登守利房。

同じく、老中・堀田備中守正俊。

左側に、京都所司代・戸田越前《えちぜん》守忠昌。

同じく、若年寄・松平因幡《いなば》守信興。

同じく、若年寄・石川美作《みまさか》守乗政。

このような順序で、一同が着座する。白書院の次の間には、家綱の御側《おそば》が居並ぶ。ほかに尾張光友《おわりみつとも》、紀伊光貞《きいみつさだ》、水戸光圀《みとみつくに》の御三家が別室で待機している。

評定が、始められた。議長役は、酒井忠清が務める。徳川四代にして他に世継ぎを求めることになったのは甚《はなは》だ遺憾だが、家綱に実子がないとなれば万《ばん》やむを得ないと、酒井忠清が延々と演説をぶつ。

「さて、ここにおいて不肖《ふしょう》酒井忠清、大老の任にあるをもってお世継ぎをご推挙申し上げる」

忠清はゆっくりと、ひとりずつ一同の面上に目を移した。

自然に、目つきが鋭くなる。下馬将軍には、それなりの貫禄もある。老中の座にいること十三年、大老に就任して十四年、二十七年も幕閣の中枢にあった権力者には、おのずと威光というものが具《そな》わっている。

五十七歳という年齢も、磐石《ばんじゃく》の重みを感じさせた。そうした忠清から眼光鋭くにらみつけられたら、誰だろうと萎縮《いしゅく》してすくみ上がることになる。

もともと、最高の地位にいる忠清なのだ。いまもなお、権勢の衰えることがない下馬将軍である。忠清が決定したことに反対するのは恐ろしくてとてもできないと、老中も若年寄も初めから思い込んでいる。

まして老中歴二十三年という最古参の稲葉正則は、ただの一度も逆らったことがない忠清の腰巾着であった。老中歴三年の大久保忠朝も、忠清べったりという振る舞いしか見せていない。

老中になってまだ一年たらずの土井利房は、ほとんど発言したことがない。家柄がよくても無能であり、とても忠清に太刀《たち》打ちできる器ではなかった。

堀田正俊にしても、老中となって十カ月の新参者であった。当人は硬骨漢《こうこつかん》のつもりでいても、周囲が取るにたらぬ若輩者《じゃくはいもの》と軽視しがちである。

松平信興、石川乗政も新任の若年寄であり、下馬将軍とは格が違いすぎた。京都所司代の戸田忠昌はたまたま忠清に呼びつけられたのであって、積極的な意思表示を控えることになる。

年齢も忠清の五十七歳に対して、稲葉正則だけが五十八歳といたずらに馬齢を重ねている。

大久保忠朝、四十九歳。

土井利房は、五十歳で越前大野四万石。

堀田正俊は、四十七歳で上野《こうずけ》安中四万石。

松平信興は、五十一歳で相模下総内《さがみしもうさのうち》一万二千石。

どこから見ても、大物と小物の差は歴然としていた。特に酒井忠清が譜代門閥の中でも、ほかに比肩《ひけん》する者がいない名門の出であることが老中や若年寄を圧倒した。

血筋、次いで年齢、地位、禄高《ろくだか》、経歴という順が、人間の価値を決めるポイントになっていた時代である。それに忠清の場合は、このうえない権力が加わっているのだから天下に恐ろしいものはない。

わしの提言に反対する者はおらぬ、という過剰な自信が忠清にはあった。同時に忠清には、反対させてはならないという気魄《きはく》もある。忠清という重鎮がいつになく、迫力を感じさせるので凄みが倍加した。

全員が注目して、忠清の言葉を待つ。

「五代将軍が御座《ござ》には、有栖川宮幸仁親王のご就任を冀《こいねが》い奉《たてまつ》る。ここに酒井忠清、謹《つつ》しんで幸仁親王をご推挙申し上げるものなり」

忠清の厳《おごそ》かにして峻烈な声が、白書院に響き渡った。

稲葉正則を除いて、老中と若年寄は全員が茫然となっていた。あまりにも、意外な人選だったからである。徳川五代将軍に、宮家の親王を擁立するとは想像も及ばなかった。奇策というほかはない。

あれこれと思案して忠清の胸中を読み取ろうとしていた堀田正俊にも、有栖川宮幸仁親王とは予想外であった。だが、一方では人形となり得る将軍を求める忠清の魂胆も、ありありと見えてくる。

老中と若年寄は、黙り込んでいる。京都所司代の戸田忠昌がなぜここへ呼ばれていたのか、その意味がようやくわかった。幸仁親王の推挙が決まれば、そのあとの朝廷との交渉は京都所司代に任せられるからだった。しかし、その当の戸田忠昌も、面喰らっているようである。

驚いたけど、何も言わない。

寂《じゃく》として、声なしであった。

忠清の提案は結論に等しく、これから決める決めないもない命令と考えていい。したが
って、異論を唱《とな》える勇気がなければ無言でいるほかはない。

忠清が幸仁親王を推挙するならば、それで結構ではないかと最初から諦めている。忠清
の意に逆らうなど、恐れ多くてできることではない。

そういう気持ちで、老中と若年寄は沈黙を守っている。

「いかがかな、ご一同」

忠清は再び、老中と若年寄の顔を眺め回した。

「まことにもって、当を得ましたるお人選びかと存じます」

真っ先に、稲葉正則が口を開いた。

「異存ございませぬ」

大久保忠朝が、あわてて追随する。

「同じくにございます」

「異存はございませせぬ」

「御大老のご推挙なれば、異を唱うる者はおりませぬ」

と、松平信興、石川乗政、土井利房が続いた。

一言も発しないのは、堀田正俊だけとなった。しかし、そんなことはまるで、問題にならなかった。大老の発議に、老中三人と若年寄二人が賛成している。堀田正俊の意見など確かめることは、もはや無用といえるのだった。

「さようにござるか。されば有栖川宮幸仁親王ご推挙の件につき、この評定にて決定いたされた旨を、さっそく上さまに奏上《そうじょう》つかまつる」

忠清の表情が、ホッとしたように緩《ゆる》んでいた。

この瞬間に、堀田正俊は度胸を据えた。一命を捨てても、徳川家の血筋を守らなければならない。おのれの都合で宮将軍を立てようとする忠清の企みは、絶対に阻止すると意を決したのであった。

ここで忠清の野望を断つことは、下馬将軍の追い落としにも通じる。酒井忠清を失脚させるには、またとない機会である。そう思うと、正俊には闘志が湧いた。

「しばらく！」

正俊の張りのある声が、末席から飛んだ。

「うむ」

忠清はまだ、満足そうな笑みを浮かべたままでいる。

「ただいまの件につき堀田正俊、同意いたしかねまする」

正俊は、ズバリと言った。

「ほう、異存があると申すか」

忠清は、余裕を失っていなかった。

老中と若年寄は、またしても驚くことになる。稲葉正則は、ムッとした顔でいた。ほかの老中と若年寄は、堀田正俊に好奇の目を向けている。

「いかにも」

正俊は膝を斜めにして、忠清と向かい合う姿勢になった。

「異存あらば、申すがよい」

忠清は正俊を甘く見て、新参者めがと悠然たるものだった。

「御大老に、お伺い申し上げます。御大老にはいかなる論拠をもって、有栖川宮幸仁親王のご推挙をご決定いたされたのでございましょうや」

「論拠とはたいそうな申しようじゃが、先例を真似たことになろう」

「その先例とは……」

「鎌倉三代将軍源《みなもとの》実朝《さねとも》公は人手にかかり、お世継ぎもなきまま急死いたされた。その折、摂関家《せっかんけ》より藤原頼経《ふじわらのよりつね》公を四代将軍として、お迎えいたしておる。その後、藤原二代と親王四代にわたり、鎌倉将軍を引き継がれた。さような先例に倣《なら》い、このたび幸仁親王ご推挙の断を下したのじゃ」

「重ねて御大老に、お伺い申し上げます。源頼朝《よりとも》公が御子の数を、御大老はご存じにございますか」

「嫡男が頼家《よりいえ》公、次男が実朝公、このご両名のみにあろう」

「二代将軍頼家公は、三代将軍の位《くらい》を弟君の実朝公に譲られましてございます。さりながら頼家公に次いで実朝公もまた、執権北条《しっけんほうじょう》の手にかかり相果てられました。そこで摂関家より藤原頼経公を四代将軍にお迎えいたしましたるは、三代将軍実朝公に、御子も弟君もおられなかったためにございましょう」

「うむ」

「もし実朝公に弟君がおられましたならば、その弟君が四代将軍を継がれたはずにございます」

「うむ」

「上さまには、弟君がおいでになられます。そこに弟君がおられませぬ実朝公の先例とは、大いなる違いがあろうかと存じます。弟君がご健在にもかかわらず、宮家より親王を将軍にお迎えいたすとなりますれば、もはや鎌倉将軍の先例に倣ったとは申せぬことと相成ります」

正俊は青白い顔で、熱弁を振るった。

「さようか」

忠清は、不機嫌そうな表情に変わっている。

だが、忠清は強く反撃に出られない。正俊の主張には、スジと理屈が通っている。忠清のほうが、はるかに苦しい。鎌倉将軍の先例に倣ったという論拠は、ほとんど通用しなくなっていた。

老中も若年寄も、余計な口出しは無用とばかり、だんまりを決め込んでいる。正俊のほうが優勢なので、稲葉正則も忠清への助け船を出せないのだ。

「上さまが弟君、館林宰相綱吉さまをご推挙申し上げることこそ、順当にして道理に適《かな》うておるものと愚考いたしまする」

何かが乗り移ったかのように、正俊は天下の下馬将軍を恐れなくなっていた。

「この忠清にせよ、館林宰相綱吉さまがご推挙をおろそかにいたしたわけではない。抜かりがあった、あるいは怠《おこた》ったということではござらぬ」

そのように、忠清は弁解した。

鎌倉将軍の先例に倣ってという親王推挙の理由は、もう引っ込めたほうがよさそうである。ただし綱吉擁立を妨げる材料が、代わりに用意されなければならない。

忠清は万が一の場合を考えて、綱吉にとって不利になる事柄を二つばかり準備しておいた。いまはそれを、持ち出すべきときであった。

「されば何とぞ、館林宰相綱吉さまのご推挙を……」

正俊は、結論を急いだ。

「いや、待たれよ。館林宰相綱吉さまが将軍家ご継承には、桂昌院さまご身分が妨げと相成ろうとの声を聞く。桂昌院さまが将軍家のご生母として、ふさわしくあらせられるか否《いな》かを論ずる声が、思いのほか多きことをご存じか」

忠清は顎を上げて、見下すように正俊へ目をやった。

「多少は、存じております」

正俊は、少しも動じなかった。

綱吉を生んだお玉の方は、京都堀川《ほりかわ》通り西藪《にしやぶ》町の飲んだくれの小商人《こあきんど》の娘である。それが縁あって六条《ろくじょう》家の姫のお万《まん》の方の供で江戸に下り、大奥で部屋子《へやご》を務めるうちに家光の寵愛を受ける。

お玉は亀松《かめまつ》（三男にして早世）と徳松《とくまつ》（綱吉）を生み、お玉の方と呼ばれた。家光の死後、お玉の方は落飾《らくしょく》して桂昌院となる。いまのところは館林宰相の母親だが、次第によっては将軍の生母と崇《あが》め奉られるのだから、桂昌院はこのうえない玉の輿《こし》に乗ったのであった。

しかし、将軍家のご生母が小商人の娘だと天下に喧伝《けんでん》されてよいものか、将軍家のご威光にかかわるのではないか、という声が幕臣のあいだに上がっていることは確かだった。

特に大奥と旗本の一部に、桂昌院を排斥《はいせき》する意見が根強かった。

「この儀につき、いかように扱えばよかろう」

忠清は早々に、桂昌院排斥論を利用したのであった。

「将軍に任ぜられるは綱吉さまにて、ご生母さまにはございませぬ。ご生母さまのお家柄がいまさら妨げとなり、綱吉さまの将軍家ご継承に差し支えるとは、まことにもって異なことを承《うけたまわ》ります」

正俊は、一笑に付すという態度に出た。

「異なことで、片付けよと申すのか」

忠清の目尻を、怒りが痙攣《けいれん》させた。

「されば、改めて申し上げまする。綱吉さまは紛れもなく、大猷院さまが御子にあらせられます。その大猷院さまが御子のお家柄、ご出生、ご生母さまがむかしの氏素姓《うじすじよう》につき、とやかく論ずるはまことに恐れ多きこと。また上さまの弟君が御血筋を軽んずるがごとき申しようが、許されてよきものにございましょうや」

正俊は、毅然として胸を張った。

家光の子でありながら、生母の家柄を理由に将軍に任ぜられないというのは本末転倒である。前将軍の子、現将軍の弟の血筋にケチをつけることが許されるのか。

これはいずれも正論であり、誰も反駁《はんばく》することができなかった。

「いまひとつ、案じられることがござる」

忠清は、最後の反対材料を披露することにした。

「承りましょう」

正俊は、目立たないように汗をふいた。

陰暦の五月は、夏であった。この五月五日をもって一斉に、着物を単衣《ひとえ》に変えることになる。議論にも熱がこもるし、丁々発止《ちょうちょうはっし》のやりとりは更に暑さを呼んだ。

「大奥に、丸子《まるこ》どのと申される御中臈《おちゅうろう》がおられる。丸子どのには上さまよりご寵愛をいただき、数日前にご懐妊の兆《きざ》しが明らかになり申したそうな」

「初めて、承ることにございます」

「だいぶ先のことと相成ろうが、月満ちて丸子どのが男子をご出産いたされれば上さまが御世嗣たるべし。しかるに、そのときすでに綱吉さまが将軍にあらせられれば、御世嗣のご処遇はいかが相成ろうか」

「いかようにも、相成りましょうぞ。御世嗣が六代将軍を、ご継承なされるやもしれませぬ。いずれにいたしましても、事はすべて丸子どのが無事に男子をご出産あそばされてからにございます」

「綱吉さまがひとたび将軍宣下《せんげ》をお受けあそばされたるときは、たとえ四代将軍の正統なる御世嗣がご出生なされようと、綱吉さまのご継承以前に戻すがごときことは叶うまい。

されど宮家の親王が一時《いっとき》、将軍家の御座におわすとなれば、直ちに御世嗣さまへのご譲位をお願い申し上げることも許されよう。この忠清が有栖川宮幸仁親王にこだわり申したのも、ひとつにはさような深慮遠謀があってのことじゃ」

「そこまでのお心遣いは、ご無用と存じまする。それにも増して肝心なるは、徳川家の御血筋を絶たぬことにございます。神君さま御掟には、子孫に世嗣なくば御三家の子孫を立てよとございますが、神君がご子孫に御世嗣なしには少しも当たりませぬ。御三家よりも御血筋の近い上さまの弟君、館林宰相綱吉さまがご健在にございます。いかに宮家の親王にござろうとも綱吉さまを差し置き、他姓の御方をお迎えいたし神君以来の御血筋を絶つことには、堀田備中守正俊どうにも承服いたしかねまする」

必死の面持ちで、正俊は滔々《とうとう》と述べた。

白書院は、静まり返っていた。溜息が聞こえる程度で、不気味に感じられるような静寂だった。そこに人間が居並んでいるのに、彫像のように動こうとしないのである。酒井忠清も、口を閉じている。

忠清に、敗北感はなかった。このくらいのことで、下馬将軍の権威は失墜しない。そういう自信も、たっぷり残っている。ただ、この場での意見の衝突には負けたと、認めざるを得なかった。

何しろ、反論のしようがないのだ。正俊に軍配が上がったとは、誰だろうと承知している。稲葉正則まで含めて老中・若年寄全員の顔に、堀田正俊の綱吉擁立に賛成すべきだと書いてあった。

有栖川宮幸仁親王の推挙は、完全につぶされた。これから先、いったいどうなることやらと、忠清は半《なか》ば投げやりな気持ちでいる。これまで眼中にもなかった新参者の堀田正俊に、してやられたという感じである。

この下馬将軍を恐れずに、真っ向から攻撃を仕掛けてくる老中が現われた。油断もしたし、見くびりすぎた。と、忠清は反省と後悔の苦さを、初めて味わった。

「館林宰相綱吉さまを、御世嗣《せいし》にご推挙つかまつる。ご苦労であった」

酒井忠清は、席を立った。

四人の老中、二人の若年寄、ひとりの京都所司代が頭を下げる。この決定はすぐに御三家に伝えられ、寝所の家綱にも報告される。御三家も、堀田正俊の孤軍奮闘を高く評価した。

「備中守が申すこと道理なり、余も同様に思う」

水戸光圀は、そう言って喜んだ。

堀田正俊は病床の家綱に、綱吉を御世嗣に推挙することを奏上した。御三家も賛成しているし、故人となっている甲府宰相綱重の遺児にも異論はなかった。

家綱は、綱吉を世嗣とすることを承諾した。

同時に、江戸城中にいた酒井忠清と稲葉正則に、下城せよとの命令が下された。

五

家綱が、綱吉の将軍継承を認めた。これで次期将軍が決まったという判断は、決して間違っていない。しかし、四代将軍家綱は重病人であり、いつ命の火が燃え尽きてもおかしくない状況にあった。

こういう場合だと、内定では心もとなかった。より具体的な正式決定に持ち込まないと、どこからどのような横槍がはいるかわからない。そうなると一刻も早く、実際の手続きをすませることが肝要だった。

とにかく急がなければならない。堀田正俊は、迅速に行動した。まず綱吉を御世嗣に推挙するという奏上に、家綱が病床で裁可を下したことから堀田正俊は、即座に老中奉書《ほうしょ》を作成する。

次期将軍推挙の評定が終わって、まだ半日とすぎていない。酒井忠清と稲葉正則が下城して間もないうちに、堀田正俊は神田《かんだ》の館林御殿へ使者を立てて老中奉書を届けさせたのであった。

それも、堀田正俊だけが署名した老中奉書である。まさに疾風迅雷《しっぷうじんらい》のごとき、正俊の動きといえた。

神田の御殿で、館林綱吉は正俊からの老中奉書を受け取った。

直ちに登城されたし、というお達しだった。兄の家綱が重体であることは、もちろん綱吉もよく承知している。将軍後継に関しての情報は、あれこれと綱吉の耳にも聞こえていた。

だが、綱吉自身が急転直下、五代将軍に決定するといった予測は成り立たなかった。かなり無理な話だから、吉兆らしき予感も働かない。よほどの奇跡でも起こらなければと、綱吉にはその程度の期待感しかなかった。

したがって至急の登城を伝達されても、綱吉は将軍後継に結びつけない。それよりも、家綱の死が迫っているものと解釈した。兄である将軍が逝去《せいきょ》間近となれば、綱吉も急ぎ呼び出されるのは当然だった。

「悪《あ》しき知らせじゃ」

勝手にそう思い込んで、綱吉は神田から江戸城へ急行した。

綱吉だけがあわてて飛び出したので、お供もそろわない状況であった。綱吉が江戸城の大手門にさしかかったとき、ようやく近習《きんじゅう》の牧野成貞《まきのなりさだ》が追いついた。

大手門から下乗橋《げじょう》、三ノ御門へと進みながらそこで初めて、綱吉は予想外の光景と雰囲気を感じ取った。あわただしく登城してくる諸侯の姿が見当たらないし、非常事態を裏付けるような緊迫感がなかったのだ。

西にやや位置を変えた太陽に照らされて、地上に落ちている影はいずれも濃かった。しかし、人の影がいかにも少なくて、右往左往するような気配も認められない。大事が勃発したにしては、落ち着いた静けさに支配されている。

「これは……」

綱吉は、腑に落ちなかった。

将軍が死去したときの混乱が見受けられないとなれば、なぜ綱吉が至急の登城を促されたりするのか。そうなってようやく綱吉の思索の中に、将軍の後継問題との関連性が浮かび上がったのである。

「上《うえ》さまがご容体に、お変わりはございますまい」

近習の牧野成貞が、囁《ささや》くような声で言った。

「上さまがご逝去あそばされることもなきうちに、余に火急のお召しがあろうとは……。上さまのご容体急変の折に、余一人《いちにん》のみをお召しになることもあるまいぞ」

綱吉は、想像も及ばなかったことが待ち受けていると察して、全身の震えがとまらなくなるほど興奮した。

御納戸口《おなんど》で、堀田正俊が待機している。その正俊の案内で綱吉は、本丸の殿中を東から西へ進む。西端に近い黒書院にいったん落ち着き、そこで綱吉は五代将軍に推《お》されたことを告げられた。

やはりそうだったのかと綱吉は、天にも昇る心地で期待感を満たされた。綱吉は、茫然となっていた。話によるとどうやら堀田正俊が、反対派の酒井忠清を激論で圧倒して綱吉の推挙に成功したらしい。

姿を消していた正俊が、再び黒書院へ戻って来た。

綱吉は、正俊を見つめた。わけもなく、綱吉は感動する。この堀田正俊という若い老中が、余に将軍の地位を与えてくれたのだ——。と、理屈抜きに綱吉の心から、感激が湧き上がるのであった。

突然のことだっただけに、正俊の背中から後光が射しているように見えるのも無理はなかった。

堀田正俊は綱吉を、家綱の寝所へ導く。家綱は病床にあって、憔悴《しょうすい》しきっている。その衰弱ぶりを見れば、余命いくばくもなしとひと目で知れる。

「上さま……」

綱吉に、ほかの言葉はなかった。

「手短に、申し付ける。余は備中（正俊）が推挙を道理と受け入れ、そちをわが養子と定めるがどうじゃ」

家綱が口にすることは、常人のようにしっかりとしている。

いまだに、気力を失っていない証拠だった。この飾りものの人形にすぎなかった将軍も、世嗣をもうけられなかったことには責任を感じている。

家綱はせめて後継者を決める義務を果たそうと、将軍としての最後の威厳を保とうと努める。それを背後で支えているのは、粛然と構える堀田正俊であった。

「ははあ」

綱吉は、頭《ず》を低くする。

家綱もまた、正俊の推挙を道理と受け入れてと、わざわざ断わっている。正俊が孤軍奮闘して、綱吉を次期将軍に推したのは、よほど強烈な主張によるものだったのだろう。綱吉が五代将軍の地位につけるのは、正俊のおかげということになる。

綱吉はこのときすでに、正俊に大きな借りができたことを自覚したのであった。

綱吉はもちろん、家綱の申し付けに従うつもりでいる。家綱の養子となって将軍に就任することを、綱吉は百パーセント心に決めていた。しかし、こうした問題は軽々しく、即決することではなかった。

「のちほど、ご返答つかまつりまする」

綱吉は、深々とうなずいた。

「さようか」

家綱のほうも、綱吉が辞退するはずはないと承知でいる。

早くも、夜を迎えていた。家綱は病人らしく、寝具のうえに身を横たえなければならない。天下の大事は夜間となると、公式に取り決められないものであった。

いちおう内諾という形で、綱吉は館林御殿へ引き揚げることになる。それで、五月五日夜の兄弟の対面は終わった。

三代将軍家光は五人の男子を、出生にまで何とか漕ぎつけている。ただし、あくまで出生ということであって、五人の息子の寿命には長短があった。

嫡男の家綱、四代将軍、生母はお楽《らく》の方。

次男の綱重、甲府宰相、生母はお夏の方、二年前に三十五歳で病死。

三男の亀松、三歳で早世する、生母お玉の方。

四男の綱吉、館林宰相、生母お玉の方。

五男の鶴松《つるまつ》、生後に六カ月で病死、生母お里佐《りさ》の方。

結局、家光の五人の息子のうち、いまもなお生存しているのは二人にすぎない。しかも、その一方の家綱も間もなく、生存を終えようとしているのだった。家光の子として残るのは、綱吉ひとりだけである。

実子のいない家綱は、異母弟の綱吉を養子とする。弟であっても、嫡流とはいえない。徳川家では早くも四代にして、将軍に養子を迎えることになったのだ。

このとき、家綱は四十歳。

綱吉は、三十五歳であった。

本丸を退出するとき綱吉は思わず、送りに出た堀田正俊の手を取っていた。当然のことだが、言葉はいっさい口に出さない。綱吉は正俊と、手を触れ合わせただけである。だが、それには綱吉なりの万感とともに、正俊への感謝の念が込められていた。

翌六日に、綱吉は再び登城する。

綱吉は病間で家綱に拝謁して、堀田正俊の立ち会いのもとに密談を交わした。ここで綱吉は家綱の世嗣になることを承諾し、館林二十五万石を綱吉の子の徳松《とくまつ》が襲封することも決まった。

綱吉の将軍就任が、これで不動の決定となった。とたんに、綱吉への処遇も一変する。綱吉が下城となると神田の御殿までの道は厳重に警護され、奏者番の久世出雲《いずも》守重之が供奉《ぐぶ》した。

このころの堀田正俊の心は、矛盾ともいうべき乱れ方をしている。正俊は綱吉を五代将軍とするために、あらゆる努力を重ねてきた。そのくせ正俊が一方で何よりも恐れていたのは、家綱の死だったのである。

もっとも、こっちのほうは人間としての情の問題といえる。

正俊は、家綱より七つ年長であった。家綱が誕生してすぐに、その小姓を命じられたときの正俊は、八歳だったということになる。以来三十九年間、正俊は家綱に仕えるという人生を過ごしたのだ。

小姓から老中になるまで、正俊は家綱とともに生きてきた。たとえ無能な将軍だろうと頼りない主君だろうと、長年の接触から湧き出る情には変わりない。

今日までの正俊の存在は、家綱を抜きにすれば影絵にも等しかった。家綱にはいつまでも、生きていてもらいたい。四十歳で死ぬのは、早すぎる。四十年間もかかわった生きる張り合いを、正俊は失いたくなかったのである。

わが一命を差し上げ奉《たてまつ》り、公方《くぼう》（家綱）さまが御命に相替え申すべし。

正俊は五月六日と七日に、家綱の病難転除を神に祈る願文を記《しる》している。しかし、その同じ五月七日に新将軍と決まった綱吉は、館林御殿から江戸城二の丸へ居を移した。老中をはじめ重臣たちが、綱吉を出迎える。その中には断わるまでもなく、綱吉を排除しようとした酒井忠清や稲葉正則も含まれていた。

この日、代々の将軍に伝授される正宗《まさむね》の太刀と来国光《らいくにみつ》の脇差が、家綱から綱吉に渡された。これで家綱は、将軍最後の仕事を終了した。家綱の心は、急に楽になった。そうした気の緩みが、病状を悪化させた。

夜になって家綱は、寝所へ正俊を招いた。医師たちも寝所の隅へ追いやられて、家綱の微かな声が届くところには正俊しかいなかった。

「気分は、よいほうじゃ」

目を閉じているが、家綱は安らかな顔でいた。

「それは、よろしゅうございまするな」

正俊も、声をひそめた。

「この二十九年のうちで今宵《こよい》こそが、最も気が晴れ渡る思いよ」

家綱が言った二十九年とは、将軍在位の期間を示している。

「さて……」

それが無能な将軍の本音かもしれないと、正俊は胸が詰まった。

「とは申すものの、余はよくぞ二十九年間を無為《むい》に過ごしたものぞ」

「何を、仰せられまする」

「政事《まつりごと》に背を向け、遊芸のみに目を向けてな。何事も忠清に任せ、いたずらに惰眠をむさぼる将軍であった」

「上さま……」

「そちも、余を許せよ」

「もったいなきお言葉にござりまする」

「されど、余と同様に忠清もこれまでじゃ。余があっての忠清なれば、余とともに滅ぶもまた道理なり」

「上さまには何とぞおやすみくだされますように、お願い申し上げ奉りまする」

「綱吉は余と違い、幼きころより聡明である」

「御意《ぎょい》」

「綱吉は、忠清を遠ざけようぞ。ただし、忠清に代わる者が正道の妨げになるやもしれぬ」

「御大老に、代われる御方とは……」

「綱吉が母御じゃ。そちも桂昌院どのには、気を許すまいぞ」

家綱は口もとに、薄ら笑いを浮かべている。

「ははあ」

正俊はなぜか、背筋が冷たくなるのを感じた。

それっきり、家綱は沈黙した。寝息を、立て始める。眠ったのではなく、昏睡状態に陥《おちい》ったのだ。正俊は、医師団を呼んだ。家綱は再び目を開かないだろうと、正俊は直感していた。

それにしても家綱は、恐ろしいことを予言したものである。脈絡のないことをあれこれと口走ったようだが、実はそれが家綱の正俊に対する遺言だったとも思えてくる。

家綱は今後の危険人物として、綱吉の生母をはっきりと指名した。多分、生母の桂昌院が酒井忠清のように、綱吉の政道に濁りを与えるという意味なのだろう。

とても、無能と暗愚の象徴のように言われた家綱の言葉とは思えない。家綱にはどうして、どのような根拠があってそう読めたのか。正俊は何よりもその点に、恐怖を覚えたのであった。

桂昌院——。

酒井忠清が綱吉推挙に反対する理由のひとつとして持ち出したのも、生母の桂昌院の氏素姓に問題ありということだった。それは正俊によって一蹴されたが、今度は家綱が桂昌院が害を及ぼすと警告した。

正俊にしてみれば、何となく薄気味悪く思えてくる。桂昌院には気を許すなと、家綱に釘を刺されたからなおさらであった。もちろん、この時点で正俊が桂昌院ののちの影響力を予知できなかったのは、やむを得ないことだといえるだろう。

家綱は、この夜から危篤となった。

明けて延宝八年五月八日の宵の口に、四代将軍家綱は四十歳で永眠した。以後、厳有院《げんゆういん》の法号で呼ばれる。

六

家綱が薨《こう》じて十二日後の五月二十日、遠く四国の地で堀田正俊の兄が自殺した。

二十年前、老中昇進の期待を裏切られた怒りと、松平伊豆守信綱への憎悪が昂《こう》じて家綱へ意見書を提出、無断帰国の禁を破って佐倉城に引きこもった堀田正信である。

正信は乱心として改易、大名に預けられることになる。しかし、配流先で騒動を起こしては飯田《いいだ》、小浜《おばま》、徳島《とくしま》と転々とする。正信は最後の居所となった徳島の蜂須賀《はちすか》家で家綱の死を知り、鋏《はさみ》で喉を突いて自害したのであった。

家綱を追って、殉死したわけではない。無益な命を存《なが》らえても仕方がないから死ぬ、という遺書を正信は蜂須賀綱矩に残している。確かに無意味な生涯を、正信は四十九歳にして閉じたことになる。

いずれにせよ、乱心者が勝手に自殺したということで、公けには問題にされなかった。世間一般となると江戸あたりでは、正信の自害など知られずに終わったようである。

だが、堀田正俊となるとさすがに、ある種の衝撃を受けていた。

狂気――。

正俊は兄の自害に改めて、『狂気』というものを感じ取ったのだ。なぜ、自然死を待てないのか。どうして先のある生命を、みずからの手によって絶つ必要があるのか。

家綱が少しでも長く生きられるように、わが一命を捧げてもよろしいと正俊は神に願った。しかし、それは自殺を望むのとは違うし、わが生命を粗末にするというのではない。

したがって正俊は家綱が逝去しても、殉死することは考えもしなかった。

正俊は兄の自害について、嫡男の正仲《まさなか》と話し合ったことがある。

「狂気とは、わが堀田家が血筋に代々、ひそみおるものにあろうか」

正俊は四国の徳島に思いを馳《は》せるように、西へ広がる青い夏空へ視線を投げかけた。

「伯父上のことにございますか」

正仲は父の深刻な面持ちに、不安を覚えているようだった。

「うむ」

正俊はいつものような爽快さを、真っ青な空にも感じなかった。

「伯父上がご自害を一概に、狂気の沙汰とは決めつけぬほうがよろしいかと存じますが……」

正仲はこのとき十九歳、安中二万石を任されている。

「なれば、狂気なる申しようは控えよう。何ゆえ天寿をまっとうされぬのか、と申すことにいたす」

「天寿を待たずして、死を急がれるのでございますか」

「それも、無謀なる死と思われる。わが一命を粗末に扱うは、人として朽ち果てるにも等しい」

「いかにも」

「いたずらに自害の道を選ぶ者に、犬死にと相成る例も少なからずじゃ」

か」


「さように思われます」

「然《しか》るに、わが堀田家においては代々、自害が相次いでおる。これは自害を望み、おのが一命を捨て去らんと欲する心の動きなるものが、堀田家の血筋に伝わってのことにあろうか」

「自害を好む血筋など、この世にございましょうや」

「わが祖父のこと、そちは存じおるか」

「それがしが曾《そう》祖父、正吉《まさよし》（正利《まさとし》）のことにございますな」

「わが祖父正吉は病床に一族の者どもを招き、いま天下太平のときにして先君（秀忠《ひでただ》）のご恩に報じ奉るべき日なし、ただ死を早ようして泉下に仕え奉らん、汝《なんじ》らは永く忠勤を励み奉仕を怠るべからず、と申し残したるうえ自害いたされた」

「はい、寛永《かんえい》六年のことと承《うけたまわ》っておりますが……」

「次いでわが父正盛は、大猷院（家光）さま薨御《こうぎょ》により殉死いたされた」

「はい」

「更に、このたびはわが兄の自害じゃ。かくのごとく堀田家には正吉、正盛、正信と三代にわたり、いずれも嫡流が自害の道を選んでおる」

「それは堀田家の血筋に、かかわりなきことと存じまする」

「自害いたすのが、三代続いての定めであったと申すのか」

「戦国なれば、武家に自害は付きもの、さようなことに気苦労いたされるは、御老中にふさわしき父上と申し上げかねまする」

正仲は父を叱るつもりで、口調を鋭くしていた。

「うむ」

正俊は、目を伏せた。

祖父、父、兄と自殺が三代も続く。確かに、そういう偶然があってもおかしくはない。個人的な理由から、自害したわけではなかった。堀田家の名誉というものと、それぞれの立場や気性も影響しているだろう。

特に父の正盛の場合は、家光から殉死を求められている。

祖父の正吉は、役立たずの病人でいることを恥じたのだろう。

兄の正信はもともと生ける屍《しかばね》であったし、家綱の時代が終わったことから自分のむなしい人生にも終止符を打ったのに違いない。

と、そのように正俊も、理解したいのである。そう考えれば、それですむことでもあった。しかし、理屈抜きのわだかまりが、正俊の胸の底に沈澱している。正俊はみずからも自然死を遂げることがないのではないかと、堀田家の人間の宿命的な血筋を感じるのだった。

正俊には、自分が優秀な為政者だという自覚があった。自信過剰にはならないが、大器でありなかなかの人物だという周囲の評価を素直に受け入れている。

性格も剛直であり、豪気であった。胆力にも決断力にも欠けていないし、実直で意志強固といえる。誠意と正義を愛し、良識を重んじる。人間の命の尊さについても、正俊なりの哲学を持っている。

万人が当然と思わない限り、正俊は自殺に走ったりはしないだろう。逆上するタイプでもなければ、軽挙妄動といわれるような衝動性もない。

沈着にして、冷静であった。

そんなおのれでも、自然死を遂げられないものなのかと正俊は考える。自害もしないのに自然死が叶わないとすれば、災難による事故死となるだろう。いや、人手にかかって相果てる、ということもある。

正俊のそんな思考を裏付けるように、異常な事件が起きたのは六月二十六日のことであった。

この日、芝増上寺《しばぞうじょうじ》で家綱の法要が執《と》り行なわれた。

ところが、亡き前将軍の法事の真っ最中に、大名と大名が殺し合いを演じたのだった。

これには誰だろうと、腰を抜かすことになる。増上寺における将軍家の法会《ほうえ》で大名同士が刃傷《にんじょう》事件を引き起こすというのは、そのスケールの大きさからいっても三百年に一度の驚愕を呼ぶ。

双方ともに、譜代大名であった。

一方は丹後《たんご》の宮津《みやづ》七万三千石で、二十七歳の永井信濃《しなの》守尚長。

他方は志摩《しま》の鳥羽《とば》三万二千石、内藤和泉《いずみ》守忠勝。

永井尚長は老中奉書を奉納する奉行、内藤忠勝は方丈口《ほうじょうぐち》勤番を務めていた。そうした両者が突如として争いを始め、内藤忠勝のほうが刃傷に及んだ。

永井尚長は、その場で斬り殺された。争いの原因は、明白にされていない。日ごろから、仲が悪かった。永井尚長は才知教養を鼻にかけて驕慢であり、そのことに内藤忠勝はたびたび腹を立てていた。

このときも永井尚長は老中奉書に自分だけが目を通し、内藤忠勝たちに見せようとしなかった。それで内藤忠勝が怒りを爆発させて、永井尚長に斬りつけた——。

こういう目撃者の談話だけで、事件は片付けられている。

永井尚長には世嗣がいなかったので除封、断絶となった。のちに弟の直円が大和《やまと》の櫛羅《くしら》一万石を与えられ、家名の存続を許されている。

内藤忠勝のほうは当然切腹を命じられる。二日後に忠勝は腹を切り、内藤家は除封、断絶となる。

永井尚長、横死。

内藤忠勝、罰せられて切腹。

なるほど大名にもこういう死に方があるのだと、正俊は実感を味わうことになった。同時に、やはり自然死は無理のようだという思いが、正俊には強まっていた。

あるいは予感かもしれないが、正俊はおのれの悲劇的な死にざまをいろいろな形で夢に見るようになった。それは、祖父、父、兄に次いでの宿命的な死を、幻影としてわが身に当てはめるようなものだった。

ひとつには、最高権力者への道を歩む正俊の苦悩が、幻影として描き出されているのかもしれない。

勝気で、意欲満々で、聡明すぎる新将軍の綱吉。

その生母、桂昌院の無気味な存在。

酒井忠清、及びその一派の巻き返し。

と、堀田正俊の前途は、多難というしかなかったのである。

今後、無数の難事を乗り越えていくのは、権力を握る老中といえども薄氷を踏むに等しい。堀田正俊には、幕閣の実力者になることの喜びはなかった。

これからは、敵が増える一方であった。自然死の訪れを待ったり、天寿をまっとうしたりということを、期待するほうが間違っていると正俊はおのれの甘さを戒めた。

八月二十三日、綱吉は江戸城において将軍宣下を受けた。

徳川家にとって、最重要な礼典である。勅使《ちょくし》が下向し、武家は総登城となる。天皇、上皇、女院御所より賜物、宮門跡《みやもんぜき》や摂家《せっけ》からは贈物がある。

御三家、国持大名、一般の大名、三千石以上の旗本は、太刀または太刀目録を献上する。官位と身分によって違う束帯《そくたい》、直綴《じきとつ》、布衣《ふい》、素袍《すおう》、熨斗目《のしめ》麻上下《あさがみしも》、大紋《だいもん》といった礼服をまとった者たちによって江戸城中は埋め尽くされる。

宣下の大礼は午前九時に始まり、老中の誘導で綱吉が大広間上段に束帯の姿を置く。西の縁側に老中、若年寄、御三家、諸大名が列座する。

二名の勅使が、朝廷より宣旨《せんじ》が贈られることを告げる。

副使が、高家肝煎《こうけきもいり》の吉良上野介義央《きらこうずけのすけよしなか》を通じて、宣旨の覧箱を綱吉に奉る。

綱吉はそれを披見のうえ、若年寄の手に委《ゆだ》ねる。

宣旨の内容は、『従二位権大納言《じゅにいごんだいなごん》源朝臣《あそん》綱吉を征夷《せいい》大将軍に補任《ぶにん》す』となっている。これで徳川綱吉は三十五歳にして、五代将軍に就任したことを天下に公示されたのであった。

宣旨というのは、六通に分かれている。

征夷大将軍のほかに右近衛《うこんえ》大将・右馬寮《うまりょう》御監、淳和《じゅんな》・奨学《しょうがく》両院別当、源氏《げんじ》長者にも補せられるのだ。内大臣にも任じ随身、兵仗《へいじょう》、牛車を許される、という宣旨もあった。

これで将軍宣下の式典は終了し、勅使、上皇使、女院使が退去する。伝奏《でんそう》屋敷へ下がった勅使一行に対して、正俊たち幕閣が接待に努める。

このあと、江戸では更に大礼の儀が続けられる。

大名、旗本、それに拝謁を認められる幕臣は、三日間に分割されて出仕する。二日目までは装束をつけ、三日目は熨斗目長上下でよかった。

豪華な行列を整えての登城、下城が大変な見ものとなり、この三日間の江戸城周辺の光景はまさに絵巻物を繰り広げたようだった。町人たちも『めでたい』のほかは、言葉を口にしなかった。

だが、新将軍も頭が痛い。

この延宝八年は、全国的に大凶作となったのである。越中《えっちゅう》の富山《とやま》などでは、水害で一万二千石の米を失ったという。

そうしたこともあって綱吉は、まだ将軍宣下を受ける前の八月五日に農政の基本策を堀田正俊に命じている。数日後には正俊のほかに勘定奉行たちも招集して、綱吉は農村への仁政と農民救済を指示した。

前将軍の家綱とは、大違いである。

異母兄弟であっても、人間として正反対といえた。家綱は何事も幕閣任せの人形でいたが、綱吉は実力派の指導者であった。つまり綱吉は自分の見識、判断、発案を第一として、積極的に命令を下すのだ。

それはそれで結構なのだが、独裁者の素質を持っている。優秀な指揮官として、独断専行に走りやすい。気性も激しいので、妥協を好まない一面がある。

もちろん、将軍就任の功労者である正俊には、一目も二目も置いている綱吉だった。義理立てなどというものではなく、綱吉は心から正俊を信頼している。だが、その信任厚い正俊が相手だろうと、綱吉はかなり大胆なことを言い放つ。

「余は幕政を引き締めるため、尽力を惜しまぬつもりじゃ。ついては備中にも、余の右腕として力を借りるぞ」

閏《うるう》八月の初めにも綱吉は、正俊にそんな相談を持ちかけた。

「それにはまず正邪を狂いなく見分けたうえで、賞罰を厳しくいたすことから始めねばならぬ」

綱吉は唇を嚙みしめて、宙の一点を凝視する。

正邪を見分けて賞罰を厳しくするのは、間違いなく幕政改革の出発点になるだろう。しかし、このときの正俊にはふと綱吉の頭の中に、酒井雅楽頭忠清のことが置かれているように思えた。

綱吉の将軍後継に反対した酒井忠清への報復人事、というものがあってもおかしくはない。

七

大名、旗本に対する信賞必罰。

幕府全体の綱紀粛正。

幕臣の人心一新。

農民への仁政。

将軍の実権掌握。

これらを幕政改革の五本の柱にすることを、綱吉は堀田正俊に通告した。そのような改革を必要とするのは、これまでがまるで正反対の状況にあったからだった。

公認された贈り物であって罪には問われないにしろ、贈賄によって身の安泰を図《はか》るのが大名や旗本の慣習となっていた。

幕府全体が徳川三代の苦労を忘れ、乱れた法規も風紀も何のそので、私欲に走ることを第一とした。

幕臣どもは奉公も忠勤も二の次にして惰眠をむさぼり、気が緩《ゆる》みっぱなしで俸禄《ほうろく》の無駄食いを続けていた。

農民への仁政どころか一般の民政をも怠《おこた》り、幕閣以下が為政者としての腐敗と無能ぶりを反省することもなかった。

前将軍が飾りものの人形であるのをいいことに、一部の権力者が天下を私物化するがごとく、堕落しきった政治を弄《もてあそ》んできた。

こうした状況を一気に改めるため、五本の柱を基本とした幕政改革を断行する。それに付随してもちろん、人事面でも賞罰を明らかにしなければならない。

「余が補佐を務める器量人を老中に求むるならば、備中（正俊）を措《お》いてほかにはおるまい」

「幕政並びに幕府そのものを堕落させたる元凶は、下馬将軍なる異名に満足いたしておった忠清であること、誰《たれ》が目にも明らかであろう」

そう綱吉は、はっきりと言葉にする。

それは紛れもない事実であり、綱吉の主張としても正論といえる。しかし、館林宰相の将軍推挙に孤軍奮闘した功績により、綱吉の正俊に対する信頼と感謝の念は生まれているのだ。

逆に館林宰相などものの数にしなかった酒井忠清は、綱吉にとっていわば敵ということになる。新しい将軍擁立に協力しなかった酒井忠清には、どうしても綱吉の報復人事という気持ちが働く。

前将軍を利用して権勢を恣《ほしいまま》にした不忠者という事実が半分、それに綱吉の感情がもう半分加わって忠清は報復を受けることになる。ついに下馬将軍を追い落とした、という実感が正俊にも湧いた。

「忠清は、もはや無用じゃ」

綱吉の表情は険しく、眼光も鋭かった。

そうした幕政改革への綱吉の思い入れの激しさを、大自然までが裏付けるように閏八月の六日、江戸は天地が荒れ狂った。暴風雨は台風シーズンでやむを得ないとしても、折悪しく高潮がそれに加わった。更に地震まで加わることになる。

江戸では、三千四百軒が倒壊。

七百人余が溺死、両国《りょうごく》橋も破損。

二十万石以上の米が、水に浸《つ》かる。

江戸城の一部の城門も、瓦《かわら》や壁が落ちる。

綱吉はこういう天災のような迫力で、人事の刷新を推し進めた。誰をいかなる地位に抜《ばっ》擢《てき》し、あるいは昇進させるかを、綱吉はもはや老中たちに諮問《しもん》しなかった。

老中のほうも、将軍の実権掌握という綱吉の方針を承知しているので、余計な口出しはいっさい控えていた。堀田正俊を除いては老中たちも、いつ罷免《ひめん》されるかわからないと首筋に寒さを感じている。しばらくは、新将軍の出方待ちだった。

特に酒井忠清となると半《なか》ば過去の人になりかけていることを、周囲の目だけではなくみずからも自覚している。それで新将軍の招きがない限り、公然と出仕することを遠慮した。病気と称して、登城しない日も増えている。

大老がそのような体《てい》たらくでは、その腰巾着といわれた稲葉正則も同様であった。近々、忠清と同じ運命をたどるであろうことを、稲葉正則は予測していた。たとえ堀田正俊の舅《しゅうと》であっても、新将軍の温情を期待できる正則ではない。

稲葉正則は声なき老中として、目立たないように努めている。

そうなると大久保忠朝、土井利房といった老中はなおさら出番を失うわけだった。ひたすら自分の職務に、忠実でいるほかはない。おのれのほうから新将軍に進言したり、意見を披露したりする勇気はなかった。

綱吉が相談する老中は、堀田正俊ひとりだけということになる。綱吉の提案に反対することを許されるのも、幕閣のうちで正俊のみであった。正俊の忠告ならば、綱吉もそれを聞き入れる。

そうしたことから結果的に、将軍家の意向は正俊を通じて大老と老中一同に伝わるようになった。かつての下馬将軍も形《かた》なしであり、その勢威はすでに落日のごとしであった。正俊が昇天の勢いならば、忠清はそれに反比例して没落する。

九月二十一日、綱吉は板倉内膳正重種《しげたね》を新しい老中に任じた。

板倉重種は烏山《からすやま》五万石の城主で、寺社奉行の地位にあった。このとき、四十歳である。

板倉重種が加わったことで、老中の数は五人となった。

老中の定員は厳しく決められていないが、これまでは四名というのが通例だった。それが五人の老中になったのだから、そこに異常なものを感じないではいられない。老中のうちの一名が、いつ退《ひ》いてもおかしくはないわけである。

次いで綱吉は館林宰相家から、多くの者を幕臣に迎え入れた。そうするのは、当然のことといえた。将軍家が代替わりすれば、重臣や側近の人事面でも前将軍色を一掃するのが常であった。

この点では現代の首相だろうと、企業のトップだろうと変わりない。

将軍は前将軍の息のかかった者どもを遠ざけ、自分の子飼いの家臣たちを重用《ちょうよう》する。綱吉の場合は館林宰相時代の信頼できる家臣の多くを、幕府の重要なポストに配置することになる。

特に側近は、お気に入りの旧家臣で固める。その中でも目立ったのは、牧野成貞であった。次期将軍就任を伝達するために正俊が招いたとき、綱吉と二人きりで江戸城に駆けつけた牧野成貞である。

牧野成貞は館林宰相時代から、綱吉の側近中の側近とされていた。綱吉が五代将軍になれば、牧野成貞が将軍の側近になるのは当たり前なことであった。

十月九日、綱吉は常陸《ひたち》（茨城県《いばらき》）内一万三千石を与えて、牧野成貞を大名に取り立て同時に綱吉は牧野成貞を、将軍家の側衆《そばしゅう》とした。

このころ館林宰相家から幕臣に迎えられた者は少なくなかったが、そのひとりとして牧野成貞同様に特記すべき人物がいた。それは、柳沢吉保《やなぎさわよしやす》だった。

柳沢吉保は、館林宰相時代の綱吉の小姓を務めていた。それが幕臣となり、小納戸《こなんど》役を仰せつかったのだ。小納戸も将軍に近侍《きんじ》して、結髪や膳番《ぜんばん》などをつかさどるお役目である。

柳沢吉保もやがて、大名の仲間入りをすることになる。柳沢吉保という二十三歳の野心家は、このときに出世の糸口をつかんだのであった。

十一月二十七日、綱吉はわが子の徳松を将軍世子とすることを公表した。

将軍の嫡男が世嗣として次期将軍になることは、わざわざ断わらなくてもわかりきっている。それに綱吉自身が将軍に正式就任してから、まだ四カ月しかたっていない。

そういうことでありながら、綱吉はなぜ早々に次期将軍が徳松であると宣言したのか。その最大の理由は、徳川家初めての養子将軍としての立場から、世襲の系列を明白にさせておくのを急ぐことにあった。

そうしなければ綱吉が急死したとき、将軍世嗣の問題で混乱が生じ、一大騒動に発展する恐れがある。綱吉の兄の甲府宰相綱重は故人となっているが、その遺児の虎松《とらまつ》はもちろん健在だった。

人間には、明日も生きているという保証がない。もし一年後に綱吉が病いを得て、急死すればどういうことになるだろうか。綱吉なる養子将軍は一代限り、という声も当然のこととして起きるに違いない。

家光の次男で四代将軍家綱の弟、五代将軍綱吉の兄に当たる綱重の遺児虎松を、六代将軍に推挙しようとする動きが活発になるかもしれない。一方では御三家から世嗣をという意見、主張も飛び交うだろう。

いずれにせよ自薦他薦の声が入り乱れて、事態が紛糾することも予測される。そうした混乱をいまから封じるためには、養子将軍といえども一代限りにあらず、六代将軍には綱吉の長男が就任するものなりと、明確にさせておくことであった。

それにもうひとつ、酒井忠清が綱吉推挙に反対したとき、丸子という中﨟が家綱の子を身ごもっているらしいことを匂わせた。その問題は確かに、噂として存在する。

しかし、当の丸子はもはや大奥にいないし、親もとで暮らす女となっている。実際に家綱の寵愛を受けて懐妊したのかどうか、調べさせてみたが真偽のほどは何となくはっきりしない。

そこで丸子の懐妊は、頭から無視するということになった。今後、丸子が男子を出産しようと、それが家綱の子だと言い張ろうと、いっさい取り合わないということである。つまり酒井忠清の言い分も丸子の懐妊も、取るにたらぬことと完全に否定されたのであった。

そういう意味も含めて綱吉は、徳松を将軍世子に定めることを明らかにしたのだった。酒井忠清は反論するどころか、関心を示そうともしなかった。

それもまた酒井忠清が、いかに無力な下馬将軍になりさがったかを物語っていた。だが、綱吉が徳松を将軍世子に公然と決定したこともまた、未来を見通せない人間の愚かなる行為といえた。

徳松は何とこれより三年先の天和三年に、わずか五歳にしてこの世を去るのである。更に二十九年後、綱吉の養子となって六代将軍家宣《いえのぶ》に就任するのは、虎松改め綱豊《つなとよ》ということになるのだった。

館林宰相時代の綱吉は、上州《じょうしゅう》（群馬《ぐんま》県）館林二十五万石を与えられていた。しかし、綱吉が館林の城地に、滞在したことはほとんどない。

綱吉は、江戸を離れなかった。神田橋御殿か白山《はくさん》御殿で、五代将軍になるまでの日々を過ごした。

正室は、信子《のぶこ》。

関白鷹司教平《のりひら》の娘で、従姫あるいは小石君という。

寛文四年に京都より下向し、神田橋御殿で綱吉との婚礼の儀式に臨む。このとき綱吉は十八歳、信子は十三歳であった。

将軍をはじめ徳川一族と宮家の姫の結婚は、形式的で血の通わない夫婦を生み出すことになっている。綱吉と信子の場合もご多分に漏れず、初めから冷えきった夫婦仲であった。

綱吉が五代将軍になると、信子も江戸城の本丸へ移る。将軍家の正室なので、その瞬間から御台《みだい》さまと称されるようになる。だが、名ばかりの正室であり、綱吉と肌を合わせるようなことは滅多にない。

それに将軍の妻になったときの信子は二十九歳で、もはや綱吉と睦《むつ》み合う年齢ではなかった。これもほかの将軍の妻たちと似たようなもので、信子はただの一度も懐妊することなく生涯を過ごす。

綱吉には、館林宰相時代からの側室が何人かいた。

その中で、綱吉の子の生母として知られるのがお伝《でん》の方である。

お伝の方は、信子より六つほど若い。お伝の方は豊田という名前で白山御殿に奉公に上がり、桂昌院に仕えていた利発者とされている。

桂昌院は、豊田が気に入った。頭の回転は速いし機転が利《き》くし、健康な身体の持ち主で美人ときている。そこで桂昌院は早く世嗣をもうけるようにと、綱吉の側室に豊田を推薦することになる。

延宝五年、豊田からお伝の方に変わった側室ナンバーワンは、白山御殿で女子を生んだ。これが、綱吉の長女の鶴姫《つる》である。

二年後の延宝七年、お伝の方は神田御殿で待望の男子を出産する。綱吉は、この長男の幼名を徳松とした。

翌年、思わぬ幸運の波に運ばれて、綱吉は五代将軍に就任する。二十三歳のお伝の方、四歳の鶴姫、二歳の徳松は、ともに江戸城へ移り住む。

江戸城の大奥からはすでに、前将軍時代の匂いまで払拭されている。前将軍の側室とその奉公人たちは、とっくに江戸城より退去していた。襖《ふすま》、畳、調度品にも、過去の名残りすら留めてはいない。

お伝の方は一新された大奥で、大いに権勢を振るうことになる。何しろお伝の方は、将軍家の長男のご生母さまなのだ。やがて現在の桂昌院と立場を同じくすることを、お伝の方は約束されているのであった。

結局、綱吉の子どもというのは、お伝の方が生んだ鶴姫と徳松だけだったのである。綱吉は生涯、ほかに実子を得ることなく終わる。

鶴姫は十一歳で、紀伊徳川三代の綱教《つなのり》の妻となる。鶴姫のほうは、天寿をまっとうしたのであった。しかし、徳松は不運にも、五歳までしか生きられなかった。

綱吉はやはり兄の遺児に、将軍職を譲ることになるのである。だが、いまの綱吉にそうしたことが、予測できるはずはなかった。綱吉は徳松を将軍世子と決めたことで、酒井忠清の鼻をあかしたつもりでいた。

前将軍と違って、酒井忠清の口出しなど断じて許さない。天下の全権を握っているのは余であって、忠清の生殺与奪《せいさつよだつ》の権もわが手中にありと、闘志満々の綱吉なのであった。

その綱吉が憎むべき酒井忠清に引導を渡すときが来たと、堀田正俊に諒解を求めたのは十二月初旬の雪の降る日だった。

八

江戸城の表御殿は、幕府の政庁になっている。

奥御殿はいわゆる大奥で、男子禁制の女護《にょご》が島《しま》である。将軍がその気になったときだけ、大奥へ渡ることになる。それ以外は、中奥で寝起きする。

二十代の将軍でなければ日々、女っ気《け》は必要としなかった。綱吉も女人の姿のない中奥で、日常生活を送ることのほうが多かった。まして幕政に直接タッチしようとする綱吉だから、執務時間というものが長かった。

中奥というのは、将軍の公邸に相当する。その中奥の御座之間《ござのま》で、将軍は日夜を過ごす。鏡《かがみ》天井の御座之間の下段の間で、将軍は政務を執《と》ることになっている。

綱吉の執務時間は、昼食後から夕方に及ぶことも珍しくない。実に熱心であり、手抜きをしなかった。その精勤ぶりは前将軍の家綱と、まるで対照的であった。午前中は、書見とか武芸とかに時間を割《さ》く。

そうした一日の合間を縫って、綱吉は堀田正俊を招き話し合いを重ねる。また側衆の牧野成貞を呼び、何やら打ち合わせることも少なくなかった。

そのように多忙な綱吉が酒井忠清に拝謁を許したのは、十二月九日の巳《み》の下刻（午前十時半ごろ）であった。前夜から降り出した雪が、まだやんではいなかった。

場所は、御座之間から近い黒書院とした。黒書院には御上段と御下段があって、ともに広さが十八畳である。御下段に堀田正俊、稲葉正則、大久保忠朝、土井利房、新任の板倉重種と五名の老中が居並ぶ。

中央に、大老の酒井忠清がすわる。御上段の近くには、牧野成貞が控えている。やがて綱吉が現われて、御上段に着座する。大老と老中が、一斉に平伏した。

酒井忠清が、拝謁に際しての挨拶を述べる。それに対して、綱吉が適当に応じる。いずれも、儀礼的な言葉にすぎない。人間同士のやりとりではなく、声が交わっただけであった。

それだけに、そのあとの沈黙が恐ろしい。前将軍を意のままに操り、幕府の威光と権力を私物化し、加えて余の将軍推挙を妨げようとした忠清めと、綱吉は宿敵を見据えるような目つきである。

忠清のほうにも、譜代門閥を代表する名門中の名門たるこのわしの喉元に刃《やいば》を突きつけておってと、意地が働いている。酒井忠清の全身に、長年にわたる最高権力者の誇りが表われていた。

緊迫した雰囲気となる。

堀田正俊と板倉重種を除いた三人の老中は、顔を上げることもできなかった。三人の老中には、われらも酒井忠清と同罪かという不安があるのだった。

「長年の奉公、大儀であった」

間もなく、綱吉が口を開く。

「ははっ」

忠清には、綱吉の次の言葉が読めていた。

「近年、そのほう多病と聞く。よって、大老職より退くことを許す。折々出仕いたし、ゆるゆる養生するがよいぞ」

綱吉はそう言って立ち上がり、黒書院を去っていった。

「ありがたきしあわせに、存じ奉《たてまつ》りまする」

平伏したまま、酒井忠清は動こうとしなかった。

あっさりと、罷免《ひめん》されたのである。

折々出仕してゆるゆる養生せよとは、隠居しろという命令であった。大老職を解かれることは、忠清にとって不本意なのだ。その不本意極まりないことを強制されるのは、すなわち追放に等しい罷免といえる。

酒井忠清の胸のうちで、誇りと意地を結ぶ糸がプツンと音を立てて切れた。忠清は、その足で下城した。二度と登城はすまいと、忠清は江戸城に別れを告げた。

もっとも、忠清の役宅は江戸城を目の前にしている。屋敷が大手門の下馬札に接していることから、下馬将軍という異名も生まれたのである。

したがって江戸城に別れを告げるというより、二度と大手門をくぐることはないと、忠清は自分に言い聞かせたのだった。いや、その大手門を眼前にする屋敷からも、忠清は追い出されることになるのだ。

宵の口に、稲葉正則が屋敷に立ち寄った。忠清は、誰とも会いたくなかった。しかし、忠清を慰めようとする正則の行為は、素直に受け入れなければならない。忠清は正則を、北側の庭に面した客間へ案内させた。

馬場、厩《うまや》、矢場、長屋などがある一帯を隠すように、築山《つきやま》と松林が庭園を広く囲っている。そうした築山と松林を含めて、庭園全体が夜目にも鮮やかな雪景色となっていた。

闇を白く染めるような降り方ではなく、花びらが散るがごとくに舞い落ちる雪だった。地上を覆《おお》う積雪のほうが、雪見の対象となる。火の気は手焙《てあぶ》りだけだが、それほど寒さは感じない。

忠清と正則は、酒を酌《く》み交わす。うまい酒ではなし、飲んでも酔いそうにない。仕方なく、盃《さかずき》を口へ運ぶ。沈黙が続くうえに、両者の盃を持つ手も休みがちであった。

「終わりましてございますな」

ふと正則が、白い息を吐く。

「これより先は、婿《むこ》どのが天下と相成ろう」

忠清は、舞う雪を眺めている。

婿どのとは、堀田正俊のことである。正俊の妻は稲葉正則の娘、つまり正則の婿どのという意味だった。

「さて、天下はわがものなりと何かにつけて、強く思《おぼ》し召《め》される上さまにございますゆえ、備中守（正俊）も苦労が絶えますまい。無用な口出しを控え、常に上さまの影となり、僣上《せんじょう》いたすは禁物と、備中守にも申してございます」

正則は、暗い顔つきでいた。

「あのお方のご気性からすれば、婿どののすぎたる厳格さと剛直さが、やがてはお気に召さなくなろうな」

忠清は上さまではなくて、意識的に『あのお方』という言い方をした。

「備中守は頑固一徹にして、融通の利かぬところがございます。上さまに対し奉りましても、過ちは許さず諫言《かんげん》を恐れずの備中守にございましょう」

「諫言がたび重なれば、いつの日かあのお方のご勘気《かんき》に触れようぞ」

「さように、思われます」

「そもそも、あのお方のお考え、視野、先のことを見通される読みには幅が欠けておいでじゃ。それゆえ、ご政道には不向きと申せよう。されば、ひとつ誤ることにより、天下の乱れを招かれるやもしれぬ」

「上さまにも備中守にも、いま少し遊び心なるものがございませぬとな」

「されど、いかに天下が乱れようとも、もはやわしにはかかわりなきこと。何と、気楽なことよ。いまとなればすべてが、夢まぼろしのごとくなりじゃ」

「御大老……」

「わしは、すでに大老にあらず。下馬将軍も高砂将軍も、本日ここに消え失《う》せた。わしは、ただの隠居である」

「それがしも早々に、幕閣より身を引く覚悟にございます」

正則は、思い出したように酒に口をつけた。

「祇園精舎《ぎおんしょうじゃ》の鐘の声、諸行無常《しょぎょうむじょう》の響きあり……」

突然、忠清が琵琶《びわ》法師の声色《こわいろ》と節回しを真似て、『平家《へいけ》物語』の冒頭の一節を語り始めた。

沙羅双樹《しゃらそうじゅ》の花の色
盛者必衰《じょうしゃひっすい》の理《ことわり》をあらはす
驕《おご》れる人も久しからず
ただ春の夜の夢のごとし
猛《たけ》き者も遂には亡びぬ
ひとへに風の前の塵《ちり》に同じ

張りを持たせても大きくはない忠清の声が雪とともに舞い、庭園の闇の彼方へ吸い取られるように消えていく。築山と松林に視線をなげかけると、そこに琵琶法師の幻影が浮かんできそうだった。

諸行無常、盛者必衰、驕れるもの久しからず、春の夜の夢のごとし、風の前の塵に同じ——と、まるで忠清自身の心境を物語っているようである。

おそらく忠清はわが身の上を、念頭に置いているのに違いない。それだけに、胸の迫るものがあった。全盛時代の忠清の姿が、正則の脳裏《のうり》に浮かぶ。よき時代は去ったのだと、稲葉正則は赤くなった目で雪景色を見やっていた。

驕れるもの久しからずで、比類なき権勢にどっぷりと浸かっていた下馬将軍・酒井雅楽頭忠清も、この日についに失脚した。

忠清は直ちに、移転の準備を家臣に命じた。大老を罷免されたとなれば、大手門前の屋敷を出なければならない。下馬将軍の異名と一緒に、大手門の下馬札とも別れるのだった。

将軍に追放されての失脚なのだから、邸内に閉じこもって外出も控えるという意味での蟄居《ちっきょ》の形を示す必要がある。そのために急遽、忠清は大手門前の上屋敷を出て、大塚《おおつか》にある下屋敷へ移ったのであった。

間もなく、新年を迎える。

新しい年は天和元年になるが、九月までは延宝九年である。

延宝九年の正月十五日、忠清が出たあとの大手門前の屋敷は、堀田正俊に与えられる。

そのことは稲葉正則が、大塚へ使いの者を走らせて忠清に知らせた。

「ほう」

忠清は、苦笑した。

綱吉のやり方を露骨すぎると批判するつもりはないが、出世する正俊と失脚した忠清の違いというものが、あまりにも極端なことに笑いを禁じ得なかったのだ。

二月二十一日、土井能登守利房も老中を罷免されたということを、忠清は耳にした。

次いで二月二十五日、堀田正俊が五万石の加増により古河九万石の城主になったと、忠清は稲葉正則からの知らせを受けた。堀田正俊の出世はかつての自分のように、ますます加速すると忠清は感心した。

二月二十七日、忠清は隠居することを正式に届け出た。

綱吉は、それを許す。

厩橋《うまやばし》（前橋《まえばし》）十五万石は長男の忠挙《ただたか》が十三万石を襲封、残り二万石を次男に分与することが認められた。これで酒井家は傷つくことなく安泰だと、忠清の心は安らいだ。しかし、その後の忠清は急に老け込んで、身体までがひとまわり小さくなった。

忠清は、みずからの存在を無意味に感じ始めていた。何のための生命なのか、どうして生きているのかと毎朝、目を覚ますたびに疑問に思った。

無欲になりきっている人生など、おもしろくも何ともない。世間を相手にしない隠居でいては、生きているうちにはいらない。栄華を極めた十数年を振り返ったところで、むなしさを覚えるだけであった。

忠清はいまでも、綱吉が大嫌いである。綱吉は忠清の生涯で、ただひとりの敵だった。だが、敵が将軍であっては、戦いを挑むこともできない。

綱吉のことを思うと、生きているのがいっそう馬鹿らしくなる。忠清は、口をきかなくなった。食も細くなり、一日のうち寝ている時間が長かった。

「綱吉には、忠義を尽くしとうない」

忠清は、そんな独《ひと》り言《ごと》を繰り返した。

「綱吉の心は、一方に偏《かたよ》りすぎる。ひとたび気に入れば、その者を大々名に取り立てることも厭《いと》わず。ただし、ひとたび憎しみを抱けば、その者が地獄に堕《お》ちることを望む。これぞ正しきことといったん思い立てば、万人の苦しみも顧《かえり》みずにそれをご政道に取り入れようぞ」

こんなふうに忠清は、ブツブツとつぶやくこともあった。

この忠清の判断は、決して間違っていなかった。今後の数々の政策や取り決めに綱吉の偏執狂的な性格が表われることで、忠清の予言はみごとに的中《てきちゅう》するのであった。

これといって病気らしい病気にかからないのに、忠清は日に日に元気を失っていく。政界から排除されたことで、生きる意欲が燃え尽きたのだろう。あるいは綱吉のいるこの世に、魅力を感じなくなったのかもしれない。

失脚して五カ月後、隠居して三カ月もたたない五月十九日に、酒井忠清は突然この世を去った。

忠清の死は、すぐさま綱吉に報告される。綱吉は哀悼の意を表わすよりも、まず自然死ではなかろうと疑った。重病という噂も聞かないうちに、突如として急死したからである。

切腹したのに違いない。それも、綱吉への面当《つらあ》てに自害した——。そのように勝手に決め込んだ綱吉は、検使を遣わすことを命じた。忠清の死骸を調べて、切腹か否《いな》かを確かめ

というのであった。

だが、忠清の長男酒井忠挙と、伊勢《いせ》の津《つ》三十二万石の藤堂高久《とうどうたかひさ》がそれを拒否した。藤堂高久の正室は、忠清の長女だったのだ。藤堂家は外様《とざま》ながら、家康以来の信任厚い大々名である。

その藤堂高久の抗議となれば、効果は十分であった。

「紛れもなき病死にござりますれば、何ゆえに御検使をお遣わしなされますのか。病死にお疑いあるならば、はなはだもって心外にござりまする」

藤堂高久を含めての酒井一族が怒りの色を隠さないとすれば、将軍だろうと圧倒されずにはいられなかった。やむなく綱吉は断念して、検使の派遣は中止となった。

しかし、それですべてを水に流す、といった綱吉ではない。綱吉は六月になって、忠挙をはじめ酒井一族の主だった者に逼塞《ひっそく》(門を閉じて昼間の出入りを禁止する)を命じた。公儀の許可なくして忠清を埋葬した、という罪であった。

かくして、忠清は冥土《めいど》へ旅立った。それでもなお、綱吉の忠清への憎しみは、最後の最後まで消えなかったようである。歴代幕閣の中に超《こ》える者がいない最高権力者、下馬将軍の失脚そして死であった。

酒井雅楽頭忠清、五十八歳。

四章　大老殺害

一

綱吉は、堀田正俊に大恩を感じている。何しろ堀田正俊は、綱吉の将軍推挙のために孤軍奮闘したのである。堀田正俊の尽力によって、綱吉の将軍就任は実現したのだ。堀田正俊のおかげで綱吉は、五代将軍の地位を得たのであった。

これ以上、大きな借りはないといえる。だから綱吉は九分どおり将軍就任が決まったとき、堀田正俊の手を取って感謝の意を表わしたのだった。将軍になってからの綱吉は、堀田正俊を右腕として頼りにする一方で、恩に報いるべく心を砕《くだ》いている。

しかし、堀田正俊にひたすら感謝している人間は、何も綱吉ひとりのみとは限らない。むしろ綱吉以上に、恩を感じている女人がほかにいた。

綱吉の生母、桂昌院であった。

酒井忠清をはじめとする反対派は、京都の小商人《こあきんど》の娘という桂昌院の身分を理由に、綱吉推挙の妨害に努めた。それを堀田正俊が、綱吉は家光の子なれば生母の家柄など問題にならない、という反論で反対派を沈黙させた。

桂昌院にしてみれば、その点が特に嬉しかった。桂昌院の出自《しゅつじ》よりも、家光の寵愛を受けて綱吉を生んだお玉の方であることのほうを、堀田正俊は重く見てくれた。堀田正俊は、現在の桂昌院を尊重してくれる。

これは女人にとって、喜ぶべきことであった。そのうえ堀田正俊の骨折りによって、桂昌院自身も将軍の生母という栄光の座を得られたのだ。そういうことで桂昌院も、堀田正俊をありがたく思わずにはいられない。

では、綱吉と桂昌院の感謝の念がどういう形で、堀田正俊の重用《ちようよう》と昇進に結びついているだろうか。

延宝九年（一六八一年）の正月十五日、酒井忠清が追い出されたあとの江戸城大手門の屋敷が、堀田正俊に改めて下賜《かし》される。

同年二月二十五日、正俊は五万石という大加増により、古河《こが》九万石の城主に任ぜられた。同時に正俊は、備中守《びつちゆうのかみ》から筑前守《ちくぜん》に改められる。

同年六月三日、将軍の名代《みようだい》として東照宮《とうしようぐう》に拝礼するという栄誉を、正俊は与えられている。このとき病気がちな正俊に綱吉は、日光山《につこうさん》まで医師を同行させるという気遣《づか》いようだった。

同年八月十八日、堀田正俊は侍従に任ぜられる。

同年閏《うるう》八月、桂昌院の居館を江戸城中に造営する奉行を、正俊は命ぜられる。

九月に改元されての天和元年十一月十二日、桂昌院が江戸城中に完成した新居に引き移った。

翌十三日、綱吉は三の丸御殿に正俊を招き、桂昌院と対面させる。この機会に桂昌院は、正俊に対して礼を述べることになる。

「そなたの功労は、命ある限り忘れまいぞ」

桂昌院はわざわざ高い席から降りて来て、恩を謝する言葉を正俊に贈ったのであった。

綱吉も酒宴を催して、堀田正俊を大いに歓待した。

天和元年十二月十一日、正俊は左近衛権少将《さこんえごんのしょうしょう》に任ぜられ、老中より昇進して大老の座を与えられる。

天和二年正月二十一日、正俊は四万石を加増されて十三万石となる。

このように綱吉が将軍宣下《せんげ》を受けてからわずか一年半後に、堀田正俊は九万石の加増に大老就任という大出世を遂《と》げたわけである。堀田正俊はこうして、将軍を補佐する最高権力者の地位についたのであった。

それに引き替え、酒井忠清の一派とされた者たちは、惨憺《さんたん》たる状況だった。

綱吉の忠清憎しの一念は、そう簡単に消えるものではなかったようである。いったん嫌った人間、憎んだ相手は徹底して憎悪するという綱吉の極端な性格は、やはり恐ろしいものであった。

まず諸大名をあっと驚かせたのは、越後《えちご》騒動の再審だろう。

越後騒動というのは、越後の高田《たかだ》二十五万石松平《まつだいら》家における御家《おいえ》騒動だった。

延宝二年、高田藩主の松平光長《みつなが》の嫡男《ちゃくなん》が病死した。そのために、松平光長の直系男子が途絶《とだ》えることになる。早いところ、世嗣《せいし》を決めておかなければならない。

数人の候補者の中から、光長の異母弟の遺児が選ばれる。その少年は翌年元服《げんぷく》して、当時の将軍家綱の一字をもらい、綱国《つなくに》を名乗ることになる。

こうして世嗣問題そのものは解決したわけだが、それがキッカケで藩内の対立が表面化する。一方の指導者は、筆頭家老の小栗美作《おぐりみまさか》であった。

小栗美作は知行《ちぎょう》が一万七千石、藩内ナンバーワンの高禄《ろく》取りである。藩政の実権を握っているし、なかなかの人物だが独断専行という一面があった。

そのうえ主君光長の異母妹を、小栗美作は妻にしている。こういった実力者は、どうしても敵が多い。反小栗派の重臣も、少なくなかったのだ。

それが公然と叛旗をひるがえして、小栗美作との対決を望んだのである。そのために、藩内は両派に分かれて抗争を激化させることになった。

反小栗派の主謀者は、重臣の永見大蔵《ながみだいぞう》や荻田主馬《おぎたしゅめ》などであった。この永見派は『お為方』と称し、正義と忠義を売りものにした。同時に小栗派を『逆意方』と呼び、不忠者の逆賊であるかのように喧伝《けんでん》した。

小栗美作には、主君の異母妹に当たる妻とのあいだにできた嫡子《ちゃくし》の大六を、松平家の世嗣に立てようとする野心あり。と、そんな評判も広まり、真実みを帯びた噂になっていく。

敵が多いうえに、その噂もマイナス点となって、小栗美作は旗色が悪かった。二分された家臣の割り合いは、六対一ぐらいで『お為方』が圧倒的に多かった。

延宝七年になって、武装した『お為方』の五百数十人が、小栗美作の屋敷を包囲するという事件が起きた。そこまでやれば当然、幕府の知るところとなる。

幕府もいったんは大目付《おおめつけ》、高田松平家と縁続きの大名に妥協による解決を一任した。しかし、争いは一向に収拾されない。『お為方』はついに、小栗美作を隠居に追い込むことに成功する。

だが、そのころすでに小栗美作は、下馬《げば》将軍の酒井忠清に取り入る工作を進めていたらしい。小栗美作は酒井忠清に、かなりの金銀を贈っているという情報もあった。

それはともかく隠居させられたものの小栗美作は、完全に失脚したり没落したりという結果に終わってはいない。主君の松平光長は相変わらず、小栗美作を信頼し擁護している。

小栗美作の嫡子大六は、光長の甥《おい》ということになる。その大六を光長は、将軍家綱に謁《えっ》見《けん》させている。そういうことになれば、『お為方』の心中は穏やかならずだった。

主君のためという意味で『お為方』と自称しているのに、光長に裏切られたのでは何もならない。『お為方』は焦りもあって、ますます小栗美作の迫害に力を尽くす。

光長はやむなく『お為方』の主謀者たちを、江戸へ呼び出すことにする。小栗美作は、国もとの高田にいる。『お為方』の主謀者は、江戸に置く。そうすれば争いにならないだろうと、光長は考えたのである。

ところが、『お為方』の主謀者たちは江戸の松平家上屋敷において、同志を集めては密議を重ねるようになっている。このことが、幕閣に聞こえた。

どうして一大名の上屋敷での密議が、幕閣の耳に飛び込んだのかはわからない。光長が幕閣に、泣きついたのかもしれない。あるいは小栗美作から酒井忠清へ、ひそかに通報があったとも考える。

いずれにせよ、酒井忠清は激怒した。

一度、調停による和解を命じているにもかかわらず、いまなお不穏な動きを示すとは何事か。幕閣の命令を無視して、幕府の権威を失墜させるつもりか。

幕府は関係者を評定所《ひょうじょうしょ》へ呼び出し、何度か取調べたうえで『お為方』の主謀者の処分を決定する。大老酒井忠清の裁決は、反小栗派に対して厳しかった。

永見大蔵、萩《はぎ》の毛利《もうり》家にお預け。
荻田主馬、松江《まつえ》の松平家にお預け。
片山外記、宇和島《うわじま》の伊達《だて》家にお預け。
中根長左衛門、福井《ふくい》の松平家にお預け。

渡辺九十郎、姫路《ひめじ》の松平家にお預け。

これが延宝七年の十月十九日のことであり、十二月になると更に岡島将監、同じく図書、同じく治部、同じく杢太夫、小野里庄助、本多七左衛門などが追放処分にされた。

みだりに風説を流し、家中の人心を乱した罪。

誓紙《せいし》を取り同志を糾合《きゅうごう》し、いたずらに徒党を組みし罪。

罪名は、この二つであった。

この処分によって、『お為方』の首脳は潰滅《かいめつ》した。『お為方』は機能しなくなり、有名無実の組織となる。

もちろん小栗美作ら『逆意方』とされた者たちには、いっさいお咎《とが》めなしである。

あまりにも不公平だと、『お為方』に属する家臣どもは激昂した。すべては小栗美作の贈賄によるものだと、大老酒井忠清の腐敗政治を非難する。

しかし、幕閣への進物や礼物《れいもつ》は、慣習となっている。贈賄も、禁じられていない。贈収賄は、罪にならないのだ。

したがって、『お為方』がいくら批判しようと、酒井忠清の裁定を引っくり返すことはできない。憤激する家臣は、越後松平家を去るしかなかった。

このとき足軽《あしがる》まで含めれば二百人に近い家来が、越後松平家を捨てて浪人となっている。そういう後遺症もあったが、それで一件は落着したのである。

以上が、越後騒動であった。

だが、翌延宝八年になって家綱が他界、綱吉という五代将軍が誕生して、大老酒井忠清は失脚する。これぞ絶好のチャンスとばかり、『お為方』の残党が堀田正俊を通じて再審を願い出る。

延宝八年十二月——。

将軍となって四カ月目の綱吉が、再審を受理すると言い出した。

「いかに思うか」

綱吉は、堀田正俊に意見を求めた。

「さて……」

正俊は、目を伏せた。

『お為方』に対する処分は、酒井忠清が決定している。しかし、重罪は一町人の死刑に至るまで、最終的に将軍の決裁を必要とする。

この越後騒動にしても、四代将軍家綱の名において決着していることになるのだ。それを次の将軍が軽々しく、否定するようなことがあってよいものかどうか。

正俊にも、即答は困難だった。

「前将軍の威光にかかわると、申したいのであろうな」

綱吉はうなずいた。

「厳有院《げんゆういん》（家綱）さまがご裁決を覆《くつがえ》すがごとくに、お受け取りあそばされますようなれば御三家より、ご諫言《かんげん》を頂戴つかまつることと相成りましょう」

正俊はまず御三家から、文句が出ることを予想したのであった。

「厳有院さまがご裁決を覆すなどと、余《よ》も思うてはおらぬぞ。されど、かの一件は厳有院さまがご裁決と、果たして申せようかのう。厳有院さまは忠清に、そうせいとのみ仰《おお》せにならられたのではあるまいか」

綱吉は生前の家綱が酒井忠清の意のままになり、『そうせい』としか言わなかったことを持ち出した。

「さように、推察つかまつりますが……」

正俊はなお、慎重だった。

「そうせいと仰せになられたご裁可なれば、それを厳有院さまご裁決と受け取らずともよいのではないか」

「ははっ」

「かの一件はすべて、忠清めが取り決めたこと。すなわち、忠清めが裁決によるのであろう」

「それには、相違ございますまいが……」

「忠清めが裁決なれば、余がそれを覆そうと差し支えあるまい」

「仰せのとおりにございますが……」

「それも小栗美作より多くの金銀を、贈られたうえでの忠清めが裁定とあらば、なおのことであろう」

綱吉の口調は、妙に厳しかった。

「確かに……」

正俊のほうは、ずっと歯切れが悪かった。

綱吉が強引すぎる点を、正俊は警戒しているのである。綱吉にはどうも、酒井忠清が憎いという感情の働きかけがあるようなのだ。その証拠に綱吉はさっきから、『忠清め』という言い方をしている。

忠清がやったことはすべて気に入らないからと、過去にまで遡《さかのぼ》って否定してやろうという悪意が感じられる。綱吉のそういうところに、正俊は不安を抱いていたのだった。

「直《ただ》ちにかの一件につき、改めてつぶさに調べさせよ」

綱吉はどうやら自分なりに、答えを出したようであった。

「一言《いちごん》、申し上げまする。上《うえ》さまには何とぞ雅楽頭（忠清）さまがお気に召さぬとの御心を、お捨てになられますよう願い奉《たてまつ》るものにござりまする」

正俊は、平伏した。

「余もそれほど、愚かではない。余がこれなる一件にこだわりおるのは、あくまで賞罰厳明のためじゃ」

「ありがたきお言葉」

「あるいは改めての詮議の結果、松平越後守光長までが罰せられることになるやもしれぬ。親藩の松平を、取り潰すのじゃ。忠清どころではあるまい」

「越後守光長さまは、東照神君《とうしょうしんくん》（家康）さまがご曾孫《そうそん》にあらせられます」

「それも、覚悟のうえじゃ。幕府が天下の諸侯を掌握、統率いたすためには、大名の器量に欠ける者を取り除くことこそ肝要にあろう」

「御意《ぎょい》」

「たとえ神君さま曾孫といえども、目こぼしは許されぬ」

「ははっ」

「賞罰厳明も大名統率も、余が政事《まつりごと》の柱である。忠清が気に入らぬとか、余の私情どころではない」

綱吉は、真剣な面《おも》持ちでいた。

「仰せのとおりにござりまする」

正俊は顔を上げて、綱吉に熱っぽい目を向けた。

しかし、正俊は綱吉の言葉を、全面的には信じていなかった。賞罰厳明も大名統率も大義名分であり、綱吉がそれを理由にしたところで二分どまりである。あとの八分はやはり、忠清憎しなのに違いない。

それを裏付けるように綱吉は、これより二日後の十二月九日に黒書院において、大老酒井忠清を罷免《ひめん》したのであった。忠清が大老職を退《ひ》いたとなれば、越後騒動の再審を妨害することもできまいというわけである。

これから半年間にわたり評定所で、関係者の再吟味《ぎんみ》と書類の再調査が続けられる。延宝九年の四月には、諸藩に預けられていた『お為方』の主謀者を評定所に呼び、念入りな事情聴取を繰り返した。

このころ、忠清はまだ存命していた。忠清が急死したのは、翌五月の十九日だった。だが、忠清が故人になったから、すべてを水に流そうという綱吉ではなかった。

むしろ綱吉は、忠清がいやがらせ半分に自害したのだろうと疑い、検使を遣わそうとしたほどだった。それを拒否されると綱吉は立腹して、公儀の許可を得ずに忠清を埋葬したことを咎め、酒井一族の主たる者に逼塞《ひっそく》を命じた。

それで気がすむかと思えばとんでもない話で、この程度のことで綱吉の忠清への憎悪の念は弱まらない。綱吉はますます、執念深くなる。

二

六月になって、越後騒動の再吟味は終了した。

いかに結審したかというその内容は、堀田正俊のもとへ届けられる。正俊はそれについて六月十八日、綱吉に詳しく報告する。将軍みずから裁決する『親裁』は、六月二十一日と決まった。

その日、江戸城大広間の中段に綱吉は出座した。下段には御三家、甲府宰相綱豊、それに堀田正俊が相対してすわる。正俊は将軍審問の申し次、取り次いで申し上げる役目を仰せつかっていた。

二の間には、老中二名と多くの大名が着座する。綱吉の正面に位置する白州《しらす》に、『お為方』と『逆意方』の関係者一同が控えている。

綱吉の尋問は、長時間続いた。このことは忠清への憎しみを抜きにして、諸大名にいい意味での影響を与えた。まずは諸大名に、やる気満々でいる将軍の姿を見せつけたのであった。

飾りものの将軍ではない。すべて幕閣にお任せという将軍でもない。将軍自身が陣頭指揮をする。何事も、将軍の意志によって決まる。つまり、実行力のある将軍という印象を与えたのだ。

そうなると、諸大名は緊張する。綱吉は本気で、賞罰厳明の方針を貫くに違いない。容赦なき大名統制にも、真っ向から乗り出してくるだろう。

そのように思い知らされて、諸大名は綱吉を畏怖《いふ》したのであった。

綱吉が下した判決は翌日、評定所で関係者一同に申し渡された。判決は小栗美作の逆転敗訴と、正俊にもわかりきっていた。そうでなければ、あの世にいる忠清の鼻をあかすことにはならない。

また、金銀を積んだほうに味方するという忠清の腐敗政治を、告発することもできなかった。しかし、だからといって『逆意方』だけを悪者にすれば、綱吉の忠清憎しの感情的な判決と見られる恐れもある。

それで綱吉は喧嘩両成敗という形で、小栗美作の逆転敗訴とするに違いない。更に綱吉は大名失格ということで、松平光長をもバッサリやるだろう。

そのように、正俊は読んだのであった。翌日、評定所で申し渡された処分は、そのとおりだった。

『逆意方』の小栗美作、切腹。

嫡子の小栗大六、同じく切腹。

『お為方』の永見大蔵と荻田主馬、八丈島《はちじようじま》に配流《はいる》。

その他の者、三宅島《みやけじま》か大島《おおしま》に配流。

『お為方』の浪人でそののち出家した一音《いちおん》、越後騒動を事実と反する内容の『越後記』という著書にまとめた罪で八丈島に配流。

幕府大目付の渡辺綱貞、小栗美作に味方する当時の大老酒井忠清・老中久世広之の意見のみを尊重した罪で配流。

酒井忠挙・忠寛《ただひろ》並びに久世重之、在職当時の父が不公平な裁判を行なったため遠慮を申し付くる。


『遠慮』というのも、微罪に対する刑罰である。夜間の目立たない外出のほかは、門を閉じて出入りを禁ずるという罰だった。逼塞と、ほとんど変わらない。

それにしても忠清の長男の忠挙と次男の忠寛はつい先日、勝手に亡父を埋葬したという罪で、逼塞を命ぜられたばかりであった。まことに、気の毒というほかはない。

六月二十六日、松平光長と世嗣に決まっていた綱国は、井伊直該《なおもり》の屋敷に召し出される。そこで上使《じようし》を仰せつかった老中稲葉正則から、処分を申し渡される。

「家国鎮撫《ちんぶ》することあたわず、家士騒動に及ばしたるによって所領を収公《しゆうこう》」

大名として無能にすぎるので、高田二十五万石を召し上げるという通告である。

光長は四国松山《まつやま》の松平定直に、綱国は福山《ふくやま》の水野勝種にそれぞれ預けられた。このことも諸大名のあいだに、大きな反響を呼んだのだった。

徳川一門にして家康の曾孫に当たる光長に、大名失格の烙印《らくいん》を押したうえ改易とした。光長は松山の松平家に預けられ、わずか一万俵を給される身となった。

綱吉という将軍、只者ではない。思いきったことを、平気でやってのける。同じようなことができたのは、家康と家光である。一代、三代、五代と奇数に当たる将軍はそろって恐ろしい。

われらも何をされるかわからないと、諸大名は自戒と自制に努めるようになったという。

もっとも綱吉はこれ以前にも、大名の取り潰しを断行している。

犠牲者は、遠州《えんしゅう》掛塚一万三千石の加賀爪土佐《とさ》守直清であった。

加賀爪直清は自分の領地と、旗本《はたもと》成瀬正章の知行地の境界のことで争っていた。しかし、その問題に決着をつけるには、幕府の裁定を仰《あお》ぐしかない。

そこで直清は、関係書類を幕府に提出した。ところが、その文書に誤りがあったという理由で、直清は一万三千石を没収された。この年の二月のことである。

直清は、伊勢《いせ》の石川家に預けられている。直清の養父の加賀爪直澄も、加増されたとき領地の境界を確認しなかったという罪で、高知《こうち》の山内家に預けられた。

罪の質からいっても、この除封《じょふう》という処罰はかなり厳しい。

同じこの年、上州沼田《ぬまた》三万石の真田伊賀《いが》守信利も領地を召し上げられている。その理由は、両国橋の架け替え工事を命ぜられている真田信利が、自分の領内の山林の樹木を用材として使っていないということだけだった。

真田信利は三万石を没収されたうえに、山形《やまがた》の奥平家にお預けの身となった。

更に、同じ年だが天和元年となった十二月十日、ついに酒井一族からも犠牲者が出た。

これは明らかに、綱吉の忠清憎しの執念が作用している。

忠清の弟に、駿河《するが》の田中四万石の酒井日向《ひゅうが》守忠能《ただよし》がいる。

この六月、例の忠清を許可なく埋葬したという罪で、酒井一族には逼塞が命ぜられた。忠清の弟の忠能も、例外ではなかった。ところが綱吉は、そうした忠能の足を更にすくったのである。

江戸屋敷で命令に服すべきなのに、忠能は領地の田中で逼塞していた。それはまことに不届きであると、綱吉は強引に罪を作ったのだ。

それだけではさすがに気が咎めたのか日ごろの不行跡《ぎょうせき》、藩政の不手際という理由も付け加えている。要するに綱吉は、忠清の弟であることが許せなかったのだ。

酒井忠能は四万石を収公され、彦根《ひこね》の井伊直該にお預けとなった。酒井忠能は九年後の元禄《げんろく》三年に赦免となり、子孫は旗本に取り立てられている。

この前月の十一月には、老中の板倉内膳正重種が罷免された。板倉重種は老中に就任して、まだ一年と二カ月しかたっていなかった。西の丸の老中を兼職してからは、たったの三カ月だった。

板倉重種は免職のうえ逼塞を命ぜられ、岩槻《いわつき》六万石から一万石の減封となって信州《しんしゅう》の板木《いたき》五万石へと移された。理由は、嗣子《しし》をめぐる御家騒動である。

十二月八日になると、最古参の老中だった稲葉美濃守正則が職を免ぜられた。酒井忠清の腰巾着《こしぎんちゃく》と言われ続けた二十四年間の老中職に、稲葉正則は別れを告げたのであった。五十九歳になれば、この時代は老体である。

秀忠の五十回忌《き》法要の惣《そう》奉行を花道に、正則は老中を引退したことになる。堀田正俊の舅《しゅうと》だといったことは、問題にならなかった。しかし、これで綱吉が清々したことは、間違いないといえるだろう。

稲葉正則も、綱吉を将軍とすることに反対した酒井忠清に、同調した老中だった。忠清ほどの大物ではないし、綱吉も憎悪するくらいに稲葉正則の存在を意識せずにいた。

だが、綱吉にとって、いやなじいさまであることに変わりはない。正則を見ると、どうしても忠清のことを思い出す。その正則が老中を退いたのだから、綱吉の気分が悪いはずはなかった。

忠清色が一掃されたと思えば、綱吉の胸のうちはすっきりする。

その代わり、板倉重種の免職と稲葉正則の引退、それに堀田正俊の大老への昇格もあって、老中の数が減ってしまった。しかし、綱吉は老中の補充を、急がなかった。

なぜなのか。

天和元年十二月十二日の時点で、幕府の最高位にいる者は次の四人となっていた。

大老　堀田筑前守正俊、古河九万石、四十八歳。

老中　在職四年の大久保加賀守忠朝、佐倉九万三千石、五十歳。

同　在職九カ月の阿部豊後《ぶんご》守正武、忍《おし》八万石、三十三歳。

同　在職一カ月の戸田越前守忠昌、畿内《きない》三万一千石、五十歳。

老中は三人、そのうちの二人は新参である。あまり、頼りにできる老中ではない。これが先代の家綱であれば、有力大名、大物、実力者といえるメンバーを、老中として急遽そろえたのに違いない。

綱吉は、そうしなかった。しばらくはこの体制で十分だと、綱吉は考えていた。

どうしてなのか。

理由は、二つあった。

第一に綱吉には家綱のように、すべてを幕閣に任せるつもりがなかったからである。綱吉が先頭に立って、積極的に幕政に取り組む。家光の晩年を除いての政治と同じように、綱吉自身が提案し、討議に加わり、決定するつもりでいる。

したがって八十パーセントも、老中に頼る必要はない。老中は、綱吉の相談に応じればいい。討論会のメンバーでいれば、それでよかった。

綱吉の補佐役は、堀田正俊ひとりで十分である。綱吉が頼るとすれば、正俊のみということだった。老中は形だけであっても困らないと、綱吉にはむしろ意気軒昂《けんこう》たるものがあったのだ。

第二の理由はある意味で、より重大だといえる。

それは、御側御用人《おそばごようにん》の登用であった。

綱吉はこの天和元年に、側用人《そばようにん》という初の役職を設けた。そして、その初代として牧野成貞を、側用人に任じている。

門閥、家格、身分によって限定された大名が幕閣を構成することに、綱吉は疑問を抱いたのだ。その弊害として将軍の発言権が弱まり、幕閣に一任ということにもなるのではないか。

また酒井忠清のように権勢欲で固まり、もうひとりの将軍と目されることを喜ぶ人間も出てくる。権力者になることが目的で、政治は二の次という無能な老中も少なくなかった。

それよりも家格や身分は問題にせず、才能と実力のある優秀な人物を、幕政に参画させたほうが得策ではないのか。それも子飼いの直参《じきさん》であって、綱吉に忠義な逸材であれば文句なしだった。

綱吉はそのような構想に基《もと》づいて、側用人という役職を新たに設けた。その側用人に、館林宰相時代からの側近であった牧野成貞を任命する。

そのために綱吉は常陸《ひたち》内の一万三千石を与えて、大名格としたのである。大名格ならば、老中と互角に渡り合うこともできるだろう。今後は牧野成貞を老中並みとして、幕政に参加させる。

あるいは老中以上の権力を、側用人に持たせてもよかった。側用人のみを将軍への取次ぎ役とすれば、その勢威は自然と認められる。大老が将軍の筆頭補佐官ならば、側用人は将軍の筆頭秘書官に相当する。

こうして、綱吉の創置による側用人制度はスタートした。老中をうわ回る権力を握り、将軍の分身のようにも目される側用人の誕生と、側用人政治の始まりであった。

若年寄の下の地位にあった側衆《そばしゅう》が、老中並みの側用人となった。牧野成貞は、評定所にも顔を出す。牧野成貞は、綱吉への忠義を第一とする。綱吉も牧野成貞を、心から信頼している。

堀田正俊という右腕、牧野成貞という腹心がいれば、綱吉は安心して政務に専念できる。当たり前な老中など、何人いても仕方がなかったのだ。

天和二年となった。

正月二十一日、大老堀田正俊は四万石を加増され、計十三万石となった。正俊は大手門の屋敷で、内輪だけの祝宴を張った。そこへは稲葉正則も、正俊の正室《せいしつ》の父という身内として招かれていた。

宴のあとで、正俊は別の座敷へ席を移して、稲葉正則と話し込んだ。

「急にお年を、召されましたな」

正俊は、冗談を口にした。

「何を申される、老中職を退いていまだ五十日もすぎてはおりませぬぞ」

稲葉正則も舅と婿のつもりでいるが、相手が天下の御大老となると威張った言葉遣いは控えなければならない。

「長年の御奉公より退かれますと、気の緩《ゆる》みが生じましょう。さような気の緩みこそ人を老いさせ、命まで縮《ちぢ》まるとよく申しますからな」

正俊は一瞬ふと本気で、舅の身を案じていた。

「先の御大老と違うて、わしは人を憎まず、また嫌わずで、のんびりと日々を過ごしておりますのでな。寿命も短くはなかろうと、存じますぞ」

稲葉正則はそんなふうに、故人となった酒井忠清と自分とを比較した。

「酒井どのは人を憎み、人を嫌うておられたがゆえに、おのずと短命になられたと申されますか」

いまさら忠清を早死にさせたことに責任を感じるほど、大老正俊は気の小さい男ではなくなっていた。

「先の御大老は激しく憎み、嫌うておられました。されど御敵《おんてき》に回すことが叶《かな》わぬお相手ゆえ、先の御大老はいかんともしがたしと気落ちなされた。それがご寿命を縮めることと、相成り申したのでしょうな」

「酒井どのがそれほどまでに憎み、嫌うておられたお相手とは……」

「ご内聞に、願いますぞ」

「念には、及びませぬ」

「上さまにござる」

「されば、憎しみ合いと申すべきでしょう。上さまもまた下馬将軍などと称された酒井どのを、ご心底よりお嫌いあそばされましたのでな」

「下馬将軍の権勢を得られたことより、将軍家ご推挙に二の足を踏まれたがために、先の御大老は上さまのお怒りを買ったのでござろう」

「いや、将軍家のご威光に並ぶがごとき権勢を求める大老、老中を、上さまは何よりもお嫌いになられます」

「では婿どの、御側御用人とは何たるお役目にございましょうや」

「御側御用人こそ、次なる下馬将軍と相成る恐れありと、舅どのにはお考えにございますか」

「さよう。いまに見なされ、御側御用人は必ずや御大老をもしのぐ権勢を得ましょうぞ。御側御用人は常に、上さまがご名代と相成りましょうからな。その威光は、下馬将軍の比ではございますまい」

「舅どのがご意見として、承《うけたまわ》っておきましょう」

正俊は、年寄りの取り越し苦労と解釈して、苦笑を禁じ得なかった。

「御側御用人にはせいぜい、目を光らせておくことが肝要にございますぞ」

稲葉正則は、真剣な面持ちでいた。

この稲葉正則の警告は、決して見当違いに終わらなかったのである。

三

堀田正俊は稲葉正則の忠告を、百パーセントは受け入れなかった。無視はしなかったが、いちおう念頭に置いておこうという程度だった。

それは正俊自身の厳格な性格にも、原因があったといえる。おのれの正義の心を通して、他人を見るということである。そのために、新しく設けられた側用人がどうして、大老や老中以上の権力を握ることが許されるのかと、正俊流の正論が先行する。

それに正俊には綱吉から絶大なる信頼を寄せられていて、大恩ありと感謝されてもいるという自負があった。そうした正俊のうえの地位に、綱吉が側用人を持ってくるはずはないのだ。

筋を通すという意味でも、大老に勝る権力を側用人に与えるといった無茶はできない。譜代《ふだい》の大名と新参の幕臣との差を考えないような人事を強行すれば、まずは御三家が黙っていないだろう。

更に側用人の牧野成貞の人柄が、正俊を安心させたのであった。

このときの牧野成貞は、綱吉より十二歳うえの四十九歳だった。分別《ふんべつ》盛りで思慮深く、どちらかといえば小心者である。もちろん、野心家というタイプではない。

出しゃばったり、目立ちたがったりする男ではなかった。老中たちの評定に出席しても、牧野成貞はほとんど発言しない。綱吉の意向を、老中に伝えるぐらいである。

それよりも老中の評定の内容をしっかりと記憶して、綱吉に正確に報告するということに牧野成貞は重きを置いていた。側用人としては、適任であった。

権力など、欲しがらない。どちらかといえば、学者のほうが似合っている。実際に牧野成貞の影響を受けて、綱吉も無類の学問好きになったのであった。

要するに牧野成貞は、綱吉の信任厚い寵臣にすぎない。牧野成貞は綱吉に忠実で、有能な秘書官なのだ。そのように判断すれば正俊にとって、牧野成貞など恐るるにたらずということになる。

ところがここで、もうひとり綱吉の寵臣の存在が明らかにされる。

綱吉や成貞同様に、学問好きの勉強家だった。

年齢は、綱吉より十二歳下の二十五歳。

柳沢吉保である。

柳沢吉保は、保明、弥太郎とも称した。十六歳で、館林宰相だった綱吉の小姓《こしょう》となる。綱吉が五代将軍に就任すると、柳沢吉保は二十三歳で幕臣入りして小納戸《こなんど》役に任ぜられた。

天和二年には、二十五歳になっていた。柳沢吉保は綱吉より十二歳年下、牧野成貞は綱吉より十二歳年上だから、期せずして学問好きの戌年《いぬどし》トリオが誕生したことになる。

若いころから学問に励《はげ》んだ綱吉は近ごろ、林《はやし》信篤や人見友元といった儒学者を招いて『四書五経』などを学び、月に三回の勉強会を継続している。

そういう綱吉なので天和二年の正月元旦に、読書始めを催すことにした。このとき大学三綱領の進講を命ぜられたのが、二十五歳になったばかりの柳沢吉保だったのだ。

以来、正月元旦の将軍家の読書始めは、定例の行事となった。

それはともかく大学三綱領を進講する若者の未来を、予測できる人間はひとりもいなかったはずである。綱吉にしても、予想を立ててはいなかったのに違いない。まして正俊に、この若者がやがて稲葉正則の予言どおりの側用人に成り上がるだろうと、見抜くことは不可能だった。いまの正俊の目に映ずる柳沢吉保は、若造だが教養のある小納戸役にすぎなかった。

天和二年の二月になると、賞罰厳明による大名の除封と減封が再開された。

松平大和守《やまとのかみ》直矩《なおのり》は播磨《はりま》の姫路十五万石の大名だが、二月十日に八万石の減封を命じられた。前年に解決した越後騒動の初期に、松平直矩は酒井忠清と談合したということを咎められたのだ。

いまだに、忠清憎しが尾を引いている。おかげで松平直矩はしばらく、七万石の大名でいなければならなかった。のちに松平直矩は、十五万石に復している。

同じ二月十日に、出雲《いずも》の広瀬《ひろせ》三万石の松平上野介《こうずけのすけ》近栄《ちかよし》も一万五千石の減封となった。理由も松平直矩と変わらず、酒井忠清と談合したことへの罰である。

松平近栄も十五年後までに、元の三万石に戻されている。

二月二十一日になると、遠江《とおとうみ》（静岡《しずおか》県）横須賀《よこすか》五万石の本多《ほんだ》越前守利長《としなが》が減封を命ぜられた。五万石のうちの四万石を召し上げられたのは、酷というべきだった。

本多利長は、越後の村上《むらかみ》郡内一万石となる。もはや城主ではなく、陣屋で暮らさなければばならない。理由は治政がよくないうえに、巡検使《じゅんけんし》に非礼があったということになっている。

本多利長の養子が八代将軍吉宗《よしむね》の時代になって、ようやく信州飯山《いいやま》二万石の城主に昇格することを許された。

翌二十二日に今度は、明石《あかし》六万石の本多出雲守政利《まさとし》が減封となった。明石六万石から、陸《む》奥《つ》の大久保一万石へ移された。これも、かなり厳しい。

理由はやはり失政で、百姓を困窮させたとある。

この本多政利は運が悪いのか懲《こ》りない男なのか、十四年後に不行跡が原因で頼みの一万石まで取り上げられている。つまり、お取り潰しとなったのである。

五月二十六日、大和（奈良《なら》県）新庄《しんじょう》一万一千石の桑山美作《みまさか》守一尹《かずただ》が除封となった。理由は寛永寺《かんえいじ》における家綱の法要の際、饗応《きょうおう》役を仰せつかった桑山一尹に、新院使に対する不敬の行為があったということである。

一万一千石を召し上げられて、弟に預けられた桑山一尹は一年後に病死した。世に桑山一尹は、乱心したと伝えられる。

同じころ、悪政の摘発を受けて多くの代官《だいかん》が処罰されている。また賞罰の賞のほうも強調されなければならないので、駿河（静岡県）の富士《ふじ》郡今泉村の農民五郎右衛門の孝行を表彰し、綱吉は年貢免除の朱印状《しゅいんじょう》と金銀を与えた。

一方でこの天和二年は地震、火事、疫病《えきびょう》の流行、飢饉《ききん》と全国的に多くの災難に見舞われた。特に延宝八年からの二年続きの凶作で、畿内、中国、九州に大勢の餓死者が出るという惨状を呈した。

疫病も畿内、東北地方に流行する。江戸は、火事によって混乱した。七月には江戸の四十六カ所に、激しい落雷があって大騒ぎになった。

毎日のように、江戸のどこかで火災が起きた。一月と十二月に、大火があった。十二月の大火事では大名屋敷が七十五邸、旗本屋敷が百六十六邸、寺社が九十五、町屋《まちや》が五万二千戸と灰になっている。

日本橋《にほん》も江戸橋《えど》も焼け落ちたし、焼死者は三千五百人となった。あまりに火災が多すぎて特定できないが、この年の火事のうちに八百屋《やおや》お七による『お七火事』も含まれている。

江戸市民は焼け跡の復興に追われるとともに、飢饉に準じた食糧難に直面した、幕府は食糧の買溜めの禁止、酒造用の米の半減、お救い米《まい》の配給など対策を講じた。

そうした最中《さなか》にあって綱吉が痛感したのは、飢饉とか災害とかによる物資や食糧の不足の前に、人間がいかに無力かということだった。

そこで綱吉の頭に浮かんだのは、日ごろの倹約の必要性である。それがなければ、綱吉が進める『天和の治《じ》』も完璧とはいえない。改革にとって何よりも重要なのは、普段の質素な生活というものではないか。

綱吉はさっそく、堀田正俊を招いた。牧野成貞をも、同席させる。三人だけの密議となる。奢侈《しゃし》を禁じ、質素倹約を督励することを政策に加えたいと、綱吉は提案した。

「まことにもって、ご賢明なる上さまがご発案、恐れ入りましてございまする」

正俊は素直に、賛意を表した。

「筑前も、さように思うか」

綱吉は、目を輝かせた。

「御意」

正俊は、綱吉の突然のひらめきなるものを、決して軽視しなかった。

道理や理屈をこねるような議論をしても、綱吉が非凡なアイデアをひねり出すといったことはあまりなかった。その代わり、何気なく話をしているときに、意表をつくような思いつきが口から飛び出す。

綱吉には、そういうところがあった。一種のひらめきであり、何らかの才能といってもいいだろう。ほかの者が思いつきもしないようなことを、綱吉は突如として持ち出すのである。

この七月の綱吉はもうひとつ、おもしろいことを考えついている。

「天下一なる字句が、多用されておると聞くが……」

綱吉は唐突に、そんなことを言い出した。

「絵師《えし》、彫物師、各種職人どもが、おのれの仕上げたる品々に、天下一の字句を記すことは珍しくございませぬ。また商品並びに看板などにも、天下一の文字を見かけるようにござりまする」

正俊は、そう答えた。

「されば今後、万人《ばんにん》が天下一なる字句を用いることを禁じよ」

「ははっ」

「天下一とは、将軍のみに当てはまる言葉であろう」

「仰せのとおりにござりまする」

「あるいは、天下一とは将軍そのものと申してもよい」

「ははっ」

「よって、天下一なる字句はいかなる者の使用も、禁ずべきである」

「ははっ」

「筑前も、同様に考えおるか」

綱吉は、ケロッとした顔つきでいた。

「御意」

綱吉も太閤《たいこう》秀吉並みになったと、正俊は大いに賛成した。

直ちに、『天下一』の使用禁止令が発せられた。このことは天領、大名領、旗本領、寺社領の別なく全国に通達された。その効果のほどは調べようもないが、思いつきとして優れたものを感じさせた。

奢侈を禁じ倹約令を発することは、為政者として少しも珍しくない。徳川の天下になってからも三代将軍の家光が、すでに旗本の奢侈を禁じ倹約令も発している。

ところが綱吉の場合は前日まで、奢侈のシャも倹約のケの字も口にしないのだ。それがいきなり、質素倹約を政策の柱にしたいと言い出すのだ。

しかも、いったん思いついたら、それを徹底して実施する。中途半端を嫌うので、極端なまでに厳しく実践させなければ承知できない。綱吉のひらめきは、徹底主義に結びつくのだった。

正俊はもとより、倹約論者である。常々、周囲の者たちに不相応な贅沢を禁じ、奢侈を戒《いまし》めている。正俊みずからも、着道楽の衣服を除いては、質素を旨《むね》としていた。

したがって、倹約令には正俊も大賛成である。そのうえ正俊は、綱吉にも勝る徹底主義者であった。厳格にして剛直な正俊だから、なおさらのことだった。

「倹約令に、困難が付きまとうことは必定《ひつじょう》である」

綱吉は、眉をひそめた。

それはそのとおりだと、正俊と成貞がうなずく。

「その困難とは、質素倹約を万民の心中に徹底せしむことじゃ」

綱吉は、成貞を見やった。

「大名・旗本はもとより万民に至るまで、これぞ倹約の手始めなりと目を見はらせるがごとき狼煙《のろし》をば、打ち揚げるのがよろしいかと存じまする」

大宣伝となるイベントを、成貞は催すように提案した。

「それは、よき考えである。しかし、いかなる狼煙を打ち揚げればよいと、備前《びぜん》（成貞）は申すのじゃ」

綱吉は、身を乗り出した。

「さて、それにつきましては……」

牧野成貞は、思案投げ首の体《てい》となる。

「恐れながら、申し上げまする」

正俊が、口を開いた。

「うむ」

綱吉は期待の目を、正俊に転じた。

「万民に奢侈を禁じ給《たま》わんとの思《おぼ》し召《め》しにございますれば、まずはお上《かみ》において範を垂《た》れることこそ肝要にござりまする」

「余も、そのつもりなるぞ」

「されば無用の長物を惜しげもなく捨て去られることが、ご賢明なる御策かと存じまする」

「無用の長物とな」

「何の役にも立ちませぬうえ、莫大なる出費を食《は》み続けるものにござりまする」

「それは、いかなるものか」

「安宅丸《あたけまる》にござりまする」

「安宅丸……！」

「安宅丸を惜しむことなく破却いたしますれば、お上においてこのうえなき倹約の範を示したことと相成りまする」

「安宅丸を、打ち壊せと申すのか！」

綱吉の声が、甲《かん》高くなっていた。

「御意」

こういうときの正俊は一歩も譲らずと、頑固一徹な恐ろしい顔つきになる。

「筑前、そのほう安宅丸を何と心得おるのか！」

綱吉のほうも、やや青ざめていた。

綱吉が血相を変えるのも、無理はなかった。安宅丸とは寛永十二年（一六三五年）に、家光が建造した大型軍船なのである。無類の巨船として天下を驚かせ、その荘厳にして華麗なる外観は日光東照宮と比べられた。

長さ約四十七メートル、幅は約十六メートル、高さ約三十三メートル。二人がかりで漕《こ》ぐ大櫓《おおろ》が百丁で水夫は二百人、内部には大砲や鉄砲の備えがある。

周囲に銅板を張り、矢倉《やぐら》は二層造り、船上の前方の甲板《かんぱん》には三階の天守閣が建つ。船首の龍頭《たつがしら》とともに、絢爛《けんらん》豪華な天守閣であった。排水量は現代でいえば、一五〇〇トンと推定される。

しかし、この安宅丸は海戦の経験もなく、何ら実用を果たしていない。安宅丸は小田原《おだわら》から三浦《みうら》半島へ回送されたが、家光が船遊びに使ったのがせいぜいである。

その後の安宅丸は、深川《ふかがわ》の御船蔵で眠ったままであった。だが、維持費がかかる。それに、安宅丸に関連する役目につく者への俸禄がある。それらを合わせれば、一年の出費は膨大だった。

とは綱吉もよく承知しているが、安宅丸はいわば三代将軍家光の遺産であった。それを五代将軍が破壊していいものかと、綱吉は顔色を変えたのだ。

正俊のほうは胸を張って、綱吉の返答を待っている。衝突とまではいかないが、綱吉と正俊の意見が初めて対立したのであった。

新将軍として、やるべきことはやっている。それも厳しく積極的に実行しているではないか、という自負が綱吉にはある。賞罰厳明の方針に従い、非をなせる者は徳川一門だろうと譜代の大名だろうと旗本だろうと、容赦なく改易あるいは減封処分にしている。

儒学の思想も倫理観も十分、政策の中に活《い》かしているつもりだ。二月には農民と町人に対して身分不相応な服装を禁じ、五月には忠孝仁義を日常生活の基盤とするように命じ、八月には一般庶民の風俗の乱れを改めよとの布告を発した。

四

奢侈禁止も、たびたび諸国の高札《こうさつ》を通じて呼びかけている。浅草黒船《あさくさくろふねちょう》町に贅沢がすぎる石川六大夫《いしかわろくだゆう》という豪商がいたので、財産没収のうえ江戸から追放した。

町民が、金銀箔《はく》を使用することも禁じた。金銀箔を用いた看板、金屏風《びょうぶ》、銀屏風などを焼却させ、再度の使用を許さないことにしたのだ。

ここまで徹底して、政策を貫いている。そのうえで更に本格的な倹約令を、政策に加えようと発案したのである。それを万民に知らしめるために、効果的な狼煙を打ち揚げるのもいいだろう。

まずはお上《かみ》がそのための範を垂れるのも、一向に構わない。しかし、よりによって安宅丸の破却を、いきなり持ち出してくることはなかろう。

何もやらない将軍の目を覚まさせるのであれば、良策といえるかもしれない。だが、自分は前将軍と比較にならないほど施策に熱心だし、驚くべき実行力を発揮しているとの評価もある。

そういう自分に何も安宅丸の破却を押しつけなくてもいいだろうと、綱吉の不満を分析すればそういうことになる。将軍や大名は先祖の遺産を、自分の代になって失うことを何よりも嫌う。

特に将軍家の場合は徳川家の基礎を築いた家康、秀忠、家光の遺産となると、いかなるものだろうと御神体のように尊重する。それが自分の代に消滅するとなれば、これほど恐れ多いことはない。

改革派の旗印を掲げる綱吉だろうと、そうした思いに変わりはないのだ。家光が建造した安宅丸を、おのれが命令して破壊させる。綱吉にとって、これほど気の進まないことはない。

綱吉は、正俊をにらみつける。

堀田正俊も、綱吉を見つめている。

相手が将軍だからと正俊には、もの怖《お》じするところが少しもない。目は威圧するように鋭く、しかも澄みきっている。おそらく安宅丸の破却は、正論であるという自信の表われに違いない。

それにしても以前の正俊には、もう少し遠慮というものが感じられた。首をひねりながらも正俊は、綱吉との妥協に努めた。やむなく綱吉の主張を受け入れたために、正俊のほうがしどろもどろになったこともある。

それが日を追うにつれて、頑固一徹な正俊に変わっていった。厳格、実直、剛毅という性格を、正俊はむき出しにするようになった。綱吉に間違ったところがあれば、正俊は進言や諫言《かんげん》を恐れなかった。

それが権力を得た正俊の増長によるものでないことは、綱吉にもよくわかっている。正俊は、将軍を補佐することに責任を感じているのだ。

綱吉の政道を狂わせまいと、正俊は必死なのである。正俊が一歩も譲らないのは、綱吉への忠義であった。おかげで綱吉は今日まで、果断にして的確な政務を遂行できた。

そうとは、百も承知の綱吉だった。だから綱吉は正俊の進言や諫言となれば、何ひとつ聞き入れないことはなかった。しかし、いまの綱吉はふと頭上に低い雲がかかったように、ある種の鬱陶《うっとう》しさを覚えたのである。

束縛される面倒な存在というか、正俊の重さを綱吉は両肩に感じたのだ。綱吉は大事な解放感を、失ったような気分であった。綱吉にとっては、初めてのことだった。

「うむ」

いけないことだと、綱吉は自制した。

正俊は綱吉を五代将軍に推挙し、就任実現にも尽力してくれた大恩人である。その後の正俊にも、綱吉を補佐しての多くの功労があった。

正俊は綱吉に、このうえなく忠義な大老といえる。そうした正俊を、煙たがるとは何事か。五代将軍と決定した綱吉が正俊の手を握るようにして、感謝の意を表わしてから二年と四カ月しかたっていない。それなのに早くも正俊を敬遠したがるのは、恩知らずというものではないか。

そのように、綱吉は自戒する。

これまで正俊の進言は、すべて受け入れてきた。それならば今回も、正俊の意見に従うべきだろう。正俊の主張は、少しも間違っていない。

正論には、勝てない。まして大老の正論となれば、それを斥《しりぞ》ける将軍のほうが愚直とされるだろう。それに安宅丸を破却するとは、いかにも改革政治を進める綱吉らしいと、天下万民に目を見はらせるかもしれない。

「相わかった。安宅丸の件につき、筑前が申すことを是《ぜ》といたそう。余の胸は痛むが、やむを得まい」

綱吉は、身体の力を抜いた。

「上《うえ》さま、このうえなきご英断にござりまする」

正俊は両手を突き、目を潤ませていた。

九月十八日、船手頭《ふなてがしら》の向井将監正盛《むかいしょうげんまさもり》などが安宅丸の破壊を命じられる。そのことは同時に、幕府が倹約令の範を垂れるとして天下に公表された。

安宅丸が破却されたことで、年間の費用となっていた十万石が浮く。十万石の倹約となれば、大したものである。このことについて正俊は、将軍の英断によるものだとしきりに綱吉を称賛した。

だが、安宅丸がこの世から消えたことで職や収入を失った人々は、綱吉の英断といった流説を信じていなかった。大老が決めたことだと、人々は正俊を恨んだのだった。

いずれにしても、安宅丸の一件はこれで片付いた。しかし、綱吉の気持ちには、何か割りきれないものが残っていた。安宅丸という家光の遺産を、失ったことには何ら関係ない。

堀田正俊とのことである。いままでのように、素直になれないのだ。正俊にはあまりにも、柔軟性がなさすぎる。これぞ正しいことと思い込んだら、あくまでみずからの意志を押し通す。

そのうえ、正俊は完全主義者である。白というならば、完璧な白でないと承知できない。適当な白であってもよかろうと、正俊は目をつぶる気になれないらしい。

考えただけでも、綱吉は息苦しくなる。今後ますますそうした面が強まるならば、正俊と一定の距離を置いたほうがいいだろうと綱吉は思う。

以上が、安宅丸の一件を通じて綱吉が、初めて客観視した自分と正俊の関係であった。綱吉と正俊の蜜月時代に、最初の隙間風が吹き抜けたといえるだろう。

しかし、正俊のほうは、そんな綱吉の胸中を見通していない。正俊は、正俊である。正俊の性格も、忠義な大老という思い込みも、まったく変わっていなかった。

たとえ相手が綱吉だろうと是を是とし、非を非とすることに少しも遠慮しない。正論を吐いてズバリと切り込み、綱吉の誤りを正すことを躊躇《ちゆうちよ》しなかった。

ひとつには、勇気ある進言や諫言をする人間が、ほかにいないからであった。牧野成貞をはじめ綱吉の側近も、それに三人の老中もイエスマンばかりそろっているのだ。思ったとおりのことを綱吉に直言できるのは、堀田正俊ひとりしかいなかった。

立花平九郎《たちばなへいくろう》という者がいた。

定員が百名前後の小納戸役のひとりで、立花平九郎の禄高《ろくだか》は五百石であった。あるとき立花平九郎が御風呂屋口廊下を通行中に突然、左側の部屋から薄墨《うすずみ》色の生きものが飛び出して来た。

猫だった。猫は平九郎の足もとを横切ろうとしたので、またぐことさえ不可能であった。自然の成り行きとして、平九郎の片方の足が猫を蹴飛ばすことになる。

猫は宙を飛んで、柱にぶつかり廊下へ落ちる。

この猫は美しい灰色の毛並みから、『薄墨』と名付けられていた。綱吉の愛猫である。動けなくなっている薄墨を見て、綱吉は奥御医師を呼ぶ。

奥御医師の診断によると、薄墨の左の前足の骨が折れている。すぐ手当てを施したが、完治することは難しいという。綱吉は泣きたいほど、薄墨が不憫《ふびん》であった。

そこへ平九郎が薄墨を蹴飛ばしたための負傷、という知らせがあったから綱吉は激怒した。悲しい分だけ、怒りが激しい。側近の小納戸役だろうと、容赦はできない。

顔をよく見知っている平九郎なので、手討ちにはしない。その代わり自邸における切腹を、綱吉は立花平九郎に命じた。それを伝えられた牧野成貞も小納戸役支配の若年寄も、ひたすら承《うけたまわ》っていたらしい。

正俊や老中へは、大目付からの報告があった。正俊は大急ぎで、綱吉にお目通りを願い出た。正俊は人払いをして、綱吉と二人だけになった。これは綱吉のメンツを重んじ、恥をかかせないためである。

「なりませぬ、なりませぬ」

正俊の重々しい声は、綱吉の腹に響くようだった。

「筑前が、口出しいたすようなことではあるまい」

綱吉は、気色ばんでいた。

「堀田筑前、上さまが御家来二万二千の総代人にございまする。この御家来衆二万二千には、上さまの御《おん》ために死ぬる覚悟ができております る。さような覚悟が、猫にございましょうや」

真剣な面持ちで諫言するのだが、正俊の言うことはどこか滑稽《こっけい》であった。

「猫に覚悟など、あろうはずはない」

綱吉は思わず、苦笑してしまう。

「されば御家来が一命と猫の怪我《けが》と、そのいずれを大事とご覧あそばされましょうか。万が一、上さまが猫の怪我こそ大事なりと仰《おお》せになられましたならば、本日より二万二千の御家来はわが一命の猫より軽《かろ》きことを思い知りましょう」

「余を、脅すのか」

「上さまに、お伺い奉《たてまつ》りまする」

「うむ」

「仮に猫を蹴飛ばしましたる者が、この筑前にありましょうとも、上さまには切腹仰せ付けくだされましょうか」

「何を申す」

「されば、同じように猫を蹴飛ばしましたる者でありながら、筑前なればご寛容にもお許しくだされ、立花平九郎なれば切腹を仰せ付けあそばされるのでござりまするか。それでは、道理に合いませぬ」

「そのほうは余に、いかなることを望みおるのか」

綱吉の表情には、いささかなりとも苛立《いらだ》たしさが感じられた。

「恐れながら明後日に改めて立花平九郎へのご処断を、ご決定くだされますよう伏して願い上げ奉りまする」

正俊は、平伏した。

「よかろう」

綱吉はさっさと、御座所《ござしょ》を去った。

正俊から正論をぶつけられては、綱吉もそれを無視できない。しかも明後日まで待つと約束しているので、そのとおりにするほかはなかった。

二日もたつと、怒りは鎮静化される。人間は、冷静になる。切腹を命じたのはカッとなってのことだと、綱吉も気がついた。しかし、将軍がいったん処罰を申し渡したとなると、すべてを水に流して無罪というわけにはいかなかった。

綱吉は立花平九郎に、改めて閉門の罰を課した。五十日の外出禁止である。猫を蹴飛ばして五十日の閉門とは馬鹿げているが、切腹よりはマシと考えるほかはなかった。

立花平九郎は、正俊に恩を感じた。

綱吉も半年前までなら、おかげで側近のひとりを死なせずにすんだと正俊に感謝しただろう。だが、このころの綱吉は、そうもいかなかったのだ。

正俊の諫言を仕方なく、受け入れるという綱吉であった。したがって、よき教訓を垂れてくれたなどと、正俊に謝する思いは更々《さらさら》ない。むしろ束縛されることへの反感が強まり、正俊の存在の鬱陶しさがいっそう綱吉には重荷となる。

天和三年を迎えた――。

そんなある日。綱吉は猿楽《さるがく》を観賞する予定でいた。ところが、そのときになってあいにくと雨が降り出した。猿楽師は、殿中《でんちゅう》にはいることを許されない。それで猿楽は、屋外で演じられる。

お庭先に舞台が、お広縁に桟敷《さじき》が設けられている。桟敷には綱吉をはじめ幕閣、側近が百名ほど着座する。桟敷はお広縁に作られているので、雨が降ろうと濡れるという心配はない。

しかし、お庭先の猿楽師には、差し支えがあった。舞台といっても、屋根付きではない。三方に幕が掛かっているだけなので当然、猿楽師は雨を浴びることになる。雨中で、猿楽はできない。

「この雨、何とかならぬものか」

綱吉は、不機嫌になっていた。

「恐れながら……」

牧野成貞が、膝を進めた。

「うむ」

よい知恵が成貞にありそうだと、綱吉は期待する。

「油障子《あぶらしようじ》にて囲みますれば、雨は防げるものと存じまする」

牧野成貞は言った。

「多くの油障子を、用いねばなるまいが……」

それでも猿楽の観賞が可能ならばと、綱吉は牧野成貞の知恵を喜んだ。

「直ちに五十枚、百枚の油障子を集めさせることといたします」

牧野成貞は振り返って、柳沢吉保を差し招いた。

「お待ちくだされ」

正俊が、牧野成貞を制止する。

相手が正俊では、牧野成貞も逆らえない。成貞は畏《かしこ》まって、正俊の次の言葉を待つ。

「油障子などで囲みし猿楽では、上さまに心よりのご満足をいただけますまい」

正俊は笑いも含まない目を、牧野成貞に向けた。

「はっ」

成貞は、戸惑う。

「油障子にて囲われし猿楽にあろうと、余は苦しゅうないぞ」

綱吉が、助け船を出す。

「上さまがご上覧あそばされる猿楽が、油障子に囲われれしものとありましては、将軍家のご威光にもかかわりまする」

正俊は一歩も譲らぬというふうに、膝のうえで両手を握りしめた。

「なれば筑前、いかがいたせと申すのか」

綱吉の顔も、やや硬《こわ》ばっていた。

「日延べをなされませ」

臆せず、正俊は答える。

「日延べとな」

綱吉は、眉根《まゆね》を寄せた。

「御勅使《ごちょくし》ご饗応《きょうおう》の際にも、にわかに雨が降り出しましたるときは、次なる日に日延べいたしまする。これが慣例にござりますれば、上さまにも何とぞ晴天の明日まで、ご辛抱のほどを願い奉りまする」

正俊は、頭を下げた。

「さようか」

そう言っただけで、綱吉は席を立った。

正俊の意見は、確かに正しい。明日まで待って青空の下で、猿楽を楽しむのがいちばんいいのだ。だが、堅いことばかりが、通るものではない。たまに羽目をはずしてこそ息抜きになるのにと、綱吉はうんざりした気持ちでいたのである。

五

この天和三年から、質素倹約の奨励と奢侈禁止は本格化した。次から次へと、具体的な禁止令が出されることになる。天和三年の二月だけでも、以下のような禁止や制限が相次いだ。

○長崎《ながさき》奉行に、羅紗《らしゃ》、猩々緋《しょうじょうひ》、金糸《きんし》といった贅沢品、及び珍重される鳥獣の輸入禁止を命ずる。

○歌舞伎《かぶき》役者の衣服を制限する。

○女子の衣服の制限令で、金紗《きんしゃ》、繡物《ぬいもの》（刺繡《ししゅう》）、惣鹿子《そうかのこ》、並びに華やかな染織の着用を禁止する。

○小袖《こそで》の表《おもて》一反《いったん》の最高値を、銀二百匁《もんめ》と限定する。

○中間《ちゅうげん》や下女などの木綿・麻布を除いた半襟《はんえり》、袖縁《そでへり》、上下帯、頭巾《ずきん》、三尺手拭、鼻紙袋、巾着《きんちゃく》の使用を禁止する。

○町人の絹袖《きぬそで》、木綿、麻布以外は、刺繡の紋所《もんどころ》を禁止する。

もちろん、こうした制限・禁止令は不評であった。町人の世界では、不平不満の声が高かった。特に着飾ることを特権とする女たちの反感を買い、制限・禁止令は守られても質素倹約には必ずしも結びつかなかったようである。

その証拠に、江戸では呉服屋が相変わらず繁盛していた。前年の火事で全焼した本町《ほんちょう》の越後屋《えちごや》（三越の前身）も駿河町《するがちょう》に新規開店したが、四十人からの手代が女客の応対に追いまくられるという盛況ぶりだった。

一方、京都では華麗な絵模様が女子の人気を呼び、友禅《ゆうぜん》染《ぞ》めの小袖が大流行となっていた。以前にも増して女の着物への関心が強まれば、質素倹約から遠のくということになるのである。

そういった点を、堀田正俊は見通していなかった。読めなかったというより、女心を無視したのかもしれない。幕府の政策と禁止令には、不満であろうと従わなければならないという正俊の理想論が、ここでも先行したのであった。

だから正俊は江戸城の大奥も、例外と認めなかったのである。

正俊はこの年の二月から繰り返し、大奥に対しても奢侈の禁止を命じていた。何度となく質素倹約のお達しが伝えられるので、大奥でも知らん顔ではいられなくなる。

正俊からの通達は、従うほかはなかった。大奥の女人たちにとって、日々の暮らしが次第に窮屈になっていく。そもそも大奥なるところは、そんなことには耐えられない独特の女護《にょご》が島《しま》なのであった。

しかし、正俊はそういう点も認めず、あくまで大奥を特別扱いにしなかった。法のもとに平等というつもりだろうが、杓子定規《しゃくしじょうぎ》なやり方が正義として通用するとは限らないことを、考えようとしない正俊だった。

大奥の女たちには、質素倹約の励行といった発想がない。不自由な生活を、強制されると受け取っている。そのために、不満は募《つの》る一方であった。

大奥の正俊への批判はいまや、約四百人の女人の総意となっている。そのことは当然、綱吉の耳へもはいる。何とかしなければならないと、綱吉は正俊を呼びつける。

「大奥にまで厳しく、法度《はっと》を持ち込むことはなかろう」

綱吉の表情は、最初から険しかった。

「仰せにはござりまするが、さようには参りませぬ」

正俊は、動じなかった。

「大奥において筑前ほど、評判の悪《あ》しき者はおらぬぞ」

「一向に、構いませぬ」

「そのほう何ゆえそこまで、頑《かたく》なに構えねばならぬのじゃ」

「御政道は一本の幹なることが、望ましゅうござりまする。あちこちに、枝葉があってはなりませぬ」

「されど何事もいちいち全《まった》き（完全）を望まば、成就《じょうじゅ》すること難《がた》し。古語に、水清ければ魚棲《す》まず、とあるはそのことなり」

「筑前、全きを望みおりまする」

「そのほうにも寛《くつろ》ぎ、気を休め、安らかに眠れる屋敷があろう」

「ございまする」

「余が屋敷は、大奥でもある。その大奥へ参れば、窮屈なることを訴える声を聞くばかりにて、余は気も休まらぬ」

「何とぞ、ご辛抱のほどを……。この正俊めもまた江戸屋敷はもとより、古河の家臣とその一族からも窮屈なることこのうえなしとの訴えに、昼夜の別なく責めつけられておりまする」

「互いに、耐えるほかなしと申すのか」

「御意《ぎょい》」

「大奥であろうと、あくまで手は緩めぬと申すのか」

「上さまがご決定あそばされましたる奢侈禁止並びに質素倹約の励行にござりますれば、天下に一人《いちにん》たりともこれに背《そむ》く者があってはなりませぬ」

「そのほう、やはり頑なにすぎるようじゃな」

綱吉は、肩を震わせた。

鬼神か妖怪のような気がして、正俊が恐ろしくなったのである。かつての正俊とは、別人のように感じられる。大恩ある正俊、親しみと尊敬の念を抱いた正俊が、いまの綱吉には遠い存在になっていた。

「恐れながら、これをばご一読賜《たま》わりたく……」

一冊の書物を綱吉の前に置いて、正俊は退出した。

『疑惑論』という書物だった。為政者とその臣下のあり方を記した中国の古書であり、いかにも正俊好みの内容という印象を受けた。どこまで思い込みが激しいのかと、綱吉は腹立たしくなっていた。

正俊が振りかざす正義とは、いったい何なのか。正俊自身の信念と性格が、これと定めたことこそ正義なのではないか。独断専行とまではいわないが、ひとりまっしぐらに突っ走る正俊の独走が、正義ということになりそうであった。

無用の正義だと、綱吉は思う。

しかし、正俊は追討ちをかけるように、更に無用の正義を持ち出すことになる。

閏五月四日、婦女子の刺繡や金紗の衣服はすでに所有しているものでも着用してはならない、縫紋も用いてはならないという禁止令が追加された。正俊はこれをそっくり、大奥にも押しつけたのである。

そのため、大奥の不満は爆発した。

「かようなこととなれば、元の館林の屋敷におりますほうがマシじゃ」

と、綱吉に泣きを入れたのは、生母の桂昌院であった。

「理不尽なり堀田どの、二度と顔も見とうない」

桂昌院はそのように、正俊を徹底的に嫌うこととなった。

そなたの功労は命ある限り忘れまいぞ――と、桂昌院が正俊に礼を述べたのは天和元年十一月十三日。それから一年と七カ月後に、正俊の恩は死ぬまで忘れない、という桂昌院の言葉は帳消しにされたのである。

敵視こそしなかったが、桂昌院は正俊を嫌悪した。大恩人どころか、顔も見たくない男になったのだ。桂昌院は、綱吉に抗議する。綱吉もまた、正俊を、頼みにできなくなっていた。

同じ閏五月の二十八日に綱吉の長男で、ただひとりの男子でもある徳松が病死した。将軍に就任したばかりの綱吉が、徳松をわざわざ次期将軍に指名してから二年と七カ月後のことだった。徳松、五歳である。

人間関係というものは、運命の名を借りてこのように一変する。それも、わずか数年のあいだにであった。

綱吉は徳松を次期将軍と決めて、二年七カ月後にそのただひとりの世嗣を失った。

桂昌院は命ある限り忘れまじと感謝してから、一年七カ月後に大恩ある正俊を厭《いと》うようになった。

綱吉もこの世で最大の恩を感じてから三年後に、正俊を不要な人間と見始めているのだった。

このときをもって、綱吉と正俊の蜜月時代は終わったことになる。

正俊のほうは、そのように思ってもいない。これまでどおり、将軍に必要不可欠な補佐役のつもりでいる。正俊という重鎮がいなければ、将軍も幕府も成り立っていかないとの自負を捨ててはいない。

綱吉が一方的に、正俊を嫌うようになっている。そういう意味で、蜜月時代には終止符が打たれたのだ。ただ綱吉にはあからさまに、正俊を冷遇できないだけであった。将軍の座を与えてくれた正俊を、正面きって遠ざけるのはいまのところ難しい。

しかし、綱吉の信任の比重はかなり明白に、正俊から牧野成貞へ移って行くようだった。

もはや大老も老中も、飾りものでよかった。将軍が親政を行なうのだから、側用人がいれば十分である。特に牧野成貞のような小心者のイエスマンは、綱吉の言いなりだから万事やりやすい。

しかも、牧野成貞は絶対に裏切らない。そういう点では、信用できる。気が小さくても、愚かではない。消極的だが、優秀な一面を持っている。相談相手としては、上々の牧野成貞であった。

この年、綱吉は牧野成貞を二万石の加封とした。そのうえ、下総（千葉県）関宿城主の地位を与えている。

　綱吉は将軍就任とともに一万三千石を贈り、牧野成貞をいきなり大名の列に加えた。

　二年後の天和二年、二万石の加増。

　更に一年後に、再び二万石の加増。

　牧野成貞はたったの三年間で、関宿五万三千石の大名になったのである。

　異例のスピード出世というより、何か裏があるように感じさせる。真相を知る者、知らぬ者ともに、その不自然さについて噂をしないではいられなかった。

「御側御用人としては、ご加増を急がねばならぬのか」

「御老中を上回る権勢を御側御用人に授けるために、上さまは牧野どのに毎年のご加増を賜わるのか」

「それもあろうが、それだけではござるまい」

「ほかに、何があろうか」

「生臭《なまぐさ》い話が、秘められておる」

「生臭い話とは……」

「献妻じゃ」

「ケンサイ……？」

「おのが妻を、献上いたすことよ」

「牧野どのがご妻女を、上さまがご寵愛……」

「まことか」

「元館林の御家中より、承ったことでな。確かな話に相違ない」

「献妻か」

　こうした風聞は、根拠のない流言ではなかったのである。関係者一同は秘密を守ろうと必死になるだろうが、長期にわたればどこからともなく洩《も》れるものだった。

　この時点での綱吉の側室は、徳松の生母でもあるお伝の方がよく知られている。だが、絶対に公表されることのない側室が、もうひとりいた。

　それが、牧野成貞の妻の阿久里《あくり》であった。阿久里は初め神田橋御殿で、侍女として桂昌院に仕えていた。桂昌院は目をかけた阿久里を、神田館《やかた》で奏者役《そうじややく》を務める三千石取りの牧野成貞と娶《めあわ》せた。

　年が十五ほど違う夫婦だったが寛文七年、九年、十一年と二年置きに三人の娘が生まれた。その三人の娘の母になった阿久里に、綱吉は目をつけたようである。

　綱吉は頻繁に、牧野成貞の屋敷へ出向くようになった。口実は能楽《のうがく》に興ずるためとなっていたが、綱吉の目当ては阿久里であった。やがて綱吉は成貞に、献妻を要求する。

　当然のことだが、成貞も一度は拒否する。しかし、綱吉は諦めることなく再度、阿久里を求める。そうなると、君命としての強制力を発揮する。

主君の望みを、叶えないわけにはいかない。まして小心者の成貞には、最後まで綱吉に逆らう勇気などなかった。このころからすでに、綱吉の言いなりになる牧野成貞だったのだ。

結果的に成貞は、綱吉に妻を献じたことになる。阿久里は成貞の妻のままで、綱吉の寵愛を受けるという極《きわ》めて変則的な側室となったのである。

阿久里は、二十五歳であった。

それから七年後に突如として、綱吉は五代将軍に迎えられる。阿久里は将軍の側室として大奥へ移るには、年を取りすぎていた。阿久里は、三十二歳になっている。

三十二歳は、お褥《しとね》ご辞退の年齢である。綱吉の将軍就任以前に、阿久里との男女関係は解消されていたのだろう。阿久里は『公室（君主の家）にあって』とされているから、神田御殿における側室だったと思われる。

たとえそうであったとしても、綱吉は牧野成貞に大きな借りを作ったことになる。家臣の妻を奪うような暴君でも、献妻させたことには負い目を感じる。

あるいは、もともと寵臣の成貞とは気安い仲だったので、ついでに妻も貸せという綱吉のわがままがあったのかもしれない。いずれにせよ寵臣に対する好遇に加えて、牧野成貞に大いに報いる義理が綱吉にはあったわけである。

牧野成貞を一万三千石の大名に取り立てて側用人に任じたのは、古くからの寵臣への処遇だったのに違いない。

そのあとの四万石の加増と関宿城の贈与は、阿久里を寵愛したという借りの一部の返済だったのかもしれない。

今後も牧野成貞は加増が相次ぐことになるが、いつまでたっても献妻のおかげだという声が、成貞にはついて回るのであった。

それはともかく、成貞はそういうことで桂昌院と親しい関係にあった。綱吉を通じてというだけではなく、阿久里の線からも成貞は桂昌院との縁が深かったのだ。

その桂昌院が、堀田正俊を嫌悪するようになっている。桂昌院は成貞と顔を合わせるたびに、正俊を批判して悪く言う。

綱吉も正俊を、疎《うと》んじ始めていた。

そうなると成貞も、桂昌院や綱吉に同調しないではいられない。

成貞にとっては、正俊も恐ろしい相手である。しかし、近ごろの正俊は権力を握っていても、人望や人気を失っている。世間一般も政治への不満は、すべて大老が悪いからだと正俊のせいにしていた。

桂昌院と綱吉にも、正俊は嫌われるようになった。

大奥は全体的に、正俊のことを憎んでさえいる。

御三家、幕閣、諸大名も、あまりに剛直がすぎることから正俊を敬遠するようになっていた。

正俊は、孤立している。

正俊自身はそのことに気づいていないので、なおさらひとり浮き上がってしまっている。

そうなった正俊ならば、敵に回してもさほど恐ろしくないと成貞は計算する。反正俊派として、大老追い落としを策してもよかった。成貞はそのことで、二十四歳年下の柳沢吉保に相談を持ちかける。

「なるほど……」

柳沢吉保は、軽くうなずいた。

柳沢吉保は美男であり、聡明な顔つきをしている。ただの学問好きではなく、学者以上に博学であった。それに、頭も切れる。成貞と違って、吉保は剛胆な知恵者でもあるのだった。

綱吉にとって柳沢吉保は、成貞に次ぐ寵臣である。成貞はひたすら忠実であり、吉保は何事を任せても頼りになる。そういう意味で綱吉は、この二人の寵臣に対してのみ心を開くことができるのだった。

天和三年には、綱吉が三十八歳。

牧野成貞が、五十歳。

柳沢吉保が、二十六歳。

と、こうした戊年トリオになっていた。

六

柳沢吉保の祖先は、武田《たけだ》氏に仕える地侍《ぢざむらい》であった。

それがのちに、徳川家に属することになる。その後、更にいくたの変遷を経て柳沢吉保の父の安忠《やすただ》が、館林宰相の綱吉付きとなったのである。

寛文四年、柳沢吉保は七歳にして初めて、十九歳の綱吉に謁《えつ》した。それから十一年がすぎて、百六十石取りの父の跡目《あとめ》を継ぐ。同時に綱吉に仕え、吉保は小姓組の一員に迎えられる。

綱吉と吉保は主従であるほかに、二つの特別な関係にあった。

ひとつは、男色というむすびつき。

もうひとつは、学問上の師弟関係という強い絆《きずな》である。

それに加えて綱吉は、吉保が大した才人であることに気づいた。未来の大器だと、綱吉は吉保に期待する。吉保という人物に、綱吉は惚《ほ》れ込んだのだ。そうした綱吉の思いが男色など卒業したのちも、吉保を貴重な寵臣にしないではいられなかったのであった。

吉保は十九歳で、定子という正室を迎える。

二十三歳のとき、綱吉が五代将軍となる。柳沢吉保は限られた近習とともに、綱吉に従って江戸城へはいる。以後、柳沢吉保は幕臣となる。その年の十一月に、小納戸役を仰せつかる。

翌年、吉保は六百七十石を与えられた。二十四歳にして、合計八百三十石の知行を得たのであった。

そして、この天和三年一月に二百石の加増あり、二十六歳の吉保は千三十石取りとなった。牧野成貞の場合とはスケールが違うが、柳沢吉保の加増の速さも異例といえなくはない。

「御大老は、上さま並びに桂昌院さまのご胸中に、まったくお気づきではないのじゃ。それだけに、難しい」

牧野成貞は、嘆息を繰り返している。

「されど、このままには捨て置けぬ、ということにございましょうな」

柳沢吉保は、口もとに薄ら笑いを浮かべていた。

「桂昌院さまが御大老へのお怒りは、ことのほか激しい。御政道一本槍の御大老の剛直さが憎いとまで、桂昌院さまは仰せになられた」

「御大老をあれほど頼みにされておいでの上さまもまた、ずいぶんと急にご変心あそばされたようでございます」

「それも御大老の剛直、謹厳、頑固がすぎるゆえにござろう。たとえば御大老は二言目には、公正こそ何よりも肝要と意見をされる。しかし、何もかも公正にとは参らぬのが、この世というものであろう。その辺のところが、御大老にはおわかりにならぬ」

「すぎたるは、なお及ばざるがごとし。薬もすぎれば、毒になります」

「さような御大老と日々、上さまは問答をお続けあそばされる。上さまも、うんざりのお心持ちにおなりあそばされるだろうと、お側にあってそれがしもご同情申し上げるほどであった」

「そのご不快が積もり積もって、上さまには御大老を急に疎んじあそばされるようになられた」

「さよう」

「親と子が突如、敵同士《かたき》に急変なされたようなもの」

「敵同士とは、申せまい。御大老に限っては、これまでと少しも変わらぬおつもりでおられるのだからな」

「上さまと御大老はある一面において、実によく似ておいでてございます。似た者同士は互いに譲らず、必ずや折り合わぬものと聞いております」

「そのことなれば少なからず、それがしにも思い当たる節《ふし》がござった。上さまと御大老はお考え、ご性根、ご気性ともに、よう似ておいでてござる」

「それゆえ、上さまもご立腹あそばされることが、多くおありだったのでございましょう。上さまの御心がわずかなる日数のうちに、御大老より離反あそばされたのも、そのためと思われます」

「上さまは、御大老を遠ざけたいとのご胸中にござる。桂昌院さまも、同じようにお望みじゃ」

「ただし、いかにして遠ざけるか、その手立てが……」

「うむ」

「御大老職を免じ奉ることは、上さまにも叶いますまい」

「それは、なるまい。五代将軍がご誕生あそばされたのは、御大老という名医のお力があったればこそのことじゃ。その名医を背後より突き飛ばすがごとき仕打ちは、人の道をはずれたる所業と申せよう」

牧野成貞は力なく、首を横に振った。

「新たなる武家諸法度《ぶけしょはっと》にも、反することと相成りましょう」

柳沢吉保は、苦笑を浮かべた。

この七月二十五日に綱吉は正俊以下、三人の老中、諸大名の参集を求めて、武家諸法度の改定を申し渡したのである。その冒頭の改定部分には、『忠孝を励まし、礼儀を正すべきこと』と謳《うた》われていた。

柳沢吉保は、それを指摘したのであった。大恩ある正俊を理由もなく罷免したりすれば、『礼儀を重んずべし』と綱吉自身が改定した武家諸法度に違反することになる。

誰もが納得するような事情があればともかく、その気のない正俊の大老職を解くことはできなかった。つまり綱吉といえども、追放するような形で正俊を罷免することは、不可能なのであった。

「何か妙案はなきものか」

牧野成貞は、頭《こうべ》を垂れた。

「さて……」

柳沢吉保も、考え込んでいる。

成貞と吉保には、堀田正俊に対する私怨などまるでなかった。特にいま、正俊の失脚を願う理由もない。大老である正俊が、更に強大な権力を握るといった不安もなかった。

私利私欲に走る正俊ではないし、綱吉に忠義である点にも間違いはないのだ。そんな正俊を幕府の中枢から遠ざけるための方策を考える必要は、成貞にも吉保にもまったくないのであった。

それなのに、成貞と吉保は苦心して知恵を絞っている。いったい、なぜなのか。綱吉と桂昌院の意に沿いたい、綱吉と桂昌院の望みを叶えたい、綱吉と桂昌院を満足させたい。ただそれが、目的なのである。

単純というより成貞や吉保は、徹底して綱吉と桂昌院の味方なのであった。綱吉と桂昌院に無条件で尽くすということが、生きる指針として全身に刻《きざ》み込まれている。それが綱吉と成貞、綱吉と吉保の主従関係なのだ。

そのような発想には、御側御用人の適任性が感じられる。御側御用人の初代に牧野成貞を登用し、二代目に柳沢吉保を選んだのは、綱吉の慧眼《けいがん》によるのかもしれない。

「上さまより御大老に致仕《ちし》（隠居）を、すすめられてはいかがにございましょうか」

柳沢吉保が、ニヤリとした。

「上さまが御大老に致仕を、おすすめあそばされる」

牧野成貞は顔を上げて、トンと膝を打った。

「御大老は、齢《よわい》五十……」

吉保は、首をかしげた。

正俊が成貞と同年齢であることに、吉保は気づいたのであった。正俊が五十歳だから致仕せよと迫ったら、同じ五十歳の牧野成貞も隠居しなければならなくなる。成貞もそのことに思い当たって、がっくりと肩を落とした。

しかし、成貞は綱吉と二人きりになった際に雑談として、正俊に致仕をすすめるという話を持ち出した。綱吉は真剣な顔つきで聞いていたし、そのあとの眼差《まなざ》しは考え込むように真摯《しんし》だった。

綱吉は正俊致仕の話に、かなり心を動かされたらしい。

八月にはいって、綱吉と正俊はまたしても衝突した。まず正俊は能狂言の者どもの用い方に関して、綱吉を厳しく諫《いさ》めた。この正俊の諫言に対して、綱吉は不快の色をあらわに無言の抵抗を示した。

次に正俊は、先日の武家諸法度の改定の一部について批判した。

「武家諸法度の第一には東照大権現（家康）さまがご制定以来、文武弓馬の道もっぱら嗜《たしな》むべしとございました」

正俊は、綱吉の目を見据《す》えた。

その部分を綱吉は、『文武忠孝を励まし、礼儀を正すべきこと』と改めたのである。これを、綱吉は大老や老中に諮《はか》ることなく、独断で改定したのであった。

「それが、いかがした」

綱吉は、ますます不機嫌になっていた。

「武家たる者、何よりも文武弓馬の道を修むることこそ肝心と存じまする。すなわち、文武弓馬の道もっぱら嗜むべしの条は、そっくりお残しあそばれて然《しか》るべしと愚考いたします。そのうえで次なる条に忠孝を励まし礼儀を正すべきことと加えられましたならば、おみごとなるお改めと諸侯も感服つかまつりましたはずにござりまする」

「いまさら、何を申す。もはや、定められた武家諸法度なるぞ」

「前もってわれらに、ご下問《かもん》を賜わりますれば……」

「備前（牧野成貞）には、前もって案を示した」

「備前守どのは上さまが仰せになれば、進言を控えてただ首を縦に振るのみにござりましょう」

正俊はやはり、ものをはっきり言いすぎた。

「そのほう、備前が気に入らぬのか」

険しい目つきになって、綱吉は立ち上がった。

このときの綱吉の怒りは、だいぶ激しかったようである。無用な諫言にも腹が立ったが、牧野成貞を馬鹿にされたことが一段と綱吉を感情的にさせた。

またそれ以上に許せなかったのは、正俊に武断派の名残りがあることだった。正俊が文武弓馬の道にこだわったことから、綱吉はそのように察したのである。

将軍が文治に徹しているのに、それを補佐する大老に武断の傾向があってはどうにもならない。綱吉にとって正俊は、なくてはならない人ではなくなった、という一瞬であった。

それから数日がすぎた八月十五日、大手門の屋敷で休養していた正俊に綱吉から声がかかった。これから盃《さかずき》を傾けるので相伴《しょうばん》をせよという呼び出しだった。

上意となれば、やむを得ない。正俊は、夕刻の登城となった。もっとも大手門の屋敷からは、登城も簡単にして短時間ですむ。正俊は殿中にはいると、中奥の御休息の下段《かだん》の間《ま》へ案内された。

酒宴が催されるのかと思っていたが、そこには綱吉しかいなかった。酒の支度《したく》がなされて、綱吉は盃を手にする。正俊も、盃を頂戴《ちょうだい》した。

「屋敷にて、臥《ふ》せっておったのか」

綱吉は、笑《え》みを浮かべていた。

「一日、書見に費《つい》やしましてござります」

何のために招かれたのかと、正俊はようやく怪しむ気持ちになっていた。

「さようか。なれば、安心じゃ」

「上さまが、ご安心召《め》されるとは……」

「病人に登城を命じたとあっては、余の手落ちとなろうからのう」

「さいわいにもこのところ、病《やまい》のほうが遠ざかってくれておりまする」

「されど筑前は、病多き身じゃ。近ごろの筑前は、疲れの色も甚《はなは》だしい」

「決して、さようなことはございませぬ。おかげさまをもちまして、至って壮健にござりまする」

「ゆるりと、休息いたしてはどうじゃ」

「ありがたき仰せにはございまするが、その必要は……」

「そのほうが望むのであれば、古河へ帰国いたすのもよかろう」

「滅相もございませぬ。日々、多用なうえ、なさねばならぬことが山積いたしております。ご奉公がたりぬものと、わが身を恥じておりますほどにございまする」

「苦しゅうない、休養を欲したるときは遠慮なく申し出《いで》よ」

綱吉の口調は、妙にやさしかった。

「ありがたきしあわせ……」

正俊のほうも、神妙に両手を突いた。

だが、正俊には綱吉の狙いが、はっきりと読めていた。致仕という言葉はまったく出ていないが、綱吉は正俊に隠居するようにと、それとなくすすめているのである。ゆるりと休養せよとは、隠居を命ずるときによく使われる表現だった。

綱吉がなぜ、正俊の隠居を望むのか。それは、正俊にもわからない。大老を廃して側用人に取って代わらせようとしていると、そんなふうにしか見当がつかなかった。しかし、そうはいかないぞと正俊は、心の中で隠居のすすめを一蹴していた。

「これを遣わすゆえ、ゆるりと過ごすがよい」

綱吉は正俊に、香合《こうごう》（香の容器）を賜わった。

正俊が拝領した香合の中身は、滝の白玉という伽羅《きやら》だった。隠居したうえで香を聞いて楽しめという意味かもしれないと、正俊は憮然たる面持ちで屋敷へ戻った。だが、隠居の件は、問題にもしていなかった。

正俊がいなければ、綱吉は必ず将軍としての道を誤まる。自分が支えて補佐して綱吉を守護することが、真の忠義と御奉公だという信念を曲げなかったのである。

ところが――。

ここに綱吉の未来と、正俊の命運を握る男が登場する。

この男は、正俊と親戚関係にあった。春日局を後妻とした稲葉正成《まさなり》の娘が、正俊の祖母に当たる。同じく正成の三男の息子が、先の老中の稲葉正則である。

更に同じく正成の十男の息子に、稲葉正休なる者がいた。すなわち正俊の父の堀田正盛、稲葉正則、稲葉正休は従兄弟《いとこ》ということになる。

正俊は父の従弟《いとこ》の稲葉正則の娘を、正室としている。そのうえ正俊は、春日局の養子になっていたのだから実にややこしい。しかし、悲劇の影を落としている人物は、稲葉正休という男だったのだ。

正俊と稲葉正休の関係も、父の従弟であった。父の従弟といっても正休のほうが、正俊よりも六つ年下である。この稲葉正休は一昨年まで、七千石の旗本にすぎなかった。

だが、昨年三月に若年寄に任ぜられ、八月には五千石の加増となって大名に列した。美《み》濃《の》（岐阜《ぎふ》県）青野《あおの》一万二千石の領主、稲葉石見《いわみ》守正休であった。

今年の二月、淀川《よどがわ》とその周辺の治水の視察という若年寄の任務を与えられて、稲葉正休は摂津《せっつ》（大阪・兵庫の一部）と河内《かわち》（大阪府）へと旅立っていた。

その稲葉石見守正休の引きずる悲劇の影は、刻一刻と正俊に近づきつつあるのだった。

七

綱吉の正室は、影が薄い。

大奥にあって御台《みだい》さまとされる将軍の妻でありながら、その存在はまったく目立たなかった。正室の信子は五摂家《せっけ》の出で十三歳のとき、十八歳だった綱吉と結婚している。一種の政略結婚なので、初めから形だけの妻であった。

夫婦円満は、望めようもない。それに信子は綱吉の子を、ひとりも生んでいなかった。

将軍の妻となってからも、飾りものであることに変わりない信子である。名ばかりの御台さまとして、信子は大奥でひっそりと生きていた。

では、大奥でこのうえない権勢を、振るっていたのは何者か。

側室のお伝の方である。

お伝の方は、桂昌院付きの御女中《おじょちゅう》となり白山御殿に奉公した。

美人で頭がよくて、機転が利《き》いて他人の心を巧《たく》みにつかむ、そういうお伝の方は、桂昌院のお気に入りだった。

桂昌院は信子に子ができないことを心配して、綱吉の側室にお伝の方を推薦する。綱吉はたちまち、お伝の方に魅了される。心身ともに虜《とりこ》となり、綱吉は飽くことなくお伝の方を寵愛した。

お伝の方は延宝五年に鶴姫を、延宝七年に徳松を生んでいる。この徳松は綱吉が将軍になったことで、にわかに脚光を浴びた。徳松は将軍家の嫡男であり、将軍後継の可能性が強いからであった。

事実、綱吉は徳松を六代将軍にすることを、天下に宣している。

大奥に移ったお伝の方は、次期将軍の生母ということで特別視される。お袋さまと呼ばれて、格別の扱いを受けた。お袋さまであるうえに、お伝の方には綱吉と桂昌院が付いている。

将軍と変わらないような権勢を、お伝の方は得ることになる。綱吉にすがれば大抵のことは、意のままになるという自信があった。それが、お伝の方を増長させた。

正室の信子とは対照的に、大奥でのお伝の方は華やかだった。ただし、五摂家の姫であった信子と比べると、お伝の方の生まれもまた対照的である。

お伝の方の父は小谷権兵衛、十二俵扶持《ひょうぶち》という下級士卒であった。役目は将軍が外出するときの草履《ぞうり》取り、荷物の運搬を任される。御家人《ごけにん》にも届かない身分なので、武士の扱いさえされなかった。

しかし、お伝の方が威勢を持ったとたんに、小谷権兵衛は小身ながら旗本に準ぜられ、名も小谷将監《しょうげん》守栄と改めた。

お伝の方の姉は牧野成貞の養女となり、戸田氏成《とだうじしげ》に嫁いだ。戸田氏成は元禄元年（一六八八年）に、三河《みかわ》の畑村一万石を領して諸侯に列した。たとえ一万石であろうと、従五位下《じゅごいげ》の淡路《あわじ》守という大名の妻になれたのだから、お伝の方の姉の出世は大したものである。

お伝の方の妹も、相模《さがみ》内一万石の増山正利の家老の息子と結婚している。

もうひとり、お伝の方には権太郎という兄がいた。この小谷権太郎が、手のつけられない放蕩無頼《ほうとうぶらい》の遊び人であった。家にも寄りつかず、博奕《ばくち》に明け暮れている。

綱吉が将軍になって二年後の天和二年二月、小谷権太郎は賭場で揉《も》め事を起こした。博奕に勝ち続ける小山田弥一郎という者に、権太郎は文句をつけたのだ。

「何だって、そこまで勝ちが重なるんだろうな」

権太郎は嫌みたっぷりに、小山田弥一郎を皮肉った。

「ツキが回って来たのよ」

小山田弥一郎は、ヘラヘラと笑った。

「いくらツキが回ろうと、いつまでも長続きするものではない」

権太郎は、舌打ちをした。

「何だと……」

弥一郎は、表情を険しくさせた。

「何やら、仕掛けがあるのと違うのか」

権太郎は、弥一郎の手もとを見やった。

「仕掛けだと……」

弥一郎は、血相を変えた。

「青くなったな。あわてるところを見ると、ますます匂うぞ」

権太郎も引っ込みがつかなくなり、弥一郎に絡み続けた。

「勘弁ならん！」

弥一郎は、立ち上がった。

「わしを、斬るつもりか！」

権太郎も、腰を浮かせた。

「こやつ！」

弥一郎は逆上して、隣室へ大刀を取りに走った。

「待て！」

権太郎も刀を求めて、小山田弥一郎のあとを追った。

全員が総立ちになり、賭場は大混乱に陥《おちい》った。弥一郎の仲間五人が、隣りの部屋へと駆けつける。権太郎と弥一郎は、刀を抜き合っていた。弥一郎の仲間五人が、権太郎を包囲した。

一同は賭場の常連で、顔馴染《なじ》みであった。だが、いずれも無頼の徒であり、喧嘩となれば前後の見境いがつかなくなる。頭に血がのぼって、殺気立っている。

弥一郎の仲間たちが、隙を見出して権太郎を羽交《はが》い締めにした。そのうちのひとりが、権太郎の手から刀を奪い取る。そうしておいて、権太郎を突き放す。

権太郎は、倒れて転がった。五人がかりで、権太郎を蹴りつける。間もなく割ってはいった弥一郎が、大刀を逆手に持ち替えて権太郎の胸を突く。

「どうだ！」

弥一郎は、腕に力を加える。

「ぎやっ！」

そう叫んだだけで、権太郎の声は途絶えていた。

大刀は権太郎の胸板に埋まり、背中へ抜けている。弥一郎は次いで、権太郎の喉に刀を突き立てた。権太郎は止《とど》めを刺されて、一瞬のうちに絶命する。

「野郎、くたばったぜ」

「どうすれば、よかろうな」

「捕えられたくはねえ」

「逃げるか」

「ほかに、手立てはない」

「江戸を捨てるほかはないな」

「遠国へ、逃れよう」

弥一郎たちは顔をよく知られているうえに、目撃者が大勢いる。いまさら、犯行を隠すことはできない。逃亡しか、救われる道はなかった。小山田弥一郎たち六人は、旅支度もそこそこに江戸を離れた。

数日後、大奥にいるお伝の方のところへも、兄が人手にかかったという知らせが届いた。お伝の方は悲しむより先に、権太郎が殺されたということで烈火のごとくに怒った。お伝の方は、誇りを傷つけられたのだ。

「わが兄の無念を、何とか晴らしとう存じまする」

お伝の方は綱吉に、涙ながらにそう訴えた。

「うむ」

綱吉としても、知らん顔ではいられない。

「わが兄は、将軍家お世継ぎの伯父にございます」

お伝の方は、その点を特に強調した。

「徳松の伯父が人手にかかったとの見方をいたさば、これは由々《ゆゆ》しき一大事ということになるのう」

綱吉も、将軍家の威光にかかわるという思いにさせられていた。

「何とぞ上《うえ》さまのお力添えを賜わりますように、伏してお願い申し上げまする」

お伝の方は、平伏した。

「相わかった」

綱吉はついに、情に動かされてその気になった。

綱吉とお伝の方は、天下の御定法《ごじょうほう》を私物化することになったのである。綱吉は小山田弥一郎とその一味を、お尋ね者としたのであった。

江戸幕府の法によれば、五逆の大罪を犯さない限りは『お尋ね者』にならなかった。お尋ね者になると初めて人相書が作成されて、全国指名手配となる。

主殺し。

父殺し。

母殺し。

祖父殺し。

祖母殺し。

これが、五逆の大罪だった。こうした五逆の罪を犯して逃亡した者は、お尋ね者にされて人相書が張り出される。五逆の罪に関係なくお尋ね者になって人相書が配られたという例外は、江戸時代にたったの二件だけであった。

日本左衛門《にほんざえもん》こと浜島庄兵衛という大盗賊と、国定忠治《くにさだちゅうじ》の二人である。ところが、それよりも早く小山田弥一郎たちがお尋ね者にされているので、江戸時代に三例あったということになる。

小山田弥一郎らは、五逆の大罪にかかわりなしだった。博奕が原因の喧嘩であり、それも喧嘩を売ったのは権太郎のほうだという証言がそろっている。

喧嘩となると、罪は五分五分と判定される。人殺しがあっても単なる死罪か、被害者に喧嘩の原因があれば遠島《えんとう》ですむ場合もあった。

しかし、綱吉はお伝の方への私情から、小山田弥一郎たちを五逆の大罪並みとした。小山田弥一郎とその仲間をお尋ね者として、人相書を全国に手配させたのだ。

将軍のお声がかりとなれば、関係者一同は必死であった。早々に召《め》し捕らないと、将軍の怒りを買うことになる。そのために関東地方を中心として、大々的な探索網が張りめぐらされた。

夏になって小山田弥一郎ら六人が、常陸（茨城県）の竜ケ崎《りゅうがさき》で捕えられた。

六人は直ちに江戸へ護送されて、三日のあいだ日本橋で晒《さら》し者にされた。そのうえで磔《はりつけ》、獄門《ごくもん》という極刑に処せられる。これは明らかに、綱吉とお伝の方による私刑といえるだろう。

確かに徳松の伯父を手にかけたのだから、やむを得ないという考え方もあった。だが、徳松の伯父ともあろう人間が博奕がもとで喧嘩して殺されるとは——と、事情を知る者に対しては綱吉もお伝の方も恥をかいたことになるのだ。

しかも一年後に、徳松は病没してしまう。徳松が生きていなければ、伯父も伯母もあったものではない。お伝の方が味わったのは、報復という一時的な自己満足にすぎなかった。

この小山田弥一郎らが極刑に処せられた件につき、堀田正俊は一年以上もたってから詳しいことを知らされた。綱吉は一味をお尋ね者として捕える大手配や処刑を、御側御用人の牧野成貞に命じている。

堀田正俊の耳に聞こえないように、綱吉は最初から気を配っていたらしい。それだけにお伝の方に泣きつかれて、簡単に承諾するという綱吉の軽率さを堀田正俊は案じた。

同時にお伝の方が綱吉を動かして、政治にとやかく注文をつけるような害毒となることを、堀田正俊は恐れずにいられなかった。どうも綱吉には、桂昌院やお伝の方への情を優先する、という欠点があるようだった。

「天下の御定法は断じて、曲げられるものにござりませぬ」

正俊は、綱吉に苦言を呈した。

「わかりきったことを、申すでない」

綱吉は正俊が、言上《ごんじょう》したいことがあると申し出たときから、不快の色を隠さずにいた。

「されば、小山田某ほか五名の者をお尋ね者といたされまして、人相書まで手配のうえの大捕物は御定法に相反せずと、上さまには仰せにござりまするか」

正俊のほうもまったく、ひるむところがなかった。

「重罪を犯したるうえに逃亡いたした者ゆえ、尋ね者の手配を命じたのじゃ」

綱吉は負けまいとの焦燥感から、早くも気色ばんでいた。

「重罪とは、五逆の大罪にござりましょうか」

正俊は綱吉から、目をそらさない。

「徳松の血筋の者を、手にかけおったのじゃ。将軍の威光も恐れぬは、五逆を超《こ》える大罪にあろう」

綱吉は五カ月前に死去した徳松のことを思い出して、いっそう腹立たしくなっていた。

「小山田某とその一味の者どもは、お伝の方さまが兄上さまとは承知いたしてなかったとのことにござりまする」

「さようなことは、言い訳になるまい」

「上さまがご威光を恐れる輩《やから》とは、申しかねまする。お伝の方さまが兄上さまとは露《つゆ》知らず、ただの無頼の徒とばかり思っておりましたそうにござりまするゆえ……」

「無頼の徒だと……」

「さようにござりまする」

「お伝の兄を、悪《あ》しざまに申すな」

「しかしながら権太郎さまが、無頼の徒に身を持ち崩しておりましたることは、紛《まぎ》れもなき事実にござりまする」

「それに相違なくば、何と申そうとも勝手なるべしとは限るまい」

「いかにご縁が深かりましょうとも無頼の徒は無頼の徒とお認めあそばされることこそ、万民のうえに立たれる上さまの公平なるご炯眼《けいがん》にござりまする」

「控えよ、筑前」

「五逆の大罪にかかわりなき輩どもに、お尋ね者、人相書などによる大手配。更に捕えたるのちは日本橋にて三日の晒し者、磔、獄門のお仕置《しおき》。これらは、天下の御定法を曲げての権太郎さまが遺恨《いこん》晴らしにござりましょう」

「余が御定法を、改めるときもある」

「それは、なりませぬ。上さまが御定法を私《わたくし》されるがごときお手本をお示しになられては、ご政道が成り立ちませぬばかりか天下に乱れを招きましょう」

「もうよい、何も聞きとうないわ」

「このたびの一件は、お伝の方さまの私怨より発しておりまする」

「さようか」

綱吉は、真面目《まじめ》に耳を貸さなくなっていた。

「お情《なさ》け深きは結構にござりまするが、女人の私怨にお力をお貸しあそばされるのは、今後お慎みくださいますように願い奉りまする」

正俊も、かなり辛辣《しんらつ》なことを口にした。

「筑前が説教には、つくづく飽いたぞ。頭痛が、ひどくなるばかりじゃ」

綱吉は、顔をしかめた。

綱吉の心は完全に、堀田正俊から離反している。恩人もへったくれもない、という気持ちになっていた。怒りとか憎しみとか、綱吉の感情は熱くもならない。

まずは、生理的な嫌悪感が先に立つ。正俊の顔は、見たくもなかった。正俊と同じ部屋の空気を吸っていることさえ、苦痛に感じられるのだった。

大老としての任務に、打ち込んでいるならば救われる。とにかく正俊が遠くにいてくれると、綱吉は助かるのである。正俊と顔を合わせて、その声を聞くとなると、綱吉は相当の忍耐力を必要とする。

綱吉は後日、小山田弥一郎の一件で堀田正俊から厳しく抗議されたことを、大奥でお伝の方の耳に入れた。お伝の方は、顔色を変えて激怒した。

「筑前守どのが、何を申される。兄が人手にかかっての無念の死、それを思う妹の胸のうちなど、あの筑前守どのに読み取れるはずがない」

お伝の方は、独《ひと》り言《ごと》をつぶやいた。

以来、お伝の方も反堀田正俊側に回ることとなる。お伝の方は、正俊の悪口しか言わなかった。お伝の方は桂昌院と同様に、正俊の奢侈禁止の政策を真っ向から批判した。

堀田正俊は大奥にも、お伝の方という強力な敵を作ったことになる。堀田正俊を忌《い》み嫌う綱吉、桂昌院、お伝の方、それに従う牧野成貞、柳沢吉保など、敵の拠点は増える一方であった。

八

綱吉の反撥、桂昌院の不満、徳松を亡くしてヒステリックになっているお伝の方の敵意などを、まったく感じない堀田正俊ではなかった。俊才にして人の心をよく読む正俊が、そこまで鈍感でいるはずはない。

何もかも承知のうえで正俊は、あえて憎まれ役を買って出たのであった。

正俊には、ご政道に専念するというお役目が第一と、常に自分に言い聞かせていた。刷新政治の断行こそが正俊の使命であり、それが幕府への唯一の忠誠、将軍に対するまことの忠義だという信念である。

正俊の剛直な性格が、いっさいの妥協を拒む。持ち前の頑固さから正俊は、わが道を往《い》くことに徹するようになる。結果がよければやがて、綱吉、桂昌院、お伝の方も納得するだろう。

それまでは、憎まれ役でいる。イエスマンではないのだから、嫌われるのは当然である。その代わり、絶対に屈伏することはない。不満や反対意見は無視して、決定事項を断固遂行する。

堀田正俊は、そうした決意を新たにしていたのだ。

綱吉が牧野成貞や柳沢吉保という寵臣を、目に見えて重用するようになったことも、正俊は問題にしなかった。牧野や柳沢に何ができるという自信が、正俊に知らん顔をさせていたのだった。

正俊は引き続き、質素の奨励と奢侈の禁止を厳しくした。大名、旗本にも倹約を徹底させる。番士《ばんし》などに対しても、粗服の着用令を発している。

そのくらいだから、大奥への締めつけも相変わらずであった。お伝の方を先頭に立てた大奥の反対運動も眼中になく、正俊は決して手を緩めなかった。

ほかにも正俊の責任において、発せられた禁止令は少なくない。

歌舞伎役者の衣服の一部を禁止、着用が許される範囲を限定した。

山王祭《さんのうさい》の練《ね》り物（山車《だし》や行列）、人形装束、及び見物人の華麗な衣類を禁止。

特定の寺社が建物の補修を目的に、大名から町人までを対象に行なう金融の名目金《みょうもくきん》、名目銀を禁止。

江戸城をはじめ諸大名における猿楽師や絵師《えし》の帯刀、茶坊主などの木綿以外の衣服の着用を禁止。

法印《ほういん》、法眼《ほうげん》、奥医師の白衣着用は遠慮すべきこと。

陪臣《ばいしん》の浅黄無垢《あさぎむく》（薄青の無地）の着用を禁止。

また町方への禁止令も、多く出されている。

火事のとき、地車（車体が低く四輪の荷車）に家財道具を積んで、市中の往来を避難することを禁止。

火事のとき、あるいは旅に出る場合も町人の帯刀は禁止。

請人《うけにん》（身元保証人）がいない者は、一夜であろうと江戸市中に泊めてはならない。

評定所での裁判に、無用の者まで付き添って同行することを禁止。

江戸市中の借家・長屋を、無頼の徒に貸してはならない。これに違反すれば名主、家主、五人組を処罰する。

質屋の営業の取締まりを強化する。

医薬にかかわる者の坊主頭を禁止、蓄髪を命ず。

魚類の値上げを禁止。

道路や橋のうえで古鉄、鉛瓦《かわら》、銅瓦などの売買を禁止。

古着、古道具の売買には許可が必要。

問屋、商家、職人が談合のうえで、物価や賃金を値上げすることを禁止。

家主たちが談合して、家賃を決めることも禁止。

各町内で、屋形船を建造することを禁止する。

新奇の書物の出版を禁止。

出家、山伏《やまぶし》、行者などが町々を回り、寄進を求めることを禁止。

辻々での行商を禁止。

これらの禁止令は極《ご》く一部を除いて、すべて経済問題に結びついている。奢侈を禁ずる一方で質素な暮らしが成り立つように、無駄な出費を抑制するための政策を次々に採用しているのである。

そうした数多《あまた》の禁止令以外に、正俊は二つの大きな政策にも手を打っている。そのひとつは、大坂《おおさか》周辺の治水の問題だった。正俊はその一帯を水害から守るために、畿内の山々の樹木の根掘りを禁止した。

それに加えて正俊は川筋の植林と、土砂の流出があった場所に竹、芝、葦《あし》といったものを植えるように命じている。更に山においての切り畑、焼き畑を禁じた。

この治水策のための巡察に天和三年の二月、若年寄の稲葉正休を摂津・河内（大阪府と兵庫県の一部）に遣わしている。六月になると同じ目的で、河村瑞賢《かわむらずいけん》を淀川の水域に派遣した。
　もうひとつの大きな政策とは、食糧の備蓄であった。天和二年と三年は豊作だったとい
うことで、正俊は諸大名に米穀の貯蔵を厳命したのである。
　年が明けて迎えた天和四年（一六八四年）は、二月に改元されて貞享《じょうきょう》元年となった。
この貞享元年の八月になると、幕府の数々の政令や通達がぴたりと停止する。
なぜか。
　堀田正俊が、この世から抹殺されるからであった。
　そのことについてはのちに詳述するが、正俊は天和三年に二人の人物を淀川治水の視察
に遣わしている。最初に若年寄の稲葉正休を、次は閏五月も含めての五カ月後に河村瑞賢
を出張させたのだ。
　どうして二人も派遣することが、必要だったのだろうか。それは視察を終えて江戸に戻
った稲葉正休の報告に、正俊が疑問を感じたからであった。
　天和三年五月、正俊は江戸に帰着した稲葉正休の報告を聞いた。場所は殿中《でんちゅう》であり、
老中の御用部屋だった。老中の大久保忠朝、阿部正武、戸田忠昌が同席した。
　後年の大老は、その権威にふさわしい待遇を受けたようである。たとえば大老の部屋
は、老中の御用部屋の上座に別室が用意されていた。

両面に紙を張り、そのあいだが空間になっているという太鼓張りの障子で、仕切られた別室であった。御同朋頭《ごどうぼうがしら》と御同朋役が世話にかかりっきりで、大老は自分で刀を持つこともなかったという。

老中や若年寄に声をかけるときは、将軍と同じように官名を呼び捨てにした。豊後守なら『豊後』、越前守なら『越前』といった具合である。

しかし、正俊の時分はまだ太鼓張りの障子で間仕切りをした大老の特別室を、与えられてはいなかった。老中たちと一緒にいて、御用部屋の上座にすわっているのにすぎない。豊後、越前と、官名を呼び捨てにすることもなかった。正俊は豊後どの、越前どのと呼びかけた。ただ相手が若年寄、大目付以下になると、官名の『守』は省略するし『どの』も付けない。

稲葉正休は石見守なので、『石見』と呼ぶ。父の従弟という親戚だろうと、それはいっさい考慮に入れない。大老と若年寄では、権力に厳しい隔《へだた》りがあるのだ。

「まずは畿内の山々が、肝心かと思われましてございます」

稲葉正休は、自信たっぷりに言い放った。

「うむ」

堀田正俊は、眠そうに目を細めている。

「治山治水と申しますがごとく、治山なくして治水は望めぬものと愚考いたします」

「さもあろう」

「淀川へ流れ込みます河川、その河川の水源を抱えおります山々を治めることこそ、急を用するものと存じます」

「それほどに、山が荒れておるか」

「思いのほか、勝手放題の樹木伐採が進んでおりましてございます。それも畑に変えるため、樹木の根掘りが少なくございませぬ。樹木を切り取ったあと、根を起こしております」

「うむ」

「特に山中の川筋には、早急に植樹が必要かと存じまする」

「うむ」

「畿内の民に治山の大事を説き、樹木の伐採と根掘りを禁じ、植樹を急がせることが肝要にございます」

「ところで、淀川の氾濫《はんらん》はいかがであったかを申し述べよ」

「未曾有《みぞう》の大洪水を引き起こしたものと、推察つかまつりました」

「うむ」

「川筋の堤の切れ目を補うのみならず、土砂を浚《さら》い、川幅を拡げねばならぬものと思われます。また川岸を削り、水の流れを真《ま》っ直《す》ぐに変えるべきところが一、二カ所あるやもしれませぬ」

「肝心なるは、その費用じゃ」

「はっ」

「石見の見積もりでは、いかほどと相成ったか」

「はっ」

「あくまで、見積もりである。遠慮なく、申すがよい」

「淀川改修の工事費として、四万両の見積もりが立ちましてございます」

「四万両とな」

「四万両を欠きましては必ずや後日、不足と相成りましょう。ぎりぎりの見積もりが、四万両にございました」

「四万両……」

正俊の眼光が、眠りから覚めたように鋭くなった。

「はっ」

おのれの見積もりが認められるものと決めてかかっているのか、稲葉正休のほうは表情も目つきも穏やかであった。

四万両とは、大金である。淀川の改修工事は、どうしてもやってのけなければならない。大坂と京都をはじめ畿内の各所に甚大な被害が及べば、人心の安定を欠くことになる。

西国大名に工事を押しつけるにしても、費用が莫大にならないような心遣いを要する。質素と倹約を諸大名に命じながら、その一方で大金を費消させるという矛盾を、正俊は嫌ったのであった。

「沙汰《さた》を待て」

正俊は、即決を避けた。

「ははっ」

稲葉正休は、老中御用部屋を去っていった。

四万両は、高額すぎる。稲葉正休の計算は甘すぎると、正俊は判断していた。やはり、若年寄には無理なのだろう。その道の専門家を、起用するべきだった。

あれこれと考えた末に、正俊は殿中へ河村瑞賢を招くことにした。

この河村瑞賢というのが、またおもしろい人物なのである。現在は江戸の豪商ということになるが、恐るべき商才の持ち主であり、いわば風雲児の素質が十分だった。

名を七兵衛そして十右衛門、のちに髪を落として瑞賢と号し、晩年には有髪《うはつ》に戻って平太夫と名乗った。

伊勢《いせ》の貧しい家に生まれ車引きで生計を立てていたが、やがて江戸に出て幕府の土木工事の日雇いになる。

そこで土木工事に才能を発揮し、請負人夫頭《がしら》に出世する。店を構えて江戸の町人になりきった瑞賢は、山のような大量の青物が目の前に捨てられているのを見ることになる。

「もったいない、実にもったいない。これを何とかしなければ、損というものだ」

瑞賢は、考え込んだ。

それは、お盆の仏前に供《そな》えられる各種の野菜だった。その野菜は精霊《しょうりょう》おくりとともに、海や川へ流される。江戸の人口は多いので、そうした野菜が河口や海辺を埋め尽くしている。

捨てられたものだから、商売の材料にしても無料ですむ。これだけ大量の野菜がタダで手にはいるというのに、みすみす見過ごすのはもったいない。

瑞賢は徹夜して、野菜を拾い集めた。それを微塵《みじん》切りにして、甘辛い味付けで煮込む。更に保存食として、樽漬けにする。完成したものを、安い値段で売り出す。

味が飯に合うし、安い漬物だと評判を呼び、よく売れた。元手なしの丸儲《もう》けだから、瑞賢は大いに利益を得た。

この保存食品が福神漬の始まりとされているが、こんな程度の商才で満足するような瑞賢ではない。

振袖《ふりそで》火事といわれる明暦《めいれき》の大火のとき、江戸がそっくり灰燼《かいじん》に帰することを瑞賢は読んだ。自分の家が火に包まれるのにも、瑞賢は関心を払わなかった。

瑞賢は有り金を残らず懐中に、大炎上を続ける江戸を脱出した。瑞賢が目ざしたのは、木曾《きそ》であった。瑞賢が急ぎに急いで到着した木曾では、まだ誰も江戸の大火など知らずにいた。

そこで瑞賢は現金払いの安値で、木曾の材木の大半を買い占《し》めてしまう。その結果、河村瑞賢は一躍、江戸いちばんの富豪にのし上がるのである。

大富豪となってからの瑞賢は、優れた技術を活かしての海運と治水事業の功労者に変身する。

寛文十年（一六七〇年）には幕命により、江戸と東北地方を結ぶ航路の開発に乗り出した。特に東北地方の産米は陸路だと江戸まで一年もかかるので、これを海路の数カ月に短縮しようというのである。

瑞賢はまず阿武隈《あぶくま》川を下り荒浜《あらはま》、房州《ぼうしゅう》（千葉県）を経て江戸に至るという東回りの航路を開発した。

次いで出羽《でわ》の最上《もがみ》（山形県）から日本海を走り、下関《しものせき》、瀬戸内海、江戸という三カ月の西回り航路の海運にも成功する。

治水では安倍《あべ》川、長柄《ながら》川、中津《なかつ》川などの工事で名を知られている。

新井白石《あらいはくせき》をはじめ学者たちと交遊を結び、それらへの経済援助も惜しむことがなかった。多くの功績を認められて後年、河村瑞賢は商人から旗本に列せられることになる。

堀田正俊は、その河村瑞賢に改めて淀川の視察を依頼したのである。河村瑞賢は、このとき六十六歳であった。

「かしこまってございまする」

河村瑞賢は、正俊の頼みを快諾した。

天和三年六月二十三日、河村瑞賢は山城《やましろ》（京都府）と河内の水路の巡察に旅立っていった。

このころ、音羽《おとわ》に護国寺《ごこくじ》が完成した。護国寺は二年前に、桂昌院が請《こ》うて建立《こんりゅう》に取りかかった寺院である。桂昌院はもともと神仏に依存する思いが強く、神社や仏閣の建立に熱意を抱いていた。

これは、桂昌院の一種の趣味といってよかった。純粋な信仰心ではなくて、あくまで神仏に頼るという自分のための信心だったのだ。

その遠因は、桂昌院の幼児体験にあるようであった。

桂昌院がまだ京都の名もない町人の娘でいたころ、西山《にしやま》三鈷寺の僧との出会いがあったらしい。お玉なる小娘が路上で遊んでいると、たまたま西山三鈷寺の僧が通りかかったという。

僧は足をとめて、お玉の顔をじっと見つめる。間もなく、僧は溜息《ためいき》をつく。

「この娘、長じて天下人の母となるに相違ない」

僧はそう言い残して、足早に立ち去ったのである。

僧には何事をも見通せる天眼《てんげん》を備えており、それによる予言を聞かせたということだった。しかも、その予言は実に正確に的中する。

お玉は江戸に下り、縁あって大奥勤めとなり、春日局に目をかけられ、家光の寵愛を受けるという運命をたどることになる。お玉の方は、家光の子を二人ほど生む。

二人とも男子だったが一方は早世し、もうひとりだけが順調に成長する。そして、お玉の方が桂昌院になってから、予期せぬ幸運が転がり込んでくる。

館林宰相でいた息子が、五代将軍に就任したのである。綱吉の生母の桂昌院は西山三鈷寺の僧の予言どおり、天下人の母となったのであった。

桂昌院は、神仏に感謝した。

以来、桂昌院はみずからに栄達をもたらす、という意味での加護を願うための信仰に熱心になり、神社仏閣の建立にもいっそう力を入れているのだった。

九

護国寺はそのうちでも、最たるものといえた。

天和元年、桂昌院は幕府の薬草園を白山へ移転させる許可を取り付けて、その跡地に護国寺の建立を進めたのである。

音羽の護国寺は真言宗豊山派《しんごんしゅうぶざんは》で、大和長谷寺《はせでら》の末寺となる。本尊の如意輪観音《にょいりんかんのん》像は、自然石の瑪瑙《めのう》でできている。この観音像は、桂昌院の持仏《じぶつ》であった。すなわち守り本尊として信仰し、朝夕の礼拝を欠かさない仏像である。桂昌院はおのれの持仏を、護国寺の本尊にしたことになる。つまり万人のためではなく、わが心を満たさんとして護国寺を建立したのだ。

開祖に指名された亮賢《りょうけん》僧正にしても、桂昌院と個人的なつながりがあった。亮賢は桂昌院の安産を祈願した僧侶だったのだ。桂昌院は亮賢僧正の力によって、綱吉を生むことができたと信じている。

護国寺はこの年になって完成したが、莫大な費用をかけての大伽藍《がらん》でありながら、どうも桂昌院の公私混同が強く匂う。信仰に文句はつけられないが、質素倹約を最優先としている時期に、桂昌院の私物も同然の寺院建立に多額の出費は許されない。

天和三年の十一月、このことについて堀田正俊は牧野成貞と話し合っている。公式の場における討論ではなく、ほんの雑談のつもりで言葉を交わしたのだ。

「護国寺の建立には、ずいぶんと出費が嵩《かさ》んだとのことにござる」

正俊は話題が話題だけに、どうしても眉間に皺《しわ》を刻まずにいられなかった。

「それなる一件、御大老にはご不満にございますか」

牧野成貞の目つきには、どこか冷たいものが感じられた。

「昨今、質素と倹約を旨とすべしとのお触れを矢継ぎ早に発しおる折から、寺院建立のため湯水のごとく黄金を注ぎ込んだとあれば、決して喜ばしいこととは申せまい」

正俊は、肩を落として苦笑する。

「御大老には桂昌院さまがご信仰を、お差し止めになられるおつもりにございましょうや」

成貞のほうは、ひどく真剣な面持ちでいる。

「いや、信仰そのものに関し、とやかく申しておるのではない」

「されど御大老には、ご不満のご様子にございますぞ」

「まことの信仰なれば、大金をかけずとも叶うものにあろう」

「なれば桂昌院さまがご信仰は、まことのご信仰にあらずと仰せにございますか」

「この折、大金を浪費いたさぬ信仰こそ、望ましゅうござる」

「ご信仰のためにご寄進をなされるは、浪費にございますか」

「浪費と、受け取れる場合もあろうぞ」

「これは、異《い》なことを承《うけたまわ》ります。無用、不要なることに大金を注ぎ込むをもって、浪費をなすと申します。御大老には桂昌院さまがご信仰を無用、不要なることと仰せにございますか」

「信仰は、出費なくして成り立つもの。万民が望まぬことに大金を注ぎ込むは、これぞ浪費と変わりござるまい。浪費はまさしく質素倹約を奨励し、奢侈を禁ずるご政道に逆らうことと相成ろう」

「御大老には桂昌院さまに対し奉《たてまつ》り、お言葉がすぎようかと存じます」

「更に桂昌院さまには近ごろ、西山三鈷寺の僧なる者をお捜しと承っておる」

「いかにも桂昌院さまには、その老僧を見つけ出されんがために八方、手を尽くされておられます」

「桂昌院さまご幼少のみぎり、それなる三鈷寺の僧がいつの日か天下人のお袋さまになられようと、天眼により見通したと聞いておるが……」

「さようにございます」

「その老僧が捜し出されたとなれば桂昌院さまはいかがなされるか、備前どのには察しがついておろうか」

「さて……」

「桂昌院さまにはその僧を開祖と定められ、大寺院のご建立を急がれるであろうな。護国寺をはるかに凌《しの》ぐ絢爛《けんらん》豪華なる大伽藍を、桂昌院さまは望まれるに相違ない」

「さように先のことまで御大老は、ご案じ召されておいでにございますか」

さすがに牧野成貞も、正俊の苦衷が並み大抵でないことを思い知らされた。

「そこでまたしても一寺院が建立のために、万両という金銀が入用となる」

堀田正俊は歯に衣《きぬ》を着せずに、言うべきことをはっきりと口にした。

牧野成貞が桂昌院にご注進に及ぶことは、正俊も計算ずみである。どうせ桂昌院の耳に達するならば、中途半端でないほうがいい。正俊は桂昌院に聞かせるつもりで、具体的なことを明言したのであった。

牧野成貞は数日後に、正俊の痛烈な批判をそっくり桂昌院に告げ口した。

桂昌院は、お伝の方以上に怒り狂った。たとえ相手が大老であろうと、将軍の生母という誇りが許さなかったのだ。自分を責めることのできる人は、この世にひとりもいないと思っているだけに、正俊の非難が桂昌院には耐えきれない。

それも、信心が原因なだけに、桂昌院は強気に出られる。何が害になろうと、知ったことではない。神仏を信仰することは少しも悪くない、という一種の確信犯であった。桂昌院にとって正俊は、信仰の敵にもなったのである。

「おのれ、筑前守！　仏罰により、身を滅ぼそうぞ！」

桂昌院はまるで、悪鬼のような形相《ぎょうそう》になっていた。

桂昌院は使者を立てて、綱吉に堀田正俊の罷免を要求した。しかし、いくら何でも無理なことだと、綱吉にはわかっている。大老職を免ずる口実や理由がなければ、どうにもならないものなのだ。

それもよほどの落ち度があって、御三家も諸大名も納得するだけの理由にならなければ、大老を罷免することは難しい。つまり堀田正俊には、失脚する条件がまったくそろっていないのである。

正俊の主張は、いずれも正論だった。正俊の政策も、決して間違っていない。反対を押しきっての実行力も、将軍と幕府への忠誠心も一級品といえる。正俊は清廉にして剛直、不正など無縁の人物であった。

それでどうして正俊を、大老の座から追い落とせようか。大老は幕臣の最高位、幕府の最高権力者なのだ。そうした大老の地位を個人的感情から揺るがすことは、将軍といえども不可能であった。

綱吉は、桂昌院の要求を握りつぶした。

桂昌院が冷静になるまで、時間を置くことにしたのだった。

綱吉の狙いは、正俊の追放や罷免ではなかった。綱吉はあくまでチャンスを待って、堀田正俊の致仕（隠居）を実現させる考えでいた。

同じ十一月に河村瑞賢から、淀川治水の計画書ができたという知らせがあった。瑞賢はとっくに江戸へ帰って来ていたが、計画書と図面の作成にかなりの時間を要したのである。

正俊はさっそく、河村瑞賢に登城を命じた。

「淀川を開鑿《かいさく》いたしまして、大坂に新しい川を開きます」

正俊に図面を見せて、河村瑞賢は説明した。

「新しい川は、この九条島を掘り抜くことになりましょう」

河村瑞賢は当たり前のような言い方をするが、新しい川を開くと聞いて堀田正俊は驚いた。

「その川の幅は、どれほどになろうか」

そんなことしか、正俊には質問ができなかった。

「五十間《けん》（九十メートル）ほどにございます」

待っていたように、河村瑞賢は答えた。

「川幅五十間となれば、淀川の幅とさほど変わらぬな」

「はい。淀川筋の水をこの新川へ引き込み、西の海に流すことと相成りますゆえ、川幅が狭くては治水の役に立ちませぬ」

「新しき川の長さは、どれほどの見込みとなろう」

「三十一丁《ちょう》（三・三キロ余）たらずと、相成りまする」

「長さ三十一丁、幅五十間の新しき川を、九条島を掘り抜いて開くということか」

「はい」

「それによって、淀川の水が無理なく海へ流れ込む」

「さようにございます。ほかに植樹による治山と、崩れやすい川堤の補強に努めますれば、淀川の治水は八分どおり落ち着くものと思われます」

河村瑞賢の笑顔には、専門家の自信というものが窺《うかが》われた。

「さようか」

新しく人工の川を造るという瑞賢の発想には、正俊も感心させられた。

ひと口に川といっても、堀や運河のように小規模なものではなかった。大坂湾に面した九条島という土地を開鑿して、長さ三・三キロ、幅九十メートルの本格的な川を造って、淀川筋の流れをスムーズに海へ導こうというのである。

さすがは、海運と治水の第一人者だった。稲葉正休などとは、目のつけどころが違う。河村瑞賢の計画に比べると、稲葉正休の提案は幼稚で姑息《こそく》にすぎた。

ただ河村瑞賢の案にも、正俊が心配する問題点はあった。それは、新しい川を完成させるまでに要する歳月と、費用である。

「新しき川を開くには、どれほどの歳月がかかろうぞ」

正俊は問うた。

「まる四年のご猶予は、いただきとう存じまする。四年のあいだには必ずや、新しい川が満々たる水を運びましょう」

瑞賢は、そう言いきった。

決して大口をたたいたり、安請合《うけあ》いをしたりする瑞賢ではなかった。河村瑞賢は実際に翌年の貞享元年から四年までの四年間で、計画どおりの新しい川を完成させたのであった。

この川は元禄十一年に、安治《あじ》川と命名される。安治川は淀川筋の治水に役立つとともに、淀川の舟運の幹線として大坂の商業発展に貢献することになるのである。

「費用の見積もりは、どうであろう」

正俊は、何よりも気になっていることに触れた。

「二万両と、踏んでおります」

瑞賢は、そう即答した。

「二万両とな」

正俊は、眉をピリッと動かした。

「二万両を、超えることはございませぬ」

河村瑞賢は、深くうなずいた。

「しかと、さようか」

正俊は、念を押さずにはいられなかった。

「何を見積もるにいたしましても、狂いがあっては信用にかかわりましょう」

瑞賢は、笑みを浮かべていた。

「さようか」

正俊は、ホッと息を吐いた。

稲葉正休の見積もりは四万両、瑞賢の場合は半分の二万両だった。しかも瑞賢の計画のほうが、はるかに大がかりな工事となっている。

見積もりが倍というこの差は、実に大きい。四万両という稲葉正休の見積もりに、高額すぎると正俊が抱いた疑問は的《まと》をはずれていなかったのだ。

稲葉正休の見積もりは、杜撰《ずさん》だったということになる。細かい計算を怠《おこた》って、むしろ多目に見積もりを立てたのに違いない。素人《しろうと》のいい加減さであり、出費に関する責任感の欠如でもある。

そうした稲葉正休の案を、受け入れるわけにはいかない。

費用も半額ですみ、治水工事の専門家の綿密な計画となれば、河村瑞賢の立案に反対する幕閣はいなかった。十二月になって、淀川の治水工事のすべてを河村瑞賢に一任し、翌年から九条島の開鑿に取りかかることが決定した。

これを不服としたのは当然、稲葉正休であった。

新年を迎えての二月下旬に、稲葉正休は大手門の正俊の屋敷を訪問した。殿中ではないので、大老と若年寄という地位の差はいくぶん薄まっている。親戚の人間という打ち解けた雰囲気で、堀田正俊と稲葉正休は談笑を続けた。

「伊豆大島《いずおおしま》が盛んに、火を噴《ふ》いておりますそうな」

「うむ」

「三原山《みはらやま》より噴き出す煙を、望見いたした船も少なくはございませぬ」

「焦土《しょうど》が七、八丁も、海へ押し出たと聞いておる」

「昨年は江戸に大火が相次ぎ、日光山に地震が相次いでございました」

「九州においては、阿蘇《あそ》の山が火を噴いたそうじゃ」

「諸国に大風、大雨、洪水も少なからずございました」

「うむ」

「かくも天変地異が重なりますと、あまりよき心地とは申せませぬ」

初めのうちはこのように、去年から今年にかけての地震、火災、暴風雨、水害、噴火などの災害を話題にしていた。だが、やがて稲葉正休はにわかに、表情と態度を改めることとなった。

「御大老に、お願いの儀《ぎ》がございまする」

稲葉正休は、正俊を見据えた。

「何事にござろう」

正休の胸のうちは読めていたが、とぼける正俊でいなければならなかった。

「御大老とそれがしとは申すまでもなく縁続きにございます。御大老が亡き御父上、また御大老が奥方さまの父上と、それがしは従兄弟同士の間柄なれば、血筋を同じゅうする縁者にございます。つきましては、その縁者の誼《よしみ》をもちまして何とぞ、淀川の治水につきましてはそれがしにお任せくださるようお願い申し上げます」

正休は、両手を突いた。

堀田正俊は、無言でいる。

「若年寄、稲葉正休が面目《めんぼく》にかかわりますことなれば何とぞ、何とぞ……」

稲葉正休は、必死の面持ちであった。

十

堀田正俊はなおも、口を開こうとしない。血縁者の誼をもって淀川の治水工事を稲葉正休に任せろと迫られても、もはやどうすることもできないのである。

すでに淀川の治水工事は、河村瑞賢に一任されている。そのように幕閣の会議で決定して、大老の堀田正俊も正式に裁可したのであった。

いまごろになって、それを覆《くつがえ》すことは不可能である。いかに親戚関係にある稲葉正休の願いといえども、それを受け入れるわけにはいかなかった。

それで堀田正俊は、沈黙を続けている。どだい無理な願い事だと察して、稲葉正休が引き下がることを正俊は期待していた。だが、稲葉正休は諦めない。

「ご返答を、賜わりたく存じます」

正休の目は、血走っていた。

「石見守どの」

正俊は、短く吐息した。

「はっ」

正休は、正俊を見据えた。

「手遅れにござる」

正俊は、首を振った。

「この稲葉正休が願いを、いっさいお取り上げいただけぬと仰せにございますか」

正休の顔から、血の気が引いた。

「さよう」

正俊は、目を閉じた。

「淀川の治水の普請《ふしん》は、稲葉正休の手に余るとのことにございましょうや」

「いや、さようなことは申しておらぬ」

「されば、河村瑞賢をお選びなされたるは、それ相応の子細《しさい》があってのことと推察いたします。何とぞ、その子細をお聞かせいただきたく存じます」

「まずは費用の見積もりに、開きがありすぎたと申しておこう」

「その儀につきましては、治水の方策に相違があるためと思われます」

「さよう。石見守どのには淀川そのものの川幅を広げること、並びに治山のための大がかりな植樹とに重きを置かれた。一方、瑞賢の方策は淀川の下流に、新たなる川を設けるとのことであった」

「正休が方策は、百年先の治水までを考慮いたしております」

「されど普請の費用が四万両と二万両では、開きが大きすぎるというものじゃ」

「百年の計なれば、費用が嵩むは当然のことにございます」

「それにしても、淀川下流の治水のみにかかる費用が四万両とは、あまりにもすぎる出費にござろう」

「ははっ」

「更に河村瑞賢が指図のもとに淀川下流の普請は、この二月十一日よりすでに始められておる。その普請をいまさら石見守どのが受け継ぐなど、道理から申しても叶うことではござるまい」

「ははっ」

「いまひとつ、申しておきたい。瑞賢が普請は、大老が裁可により決定いたしたことにござるぞ」

堀田正俊は、口調を鋭くした。

大老の裁可というものは、絶対的な権威を持つ。大老が裁可していったん決まったことには、誰だろうとそれを認めなければならない。反対、変更、中止は、不可能な決定事項となる。

たとえ将軍であっても、横槍を入れることはできない。それほど大老の裁可は、威力を発揮したのであった。いま正俊は、そのことを持ち出したのだ。

「ははあ」

稲葉正休は、圧倒されて平伏する。

伝家の宝刀を抜かれては、どうすることもできない。大老の決定に逆らうのかと一喝されたようなもので、これ以上の嘆願は引っ込めるしかなかった。

正休は、断念した。しかし、あとに恨みが残る。時間がたつにつれて、恨みが怒りとまじり合う。正俊と親戚関係にあるだけに、正休は赤の他人以上にこだわりを持つことになる。

「寂しいのう」

屋敷に戻った正休は、近習の若山作兵衛を前にポツリと洩らした。

「不首尾にございましたか」

若山作兵衛は正休が、大老の屋敷へ赴いた目的を知っていたのだった。

「御大老には、聞く耳持たぬのご様子であった」

目を赤くして、正休は涙ぐむ。

「無念にございます」

若山作兵衛も、顔を上げてはいられなかった。

「血縁など、名ばかりじゃ」

「世も、変わりましてございます」

「御大老の亡き御父上はわしの従兄、御大老が奥方の父上もまたわしの従兄。これほどの血縁を蔑《ないがし》ろにいたして、よいものであろうか」

「御大老は御大老のお立場を、お考えあそばされてのことにございましょう」

「そちらのほうが、血縁よりも大事ということか」

「無念にはございますが、お役目なれば薄情にも相成りましょう」

「御大老とわしは、一族も同然じゃ。その一族の面目が立たずとも、構わぬということなのであろうな」

「殿には一日も早《はよ》うお忘れくだされますように、お願い申し上げます」

「水に流すことは、難しかろう」

「殿……」

「わしは、御大老が憎い」

「殿、それはなりませぬ」

「わしも大名の末席にある者、若年寄のお役目も頂戴つかまつっておる。そのわしの面目が立たずして、何といたそうぞ」

「御大老さまを御敵《おんてき》に回され、いかがなされます」

「明日より登城いたさば日々、御大老にお目にかかること相成る。そのたびに、わしの腹の中は怒りに煮えくり返ることであろう。しかし、わしは耐え忍び、平然たる様子でおらねばならぬ」

「殿がご胸中、お察し申し上げます」

「耐え忍ぶほかに、道なしと申すのか」

「何とぞ、ご自重のほどを……」

若山作兵衛は、両手を突いた。

「無念じゃ」

正休はみずから衣服にある『折敷に三文字』の家紋に、チラッと目をやった。

正休の正俊への恨みは、もちろん筋が通らない。おのれの面目が立つようにしてくれと申し入れ、それを拒否した正俊に恨みを抱いたのである。逆恨みの一種だった。

だが、正休にはあくまで、稲葉家の面目が問題なのである。正休が無意識のうちに、家紋を気にしたのもそのためであった。正休の頭の中には、暗い記憶が残っている。二十八年前、稲葉家には悲劇が起きたのだ。

正休の父は、稲葉正吉《まさよし》である。

稲葉正成の十男なので、堀田正俊の父・正盛の叔父に当たる。稲葉正吉は、五千石取りの旗本だった。しかし、明暦二年七月三日に、稲葉正吉は人手にかかって果てた。

そのとき駿府城の守備の役に任ぜられていた稲葉正吉を殺したのは、何と安藤甚五左衛門に松永喜内という家臣であった。家臣に殺されるというのも、世間に顔向けができないほど恥ずかしい。

それに加えて、殺された原因が男色に関する揉め事だったから、これ以上の恥の上塗りはなかった。三十九歳にもなって男色のことから、家来に殺されるとは旗本の名折れだと、非難の声も聞こえてきた。

旗本の威信を傷つけたとして、お家断絶を命ぜられても文句は言えない。ところが、稲葉一族は春日局がかかわっているということで、将軍家も目をつぶってくれた。

その年の十二月に、正休が父の遺跡を継ぐことになった。正休は長男であり、十七歳になっていた。正休はこの一件によって、面目というものがいかに大切かを思い知らされた。

面目を保ち、恥辱をそそぐためには一命を捨てるべきであると、十七歳の正休は心に誓うことになる。そうした信念は、いまも変わっていない。

そのせいか正休には、何かにつけて被害者意識が強く働く。面目が立たない、恥をかかされたと受け取りがちなのだ。今度の場合もそのとおりで、正俊は一族の面目を重んじない、正俊はわしに恥をかかせたという恨みだけが先行する。

いずれにしても正休は、正俊のおかげで面目まる潰れだということを根に持った。その根も、かなり深かった。いまのところは、大老に手出しをする勇気に欠けているという正休にすぎない。

堀田正俊のほうも、寂しい毎日を過ごしていた。

大老という多忙な身であったが、常に気持ちが職務から離れている。心が満たされず、屋敷にいても空ばかり眺めることになる。これまでにはないことであり、正俊はしみじみと孤独感を覚える。

ここしばらく、病気らしい病気はしていない。つまり、健康上の理由ではないのだ。老いたるせい、疲労のため、というふうにも思えない。それでいて正俊は、生き甲斐を失いつつあるのだった。

やはり例のことが、胸に引っかかっているのだろうかと、正俊はますます寂しくなる。

例のこととは、将軍綱吉の愛妾の正俊排斥運動であった。

桂昌院も、正俊を嫌っている。桂昌院は絶対に、正俊と会いたがらない。将軍の生母と大老が絶縁するのも妙な話だが、桂昌院は徹底して正俊を敬遠している。

桂昌院はおそらく牧野成貞あたりを通じて、綱吉に正俊への不満を訴え続けている。ただ将軍の生母が大老の政治に文句をつけたとなれば、幕府そのものが大混乱に陥る。桂昌院はその辺のことを考慮に入れて、正俊との正面衝突は避けている。

だが、綱吉の側室のお伝の方となると、はるかにやり方が露骨だった。将軍の側室が大老に敵対するなど前例もなく、一種の非常事態と見なされる、といったことまでお伝の方は考えが及ばない。

お伝の方は綱吉の寵愛を受けていると、自信過剰であった。綱吉には甘えていて、正俊のことは甘く見ている。大奥で綱吉に直訴するだけなら構わないが、お伝の方は正俊排斥をあらゆる人々に吹聴する。

貞享元年の五月ごろから、排斥運動は激化していた。

――堀田正俊の政治は厳しさのみで、人間の心と情に欠けている。

――正俊の専横ぶりには、老中たちも嫌気がさしている。

――正俊は上さまの仰せにも従わず、おのれの主張を押し通す。

――そのため上さまも何度、ご機嫌を損《そこ》ねられたかわからない。

――近ごろの上さまは、正俊にお目通りをお許しあそばされない。

――正俊は近々、大老の座を退くことになるだろう。

――老いすぎた正俊は早々に、致仕（隠居）すべきである。

このような声が、お伝の方から発せられて大奥に充満する。そうなれば、まことしやかな噂となって大奥から洩れる。それも江戸城の全体に行き渡ると、今度は波のように江戸中に広まることになる。

江戸には、出府中の諸大名がいる。大名が帰国中でも、江戸詰めの家臣がいる。それに、町人がいる。そうした数十万の人間の耳にも、本気にしたくなるような風聞となって達するのだ。

それが、お伝の方の戦術であった。証拠がないので、お伝の方の口を封ずることもできない。実に困ったことだが、事実無根の噂として無視するほかはなかった。

しかし、綱吉、桂昌院、お伝の方との対立が、正俊にはいかにも寂しかった。正俊が綱吉を将軍に推挙したときの、あの喜びようがいまでは嘘と変わらなかった。どうしてこんなことになったのだろうかと、正俊の胸のうちは虚《うつ》ろであった。

「船をお召しになられては、いかがにございましょう」

七月も末になったころ、新井白石がそのようにすすめた。

新井白石は、五年前まで上総《かずさ》（千葉県）久留里《くるり》二万石の土屋伊予《いよ》守直樹に仕えていた。だが、土屋直樹には奇行が多く、長男を将軍家に拝謁《はいえつ》させなかったりしたため、不行跡の罪に問われた。

土屋直樹は除封となり、家臣は浪人となった。新井白石もそのうちに含まれていたが天和二年、すなわち二年前に堀田正俊に召し抱えられた。

家臣になってまだ二年という新参者だが、学問好きの正俊は新井白石を側近として重用した。白石が堀田家を去るのは正俊が死んで七年後、それより更に十八年後から幕臣となって政務に参与するのである。

このとき新井白石はまだ二十八歳、正俊からは伝蔵と呼ばれていた。

「気散《きさん》じには、船もよかろう」

正俊は、その気になった。

「しばらく浜のお屋敷へも、お出向きあそばされませぬゆえ……」

新井白石は正俊が何かに熱中するようにと、心を砕いていたのであった。

「河村どの、道全どの、林春常どの、春沢《しゅんたく》和尚を招くがよいぞ」

正俊は、自然な笑いを浮かべていた。

「承知つかまつりました」

新井白石は、さっそく準備に取りかかった。

正俊は大手門の上屋敷のほかに、山屋敷と浜屋敷を与えられていた。渋谷《しぶや》の山屋敷は土地が一万四千九百坪もあったが、正俊はほとんど使用しなかった。

浜屋敷のほうは六千坪で、浅草川《あさくさがわ》（隅田川《すみだ》）の下流に位置している。のちの浜町河岸《はまちょうがし》のあたりで、この浜の屋敷へは正俊もたまに足を運んだ。

浜の屋敷へは、船に乗って赴く。堀田家の屋形船は、竜《たつ》ノ口《くち》に繋留《けいりゅう》されている。ついニ年前に、屋形船の大きさに制限を設けた。正俊自身が決裁しているので、その規定どおりの屋形船であった。

船の全長が四間《けん》三尺（約八・一メートル）
表の梁《はり》が四尺六寸（約一・三八メートル）
胴の間《ま》の梁が六尺五寸（一・九五メートル）
鞆《とも》の梁が五尺五寸（約一・六五メートル）
胴の間の長さ一間三尺（約二・七メートル）
鞆の間の長さが一間（約一・八メートル）
屋根の高さが五尺（約一・五メートル）
軒《のき》の高さが三尺七寸（約一・一一メートル）
間《ま》数は胴の間と筒の間の二間に限り、ほかに造ってはならない。

こういう屋形船に、六人が乗り込んだ。六人とは堀田正俊、馬術の達人である河村善七、奥医師の永嶋道全、禅僧の春沢和尚、儒者の林春常、それに新井白石である。白石を除いてはいずれも、身分を超えた正俊の心の友ということになる。

六人以外にも、警備の近習たちが乗っている。舟子は屋根のうえを歩いて、屋形船を操《あやつ》る。

竜ノ口を出発した船は東へ向かい、銭瓶《ぜにかめ》橋をくぐってお堀を横切る。日本橋川にはいってからくぐる橋は、一石《いっこく》橋、日本橋、江戸橋の順であった。

湊橋の手前で北への水路に船を転ずると、右手の岸が箱崎町《はこざきちょう》である。屋形船は、箱崎の先へと進む。左手には大名屋敷が、塀を連ねている。

前方に幅の広い大きな川が見えてくる。浅草川の下流で隅田川とはあまり聞かず、一般に大川《おおかわ》と呼ばれていた。その大川へ出る手前の左岸に、堀田正俊の浜の屋敷があった。

十一

大老が外出するので、道筋の警護を厳重にしなければならない。

最も危険なのは、橋のうえである。橋のうえから屋形船の中へ、石でも火でも投げ入れることができるからだった。それで屋形船が通過するまで、一石橋、日本橋、江戸橋を渡ることは禁止された。

一行は船内で、軽妙洒脱《しゃだつ》な会話を楽しむ。それぞれが学問や武術に引っかけて、社会諷刺を巧みに表現するのであった。浜の屋敷に到着すると、謡曲や鼓《つづみ》の名手が待ち受けている。

邸内には小さな島があり、陶淵明《とうえんめい》堂、衆楽堂と称される建物がある。一行はそのあたりを散策したのち、謡と鼓に耳を傾ける。酒は大して飲まないが、美味なる料理の膳が出される。

大川を浅草あたりまで溯《さかのぼ》って、網で魚を獲ることに興じるときもあるが、この日はそうするだけの時間がなかった。日が暮れてから一行は、屋形船で正俊の上屋敷へ戻ることになる。

大老が引き揚げるという前触れがあるので、直ちに橋と河岸の警備を固める。一般の通行を禁じた夜の江戸橋、日本橋、一石橋の左右には、高張り提燈《ちょうちん》が立ち並んで川面を照らす。

「まことにもって、風流にございますな」

馬術の達人とされる河村善七が、川沿いの町の明かりを眺めやる。

「この世は、風流が何よりにございましょうな」

奥医師の永嶋道全が、そう応じた。

「さよう。無粋なることは、よろしくございませぬ」

禅僧の春沢和尚が、大きくうなずいた。

「無粋なることと申さば、近ごろ腹立たしき噂が巷《ちまた》に充満いたしておりましょう」

儒者の林春常が、眉をひそめた。

「腹立たしき噂とは、御大老についての作り話のことにございますか」

春沢和尚が、膝を進めた。

「ほう。すでに寺院にも、かの噂は聞こえておりますか」

林春常は更に、渋い表情になっていた。

「寺ほど俗人との交わりが深いところは、ほかにございませぬからな」

春沢和尚は、澄ました顔で言った。

「あれこそは、何とかいたさねばなりますまい」

「かの噂は大奥より故意に流されたものとの評判も、広まっておるようにございます。それゆえ間もなく、かの噂も消え去りましょう」

「諸侯、並びに御旗本をはじめ幕臣の方々を動揺いたさせる点において、怪《け》しからぬ噂にございます」

「大奥より流れ出でたる噂なれば、公方《くぼう》（将軍）さまがご処置を待つほかはございませぬ」

「公方さまにそのおつもりあらば、とうにご処置あそばされておられるはず。どうやら公方さまは、知らぬお顔でおられるようにございます」

「大奥には、とんだ女狐めがおるのでございましょう」

「退治できぬ女狐が……」

「されど女狐の浅知恵など、それほど効き目があるものではございませぬ。こちらが辛抱いたしてさえおりますれば、やがて女狐も力を失うことになりましょう」

「御大老には近ごろ、むなしいとのお言葉をたびたび仰せられるようでございます。それも道理、恩人を平気で裏切るような世の中なれば、心のむなしさが強まるのは当然にございましょう」

「しかしながら、むなしさにより気力を失えば、負けにございますぞ」

「さよう。それは、よう承知いたしておりますが……」

「これもまた、辛抱にございます。東照大権現（家康）さまも、耐える者が勝つ、と仰せにございました」

「この世は何事も、辛抱を重ねることにございますか」

林春常は正俊に、同情の眼差しを向けた。

「少しもお変わりになられることなく、これまでどおりの御大老でおられますのが、信念を曲げぬご辛抱にございます」

春沢和尚は、笑った横顔を正俊に見せていた。

正俊は口を挟まずに、無言を続けている。余人に聞かれる心配のない船中なので、誰もが言いたい放題であり、それが真実の声として正俊にとっての教訓になるからだった。よき友を持ったものだと、正俊は感謝するばかりである。

今夜は春沢和尚の言葉が、正俊の胸に響いていた。むなしさに耐え、今日までの信念を変えずに辛抱すべし。それが叶わずば、残るは敗者の道なり――。

この禅僧の教えこそ真理だと、正俊は思った。孤独とむなしさに耐えて、少しも変わらぬ正俊でいることだった。桂昌院やお伝の方を、問題にする必要はない。

大老が相手にすべきは、一にも二にもご政道である。やがて綱吉も、そのように理解するだろう。それまでの辛抱だと、にわかに正俊の胸のうちは晴れ渡った。

翌日から正俊は、胸を張って歩くようになった。

以前にも増して眼光が鋭くなり、老中に問いかける声も大きかった。若い者に負けぬぞというのが口癖になって、意気軒昂たるものを感じさせた。

ところが八月十日になって、正俊は発熱した。病床に身を横たえる正俊となったのだ。高熱に苦しむようなこともなく、当人には重病とか大病という自覚がなかった。医師たちも秋の気温が急に下がったために、風邪を引いたのだろうと診断した。

だが、なかなか熱が取れない。五日もたつと、見舞の挨拶にくる者が多くなった。例のごとく、諸大名からの見舞品が続々と届く。綱吉も見舞の使者を、大手門前の正俊の屋敷に遣わした。

八月二十日になっても、正俊はまだ病人でいた。すでに、十日も寝込んだことになる。間もなく健康を取り戻すだろうが、馬場で馬を乗りこなすまでにはもう二、三日はかかりそうだった。

その日、奥医師の永嶋道全が屋敷を訪れた。奥医師とはいえ、正俊の心の友であった。正俊に隠し事をするような道全ではない。道全はすぐさま綱吉の命令により、正俊の診察に出向いたことを打ち明けた。

「御大老には数多くの名医が、付いておいでございます。わたくしがいまさら御大老さまのお脈を拝見いたしましたところで、何のお役にも立ちませぬとご辞退申しあげましたが、上さまにはお聞き入れくださされませぬ。されば道全やむなく、かように参上つかまつりました」

道全は、憮然たる面持ちでいた。

「上さまがありがたきお心遣いなれば、道全どのに謹しんでお見立てをお願いいたさねばならぬ」

正俊は夜具のうえにすわった。

「何を、仰せられます。御大老は、お風邪を召されたのでございます。それよりも御大老には、ちと妙なりとお気づきに相成りませぬか」

道全は、声をひそめた。

「ちと妙なりとは……」

正俊は、小首をかしげた。

「上さまには御大老がご病状につき、ご執着がすぎますようにございます。筑前の病がどれほど重きものかをしかと見定めよ、筑前が病を心して見立てよと、上さまには二度三度わたくしに仰せにございました。恐れながら上さまには、何やらご魂胆がおありのように感じられましてございます」

道全はいまだに、正俊の脈を見ようともしない。

「上さまには、この筑前が致仕いたすことをお望みと承《うけたまわ》っておる。それゆえ筑前が重病なれば、致仕いたすのによき折と上さまはお考えあそばされておられるのであろう」

正俊は、苦笑した。

「さようにございましたか」

道全は、がっくりと肩を落としていた。

「道全どのには、筑前が病ただの風邪にして本復も間近なれば、二十七日には必ずや出仕つかまつりますると、上さまに申し上げていただこう」

正俊は一瞬、すごみのある目つきになった。

「畏《かしこ》まりましてございます」

もちろん、道全は同意する。

翌日、道全はそのとおり、綱吉に報告した。綱吉は、不快そうな顔でいた。しかし、綱吉は少しも諦めず、あくまでこの線で押してみようと改めて思った。

正俊は半月以上も病人でいて、大老の職務を果たせなかった。正俊に隠居をすすめても、誰もが納得する口実となる。堀田正俊を追放するのに、これ以上のチャンスはない。

綱吉は、牧野成貞と柳沢吉保を呼んだ。

牧野成貞は桂昌院の意を伝えて、堀田正俊を遠ざけることを綱吉に訴え続けている。柳沢吉保はお伝の方に同調して、正俊排斥の運動に力を貸していた。

成貞も吉保も、正俊に個人的な恨みはない。何としてでも、追い落とさなければならない政敵でもなかった。あえて気に入らないとすれば、正俊に大老という最高権力者の座があることぐらいだろう。

だが、成貞と吉保は正俊追放のために、躍起《やっき》になっている。なぜか。それはただ、綱吉の寵を得たいの一心からであった。桂昌院や綱吉の思いどおりにさせたい、というのが牧野成貞流の忠義だった。

理屈抜きで、主君の望むことに従う。主君に逆らわず、媚《こ》び諂《へつら》うことが、わが身の安泰と出世を保証してくれる。そのような考え方は、柳沢吉保も牧野成貞と大して変わらない。

しかし、柳沢吉保には牧野成貞と違って、ちょっぴり野心が加わっている。大老の堀田正俊が失脚すれば、おのれの昇進の道が開けるという計算であった。

「筑前を致仕いたさせることにより、いっさいの決着をつけたい」

綱吉は、成貞と吉保の顔を交互に見やった。

「よくぞ、ご決断あそばされました」

「恐れながら、このうえなく優れましたるご処置にございます」

牧野成貞と柳沢吉保は当然、力み返るほどの賛成の意を表した。

「ただし、いかにしてその意を、筑前に伝えるかじゃ」

綱吉の額には、青く血管が浮かび上がっている。

「上さまより直々《じきじき》のお言葉を賜わり、御大老に致仕を仰せ付けられてはいかがにございましょう」

牧野成貞の頭には、そんな当たり前なことしかなかった。

「余は、避けねばなるまい。筑前には将軍家相続に際し、余に尽くしたとの自負があろう。そのことにより筑前は、余が致仕のすすめに応ぜぬやもしれぬ。さように相成れば、もはや筑前に致仕を申し付くる者はおらぬことになる」

綱吉は自分が、最後の切り札であることを強調した。

一般に将軍から『ゆるりと休養せよ』と、隠居命令を匂わされた場合、大老だろうと老中だろうとそれに従わない者はいなかった。だが、正俊は例外だった。

正俊は将軍就任に尽力してくれた恩人、その大恩人を追い払うという弱みが綱吉にはある。この恩は終生忘れぬと感謝の言葉を述べたその同じ口から、隠居を強制するようなことは命じにくい。

おそらく、正俊に隠居の意思はないだろう。したがって、正俊が致仕を拒否する可能性も強い。もし正俊が首を横に振ったら、綱吉にそれ以上のことは言えない。致仕の件は、引っ込めるしかなかった。

そういうことなので最初から綱吉が直接、正俊に致仕をすすめるのは賢明なやり方ではなかった。その前に誰かが正俊を、説得しなければならない。

「申し上げまする」

柳沢吉保が、口を開いた。

「弥太郎（吉保）、申せ」

綱吉は期待の目を、柳沢吉保に移した。

「致仕の儀は、当人に仰せ付けられるとは限りませぬ。一門あるいは同族の者を通じてお申し付けくだされる前例も、しばしばございました」

「承知いたしておる」

「さすればこのたびも、さようにいたされてはいかがかと存じまする」

「筑前の縁者に致仕の儀を、伝えよと申すのか」

「御意《ぎょい》」

「弥太郎は、何者を指しておるのじゃ」

「若年寄の稲葉石見守どのが、適任かと存じまする」

「正休か」

「御意にござりまする」

「石見は、筑前が父と従兄弟の間柄であったのう」

「ははっ」

「されど縁者が筑前を説くとあっては、情が妨げとなり厳しさに欠けるのではないか。まして大老に若年寄がもの申すとなれば、説き伏せるのは難しかろう」

「それが例の淀川治水のお役目を河村瑞賢に奪われしことを根に持ち、石見守どのには御大老を深くお恨み申し上げておる由《よし》にござりまする」

「ほう」

「憎悪の念がございますれば、縁者なるがゆえにいっそう厳しく石見守どのは、御大老に承諾を迫るものと思われます」

「うむ」

「加えて上さまより仕損じてはならぬとのお申し付けがございますれば、石見守どのには決死の覚悟にて事に当たるに相違にございませぬ」

これは、二十七歳と思えぬ柳沢吉保の、恐るべき奸計《かんけい》と悪知恵であった。

「よかろう、石見を呼べ」

綱吉もみずからの決意が、不変であることを示した。

すぐに稲葉正休が、御座所へ招かれる。若年寄なので、将軍に呼びつけられることには慣れている。しかし、将軍に召し出されるときは、老中と若年寄が打ちそろってと決まっていた。

それなのに今日は、稲葉正休ひとりだけであった。柳沢吉保は素早く退出してしまっているので、同席者は側用人の牧野成貞だけである。これはただのお召しにあらずと、稲葉正休は身体が震えるほど緊張した。

「石見、そのほうに申し付くる」

綱吉の声にもどこか、険しい響きが感じられた。

「何なりと、仰せくだされますように……」

稲葉正休は、平伏する。

「面《おもて》を上げよ」

「ははあ」

「大老が筑前、齢《よわい》どれほどじゃ」

「堀田筑前が齢は、五十一歳にございまする」

「そろそろ、老いたる身と相成ろう。そのうえ、筑前は病持ちである。このたびも半月ほど、病に臥せっておる。このままに捨ておくは、痛ましき極《きわ》みじゃ」

「ありがたきお言葉、恐悦至極に存じまする」

「よって大老職を退き、ゆるりと休養いたすよう、そのほうより筑前に伝えよ」

「ははっ」

「一刻の猶予もならぬ。この月のうちに致仕いたすよう、筑前に承知させるのじゃ」

「ははっ」

「よいか石見、これは余の望みではない。余がそのほうに、しかと命じておるのじゃ。よって筑前を説き伏せること叶わずでは、相すまずと心得よ」

頼みではなく命令だと、綱吉は稲葉正休に念を押した。

「慎んで、承りましてござりまする」

稲葉正休の顔色が、青白くなっていた。

十二

八月二十七日の宵に稲葉正休は、大手門前の堀田正俊の上屋敷を訪問した。稲葉正休はいつになく、にこやかであった。だが、その仮面の下には綱吉と同様に、重大な決意が秘められていたのである。

正俊は客間に通して、稲葉正休を歓待した。正俊としては珍しく、酒肴の支度をさせて正休をもてなす。酒を酌み交わしながら、正俊と正休は雑談に興じた。

いつもと違って、正休は尻が長い。宵もすぎて、夜が更《ふ》けていく。切り出しにくい話だと、どうしてもそういうことになる。しかし、あまり遅くなってはまずいと、正休は覚悟を決める。

「恐れながら、お人払いを願わしゅう存じます」

正休は酌を断わって、盃を横にずらすように置いた。

「さようか」

正俊は、近習たちを退席させた。

「恐れ入りましてございます」

早くも、正休の顔は硬《こわ》ばっていた。

「改まって、何事にござろう」

密談を要求する正休の心中を見抜いたように、正俊は泰然自若《じじやく》としている。

「お気分のほうは、いかがにございましょうや」

正休はまず、正俊の病気のことに触れた。

「至って、爽やかにござる。風邪も本復いたし、肌なども以前より若々しゅうなったそうな」

正俊は、声を上げて笑った。

「しかしながら上さまより、ゆるりと休養いたせとのお言葉を頂戴つかまつりました。上さまには縁者として、この正休の口から筑前に伝えよと……」

　本題にはいったときの正休は、少しも酔っていなかった。

「お戯《たわむ》れあそばされたのじゃ」

「これは上さまが御大老におすすめのことにあらず、致仕を命ずるものなり。よって御大老を説き伏せること叶わずでは相すまぬぞと、上さまは仰せにございました」

「わしが致仕いたさねばならぬ謂《いわ》れは、いかなることかを問いたい」

「上さまには、御大老が老齢のうえ病持ちゆえと、仰せにございました」

「わしより老齢の大老並びに老中が、かつてどれほどおられたかをご存じか。更にわしは病身にあらず、このうえなく壮健である。よってそれらは、致仕いたすべき謂れにはならぬ」

「されど、上さまには……」

「石見どのには、上さまよりの御使者にござろうか」

「御大老にかように伝えよと申し付かりましたるうえは、上さまよりの御使者も同然にございましょう」

「なれば何ゆえ御上意を伝えるべく、御上使をお遣わしくだされぬのか」

「それは……」

「致仕いたさねばならぬ謂れなき者を、無理に遠ざけんとの企《たくら》みなるため、御上使を遣わされるのが難しいのでござろう。さような企みがあるとなれば、大老として断じて見逃すわけには参らぬ」

「お待ちくだされ」

「それとも石見どのは、御上使にござろうか」

「いや、御上意書も持参いたしませぬゆえ、御上使にはござりませぬ」

「御上使なれば御上意に、従い奉《たてまつ》るほかござるまい。されど御使者ということならば、それにご返答を申し上げるだけにてすむはずにござる」

「御大老、何とぞ……」

「堀田筑前守正俊、致仕いたすつもりは毛頭ござらぬ。齢六十に達するまで、ご奉公に励む所存にござる」

「ご本心にござりましょうか」

「いかにも」

「ご翻意はあくまで、あり得ぬことにございますか」

「翻意は、過ちに必要なもの。わしに、過ちはない」

「無念にござります」

正体は唇まで、紙のように白くなっていた。

「御使者のお役目、ご苦労にござった」

正俊は会釈《えしゃく》を送り、立ち上がって座敷を出た。

正休を送ることもなく、正俊は広縁に出て夜更けの星空を見上げた。綱吉との確執は、もはや修復できないだろう。桂昌院やお伝の方との不和も、永久に解消できない。牧野成貞、柳沢吉保は完全に、獅子《しし》身中の虫になりきっている。

正俊はそのように、星空に語りかけた。だが、正俊は少しも動揺していない。むなしさも、感じなかった。いたずらに、敗者になりたがることはなかった。過ちのない信念を貫くことで満足すればよいと、正俊は春沢和尚の顔を思い浮かべていた。

一方の正休も堀田家を出たとき、すでに心に期するものがあった。一度ならず二度までも、面目を潰された。そんな堀田正俊を、このままますまされるわけがない。特に今回は、綱吉の命令を伝えに出向いたのだ。

それを正俊は、まるで問題にしなかった。綱吉の仰せであることを強調したにもかかわらず、正俊にはあっさりと拒否された。これでは、正休の面目が立たない。

綱吉からも不調に終われば、ただではすまないと釘を刺されている。それがそのとおり正俊を説得できなかったのだから、正休に残された道は切腹することである。

しかし、正休ひとりが切腹するのでは、あまりにも哀れであり愚かであった。正俊をも、あの世への道連れにしてやらなければならない。それでこそ、正休の面目が保てるというものだった。

明日は八月二十八日で、総登城する。二十八日は、古くから幕府の祝日になっている。烏帽子《えぼし》に素袍《すおう》、大紋《だいもん》、長袴《ながばかま》という礼装を必要とするほどの祝賀行事はないが、諸大名は将軍に拝謁する。

大老の堀田正俊も、必ず登場しなければならない。そこを狙えば、失敗の恐れはなかった。殿中での刃傷《にんじょう》は切腹、お家断絶と定められている。だが、何をしなくても正休は、切腹することになるのだ。

堀田正俊への遺恨を晴らせるならば、同じ切腹でも殿中での刃傷のほうがはるかに納得できる。淀川の治水工事に関して恥をかかされたことと、将軍の使者として無能扱いされたことの怒り、それに憎悪がいま一体となって爆発したのである。

堀田正俊を殺害すれば、稲葉正休の面目は立つ。恥辱から逃れる方法はほかにないと、正休は唯一の結論を出していた。稲葉正休は遺書というつもりもなしに、夜半になって『将軍家のご厚恩に報じ奉る』との文字を大書した。

一夜明けて貞享元年八月二十八日、堀田正俊は辰《たつ》の刻（午前八時）に登城した。大老の居室にもなっている御用部屋へ、堀田正俊は直行する。御用部屋には、老中と若年寄が顔をそろえていた。

老中　大久保忠朝

〃　阿部正武

〃　戸田忠昌
若年寄　堀田正英《まさひで》（正俊の弟）
〃　稲葉正休
〃　秋元喬知
大坂城代　土屋政直
ほかに、正俊の長男の堀田正仲も居合わせた。
それらの挨拶を受けながら、正俊は大老の席となっている上座へ足を運んだ。そうして正俊がすわろうとして中腰になった瞬間に、若年寄が大老を刺殺する前代未聞の事件が起こった。
「お耳に入れたきことがございます」
突如、若年寄の稲葉正休が、大老の席に駆け寄った。
何事かと、堀田正俊は正休を見やった。そのときすでに眼前に迫った正休は、脇差《わきざし》を抜き放っていた。
「御免！」
体当たりをするように接近した正休は、正俊の右胸を脇差で突き刺した。
勢いがついているので、脇差は深く埋まった。正俊の右胸を貫いた脇差は、切先が肩口へ抜けていた。堀田正俊は声もなく、崩れるように倒れ込んだ。

そこで初めて御用部屋にいた一同は、驚くべき異変が生じたことに気づいた。怒声を発しながら、一同は総立ちになる。正俊の弟で若年寄の堀田正英が、真っ先に正休に躍りかかった。

「乱心者！」

堀田正英は後ろから、稲葉正休を羽交《はが》い締めにした。

稲葉正休は、無抵抗であった。血まみれの脇差を振り回すこともなく、放心したようにブラブラさせている。大坂城代の土屋政直が堀田正英から正休を引き放すと、居合のような抜き打ちで斬りつけた。

驚愕が逆上を招き、気が動転している一同は土屋政直に倣《なら》って、一斉に脇差を抜いた。老中の大久保忠朝、阿部正武、戸田忠昌、若年寄の秋元喬知、それに正俊の長男の堀田正仲が稲葉正休を取り囲む。

四方から、稲葉正休を滅多斬りにする。正休は、血の海の中に倒れて絶命した。稲葉正休は、十六カ所も斬られていた。大老の堀田正俊も、もはや虫の息であった。何とも、凄惨な御用部屋となっていた。

堀田正俊は駕籠《かご》で、大手門前の屋敷へ運ばれる。正俊は危篤状態で、意識も遠のいていた。江戸城の殿中から目と鼻の先の堀田邸についたとき、正俊はほんの短いつぶやきを残している。

「過ちあって改めざる、これを過ちというなり」

正俊が日ごろ好んで、座右の銘としていた格言だった。

おそらく正俊はそのあとに、『されど、われに過ちなし』と付け加えたかったのに違いない。正義と忠義に生きるという信念を貫いた、という自信が正俊にはあったはずである。

しかし、その一語を最後に大老・堀田正俊は、五十一歳の生涯に幕を閉じたのであった。堀田正俊は大老という最高の地位にありながら、殺害なる無残な形で決定的失脚へと追いやられたのである。

祝日は暗黒の日と化し、諸大名の将軍拝謁も中止された。なぜ大老が若年寄に殿中で刺殺されたのかと、大名・旗本のあいだでは大騒ぎとなっていた。

だが、私怨によるというだけで、真相はいっさい不明だった。興奮したり血迷ったりで稲葉正休を滅多斬りした老中・若年寄に対して、なぜ捕えて事情を問わなかったのかと、水戸光圀が激怒したもののもはや後の祭りであった。

ただ、稲葉正休が前夜に『将軍家のご厚恩に報じ奉る』と書き残していることから、綱吉の内意が何らかの形で関与、影響しているという噂は消えなかった。しかし、証拠も証言もなく、まして将軍が責任を問われることではない。異常な事件は、これで終わったのである。

もっとも、堀田正俊が殺害されるという異変を、少しも悲しまなかった人間がいたことは確かだった。

まず桂昌院とお伝の方は、気分がすっきりしたことから、さぞ上機嫌でいたことだろう。

牧野成貞と柳沢吉保は、内心ホッとしていたのに違いない。

そして綱吉は、恩人の死をまったく悼《いた》まなかった。

綱吉は正俊の死に関しても、偏執狂的な性格を見せつけている。蜜月時代には堀田正俊なしでは過ごせなかったくせに、いったん嫌悪すると同じ人間を敵のように憎悪する。そういう綱吉の極端な変化は、正俊の死後も尾を引くのであった。

殺害されてからも、正俊への嫌悪感は消えなかったということになる。

稲葉正休は四十五歳で改易となり、一万二千石は収公の処置がとられた。殿中で刃傷のうえ、みずからも惨死を遂げたのだから、これは当たり前のことである。

堀田家のほうは、改易も除封もなかった。正俊は一方的に殺されるという被害者だったので、これもまた当然のことといえる。

その年の十月十日に綱吉は、長男の正仲が堀田家の家督を継ぐことを許した。正俊の遺領は古河十三万石だが、正仲はそのうちの十万石を受ける。あとは次男の正虎に二万石、三男の俊季に一万石という分知が認められた。

しかし、それから綱吉は正俊への悪感情をむき出しにして、徹底的に堀田家を虐待するのである。

十月十六日になると綱吉は、大手門前の上屋敷を堀田家から取り上げた。浜の屋敷も、同様であった。

翌年の六月になると突然、綱吉は堀田正仲に古河から山形への移封を命じた。表高は十万石だが、実際の収入となると古河と山形では比較にならない。

表高十万石でも、実高は七万石程度であった。堀田家の台所事情は、たちまち苦しくなる。すると綱吉は追討ちをかけるように、一年後に山形から福島《ふくしま》へ移ることを命ずる。やはり表高は十万石だが、福島は山形よりも更に租税が少ない。

堀田家の財政は、逼迫《ひっぱく》する。表高が十万石で、実高が五万石ぐらいではどうすることもできない。十万石の大名として支出を求められるのに、収入はその半分しかないということなのだ。

堀田家は急速に零落して、なおも冷遇される。新井白石が俸禄を辞退したのも、このころのことであった。堀田家が復活するのは五代目の正亮が、佐倉十一万石に封ぜられ老中となったときであり、正俊が殺されて六十一年後のことだった。

最初に稲葉正休を羽交い締めにした若年寄で正俊の弟だった堀田正英も、些細《ささい》なことを理由に一万三千石から五千石に減封されている。これは正俊殺害より四年後のことだが、やはり綱吉の堀田一族への嫌悪感の表われといえるだろう。

正俊の遺骸は、上野の円覚院《えんがくいん》にある父・正盛の墓の隣りに埋葬された。ところが翌年の十二月に、正俊の墓は浅草の金蔵寺に移されることになる。

これは正俊の遺体を上野の山内に埋葬するを許さず、という綱吉の命令によるものであった。まるで、罪人扱いである。綱吉が大老の死後のことにまで憎しみをもって干渉するのは、正俊のほかに下馬将軍といわれた酒井忠清の場合もそうだった。

こうした綱吉の執念深さには、確かに異常性が感じられる。

いずれにせよ綱吉はみずから、堀田正俊というブレーキを取りはずすことを望んだ。そして、望みどおりになった。『天和の治』の実践者として期待された綱吉の時代は終わり、これからは世にも不思議なというほど異常で愚かな将軍に生まれ変わるのである。

本書は平成五年十二月および平成六年九月に小社より刊行した
『徳川幕閣盛衰記　失脚』（１・２）を合本にしたものです。

略年譜 <下段は幕閣関連>

慶長八年 （一六〇三） 家康、征夷大将軍となり江戸幕府を開く
元和元年 （一六一五） 大坂夏の陣、豊臣氏滅亡
九年 （一六二三） 家光、将軍宣下を受ける
寛永十一年（一六三四） 江戸城西の丸炎上
十二年（一六三五） 参勤交代制の確立。老職を老中と改める
十四年（一六三七） 島原の乱おこる
十六年（一六三九） 鎖国を断行する
慶安二年 （一六四九） 慶安の御触書を公布する
四年 （一六五一） 家光没する。松平定政事件おこる。由比正雪の乱おこる。大名の末期養子制緩和する

寛永十二年（一六三五） 松平信綱、阿部忠秋、堀田正盛、老中となる
十五年（一六三八） 土井利勝、酒井忠勝、大老となる。阿部重次、老中となる
正保元年 （一六四四） 土井利勝、没する
慶安四年 （一六五一） 保科正之、家綱の補佐役となる。堀田正盛、阿部重次、殉死する。松平乗寿、老中となる

明暦三年（一六五七）江戸明暦の大火
万治三年（一六六〇）堀田正信事件おこる
寛文三年（一六六三）殉死を禁止する
五年（一六六五）諸大名の人質を廃する
十一年（一六七一）仙台藩、伊達騒動裁許
延宝元年（一六七三）分地制限令を公布する

承応二年（一六五三）酒井忠清、老中（上席）となる
三年（一六五四）松平乗寿、没する
明暦二年（一六五六）酒井忠勝、大老を辞す
三年（一六五七）稲葉正則、老中となる
寛文二年（一六六二）松平信綱、没する。酒井忠勝、没する
三年（一六六三）久世広之、老中となる
五年（一六六五）板倉重矩、土屋数直、老中となる
六年（一六六六）阿部忠秋、老中を辞す。酒井忠清、大老となる
八年（一六六八）井伊直澄、大老となる
十二年（一六七二）保科正之、没する
延宝元年（一六七三）板倉重矩、没する。阿部正能、老中となる
三年（一六七五）阿部忠秋、没する

延宝八年（一六八〇）家綱、没する。綱吉、将軍宣下を受ける

天和元年（一六八一）綱吉、越後騒動を親裁

三年（一六八三）河村瑞賢、淀川の治水工事に取りかかる

貞享元年（一六八四）稲葉正休、大老・堀田正俊を江戸城中で刺殺

延宝四年（一六七六）井伊直澄、没する。阿部正能、老中を辞す

五年（一六七七）大久保忠朝、老中となる

七年（一六七九）土屋数直、没する。久世広之、没する。土井利房、堀田正俊、老中となる

八年（一六八〇）板倉重種、老中となる。酒井忠清、大老を罷免さる

九年（一六八一）土井利房、老中を罷免さる
酒井忠清、没する

天和元年（一六八一）阿部正武、戸田忠昌、老中となる。堀田正俊、大老となる。板倉重種、老中を罷免さる。稲葉正則、老中を辞す。牧野成貞、側用人となる

〈以下次巻〉

一〇〇字書評

切り取り線

本書の購買動機（新聞名か雑誌名か、あるいは○をつけてください）

＿＿＿新聞の広告を見て	雑誌の広告を見て	書店で見かけて	知人のすすめで

住　所	
なまえ	
年　齢	
職　業	

あなたにお願い

この本をお読みになって、どんな感想をお持ちでしょうか。右の「一〇〇字書評」を私までいただけたらありがたく存じます。今後の企画の参考にさせていただきます。

あなたの「一〇〇字書評」は新聞・雑誌などを通じて紹介させていただくことがあります。そして、その場合は、お礼として、特製図書カードを差しあげます。

右の原稿用紙に書評をお書きのうえ、このページを切りとり、左記へお送りください。電子メールでもけっこうです。

〒101-8701　東京都千代田区神田神保町三―六―五
九段尚学ビル　祥伝社　☎(三二六五)二〇八〇
祥伝社文庫編集長　加藤　淳
bunko@shodensha.co.jp

祥伝社文庫

上質のエンターテインメントを！　珠玉のエスプリを！

祥伝社文庫は創刊15周年を迎える2000年を機に、ここに新たな宣言をいたします。いつの世にも変わらない価値観、つまり「豊かな心」「深い知恵」「大きな楽しみ」に満ちた作品を厳選し、次代を拓く書下ろし作品を大胆に起用し、読者の皆様の心に響く文庫を目指します。どうぞご意見、ご希望を編集部までお寄せくださるよう、お願いいたします。

2000年１月１日　　　　祥伝社文庫編集部

野望《やぼう》の下馬将軍《げばしようぐん》——徳川幕閣盛衰記《とくがわばつかくせいすいき》・上巻《じようかん》　長編歴史小説

平成14年１月20日　初版第１刷発行

著　者　笹《ささ》沢《ざわ》左《さ》保《ほ》

発行者　渡辺起知夫

発行所　祥《しよう》伝《でん》社《しや》

東京都千代田区神田神保町3-6-5
九段尚学ビル　〒101-8701
☎03（3265）2081（販売）
☎03（3265）2080（編集）

印刷所　図書印刷

製本所　図書印刷

万一、落丁・乱丁がありました場合は、お取りかえします。

ISBN4-396-33019-7　C0193

祥伝社のホームページ・http://www.shodensha.co.jp/